21世纪大学计算机系列教材

软 件 工 程

臧铁钢　主　编

冷　晟　钱晓明　朱健江　副主编

科学出版社

内 容 提 要

本书从实用的角度出发,全面介绍了软件工程的基础知识和软件工程技术方法。全书共分为 10 章,内容涵盖了软件工程概述,软件系统可行性研究与需求分析、软件设计技术、编码及程序设计语言、软件的技术量度及质量保障、软件测试技术、软件维护技术、软件项目管理以及新型的软件工程技术,最后还讲述了软件工程文件的相关内容。此外,为方便读者巩固所学知识,每章最后均配有适量的习题。

本书内容编排合理,在介绍传统理论体系的基础上,融入当前软件工程的最新发展和技术,并通过大量的练习和案例分析,帮助读者真正掌握书中内容。该书可作为高等院校计算机及相关专业的教材,也可作为软件项目管理者和软件开发人员的参考用书。

图书在版编目(CIP)数据

软件工程/臧铁钢主编.—北京:科学出版社,2009

21 世纪大学计算机系列教材

ISBN 978-7-03-024293-8

Ⅰ. 软… Ⅱ. 臧… Ⅲ. 软件工程—高等学校—教材

Ⅳ. TP311.5

中国版本图书馆 CIP 数据核字(2009)第 041565 号

责任编辑:王少华 / 责任校对:科 海
责任印刷:科 海 / 封面设计:林 陶

科 学 出 版 社 出版

北京东黄城根北街 16 号
邮政编码:100717
http://www.sciencep.com

北京市艺辉印刷有限公司印刷

科学出版社发行 各地新华书店经销

*

2009 年 5 月 第 一 版 　　　　开本:16 开
2009 年 5 月第一次印刷 　　　　印张:16.5
印数:0 001~3 000 　　　　　　　字数:389 000

定价:28.00 元
(如有印装质量问题,我社负责调换)

前　言

随着计算机技术应用的不断深入，软件已不容置疑地成为信息化的核心。软件的复杂度和规模在近几十年与日俱增，使得软件开发成为了一项需要科学理论和相应技术支持的复杂的系统工程。软件工程就是这样一门能指导并管理软件开发过程的学问。它的产生和发展是人们对软件开发规律深入研究的结果。从 20 世纪 60 年代后期提出软件工程化的概念，到现在已发展成为一门综合性的学科，软件工程学科一直致力于研究软件开发的方法，配套发展相应的实现工具，构造良好的开发环境。

软件工程是计算机科学与技术专业教学计划中的核心课程，也是一门培养软件开发技术人员的必修课程。考虑到软件工程的实践性较强、发展迅速等特点，本书在编撰时突出了理论与实践相结合的思想，并引进了一些目前较新的开发技术，使读者不仅能系统地了解软件工程的理论与技术体系，还能把握其发展脉络，从而了解到新型的软件工程技术。本书在每一章最后都附有难度适宜的习题，有助于读者强化所学的知识。

本书共分为 10 章：第 1 章对软件技术的发展历程及软件工程学科产生的背景进行了全面的阐述；第 2 章对软件系统的可行性研究和需求分析进行了全面的阐述；第 3 章对软件设计中的结构设计和详细设计分别进行了深入的阐述，读者可以了解软件设计的概念、方法和支持工具；第 4 章全面介绍程序编码技术及程序设计语言；第 5 章阐述了软件质量保障技术方面的内容，以及为了提高软件的质量而建立的质量保证体系；第 6 章介绍了有关软件测试方面的内容，使读者能对软件测试的方法有所了解；第 7 章阐述了软件系统维护的概念、流程，以及维护方法等方面的内容；第 8 章从工程管理的角度对软件项目管理的方式和方法进行了全面阐述；第 9 章较全面地展示了新型的软件工程技术；第 10 章说明了与软件开发过程相关的一系列工程文件的一般性内容和格式，这对在实际开发中撰写规范化的技术文档非常有益。此外，为方便读者巩固所学知识，每章最后均配有适量的习题。

本书第 1、2 章由臧铁钢负责编撰并统编全书，第 3、4、9 章由冷晟负责编撰，第 5、6、10 章由钱晓明负责编撰，第 7、8 章由朱健江负责编撰。

由于时间仓促，加之编者水平有限，不足之处在所难免，恳请广大读者指正。

编者

2009 年 3 月

言　前

目　　录

第 1 章

软件工程概述

本章对软件技术的发展历程及软件工程学科产生的背景进行了全面的阐述，重点说明了软件工程的基本内容及其目标，以及在软件工程中应用到的基本原理、原则、软件生命周期模型及软件工程工具等内容。通过学习本章，读者能初步了解软件工程的学科框架。

1.1 软件工程概况

1.1.1 计算机软件简介

20世纪40年代出现的计算机是科学技术进步的结晶，在人类文明史上具有历史性的意义。计算机系统的应用使人类的脑力得到了解放，思维能力获得了极大的延伸。如今，社会生活的各个领域都离不开计算机，计算机已成为信息化社会的基础。

计算机系统由硬件系统和软件系统组成，这两部分互为依赖，缺一不可。由此可见计算机软件的重要地位。计算机的硬件和软件相互促进，共同发展。硬件系统的每次技术突破，都为软件技术的发展提供了更为广阔的发展空间；软件应用的需求也为硬件系统的发展指明了方向。

计算机硬件是计算机系统中各种设备的总称。硬件系统直观可触，是计算机工作的物理平台。自计算机出现以来，作为计算机硬件核心的处理器芯片已经历了电子管、晶体管、集成电路和大规模集成电路四个时代，现正在向集成度更高和运行速度更快的方向发展，计算机的功能也越来越强。1965年，戈登·摩尔根据统计材料总结出了所谓的摩尔定律。该定律表明：芯片上可容纳的晶体管数目，约每隔18个月就会增加一倍，性能也将提升一倍。由于人类科学技术的累积加速效应，近40年来，硬件的发展速度极其迅猛，摩尔定律周期正在呈逐渐递减的趋势。

在计算机投入应用后不久，人们意识到了程序的独立性，并逐渐形成了软件的概念。随着计算机应用的深入，软件的概念也不断地变化和扩展。

人们对软件定义的认识经历了一个较长的过程。20世纪50年代，程序设计还处于个体手工生产阶段，程序是由设计者本人开发和维护的结构简单、功能单一、可靠性差的小型源程序。所以，人们认为软件就是程序，软件系统就是程序系统。60年代，软件的功能、规模日益增大，软件的开发只能由群体来承担，软件设计进入到作坊式生产阶段。为了提高程序的可维护性，人们认为软件等于程序加文档。所谓文档就是指软件开发过程中与各环节相关的资料，但不包括与软件开发过程相关的管理文档。对管理文档的全面认识是从70年代开始的。在这一时期，随着软件需求规模、数量的剧增和交付的紧迫，要求大型程序的开发活动按照工程项目的模式运作。此时，软件工程方法被引入到软件开发过程中，对软件定义的认识也得到了提高。目前，对于计算机软件概念的一种公认的解释是：软件是计算机系统中与硬件相互对应的另一部分，是程序、数据及相关文档的完整集合。即：

$$软件=程序+数据+文档$$

由上式可知，程序和软件有着不同的概念，软件的范畴要比程序大。程序是按事先设计的功能和性能要求执行的指令序列；数据是使程序正常操作的信息；文档是与程序开发、维护和使用有关的图文材料，文档包括了管理文档。数据则不仅包括初始化数据、测试数据、研发数据、运行数据、维护数据，还包括软件企业积累的项目工程数据和项目管理数据中的大量决策原始记录数据。80年代，人们开始认识到软件管理是一个过程管理。因此，到90年代，出现了软件过程能力成熟度模型，人们开始研究软件过程管理的具体内容与方法。1997年出现的统一建模语言（Unified Modeling Language，UML）就是突出的研究成果之一。UML的目标之一就是为开发团队提供标准通用的设计语言来开发和构建计算机应用程序。UML的出现标志着软件开发进入到了一个以规范化、过程化、工厂化、大型化、自动化为特征的较成熟的阶段。

一方面，作为人造产品，计算机软件与一般的产品具有共同点，另一方面，计算机软件也具有与一般产品不同的特点。

（1）软件体现的是达到某种计算目标的一系列逻辑流程，这种逻辑流程在静态情况下是不可见的，只有处于动态运行时才能体现出其效果。软件体现的逻辑流程可以存在于存储介质上。

（2）复制就是软件的生产，就是把逻辑流程转存于存储介质上。这一过程花费极小，主要生产成本就是存储介质的成本。大批量发行的存储介质成本很低，故软件的生产成本相当低廉。

（3）软件只存在退化的现象，而不存在磨损和老化的问题。即因为软件会为了适应新的运行环境和需求而进行修改，当修改成本最终变得不可接受时，软件就会出现退化，从而被抛弃。

（4）确定的软件需要在特定的硬件平台上运行，软件对硬件运行环境有着不同程度的依赖性。因此，软件存在可移植性问题。

（5）软件的开发涉及的影响因素众多，如管理方法、开发模型、开发人员的观念和理念等，都直接影响到软件的开发过程。

（6）软件的开发及维护成本相当昂贵，需要投入大量的人力，是高风险的生产活动。很多软件的开销大大超过硬件的开销。

（7）很多软件涉及诸多社会因素，如体制运作及管理、人的观念和心理等，这些因素都会直接影响到软件的开发和应用。

计算机系统中，硬件平台根据所应用的领域会有所不同，但其基本的结构却大同小异。软件则更能体现出应用领域的特点，因而差异很大。从计算机开始应用时的科学计算软件到现今大量出现的非数值计算软件，软件已从最初作为硬件的附属，发展成为计算机系统不可缺少的组成部分。随着计算机技术应用的深入，计算机软件形成了内容丰富的体系结构。从软件使用和开发的角度来看，给出软件体系的描述是必要的。可以从多种角度对软件进行分类，按功能来分可分为系统软件、支撑软件和应用软件，按工作方式来分可分为实时软件、分时软件、交互式软件、批处理软件，按规模来分可分为微型软件、小型软件、中型软件、大型软件、超大型软件、极大型软件，按服务对象来分可分为定制软件、产品软件，按应用领域来分可分为操作系统、数据库管理系统、软件开发系统、工程软件、办公软件、财会软件、网络工具软件、图形图像处理软件、多媒体软件、游戏软件、教育软件等，按收费方式来分可分为商品软件、共享软件、自由软件。

软件是动态发展着的，软件的概念还会因其自身的发展而不断变化，软件的体系结构也会不断地丰富，各类软件的功能和复杂程度也将不断提升。可以说，软件的价值就体现在其不断适应需求而进行的改变上。

1.1.2 软件的发展历程

"二战"期间，出于军事需要，研制出了世界上第一台计算机。计算机投入使用后，人们就开始意识到软件的重要性。但是，当时人们更注重昂贵的硬件，对软件的开发相对不是很重视。指导软件开发的理论尚未成形，软件开发工具也很原始。软件的开发只能以小作坊的形式进行，软件的性能和可靠性往往取决于开发者的技术素质，开发的随意性很大。随着计算机的性能和应用水平的提高，人们深刻地理解了软件开发是一门学问，需要构建相应的理论和技术体系。回顾软件技术的发展史，可知其经历了以下三个阶段。

1. 程序设计阶段（1946 年－1956 年）

在这一阶段，关于软件的相关概念还没有正式出现。人们认为软件就是程序，开发软件就是编写程序指令。当时的软件结构功能简单，规模小。软件生产方式主要是个体手工劳动，使用的工具大多是机器语言、汇编语言；软件开发者片面追求编程技巧和程序运行效率，代码缺乏规范制约，使得程序难以维护，程序可靠性很差。这一阶段的软件开发只重视编程，不重视程序设计方法，没有系统化的软件开发理论支持，几乎没有开发文档资料保存下来。到20世纪60年代末期，由于软件开发方法的落后与不断提升的软件规模和复杂度间的矛盾，爆发了影响软件技术发展进程的重要事件——软件危机。

2. 程序系统阶段（1956 年－1968 年）

这一时期，集成电路被广泛应用，计算机硬件水平得以大大提高，软件技术有了技术突破的条件和动力。由此，程序开始了系统化和商品化，软件规模和数量也因此急剧增加。生产方式由个体劳作过渡到作坊式的小集团合作化生产。软件生产工具采用了高级语言，生产率极大提高。在软件生产方法上，提出了模块化、结构化、由顶向下逐步求精、程序变换、程序的推理与综合、数据类型抽象、程序正确性证明、符号测试等各种程序设计和验证的方法。提出了以正确性、结构清晰、便于阅读、便于测试和维护为软件质量的标准，使软件的概念得以扩展，人们普遍接受软件就是程序及其规格说明书的综合的观念。这一时期，滞后的开发技术已不适应规模大、功能结构复杂的软件的开发，软件危机还在延续，积累的大量经验形成了软件技术进一步发展的基础。

3. 软件工程阶段（1968 年以后）

该时期的计算机硬件正向超高速、大容量、微型化以及网络化的方向发展，计算机的应用已经深入到社会生活中的各个领域。"软件作坊"式的生产方式受到了批判，软件业开始打破软件开发的个体化特征，软件开发有了软件工程化的设计原则、方法和标准可以遵循，以软件产品化、系列化、工程化、标准化为标志的软件产业逐渐兴起。这一时期的生产方式是工程化的生产，强调软件的生命周期，网络、分布式技术、面向对象技术成为了软件开发的基础。目前，计算机应用正在逐渐向企业计算机化、社会信息化的计算机系统工程阶段过渡，以满足现代社会各种计算机应用对计算机软件的巨大需求。

以上三个阶段描述了软件技术发展的过程，即从无序到有序，从自由发挥到规范管理，从简单到复杂，从不可靠到更可靠。随着计算机系统的发展，新的软件技术还将不断出现，有关软件的理论和方法还将进一步丰富。

1.1.3 软件工程的产生和发展

软件工程的产生是计算机发展到一定阶段的必然结果，其产生的诱因是软件危机。人们在反思软件危机产生的原因，并提出摆脱软件危机的系列方法的过程中，形成了软件工程的理论构架。值得注意的是软件工程学科的产生一开始就是和应用紧密相联的。因此，软件工程的迅猛发展得益于实践的丰富营养。

在软件技术发展的程序系统阶段，计算机硬件发展较为迅速，社会认识到了计算机强大的能力，计算机得以在各个领域普及。计算机被应用于军事、商业、工业等领域，应用领域的增加使得对软件的需求急剧增加，软件的种类增多，规模膨胀，并产生了对于软件维护的强烈需求。然而，这一时期仍然沿用的是个体化的软件开发方法。落后于硬件水平的软件开发和维护技术使得软件的开发和维护质量令人失望。在用户的需求和软件开发支持技术之间就形成了尖锐的矛盾，导致所谓的软件危机。此时，软件业面临的问题可概括为：以何种方式开发软件以满足用户日益增长的需求？如何维护已有的数量庞大的软件？

软件危机的具体表现之一就是软件可靠性非常差，导致投入的开发成本与开发成果严重不匹配，很多软件项目的成本远远高于预算。从客观上讲，这种情况严重打击了人们开发软件的热情，对计算机技术的发展起到了消极作用。但从另一方面来看，软件危机暴露了当时在软件开发方法上的缺陷，激励人们寻找更好的解决方案。一个典型的软件危机的例子就是IBM公司开发的OS/360系统。当时，IBM公司投资了几千万美元，花费了五千多人年，历时数年才完成开发。投入使用后问题不断，错误重重，软件退化严重。昂贵的维护费用让用户和开发者都不能承受。其他大型软件也有着OS/360同样的结局。1979年，美国财政部对政府投资开发的软件项目进行了调查，结果令人触目惊心：47%的资金花费在从未使用过的软件上，另外29%的资金花费在那些半途而废和交付后还需进一步完善的软件上，可以称之为成功的项目仅占3%～4%。当时人们认为软件投资技术风险很大，这种观念扼制了软件的发展。

一般而言，软件危机的表现和原因如下：

（1）由于缺乏软件开发的科学指导，开发者不能准确地估计软件开发的成本和进度，在有限的时间内交付使用可能导致软件质量的下降。成本规划往往大大低于实际的成本，可能导致软件开发进度的停滞。

（2）由于缺乏使开发人员与用户进行交流的有效机制，开发人员常常不能很好地理会用户的本意，用户也不能很好地理解开发者的意图。从而会造成用户对已完成的软件系统不满意的结果。

（3）由于软件测试技术的落后，测试过程的工作自然不够充分，加之没有好的软件质量保证技术，导致成品软件的质量较差。

（4）由于软件开发方法的缺陷，软件不易于二次修改，故软件的可维护性差。这使得程序中的错误难以改正，改正错误后的程序又可能引入新的错误，使人束手无策。由于程序对于硬件平台的依赖使软件的可移植性很差，软件很难适应不同的运行环境。软件的可复用性差，导致大量的软件人员要重复开发。

（5）开发过程缺乏标准和规范的指导，各个开发组织都有自己的开发方法，开发组织之间进行工作交接的流程不规范。这是导致开发时间延长的重要原因。

（6）软件开发生产率的速度难以满足对软件需求的增长速度，软件产品供不应求。软件短缺出现完全是技术瓶颈造成的。

（7）由于软件开发和维护方法不当，使得软件的成本居高不下，已严重制约了软件的开发。开发项目的萎缩进一步加剧了开发资金与开发项目间的矛盾。

软件工程正是在解决软件危机问题的过程中形成的一门综合技术与管理两个方面的新兴学科，并逐渐成为指导计算机软件开发、维护、管理的理论依据。造成软件危机的原因很多，归结起来主要有两个方面：一是与软件高投入的特点有关，二是与软件开发与维护方法不当有关。因此，人们采取了以下三种解决软件危机的措施：

（1）作为一种人造产品，软件的开发过程可以借鉴一般工业品的生产模式，即工程化的生产模式。软件开发不应只是个体化的劳动，而更应该是由组织良好、管理严密的生产集体完成的工程项目。软件的开发应该吸收和借鉴一般工程项目行之有效的管理方法，以提高软件的生产率和质量。软件开发工程化的核心是标准化和规范化。软件工程标准主要有5个层次：国际标准、国家标准、行业规范、企业标准和项目规范。

（2）软件危机的重要原因之一就是缺乏相应理论的指导，落实到具体的层面上就是缺乏体现理论效果的工具。采用先进的技术、方法、工具开发和设计软件可以解决软件开发过程中的技术支持的问题，即采用先进的管理技术、规范的开发方法和模型，以及各种提高开发效率的软件工具等。

（3）不同的资源组织方式会有完全不同的运作结果。高效的组织管理措施是可以优化开发资源，提高运行的效率。从经验来看，采用高效的组织管理措施是提高软件生产率的有效方法。

在寻求以上三种措施的具体实现方法的过程中，逐渐形成了软件工程的概念和方法体系。软件危机使研究者和软件开发人员意识到：作为一种特殊的产品，软件开发工作也应跟机械产品、电子产品、化工产品一样，遵循系统工程的思想和方法，才能得到好的开发效果。北大西洋公约组织于1968年在德国举行的一次学术会议中首先提出了软件工程的概念，引起了人们的重视。经过不懈的努力，20世纪70年代末至80年代初软件工程学科开始形成，并被广泛应用于实践。

对软件工程的定义体现了人们对软件开发过程规律认识的不断深入。1983年IEEE（Institute of Electrical and Electronics Engineers）对软件工程下的定义是：软件工程是开发、运行、维护和修复软件的系统方法。1993年IEEE进一步给出了一个更全面的定义：

（1）把系统化的、规范的、可量度的信息途径应用于软件开发、运行和维护的过程，也就是把工程化应用于软件中。

（2）研究（1）中提到的途径。概括起来，所谓软件工程就是采用工程化的概念、原理、技术和方法来开发和维护软件，把经过时间考验证明是正确的管理技术和当前好的技术方法结合起来指导计算机软件开发和维护的工程学科。

软件工程已经经历了传统软件工程时代、对象软件工程时代、过程软件工程时代、构件软件工程时代。目前的软件工程发展趋势正在这四个时代的基础上朝着流水线装配软件工程的方向发展。

1.2　软件工程的基本概念

1.2.1　软件工程的基本内容

软件工程是一门系统工程学科，目的是成功地开发软件系统。软件工程追求的总体目标可概括为：选择适当的方法论做指导，使用相应的工具做手段，运用成熟的技术从事软件开发活动，最终实现提高软件产品质量和开发效率，得到可靠性高的、经济适用的、易于维护的软件产品。

软件工程的基本内容主要包括软件开发模型、软件开发方法、软件工程工具、软件过程管理四个方面。这四个方面映射了软件开发的各个阶段，各有各的功用，组成了一个完整的方法体系。现简单介绍如下：

（1）软件开发模型就是软件开发流程的模型，它确定了一个软件开发过程的基本模式。采用不同的开发模型对开发维护成本、开发质量等都有重要的影响。因此，软件开发项目组在一开始就应该选定合适的软件开发模型。常见的软件开发模型有瀑布模型、增量模型、原型模型及迭代模型等。

（2）软件开发方法为软件开发提供了具体的指导，明确了软件开发的核心对象。软件开发方法对软件系统的开发效率和可靠性至关重要。目前常用的软件开发方法有面向过程的方法、面向数据的方法和面向对象的方法。

（3）软件工程工具为软件工程方法提供了自动的或半自动的软件支撑环境。能有效提高软件开发的效率，并减少人为原因造成的错误。智能化是软件工程工具未来发展的方向。

（4）软件过程管理是对软件开发的过程进行全程监控，以保证开发和维护任务的顺利进行。软件过程管理包含了多方面的任务，如项目的计划与成本估算、软件系统的需求分析、数据结构和系统总体结构的设计、算法过程的设计、编码、测试以及维护等。软件工程方法常采用相应的标准（如ISO9000）来保证软件的质量。

对一个具体的软件工程项目而言，采用软件工程的技术和管理方法组织软件的开发，最终目标是希望获得软件项目的成功，使软件产品能正确、可靠和高效率地运行。软件工程的目标主要包括可靠性、可适应性、有效性、可理解性、可互操作性、可复用性、可追踪性、可维护性和可移植性等。在实际的开发过程中，要想使以上的几个目标都能达到理想程度往往是很困难的，有些目标之间可能存在着冲突。因此，软件开发项目的管理要努力协调以上目标，突出重点，取得平衡。

1.2.2　软件工程的基本原理和原则

自软件工程学科成型以来，专家、学者们陆续提出了很多关于软件工程的原理或准则。由软件工程专家B. W. Boehm提出的软件工程的7条基本原理被普遍采用。这7条原理是确保软件产品质量和开发效率原理的最小集合。这7条原理是互相独立而完备的，其中任意6条原理的组合都不能代替另一条原理。可以证明其他软件工程原理都可以由这7条基本原理的任意组合蕴涵或派生。这7条原理是：

（1）应用生命周期理论，分阶段地计划、管理和控制软件开发过程

该原理是在吸取前人的教训的基础上而提出来的。经统计发现，由于计划不周而失败的软件项目占全部失败软件项目的一半左右。该原理把软件生命周期划分成若干个阶段，并相应地制定出切实可行的计划，然后严格按照计划对软件的开发与维护工作进行管理。软件的整个生命周期中应该制定6类计划，即项目概要计划、阶段计划、项目控制计划、产品控制计划、测试计划和维护计划。当然，该原理在具体执行过程中也有其他的版本，应根据项目的特点灵活变化。

（2）应坚持进行阶段评审

在软件开发过程中，错误的发现和改正越迟，所付出的代价就越高。因此，在每个开发阶段都应进行严格的评审，尽早发现在软件开发过程中所犯的错误是一条必须遵循的重要原则。书面文档是阶段性活动的直观成果，因此，强调文档管理是必要的。

（3）对开发过程中的需求变动实行严格的控制

一方面在软件开发过程中不应随意改变需求，因为改变需求意味着计划的修正，这往往需要付出较大的代价；另一方面客户提出改变需求的要求也应是允许的，但这就需要进行严格的约束。也就是说，当改变需求时，为了保持软件各个配置成分的一致性，必须实行严格的产品控制，其中主要是实行基准配置管理。基准配置是经过阶段评审后的软件配置成分。一切有关修改软件的建议，特别是涉及对基准配置的修改建议，都必须按照严格的规程进行评审，获得批准以后才能实施。

（4）采用现代程序设计技术

　　采用先进的程序设计技术不仅可以提高软件开发和维护的效率，而且可以提高软件产品的质量。自从提出软件工程的概念以来，人们一直致力于研究各种新的程序设计技术，已被广泛采用的程序设计技术有结构设计技术、面向对象技术等。

　　（5）结果应能清楚地审查

　　由于软件本身的特点，使得软件产品的开发过程比一般产品的开发过程更难于评价和管理。为了提高软件开发过程的精细管理水平，应该根据软件开发项目的总目标及完成期限，在给定成本和目标进度的前提下，规定开发组织的责任和产品标准，从而使得所得到的结果能够清楚地审查。

　　（6）开发小组的成员应该少而精

　　首先，根据所谓的"二八定律"所述：20%的人，解决了软件中80%的问题。其次，随着开发小组人数的增加，因交流讨论而造成的通信开销也急剧增加，同时，通信路径交叉过多，更易产生错误。也就是说软件开发小组的组成人员应具备相应的素质，而人数不宜多。

　　（7）承认不断改进软件工程实践的必要性

　　为了保证软件开发与维护的过程能跟上时代前进的步伐，不仅要积极主动地采纳新的软件技术，而且要注意不断总结经验，以便今后的软件开发者借鉴。该原理保证了软件工程技术的先进性。

　　在软件系统的具体开发过程，还应遵循以下四条指导性原则：

　　（1）项目负责人应对软件开发的可行性负责，要明智地对项目进行取舍。不能完成的项目或没有把握的项目往往会给项目组带来极大的麻烦。

　　（2）应以用户的需求作为开发基础，不能将开发者的意志强加给用户。否则，后期会产生不必要的矛盾。

　　（3）软件系统的开发应得到用户高层管理者的授权，并以双方认可的形式明确授权。不然软件开发的成果可能会被否定。

　　（4）开发过程是一个不断完善，往复进行的非线性过程，应有相应的工作机制适应这一规律。

　　为了开发出低成本高质量的软件产品，软件开发组织还应遵循以下软件开发方法学原则：

　　（1）抽象原则

　　抽取事物最基本的特性和行为，忽略非基本细节。采用层次抽象，自顶向下、逐步细化的方法控制软件开发过程的复杂性。

　　（2）信息隐藏原则

　　将模块中对外的部分设计成清晰的接口，而实现细节隐藏在模块内部，不让模块的使用者直接访问，也就是所谓的信息封装。使用者只能通过模块接口访问模块中封装的数据。

　　（3）模块化原则

　　模块是程序中在逻辑上相对独立的功能集成体，它应有良好的接口定义，模块之间或模块与操作者间通过设定的接口进行联系。模块化有助于信息隐藏和抽象，有助于表示功能复杂的系统。

　　（4）局部化原则

在一个模块内集中逻辑上相互关联的计算机资源，并保证模块之间松散的耦合，而模块内部有较强的内聚，这就是计算机资源的局部化，局部化有助于控制软件结构的复杂化趋势。

（5）确定性原则

软件开发过程中所有概念的表达都应是确定的，无歧义的，规范的。这样有助于人们在交流时不会产生误解、遗漏，保证维护开发工作的协调一致。

（6）一致性原则

整个软件系统的各个模块应使用一致的概念、符号和术语，程序内、外部接口应保持一致，软件同硬件、操作系统的接口应保持一致，系统规格说明与系统行为应保持一致，用于形式化规格说明的公理系统应保持一致。

（7）完备性原则

软件系统不丢失任何重要成分，可以完全实现系统所要求的功能。为了保证系统的完备性，在软件开发和运行过程中需要严格的技术评审。

（8）可验证性原则

开发大型的软件系统时需要对系统自顶向下、逐层分解。系统分解应遵循使系统易于检查、测试、评审的原则，以确保系统的正确性。

实际的软件开发过程所面临的问题是多样的、复杂的。只有在以上各原理、指导性原则和方法学原则的指导下，软件工程的目标才能得以实现。

1.2.3 软件生命周期模型简介

引入软件生命周期的概念对软件开发过程的管理意义重大，可使软件生产有相应的模式、流程、工序和步骤可遵循。软件生命周期是指一个软件系统从目标提出到最后淘汰的整个过程。软件工程基本原理强调软件生命周期的阶段性，其基本思想是各阶段任务相对独立，具有明确的完成标志。同一阶段各项任务的性质要尽可能相同。阶段的划分使每个阶段任务的复杂度降低，简化了不同阶段之间的联系，以利于软件开发工程的组织管理。在实际的软件开发过程中，多数场合不能一次就全部精确地生成需求规格说明，故软件生命周期的各个阶段也不一定是严格按顺序进行的，根据需求的精化会出现回溯或超越的情况。原则上，前一阶段任务的完成是后一阶段工作的前提和基础，而后一阶段的任务则是对于前一阶段问题求解方法的具体化。目前划分软件生命周期阶段的方法有多种，软件的规模、种类、用途、开发方式、开发环境以及使用方法都会影响到软件生命周期阶段的划分。一般来说，整个软件生命周期可以划分为三个阶段，即软件定义、软件实现和运行维护。各阶段的划分如图1-1所示。

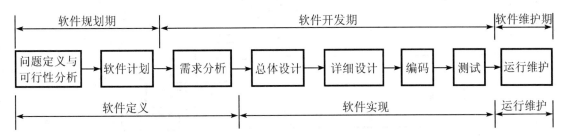

图 1-1　软件生命周期

软件定义期的任务是确立软件开发项目的总目标，分析工程的可行性，确定为达到项目目标所应该采取的策略及系统必须完成的功能，估计完成该工程需要的资源和成本，并制定工程进度。软件实现期具体设计和实现在前一时期所定义的软件，并进行必要的测试，以确保所开发软件的质量。运行维护期的主要任务是使软件持久地满足用户的需要，延缓软件的衰退。

软件生命周期模型是描述软件开发过程中各种活动如何安排的模型。它为软件开发提供了有力的支持，为软件开发过程中所有活动提供了统一的纲领，为参与软件开发的所有成员提供了帮助与指导。它展示了软件的演绎过程，是软件生命周期模型化技术的基础，也是建立软件开发环境的核心。

目前有许多种软件生命周期模型，常见的如瀑布模型、原型模型、螺旋模型、增量模型、喷泉模型、智能模型等。这些模型各有各的特点，软件开发人员要根据需要进行选择。现分别介绍各主要软件生命周期模型。

1. 瀑布模型

瀑布模型（waterfall model）也称为软件生命周期模型，它是由W. Rogce于1970年提出来的。它将软件生命周期的各项活动规定为依照固定顺序连接的若干阶段工作，并规定每个阶段应完成的任务。把生命周期划分为小的阶段是为了控制软件开发工作的复杂性，其目的是通过确定的步骤将用户需求从抽象的概念渐变为具体的软件系统。各阶段包括问题定义与可行性分析、软件计划、需求分析、总体设计、详细设计、编码、测试和运行维护。在瀑布模型中，各相应阶段被规定为由前至后、相互衔接的固定次序，故上一阶段对其以下阶段有影响。为了及时发现开发中的错误，避免影响扩散，瀑布模型要求每一阶段工作完成后必须对该阶段的结果进行评审，通过后才能进入下一阶段。就如同瀑布流水，逐级下落，该模型之名由此而来。20世纪80年代以前，瀑布模型一直是唯一广泛采用的生命周期模型。软件项目需要具备一定的条件才能较好地使用瀑布模型，如需求具有一定的稳定性、分析人员对应用领域较熟悉、项目风险较低、用户很少干涉开发过程等，而在实际的开发中，同时满足这些条件的情况往往并不普遍。所以，开发人员往往要对瀑布模型进行一定的改良。瀑布模型的表示如图1-2所示。

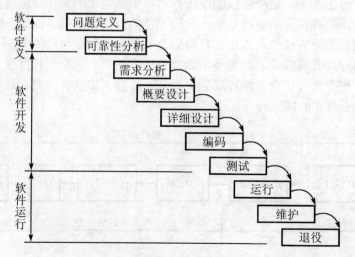

图 1-2　瀑布模型

瀑布模型为软件开发和维护提供了一种有效的管理模式。根据该模式制定开发计划、进行成本预算、组织开发力量，以项目的阶段评审和文档控制为手段有效地对整个开发过程进行指导，从而保证了软件产品及时交付，并达到预期的质量要求。

瀑布模型的主要优点是：强调软件开发的阶段性，强调早期计划及需求分析，强调软件产品的测试。主要缺点是：模型依赖于早期的一次需求分析，当需求发生改变时，就不能很好地适应，需要付出很大的代价；由于是单一流程，开发中的经验教训不能反馈应用于本软件的开发过程；风险往往迟至后期的开发阶段才显露，因而可能丧失及早纠正的机会。

2. 原型模型

原型模型（prototyping model）的基本思想是：在与用户进行需求交流时，以比较小的代价建立一个能够反映用户主要需求的原型系统，以征求用户的意见。在此基础上，对用户的需求进行确定和细化。在软件开发之初，开发者对用户的需求不甚了解，甚至用户自己也可能不清楚具体的需求。如果贸然进行开发，其后的返工和修正工作将使开发者疲于奔命，最后的结果还可能使用户不满意。故以摸清用户需求为目的试验性地开发软件是明智的，此试验性软件即为"原型"。原型模型的实现流程如图1-3所示。原型模型的开发方式主要有三种：

（1）以现有软件系统来模拟开发系统的人机界面。

（2）实现拟开发系统的关键和重要部分，形成一个原型大样。

（3）收集能体现用户初步需求的一个或多个类似的软件，将其功能向用户展示，以迅速明确需求。

原型模型包括抛弃型和演化型两类。抛弃型通常是针对系统的某些特殊功能进行实际验证为目的。这种方法本质上仍然属于瀑布模型，只是以原型作为一种辅助的验证手段。演化型的实现过程中，首先要进行需求分析，然后选择合适开发工具快速开发出原型，以原型为试用蓝本，并获得修改建议，以供进一步完善，如此反复，直至开发完成。

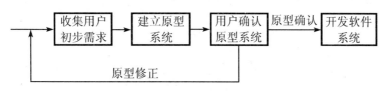

图 1-3 原型模型

原型模型的最大特点是：利用原型能够快速实现系统的初步模型，供开发人员和用户进行交流，以便较准确获得用户的需求；采用逐步求精方法使原型逐步完善，这是一种在新的高层次上不断反复推进的过程，它可以大大避免在瀑布模型冗长的开发过程中看不见产品雏形的现象。

相对瀑布模型来说，原型模型更符合人类认识真理的过程和思维活动，是目前较流行的一种实用的软件开发方法。原型模型适用于那些不能预先确切定义需求的软件开发以及那些项目组成员不能很好协同合作或通信上存在困难的情况。

3. 螺旋模型

螺旋模型（spiral model）是目前实际开发中最常使用的一种软件开发模型，它在结合瀑布模型与快速原型的基础上还增加了风险分析。事实上，软件开发也存在着风险。项目越复杂，开发中的不确定因素就越多，风险也就越大，严重时可能会导致软件开发的失败。风险分析的目的，就是要了解、分析并设法降低这种风险。

对于具有较高风险的大中型软件，螺旋模型提供了一个理想的开发过程。当软件随着过程的进展而演化时，开发者和用户都能更好地了解每一次迭代演化所存在的风险，它利用快速原型作为降低风险的机制，在任何一次迭代中均可应用原型方法。同时，在总体开发框架上，又保留了瀑布模型中系统性、顺序性和开发与评审同步的特点，这种将两者融合在一起的迭代演化模型与客观世界的发展规律相暗合。

螺旋模型是一种迭代模型，每迭代一次，螺旋线就前进一周。如图1-4所示，当项目按照顺时针方向沿螺旋移动时，每一个螺旋周期均包含了风险分析，并且按以下四个步骤来进行：

（1）确定目标，选择方案，设定约束条件，选定实现本周期目标的策略。

（2）分析所选策略可能存在的风险。必要时通过建立一个原型来确定风险的大小，然后据此确定原目标的合理性，并采取相应的行动。

（3）在排除风险后，实现本螺旋周期的目标。

（4）评价前周期的结果，并且计划下一周期的工作。

螺旋模型的特点是在项目的所有阶段直接考虑技术风险，能够在风险变成问题之前降低其危害，但采用螺旋模型进行开发的成败很大程度上依赖于风险评估的成败。由于风险评估要受到主观因素的影响，潜在的风险如未被发现和控制，其后果显然是严重的。

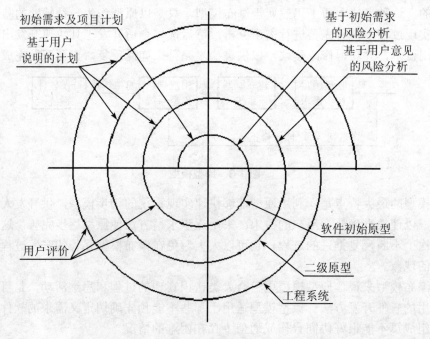

图 1-4　螺旋模型

4. 增量模型

瀑布模型是典型的整体开发模型，只有软件整体开发完成后用户才能全面接触到软件系统，如发现有不满意之处，所要付出的修改代价很高。为了避免出现这种情况，人们提出了一种非整体开发模型——增量模型（incremental model）。软件产品被作为一组增量构件，即通常所说的模块。每一个构件都是一个相对完整的部分，它要经过规划、设计、集成、测试和交付等环节。当所有的构件都完成时，整个软件系统的开发也就完成。这种构件具有模块化的特征，也就是每个模块都应该是高内聚、低耦合、信息隐藏的。采用增量模型开发软件时，每开发完一个模块，就能向用户展示，并征求用户的意见进行改正。所付出的代价较低。采用该模型时，应考虑的风险因素有对需求的理解程度、随机性的功能改变、开发技术的变化、需求的变化和开发资源的充裕度等。增量模型实现过程如图1-5所示。

采用增量模型进行开发时，往往是先开发核心构件，然后每次加入新完成的构件。每增加一个模块前，先要对该模块进行测试，还要进行模块连接后的系统联调，以确保体积增大后系统的可靠性。在开发大型的软件项目时，增量模型的优势是很明显的，开发者往往会采用该模型。

增量模型对项目组人力资源不足时十分有用。项目早期可以使用较少的人力，后续需要更多人力时再补充。由于在项目早期做了大量的预测工作，这种增量式的开发可以有效地解决开发进行中资源短缺的问题。但是，如果软件系统的模块化程度不高，用户不同意分阶段交付，开发人员过剩时，都不宜采用该模型。

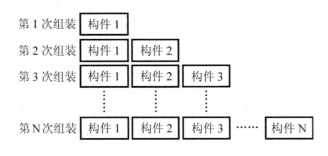

图 1-5　增量模型

5. 喷泉模型

软件生命周期模型可以按瀑布模型，先进行分析，后进行设计；也可以按螺旋模型或增量模型，交替地进行分析和设计。不过更能体现两者间关系特点的是喷泉模型（fountain model）。喷泉的形态体现的是迭代和连续性。迭代是指系统中某个部分常常重复运行多次以完成必要的演化过程。无间隙是指在开发活动中各环节无明显的边界。喷泉模型使开发过程具有迭代性和无间隙性。该模型以面向对象的软件开发方法为基础，以用户需求为动力，以对象作为驱动的模型。由于对象概念的引入，使软件分析、设计和实现之间没有明显的间隙，且自然地支持复用。它克服了瀑布模型不支持软件复用和多项开发活动集成的局限性。喷泉模型的流程如图1-6所示。

图 1-6 喷泉模型

喷泉模型的主要特点如下：

（1）模型从高层返回低层无资源消耗，体现了其自然的迭代的过程。

（2）开发的各阶段相互重叠，开发效率大大提高，体现了其并行性。

（3）模型强调增量开发，整个过程是一个逐步完善的过程。

（4）模型是对象驱动的，由于对象概念的引入，该模型自然地支持复用。

6. 智能模型

智能模型（intelligent model）也被称为基于知识的软件开发模型。它是知识工程与软件工程相结合的产物，能有效地辅助软件开发者进行高效的软件系统开发。智能模型的明显特点就是对代码复杂性的屏蔽，即维护工作并不在复杂的代码一级进行，而是在更抽象的功能层面上进行，而这种抽象性又符合人们的思维习惯，这就大大降低了解决问题的难度，使开发者的精力集中于具体描述的表达上，也就是维护工作被上升到功能一级进行了。将模型本身、软件工程知识和领域知识纳入相应的知识库，采用推理机制就可以使智能模型运行起来。智能模型的实现可以极大地提高软件开发效率，并有效地减少开发过程中出现的失误，是很有前途的软件开发模型。目前，要使智能模型实用化还需要做更深入的研究。

1.2.4 软件工程工具与开发环境

软件工程工具一般是指为了支持软件开发人员开发和维护活动而使用的工具系统，这类工具系统和硬件平台的组合构成相应的集成开发环境。软件工程工具与开发环境对整修软件开发过程及软件开发过程中采用的方法和技术提供了自动或半自动的支持，对于提高软件开发效率和提高软件质量具有重要的作用。当一种方法提出并证明有效后，往往就会开发出相应的软件开发工具来帮助实现和推行该方法。开发工具齐全后可按工程流程集成为工具集，工具的集成比单个工具更加好用，有利于进一步提高工具的使用效益。

软件工具种类繁多，涉及面广泛，主要有以下几类：

1. 软件开发工具

软件开发工具服务于软件开发过程的各种开发活动。这些工具能极大地提高在软件需求分析、结构设计、编码和测试时的效率，并有助于抑制错误的产生。软件开发工具如表1-1所示。

表1-1 软件开发工具

工具类别	工具功能说明
需求分析工具	需求定义阶段所使用的工具，包括描述工具和分析工具，用以辅助系统分析员生成完整、正确、一致的需求说明，改善软件开发人员间的通信状况，减少管理和维护费用
设计工具	系统设计阶段所使用的工具，以形成设计规格说明，检查并排除规格说明中的错误。一种是描述工具，如图形、表格和语言描述的工具；另一种是变换工具，从一种描述转换成另一种描述
编码工具	编码所使用的工具，主要包括各种实现性语言、编译程序、编辑程序和解释程序等
测试工具	测试阶段所使用的工具，如测试数据产生程序、跟踪程序、测试程序和验证评价程序等

2. 软件维护工具

软件维护工具辅助维护人员对代码及其有关文档进行各种维护活动。软件维护的难度不亚于软件开发的难度。对于大型软件，如果没有软件维护工具的辅助，维护工作的展开基本是不可能的。软件维护工具如表1-2所示。

表1-2 软件维护工具

工具类别	工具功能说明
版本控制工具	用来存储、更新、恢复和管理一个软件的多个版本
文档分析工具	用以对软件开发过程形成的文档资料进行分析，给出软件维护活动所需的维护信息
逆向工程工具	辅助软件维护人员将某种形式表示的软件转换成更高抽象形式表示的软件
再工程工具	支持软件重构，提高软件功能、性能以及可维护性

3. 软件管理和支持工具

软件管理和支持工具辅助软件项目管理人员和支持人员的各种管理和支持活动。有了这类工具的辅助，软件的管理才能井井有条，就不会在资源配置上失误。软件管理和支持工具如表1-3所示。

表1-3 软件管理和支持工具

工具类别	工具功能说明
项目管理工具	辅助管理人员进行项目的计划、成本估算、资源分配、质量控制等管理活动
开发信息库工具	维护软件项目的开发信息

（续表）

工具类别	工具功能说明
配置管理工具	完成软件配置的标识、版本控制、变化控制等基本任务
软件评价工具	辅助管理人员进行质量保证的有关活动

　　软件工程方法与相应的工具相结合，再加上配套的软、硬件支持就形成了软件开发环境。创建软件开发环境，一直是软件工程研究中的热门课题。软件开发环境与软件工具是有区别的。软件工具是指能支持软件生命周期中某一阶段的需要而使用的软件系统；而软件开发环境则是面向软件整个生命周期的，为支持各阶段的需要，在基本硬件和宿主软件的基础上使用的一组软件系统。它将一系列软件工具有机地集成起来，形成计算机辅助软件开发的软件系统。软件工具和软件工程环境是软件中的重要支柱，对于提高软件生产率、改进软件质量有着越来越重要的作用。软件开发环境的发展方向是集成化的软件工程环境（Software Engineering Environment，SEE）。

　　计算机辅助软件工程（Computer Aided Software Engineering，CASE）就是一种在20世纪80年代中期发展起来的软件工程环境。CASE可以简单地理解为软件开发的自动化，它建立在自动化基础上对软件的生命周期概念进行新的探讨，它的实质是为软件开发提供一组优化集成的且能大量节省人力的软件工具，其目的是实现软件生命周期各环节的自动化，并使之成为一个整体。CASE的集成特性主要表现在：

　　（1）数据集成

　　各类软件工具间接口统一，可以平滑地交换数据。

　　（2）界面集成

　　CASE工具有相同的界面风格和交互方式，这使得学习和操作CASE系统变得容易。

　　（3）控制集成

　　软件工具间能传递控制信息，CASE工具激活后能控制其他工具的操作。

　　（4）过程集成

　　系统嵌入了有关软件开发过程的知识，根据软件开发过程模型自动引导用户启动各种软件开发子环境。

　　（5）平台集成

　　CASE环境中的工具都运行在相同的硬件平台和操作系统上。平台集成使CASE系统运行得更加稳定。

　　目前，CASE工具已投入使用，但CASE工具的广泛使用还需要其更进一步的成熟。

1.3 习　题

1. 什么是计算机软件？
2. 软件技术的发展经历了哪几个阶段？
3. 软件危机产生的原因是什么？如何解决软件危机？
4. 软件工程的原理有哪些？
5. 软件工程的原则是什么？
6. 举例说明有哪些软件工程工具？

第2章

软件系统可行性研究与需求分析

本章对软件系统的可行性研究和需求分析进行了全面的阐述。可行性研究和需求分析是软件系统开发初期必须完成的工作，这部分工作直接影响到软件的后续开发。通过可行性和需求分析可以帮助开发者了解所要解决的问题，明确开发目标，为进一步制定详细的开发方案打下基础。

2.1 软件系统可行性研究

2.1.1 可行性研究的任务

软件系统的可行性研究是软件开发组织撰写投标书或作为软件系统开发的第一步所进行的工作。也就是要调查拟开发的软件系统的历史、前景和收益，确定将投入的资源量，并对备选方案进行筛选的过程。可行性研究的重要性在于：只有认真进行了软件系统的可行性论证，才能尽可能地避免开发资源的损失。从开发流程来讲，可以把可行性研究看作是进行软件需求分析的前期工作，只有通过了可行性分析这一关，软件系统才能进入实质性的开发阶段。

任何软件项目都要受可估量或不可估量因素的约束，如成本和交付时间的限制。由于不可估量的约束条件的存在，因此软件项目的最终结果也就有了不确定性。如果通过一定的手段对项目收益进行预测，就能最大限度地阻止对不现实的项目进行投入，这对用户和开发组织来说都是有益的。

实际上，有些问题不可能在设定系统的规模内得解，还有些问题不可能在当前的技术条件下得解。也就是说用户的需求并不是都能被满足的，如果没有解决方案而贸然启动项目，其结果肯定是劳而无功的。因此，可行性研究就是在最短的时间内以相对低的成本来确定特定问题在现有条件下是否有解，就是要否定那些不可能有结果的项目。在可行性研究过程中，自然会带有一定的主观性，就会使可行性研究本身带有了一定的误判风险。在实际开发中，切忌先定好项目可行的前提，如此可行性研究就变成了对可行前提进行粉饰。也就是说，使用一定的科学方法，既能全面反映可行性研究的各个方面，也能降低主观影响。一般要从以下5个方面进行可行性研究。

1. 技术可行性

技术可行性研究主要研究所开发的软件系统在实现过程中在技术上的影响因素，也就是要确定所拥有的开发和管理技术能否支持整个软件系统的实现。在做技术可行性分析之前，需要了解所要开发的软件系统的初步需求，以及这种初步需求在未来软件系统在功能和性能上的影射大样，并充分了解需求所框定的约束范围。技术可行性研究之所以难度较大的原因在于：由于系统的详细需求还未定义，或者系统的目标、功能和性能的定义可能存在不确定性。此时，丰富的开发经验是技术可行性分析人员所必需的。通常，技术可行性分析包括风险分析、资源分析和技术分析。风险分析考虑的是在初步需求的约束下，实现既定功能和性能的可能性；资源分析的任务是确定是否拥有开发所必需的资源支持，资源支持主要是指开发人员和开发环境；技术分析主要从技术实现的角度分析已有开发技术是否能满足软件系统的开发。

2. 经济可行性

对于开发组织而言，经济利益往往是追求的目标。在接手一项软件项目时，需要对将付出的成本和将获得的收益进行初步核算。也就是要将预期所得的收益与软件系统的实现成本相比较，如果收益大于成本，则开发系统的经济理由就充足，开发组织就有了立项的动力。除非有特殊原因，开发活动在经济上是被否定的。例如，对一些工具类开发软件而言，在其生命周期的早期往往只有成本付出，而没有收益。但工具类开发软件从长远来看是会有经济效益的，其经济效益随后会体现在开发效率的提高上。这时就不能由于开发初期的高成本而否定开发计划。更多的情况是开发组织充分考虑了社会效益而牺牲经济效益。这时，开发决策将不直接依赖于经济效益分析，因为这类系统的效益不是能用经济手段来衡量的。从实践经验来看，项目的经济效益在项目未完成之前都是难以估测的。要使估测误差尽可能小，需要采用科学的方法，并凭借丰富的相关知识和经验。

3. 操作可行性

操作可行性是指软件系统实现后，所需配备的操作人员是否能到位。例如，甲、乙两个研究所都要采用某套有限元计算软件，甲研究所有能操作该软件的人员，乙研究所没有。那么，该有限元计算软件对甲研究所是具有可操作性的，乙研究所则不具备对该软件的操作可行性。操作可行性往往是由用户当时的素质决定的，素质是可变的，所以操作可行性也会在可行或不可行之间变化。随着软件操作过程的规范化、简易化程度的提高，越来越多的软件将具备操作可行性。

4. 调度可行性

调度可行性就是研究所开发的软件系统能否按期交付。调度可行性体现的是软件开发组织的开发能力及应对变化的能力。如果开发组织具有较强的开发进程调整能力，则其调度可行性就会很高。专业的软件开发组织都很注重调度可行性的研究，它将充分体现出软件开发组织对开发计划的把握能力。

5. 法律可行性

所谓法律可行性就是要分析在系统开发的全部过程中可能出现的涉及法律的问题，确定软件开发项目是否会侵犯他人、集体或国家的利益，是否会违反国家的法律。例如，法律不允许开发商业窃取密码的软件、不允许开发病毒软件等。法律可行性是相对的，在一个国家或地区不违法，并不意味着在其他地区不违法，在此时不违法，不见得在将来不违法。例如，在欧美不违法的软件系统，可能会触犯中国的法律。过去开发音乐免费下载工具不违法，但现在是违法的。软件开发组织应当非常重视法律可行性。

软件系统可行性都是针对具体的方案的，系统分析员要对每一个可能的方案进行以上几个方面的分析，如果各个方案均无可行性，系统分析员应建议终止项目。如果项目是可行的，则应向有关方推荐较优的方案，并附带提供相应的初步工程计划。

2.1.2　可行性研究的程序

可行性研究包括了从系统目标与规模说明开始，直到提出新系统的可行方案为止的整个过程。通常要经过下列的程序：

1. 使软件系统的目标和规模细化

在可行性研究阶段需要对初步的目标与规模说明做进一步的细化。也就是要进一步了解目标与规模说明的含义，着重弄清用户想要解决的问题，即进行问题定义。问题定义也被称为软件定义，是可行性分析的第一步。它将为软件的可行性研究和软件开发计划的制定提供功能与性能的依据。它要确定的是所要解决的问题的内容和性质。可行性分析人员通过与用户进行交流，理解并确定问题，改正含糊或不确切的叙述，清晰地描述系统开发的限制和约束。这一步就是为了确保系统分析员所做的工作与实际需求相匹配。如果开发目标和规模都没有确定，是很难开展可行性研究的。一般而言，要细化软件的目标和规模需要案例库的支持。

2. 对已有类似的软件系统进行对比分析

已有类似软件系统是进行可行性研究的模板，其中所包含的实现信息可以被借鉴。如果该系统正在被使用，那么这个系统必定能完成用户所定义的某些工作，新系统也需要完成现有系统的基本功能，则就有移植的可能性。另一方面，已有的系统的不足也为新系统的设计提供了改进的方向。可行性研究人员应该仔细阅读分析已有系统的文档资料和使用手册，还要进行现场调研，了解已有系统的工作细节和经济效益。这些都是设计新系统时的重要支持。

3. 设计软件系统的高层系统模型

较好的系统设计通常是从已有的系统出发，导出已有系统的逻辑模型，并以其为参考，设计新系统的逻辑模型，最后根据新系统的逻辑模型建立新系统的物理模型。当前系统模型通常使用系统流程图描述。新系统可以用系统流程图来描述，也可以用数据流图和数据字典来描述。这类方法的共性就是以相对抽象的方式来描述系统的高层系统模型。高层系统模型的建立为新系统的开发提供了框架。

4. 对软件系统的逻辑模型进行评审

所要开发的软件系统的逻辑模型实际上表达了开发者对新系统功能的设想。是否能满足用户的需求，还需要开发者与用户对新系统的问题定义、目标和规模等方面的内容进行交流和评审，直到完全获得用户的认可。如果可行性分析人员存在误解或者用户曾经遗漏了某些要求，这正好是一个可以进行弥补的好机会。

以上四个步骤是可行性分析的主要内容，其流程如图2-1所示。最终软件系统模型的建立意味着可行性分析过程的基本完成。

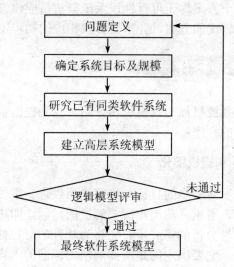

图 2-1　可行性研究的主要流程

5. 设计和评价所开发软件系统的实现方案

可行性分析人员应该从已确定的系统逻辑模型出发，导出若干个较高层次的物理实现方案以供比较和选择，这样软件系统实现的可能性就大。导出供选择解法的最简单的途径是从技术角度出发考虑解决问题的不同途径。当从技术角度提出了一些可能的物理系统之后，应该根据其技术可行性排除一些难以实现的系统。此后可以考虑操作方面的可行性。其后还应该考虑经济方面的可行性。可行性研究人员应该估计余下的每个可能的方案的开发成本和运行费用，并且估计相对已有的同类系统而言，新系统在经济性方面的提高之处。可行性研究人员应综合可行性研究的成果制定一个实现系统的大致进度，并估计对应的工作量。

6. 制定开发方案

根据可行性分析的前期工作结果，可行性研究人员要对是否展开该开发项目做出决定。

如果项目通过了可行性分析，则要选择一个已知的最优实现方案，还要附带说明选择的原因，并将该方案上报给决策层。

7. 制定开发计划

可行性分析人员要为上报的方案制定开发计划，列出所需开发资源的种类和数量，并详细制定进度表和预算表。这部分工作对详细核定工程造价提供了依据。

8. 形成可提交审查的可行性报告

把上述可行性研究的分析过程转化为格式化的文档报告，提交用户审查。

2.1.3　可行性研究报告的内容

可行性研究报告的主要内容有系统的运行方式、操作规程以及系统的操作有效性等。可行性研究人员要根据调研的结果对软件系统从技术、经济、运行以及法律等方面进行可行性论证，协助用户对是否展开开发工作进行决策。可行性报告的一般内容如表2-1所示。

表2-1　可行性报告的主要内容

序　号	项　目	内　容
1	前言	对问题的定义、系统实现环境及限制条件
2	管理总结和意见	关键性问题、相关解释、管理意见、系统的影响
3	可选择性	可选择方案的系统设计方案、用于选择和评价方案的标准
4	方案说明	方案的简要说明、各系统单元的可行性
5	成本/效益分析	成本/效益表、成本/效益分析表述
6	技术风险性分析	所需技术列表、技术风险分析表
7	进度表	方案的进度表、进度协调方案
8	法律问题	列举所涉及的法律因素、法律风险分析
9	其他问题	前8个项目以外的内容

2.2　软件需求分析

2.2.1　软件需求分析的基本内容及方法

在完成可行性研究之后，如用户和软件系统开发组织双方均认可软件系统的开发是可行的，那么就将进入软件需求分析阶段。通过软件需求分析，即可把软件功能和性能的总体概念转化为具体的可作为软件开发基础的软件需求规格说明书。应该认识到的是软件需求分析是一个不断认识和逐步细化的过程。在该过程中能将软件开发计划中确定的软件范围逐步细化到可详细定义的程度，并分析和提出各种不同的问题，然后为这些问题找到可行的解决方法。总之，软件需求分析就是要使用户需求具体化，并最终满足以下基本要求。

（1）完整性：完整地收集用户的每个必要的需求。

（2）一致性：所有的需求应当是一致的，需求间不存在相互矛盾。

（3）现实性：可用现有开发技术来实现。

（4）有效性：需求应是有效的，确实能解决用户的问题。

（5）无二义性：用户与开发人员对于需求的理解应该完全一致。

（6）可验证性：已经定义的需求应该可以明确地得以验证。

（7）可跟踪性：定义的每个功能、性能可以追溯用户原始的需求。

需求分析所要完成的任务就是要深入描述软件的功能和性能，确定软件系统设计的限制和同其他系统的接口细节，定义软件的其他有效性需求。也就是对目标系统实现的功能提出完整、准确、清晰、具体的要求。软件需求分析的具体任务或步骤包括：

（1）确定对软件系统的要求

对目标软件系统的要求主要包括功能要求、性能要求、运行要求、其他要求等方面的内容。功能要求划分并描述系统必须完成的所有功能，性能要求包括响应时间、数据精确度及适应性方面的要求，运行要求主要是对系统运行时软件、硬件环境及接口的要求，其他要求包括界面、安全保密性、可靠性、可维护性等要求，并对将来可能提出的要求作出预计。

（2）分析软件系统的数据及操作要求

归纳出目标软件系统的数据结构和数据间的逻辑关系。描述系统所需要的输入和输出数据、数据库、数据类型、数据字典、数据的获取和处理方法等。

（3）确定软件系统的详细逻辑模型

在确定目标软件系统的要求和数据的基础上，通过一致性分析检查，在分析中逐步细化软件功能，划分成各个子功能。同时对数据域进行分解，并分配到各个子功能上，以确定系统的构成及主要成分。最后以图文结合的方式建立起目标软件系统的逻辑模型。

（4）修订系统开发计划

对粗略的系统开发计划进行修订，以保证系统开发计划更为具体化，更为准确。

（5）编写软件需求规格说明书

通过分析确定系统必须具有的功能和性能，定义系统中的数据，描述数据处理的主要算法。应该把分析的结果用正式的文件记录下来，作为最终软件中的重要材料。需求分析的结果是系统开发的基础，关系到最终软件产品的质量，因此还必须对软件需求进行严格的审查验证。

用户需求是通过采用一定的方法来获得的，这些方法主要有如下几种：

（1）访谈

访谈是指开发组成员和用户方成员就将要开发的系统进行面对面的交谈，通常需要进行多次访谈才能完成。访谈的类型基本上有两种：程序化访谈和非程序化访谈。在程序化访谈中，开发人员向用户提出预设好的问题。非程序化访谈时则会问一些开放性的问题，以便发现新的需求。

（2）问卷调查

将事先准备好的问卷呈送给用户方的相关人员，以获得相关信息。该方式对需要调查的对象特别多时非常有用。由于被调查者的时间充分，问卷的反馈会更精确些。但由于受限于问题的内容，问卷调查的灵活性没有访谈好。

（3）收集用户的表格和报表

收集用户相关机构中使用的相关表格和报表也是一种有效的需求获取方法。从这些表格和报表中，可以了解用户目前所使用的系统的一些情况。如结合其他的收集方法则能更快地得到用户的真正需求。

（4）用例展示

通过与典型用户接触，得到他们希望系统做的工作，以及系统应该提供的服务。系统分析员会记录相关内容，并标上注释，从而形成用例。一些建模辅助工具就可以很方便地使用图形化的用例来获得用户的需求。

（5）快速原型展示

通过建立快速原型，用户可以看到系统的局部实现，从而能准确地提出系统中存在的问题。这样的过程经过多次后，如用户满意了，即可认为收集到了用户的真实需求。收集到的需求应以规范的文档形式记录下来。

由此可见，需求分析过程实际上是一个调查研究、分析综合的过程，是一个抽象思维、逻辑推理的过程。它要求系统分析员能够从混杂的原始资料中吸收恰当的事实，从复杂的、大量的事实中抽象出一组概念，并把这些概念组织成一个逻辑整体。这不仅要求系统分析员具有相应业务领域的专门知识，以便能很好地理解用户需求和用户环境，还要求系统分析员具有丰富的计算机科学知识，以便能把硬件、软件元素有效地运用到目标系统中去。同时，还要求系统分析员具有协作精神和较好的文字功底，以便与相关人员建立良好的协作关系和编写有关文档。这充分说明了需求分析是一项复杂的综合性技术，需求分析过程是一种需要较高专业知识水平和丰富经验的创造性的劳动。

2.2.2　软件需求分析的原则

软件需求分析过程要遵循一定的基本原则，这些原则简介如下：

（1）应能表达和理解问题的信息域和功能域。信息域包括信息流，即计算机数据通过一个特定功能模块时的变化方式、信息内容和信息结构。功能域则体现了针对信息域的控制信息。

（2）应能对问题进行分解和不断细化，建立问题的层次结构。

（3）应给出软件系统的逻辑和物理关系图。软件需求的逻辑关系图给出的是软件要达到的功能和被处理信息之间的关系，这不是实现的细节。软件需求的物理关系图给出的是处理信息结构的实际表现形式。

2.2.3　软件需求分析法简介

1. 软件需求分析法概述

需求分析方法定义了表示目标软件系统逻辑视图和物理视图的方式，大多数的需求分析方法是由数据驱动的,这些方法提供了一种表示数据域的机制,系统分析员根据这种表示来确定软件功能及其他特性,最终建立一个目标系统的逻辑模型。数据域的三种属性包括数据流、数据内容和数据结构。一般情况下,一种需求分析方法会采用其中的一种或多种属性。不同的需求分析方法会引入了不同的表达形式和分析策略,但还是存在以下的共性:

(1)支持数据域分析

所有的需求分析方法都直接或间接地涉及数据流、数据内容或数据结构。在多数情况下,数据流是用输入/输出变换过程来描述的,数据内容可以用数据字典明确表示,或者通过描述数据或数据对象的层次结构来表示。

(2)支持功能表达的方法

功能一般用对数据的处理来表示。每项功能可用规定的符号标识。功能的说明可以用自然语言文本来表达,也可以用形式化的规格说明来表达,还可以用结构化语言来表达。

(3)支持接口的定义

某个具体功能的流入和流出数据流就是其他相关功能的流出和流入数据流。因此,通过数据流分析可以确定功能间的接口。

(4)支持问题的分解与抽象

为了将复杂的现实世界中问题的求解映射为信息处理模型,对问题进行分解与抽象是普遍有效的基本法则。分解是将复杂问题求解分解为若干相对简单的问题求解的组合,其目的就是为了降低问题求解的复杂性。抽象是认识问题的一般与特殊的关系。问题分解与抽象定义了问题的层次结构,应该在问题求解中反映出这种层次结构。问题结构与问题求解结构的对应关系保证了问题定义的完整性、正确性和可寻踪性。

(5)支持逻辑视图和物理视图

各类需求分析方法普遍允许系统分析员在物理视图的基础上建立目标系统的逻辑解决方案。一般情况下,同一种分析法既可用来表示逻辑视图,也可用来表示物理视图。

(6)支持系统抽象模型

为了能够比较精确地定义软件需求,可以建立目标系统的抽象模型,该模型是从实际问题抽象而来的,是在高层次上描述和定义系统的功能和性能。可用抽象模型来描述目标系统的功能和性能,以形成软件需求规格说明。

常用的需求分析方法及其特点如下:

(1)功能分解法

功能分解法是将一个系统看成是由若干功能构成的集合,从结构上看,每个功能又可划分成若干个子功能,子功能还可进一步分解。功能分析法的组成元素有功能、子功能和功能接口。该方法采用的策略就是利用已有的经验对一个新系统预先设定功能体系及功能的实现,重点放在新系统需要进行什么样的加工上。

功能分解法以过程抽象的观点来看待系统需求,较为符合传统开发人员的思维习惯。功能分解的结果一般会自然地形成随后的系统程序结构的大致影像,所以该方法在需求分析阶段就已涉及软件的设计。

但是,该方法需要人工来完成从问题空间到功能和子功能的映射,即不能明显地将问题空间表达出来,也不能确知表达的准确程度,更缺乏对问题空间中细节的表达。该方法不是对相对稳定的实体结构进行描述，而是对相对不稳定的实体行为进行描述。因此，对变化的需求难以适应。

（2）信息建模法

信息模型和语义数据模型是紧密相关的，信息建模法的建模基点是数据，这有助于开发者对问题空间的深入认识。该方法的基本策略是从现实世界中找出实体，然后再用属性来描述这些实体。在信息模型中，实体和关系是两个重要的概念。实体是一个对象或一组对象，实体蕴涵了信息，关系是实体之间的联系或交互作用。有时在实体和关系之外，再加上属性。实体和关系形成一个网络，描述系统的信息状况，给出系统的信息模型。

信息建模法和面向对象分析法虽然较接近，但信息建模法的数据不封闭，实体及其关系的处理不在同一实体中，也没有继承性和消息传递机制来支持模型。

（3）面向对象的分析法

面向对象的分析法是一种新型的需求分析法。在信息建模法的基础上，面向对象的分析法进一步结合了面向对象程序设计语言中的主要概念，即采用了类结构、数据封装和继承等，使得建模过程更加自然和可靠。

（4）结构化分析法

结构化分析法是最早被采用，也是应用最广泛的需求分析方法之一。它由数据流图和数据字典构成，实现了从问题空间到某种表示的映射。这种方法简单实用，适用于数据处理领域问题。但该方法不太重视数据结构，不便于确定数据流之间的变换，还可能引起所谓的"数据字典爆炸"。结构化分析法具有代表性，将在下文详细说明。

2. 结构化分析法

（1）结构化分析法简介

结构化方法是一种实用的软件开发方法集，它由结构化分析（Structure Analysis，SA）、结构化设计（Structure Design，SD）和结构化程序设计（Structure Programming，SP）构成。其中，结构化分析法是需求分析中较常被采用的方法。

结构化分析是面向数据流的需求分析的方法，是20世纪70年代后期由Yourdon、Constantine及DeMarco等人提出和发展的，并得到广泛的应用。结构化分析是一种建模活动，该方法使用简单的易读的符号，根据软件内部数据传递、变换的关系，采用自顶向下、逐层分解的策略来描绘出功能要求的软件模型。这种策略使分析人员不致于陷入细节，而是逐步地去了解更多的细节。依照该策略，对于任何复杂的系统，分析工作都可以有计划、有步骤、有条不紊地进行。

结构化分析法的优点在于简单实用，易为开发者掌握，在成功率方面仅次于面向对象的方法。它特别适合数据处理领域中的应用，对其他领域的应用也基本适用。该方法存在的主要问题是对于规模很大、特别复杂的项目不太适应，难以适应需求的变化。

（2）结构化分析法的描述工具

结构化分析法采用图形等半形式化的描述方式表达需求，简明易懂，用它们形成需求说明书中的主要部分。这些描述工具有以下几种。

① 数据流图：描述系统的分解，即描述系统由哪几部分组成，各部分之间有什么联系等。

② 数据字典：定义了数据流图中的数据和加工，是数据流条目、数据存储条目、数据

项条目和基本加工条目的汇集。

③ 描述加工逻辑的结构化语言、判定表及判定树：它们详细描述了数据流图中不能被再分解的每一个基本加工的处理逻辑，对代码开发阶段的程序动作定义、数据分流起到了指导作用。

以上三项内容形成了结构化分析方法的描述体系，下文将重点介绍数据流图和数据字典。

（3）结构化分析法的步骤

① 建立现行系统的物理模型

通过对已在运行的现行系统的详细调查，了解其工作过程，收集资料、文件、数据和报表等，通过信息综合将收集的信息用图形的方式来描述物理模型，从而反映出分析者对现行系统的理解。这一模型自然会包含很多非常具体的内容，可以客观地反映出现行系统的结构和行为。

② 抽象出现行系统的逻辑模型

物理模型反映了系统的具体实现过程，抽取模型中本质的因素后，就会形成现行系统的逻辑模型。所谓本质的因素是指系统固有的、不依赖运行环境变化而变化的因素，任何系统的实现过程都受这些因素的制约。

③ 建立目标系统的逻辑模型

分析比较目标系统与现行系统逻辑上的差别，即在现行系统的基础上确定变化的范围，把那些要改变的部分找出来，将变化的部分抽象为一个加工，从而这个加工的外部环境和输入/输出就确定了。然后要对变化的部分重新分解，分析人员根据经验，采用自顶向下、逐步求精的分析策略，逐步确定变化部分的内部结构，从而建立目标系统的逻辑模型。

④ 作进一步补充和优化

为了体现目标系统的细节，还需要对目标系统的逻辑模型做一些必要的补充，以说明其所处的应用环境及其与外界环境的联系，确定人机界面；说明还未详细考虑的细节，如出错处理、输入/输出格式、存储容量和响应时间等要求。

3. 数据流图

数据流图（Data Flow Diagram，DFD），是结构化分析法中用于表示系统逻辑模型的工具。它以图形的方式描绘数据在系统中流动和处理的过程。它反映的是目标系统的逻辑功能，故它是一种功能模型。

（1）基本图形符号

数据流图有如表2-2所列的基本图形符号及说明。

表2-2　数据流图的基本图形符号及说明

符　　号	名　　称	说　　明
→	数据流	数据流是数据在系统内传播的路径，由一系列成分固定的数据项组成。由于数据流是流动中的数据，所以必须有流动方向，它在加工之间、加工与源点终点之间、加工与数据存储之间流动。除了与数据存储之间的数据流不用命名外，数据流都应该用名词或名词短语命名

（续表）

符　号	名　称	说　明
（椭圆）	加工	加工也称为数据处理，它对数据流进行某些操作或变换。每个加工也要有名字，通常是动词短语，简明地描述所要完成的加工。在分层的数据流图中，加工还应编号
＝	数据存储	数据存储指暂时保存的数据，它可以是数据库文件或任何形式的数据组织。注射数据存储的数据流可以理解为文件写或文件查询，从数据存储流出的数据可理解为文件读或得到查询结果
□	数据的源点或终点	数据源点和终点是软件系统外部环境中的实体，统称为外部实体。它们是为了帮助理解系统界面而引入的，一般只出现在数据流图的顶层图中，表示了系统中数据的来源和去处

（2）绘制数据流图

为了表达较复杂问题的数据处理过程，要按照问题的层次结构进行逐步分解，并用分层的数据流图反映这种结构关系。

① 系统输入/输出的绘制

绘制系统输入/输出需要先绘制顶层数据流图。顶层数据流图只有一个加工，用以标识被开发的系统，然后确定系统的输入数据及其来源、输出数据及其去处，从而定义了系统的输入/输出数据流。顶层图只有一张，其作用在于表明被开发系统的范围以及它和周围环境的数据交换的关系。图2-2为外语等级考试报名系统的顶层图。

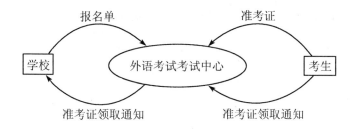

图 2-2　外语等级考试报名系统顶层图

② 系统内部绘制

绘制系统内部就是绘制除顶层外的其他层，习惯上从0层开始编号，采用自顶向下、由外向内的原则。绘制0层数据流图时，一般根据当前系统的工作分组情况，并按新系统应有的外部功能，分解顶层数据流图的系统为若干子系统，并决定每个子系统间的数据接口和活动关系。外语等级考试报名系统按功能可分成两部分，一部分为报名，另一部分为领取准考证，两部分通过报名登记文件的数据存储联系起来，其0层如图2-3所示。绘制随后层的数据流层时，则分解上层图中的加工，一般沿输入流的方向。凡数据流的组成或值发生变化处都要设一加工，这样一直进行到输出数据流。如果加工内部还有数据流，则对此加工在下层图中继续分解，直到每一个加工都成为不可再分解的基本加工为止。

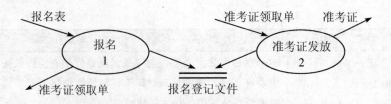

图 2-3　外语等级考试报名系统 0 层图

绘制数据流图需要注意以下事项：

① 数据流图内的元素要起一个易于理解的名字，不要使用缺乏具体含义的名字。

② 绘制数据流图时，不要与控制流图相混淆。数据流图反映系统"做什么"，而不是"怎么做"。整个数据流图不反映加工的执行顺序。

③ 数据流反映的是通用计算机处理的数据，不是实物，因此数据流图上一般不要绘制物流。如外语等级考试报名系统中，考试费也在流动，但并不绘出，因为交款是人的行为，不是系统内部的行为。

④ 每个加工至少有一个输入数据流和一个输出数据流，反映出此加工数据对外接口。

⑤ 如某个加工被分解为另一张数据流图时，则上层为父图，直接下层为子图。子图的编号就是父图中相应加工的编号，加工的编号按"子图号.局部号"的形式编写。如图2-4的实例所示。

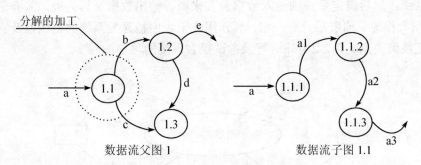

图 2-4　父图-子图对应编号示例

⑥ 子图的输入、输出数据流同父图相对应加工的输入、输出数据流必须一致，即父图与子图要做到平衡，这是分层数据流图中的重要性质，保证了数据流图的一致性，便于分析人员的阅读与理解。

⑦ 当某层数据流图中的数据存储不是父图中相对应加工的外部接口，而只是本图中某些加工之间的数据接口，则称这些数据存储为局部数据存储。一个局部数据存储只有当它用为某些加工的数据接口或某个加工特定的输入或输出时，就将其绘出，这有助于实现信息隐藏。

⑧ 要注意把一个加工分解成几个功能相对独立的子加工，这可以减少加工之间输入、输出数据流的个数，增加数据流图的可理解性。

4. 数据字典

数据流图对信息处理逻辑模型的描述具有直观、全面、易懂的优点，但没有准确、完整地定义图元。结构化分析法要求对于数据流图中的所有数据流、文件和底层加工进行准确、完整地定义，这些定义为系统的分析、设计和维护提供了数据流图中所出现的各种成分的进一步说明。图元定义汇集在一起就构成了数据字典（Data Dictionary，DD），数据字典和数据流图共同构成了系统的逻辑模型，是软件需求规格说明书的主要成分。在数据字典中，用数据项、数据流和数据文件来对数据进行描述。

（1）数据项：即数据元素，是表达有效信息的最基本的单位。

（2）数据流：由相关数据项组成数据流。

（3）数据文件：表示对数据的存储，由若干数据项按照一定的组织方式组成。

在数据字典中每一个字典条目的一般都有如表2-3所示的格式。

表2-3 数据字典和加工说明表

类型：（数据流 / 数据项 / 数据文件 / 加工序号）	
名称：	别称：
组成：（数据流的组成 / 数据文件的组成 / 数据项的取值及含义）	
加工逻辑：	
备注：	

考虑到不同的用户对同一数据会有不同的命名，为了保证系统分析员对不同命名的理解的一致性和准确性，故在字典条目中加设了"别称"项。

为了使定义更为简洁，在数据字典中也使用了如数学符号的关系符，利用关系符就能使表达精练，对于数据字典内容的格式化也是有益的。这些关系符如表2-4所示。

表2-4 数据字典中的关系符

符 号	意 义	示 例
=	表示"定义为"或"等于"	A=b+c 表示A定义为b+c
+	逻辑与	A=b+c 表示A由b和c组成
[...|...]	逻辑或	A=[b|c] 表示A由b或c组成
{...}	重复符	A={b} 表示A由零或多个b组成
M{...}n	设限重复符	A=3{b}6 表示A由不少于3个和不多于6个b组成
(...)	可选符	A=(b) 表示b可以在A中出现或不出现
"..."	表示...为基本数据元素	A="b" 表示A是取值为b的数据元素
..	连接符	A=3..8 表示A可任选3到8中的任一值
......	注释符	*A的组成* 表示"A的组成"为注释说明

关系符的使用类似于高级程序设计语言中的表达式。例如：

员工绩效信息=工号+姓名+{岗位名称+产生的效益}+总体评价

数据字典的作用就是对数据流图中的各类元素进行说明，有了这些说明，数据流图才能更加清晰完整地表达需求意图，从而在后续阶段为开发人员提供开发依据。数据字典可手工建立，也可通过计算机辅助建立。计算机辅助建立数据字典比手工建立数据字典在效率、数据的一致性和完整性方面更为优越，所以，现在普遍采用计算机辅助建立数据字典的手段。

2.2.4　软件需求分析文档

在开发人员充分地理解了用户的要求之后，应将共同的理解以规范化的形式准确地表达出来，并形成需求规格说明书。需求规格说明书是软件开发过程中非常重要的文档。为了保证开发的正常进行，在分析阶段就必须及时地建立该文档，并保证其质量。需求规格说明书实际上是为软件系统描绘了一个逻辑模型，在开发早期就为软件系统建立一个可以清晰预见的模型，并以该逻辑模型为开发的核心。很明显，需求规格说明书主要有以下三个作用：

（1）作为用户和软件开发机构之间的合同，为双方相互了解提供基础。

（2）反映问题的结构，作为设计和编码的基础。

（3）作为测试和验收目标系统的依据。

既然要作为设计的基础和验收的依据，需求规格说明书应该是精确而无歧义的。越精确，以后出现错误、混淆、反复的可能性就越小，成功的可能性也就越大。用户能看懂需求规格说明书并能发现和指出其中的错误是保证软件质量的关键之一，所以需求规格说明书必须简明易懂，尽量不包含不能一目了然的术语，从而使用户和软件开发人员都能接受。由于用户的需求常常可能发生变化，需求规格说明书也就需要做相应的修改，所以需求规格说明书又必须是易于维护的。

以下介绍一个具体的需求规格说明书的实例。

南京光华机床厂工资管理系统需求规格说明书

1　引言

本需求规格说明书是根据南京光华机床厂财务科对工资管理系统的需求而编写的，旨在作为开发的标准和验收的依据。

2　任务概述

2.1　目标

开发本系统的目的在于以更先进的系统代替老式的工资管理系统，新系统要实现以下的目标。

（1）数据收集：收集每个职工的借款数据。

（2）工资核算：根据人事数据和扣款计算出当月应发工资和实发工资。

（3）人工成本统计：对职工工资进行统计，以确定确切的人工成本。

（4）打印报表：产生工资总表、工资分类表等各种统计报表。

2.2 条件与限制

目前本项目开发的所需软、硬件已具备，但厂方还需提供有关职工工资的内部统计资料，以便形成相应的数据库。

2.3 运行环境

（1）硬件：CPU586以上微机一台，备份海量外存储器一台，网络激光打印机一台。

（2）软件：Windows 2000或Linix操作系统作为运行平台，SQL Server 7.0作为后台数据库，Visual Basic 6.0作为开发工具。

3 数据描述

3.1 静态数据

所有作为控制或参考用的静态数据列表（略）。

3.2 动态数据

（1）输入数据：职工水电用量记录、职工人事数据、借扣款结算表。

（2）输出数据：工资汇总表、基本工资表、职工水电表、工资签收表。

3.3 数据库描述

主数据库名GZGL，记录职工工资信息。其他临时数据库（略）。

3.4 数据字典

详细数据流图及其数据字典（略）。

3.5 数据采集

（1）数据采集要求和范围：职工借款表包括全厂职工的当月的借款汇总，职工人事数据包括全厂职工应发工资各数据项，借扣款结算表应包括全厂职工的借扣款结算数据。

（2）采集方法：手工采集、纸质文档扫描、老数据库转换。

（3）采集的承担者：厂方参与开发的协助人员和财务人员。

4 功能需求

4.1 功能划分

本系统的功能主要划分如下：

（1）初始化模块。

（2）计算机模块。

（3）打印模块。

4.2 功能描述

（1）初始化：实现与职工工资有关的各种数据的输入与修改，包括全厂职工人事数据、借扣款数据等，并验证其正确性。

（2）工资核算：根据人事数据和扣款等数据计算职工的应发及实发工资，并进行保存。

（3）打印：打印工资汇总表、工资分类表、职工借款表、工资签收表等。

5 性能需求

5.1 数据精确度

本系统所涉及的最终数据结果均保留小数点后2位，并采用四舍五入的省略原则。

5.2 适应性

本软件系统需要为人事数据的接收预留接口，人事数据可由人事处的人事管理系统直接通过网络传递到接口。

6 运行需求

6.1 用户界面

本系统的主菜单为一个下拉式菜单（略），用鼠标或键盘的方向键均可选择所需功能，单击鼠标或按回车键均可出现下拉菜单，用鼠标或方向键可选择所需要功能项。

6.2 报表格式

（1）工资汇总表。

（2）职工借款表。

（3）工资分类表。

（4）工资签收表。

7 其他需求

由于该软件归财务科使用，要求要有一定的安全保密性，需要为使用人员设置使用权限及口令，并需要对有关数据进行定期备份。

附表（略）

2.2.5 对需求分析复审的要求

大型的软件开项目的开发和维护需要投入大量的资源，所以需要在资源使用过程中谨慎对待。对需求分析进行复审的目的是保证需求的正确和完整性，尽可能减少人为错误，为保证软件质量打下基础。对需求分析进行复审是降低开发成本的重要手段。因为改正一个后期的错误比前期改正一个错误代价要大得多。

对需求分析进行复审的对象主要是各种需求分析文档，因此，复审就是要对这些文档全面进行认真的复审，以防止理解错误和需求遗漏的发生。由项目开发组织将软件需求文档和用户需求的原始文档分发给用户和软件开发人员，要求他们阅读审查，提出问题或建议。复审可按回答问题的方式进行，一般需要回答下列问题：

（1）系统定义的目标是否与用户的要求一致？

（2）系统需求分析阶段提供的文档资料是否齐全？

（3）文档中的所有描述是否完整、清晰、准确地反映了用户的要求？

（4）与所有的其他系统成分的重要接口是否都已描述？

（5）所开发项目的数据流与数据结构是否足够且确定？

（6）所有图表是否清楚，在没有补充说明时是否易于理解？

（7）主要功能是否已包含在规定的软件范围之内，是否都已充分说明？

（8）设计的约束条件或限制条件是否符合现实？

（9）开发的技术风险是什么？

（10）是否考虑过将来可能会提出的软件需求？

（11）是否详细制定了检验标准，标准能否对系统定义的成败进行确认？

（12）有无遗漏、重复或不一致的地方？

（13）用户是否审查了初步的用户手册？

（14）软件开发计划中的估算是否受到了影响？

当然，除了回答以上问题外，对于具体的软件系统还需要回答具有特殊性的问题。为了保证软件需求定义的完整可靠，必须建立多级评审制度，并严格按规程进行。用户、开发部门的管理者、软件设计人员、软件实现人员和软件测试人员都应参与复审工作，以便在正式开发之前找到漏洞。

2.3　习　　题

1. 软件系统开发可行性研究的内容是什么？

2. 如何展开软件系统开发可行性研究？

3. 需求分析的目的是什么？

4. 需求分析的一般方法有哪些？

5. 有哪些需求文档，它们的作用有哪些？

6. 需求分析复审的意义是什么？

第3章

软件设计

分析软件的需求之后，还需要提出软件系统具体的实现框架，这一过程基本确定了软件系统的规模、结构和资源配置格局。软件设计是软件开发过程中一个重要的环节，直接影响到软件系统的性能、成本和可维护性。因此，本章就对软件设计中的结构设计和详细设计分别进行深入的阐述，让读者可以了解软件设计的概念、方法和支持工具。

3.1 软件结构设计

3.1.1 软件设计的基本概念

软件设计的基本概念是从20世纪60年代陆续提出的。经过多年来软件工程师们的不懈努力，使得基本概念和配套方法不断完善。软件设计者根据这组概念进行设计决策，例如，按什么标准划分子部件、如何从软件的概念表示中分离出功能和数据结构的细节、如何以统一的标准衡量软件设计质量等。

1. 模块化

模块是数据说明、可执行语句等程序对象的集合，是可以单独被命名的，而且可通过名字来访问。例如，过程、函数、子程序、宏等都可作为模块。模块化就是将程序划分成若干个模块，每个模块完成一个子功能，把这些模块集合起来组成一个整体，可以完成指定的功能满足问题的要求。

模块化是唯一对软件中的程序进行智能化管理的一个属性。完全由一个模块构成的程序，特别是大型程序，由于控制路径错综复杂，变量被远距离引用等，使得它难于驾驭和掌握。下面通过观察人类求解问题的过程来获得模块化提出的依据。

假设函数C(X)定义了问题X的复杂性，函数E(X)定义了求解问题X需要花费的工作量（按时间计），对于问题P1和P2，如果：

$$C(P1) > C(P2)$$

则有：

$$E(P1) > E(P2)$$

上述结论说明解决一个复杂问题总比解决一个简单问题耗费更多的工作量。

人类求解问题的实践同时又揭示了另一个有趣的性质：

$$C(P1+P2) > C(P1)+C(P2)$$

也就是说，由P1和P2组成的问题的复杂性往往比考虑单个问题复杂性的和更大。由以上三式可得：

$$E(P1+P2) > E(P1)+E(P2)$$

由此可知，把复杂的问题分解成多个容易解决的小问题，原来的问题也就容易解决了。这就是模块化提出的依据。

参看图3-1，如果无限地分割软件，最后为了开发软件而需要的工作量也就小得可以忽略了。事实上，当模块数目增加时，每个模块的规模将减小，开发单个模块需要的成本（工作量）确实减少了。但是，随着模块数目的增加，设计模块间接口所需要的工作量也将增加。根据这两个因素，得出了图3-1中的总成本曲线。每个程序都相应地有一个最适当的模块数目M，使得系统的开发成本最小。

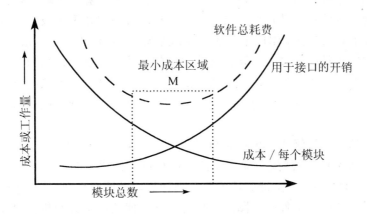

图 3-1　模块与软件耗费

采用模块化原理可以使软件结构清晰，不仅容易实现设计，也使设计出的软件的可阅读性和可理解性大大增强。这是由于程序错误通常发生在有关的模块及它们之间的接口中，所以采用了模块化技术会使软件容易测试和调试，进而有助于提高软件的可靠性。因为变动往往只涉及少数几个模块，所以模块化能够提高软件的可修改性。模块化也有助于软件开发工程的组织管理，一个复杂的大型程序可以由许多程序员分工编写不同的模块，并且可以进一步分配技术熟练的程序员编写程序模块。

2. 抽象与逐步求精

抽象是人类在认识复杂现象的过程中使用的最强有力的思维工具。人们在实践中认识到，在现实世界中一定事物、状态或过程之间总存在着某些相似的方面（共性）。把这些相似的方面集中和概括起来，暂时忽略它们之间的差异，这就是抽象。抽象就是抽出事物的本质特性而暂时不考虑它们的细节。由于人类思维能力的限制，如果每次面临的因素太多，是不可能做出精确思维的。处理复杂系统的唯一有效的方法是用层次的方式构造和分析它。一个复杂的动态系统首先可以用一些高级的抽象概念构造和理解，这些高级概念又可以用一些较低级的概念构造和理解，如此进行下去，直至最低层次的具体元素。这种层次的思维和解题方式必须反映在定义动态系统的程序结构之中，每级的一个概念将以某种方式对应于程序的一个组成部分。

当考虑对任何问题的模块化解法时，可以提出许多抽象的层次。在抽象的最高层次使用问题环境的语言，以概括的方式叙述问题的解法；在较低抽象层次采用更过程化的方法，把面向问题的术语和面向实现的术语结合起来叙述问题的解法；最后，在最低的抽象层次用可以直接实现的方式叙述问题的解法。

软件工程过程的每一步都是对软件解法的抽象层次的一次精化。在可行性研究阶段，软件作为系统的一个完整部件；在需求分析期间，软件解法是使用在问题环境内熟悉的方式描述的；当我们由总体设计向详细设计过渡时，抽象的程度也就随之减少了；最后，当源程序写出来以后，也就达到了抽象的最底层。

"逐步求精"是与"抽象"密切相关的一个概念，它由N.Wirth提出，可视为一种早期的自顶向下设计策略，其主要思想是，针对某个功能的宏观描述，用逐步求精的方法不断地分解，逐步确立过程细节，直至该功能用程序语言描述的算法实现为止。因为求精的每一步都是用更为详细的描述替代上一层次的抽象描述，所以在整个设计过程中产生的，具有不同详细程度的各种描述，组成了系统的层次结构。层次结构的上一层是下一层的抽象，下一层是上一层的求精。事实上，软件结构顶层的模块，控制了系统的主要功能并且影响全局。在软件结构底层的模块，完成对数据的一个具体处理，用自顶向下、由抽象到具体的方式分配控制，简化了软件的设计和实现，提高了软件的可理解性和可测试性，并且使软件更容易维护。

例如，考虑适用于低级CAD的图形软件包。

抽象Ⅰ　该CAD软件系统配有能与绘图员进行可视化通信的图形界面，能用鼠标代替绘图工具、画各种直线和曲线，能完成所有几何计算以及所有截面视图和辅助视图的设计。图形设计的结果存在图形文件中，图形文件可包含几何的、正文的和其他各种补充设计信息。显而易见，在这一抽象级别上，问题的解用问题域本身的术语描述。

抽象Ⅱ

　　CAD软件任务：

　　　　用户界面任务；

　　　　创建二维图形任务；

　　　　显示图形任务；

　　　　管理图形文件任务；

END CAD；

在这一抽象级别上，给出了组成CAD软件任务的所有主要的子任务，尽管术语已与问题域有所不同，但仍然不是实现用的语言。

抽象Ⅲ （仅以"创建二维图形任务"为例）

PROCEDURE 创建二维图形；

　　REPEAT　　UNTIL　　（创建图形任务终止）

　　　　DO　　WHILE　　（出现与数字仪的交互时）

　　　　　　数字仪接口任务；

　　　　　　判断作图请求；

　　　　　　线：画线任务；

　　　　　　圆：画圆任务；

　　　　　　…

　　　　END；

　　　　DO　　WHILE　　（出现与键盘的交互时）

　　　　　　键盘接口任务；

　　　　　　选择分析或计算；

　　　　　　辅助视图：辅助视图任务；

　　　　　　截面视图：截面视图任务；

　　　　　　…

　　　　END；

　　　　…

　　END REPETITl0N；

END PROCEDURE；

在这一抽象级别上，给出了初步的过程性表示，此时所有术语都是面向软件（如采用DO-WHILE结构），并且模块结构也开始明朗。求精过程还可继续下去，直至产生源代码。

3. 信息隐藏原理

模块应该设计得使其所含信息（过程和数据）对于那些不需要这些信息的模块不可访问，每个模块只完成一个相对独立的特定功能，模块之间仅仅交换那些为完成系统功能必须交换的信息。模块独立性是指软件系统中每个模块只涉及软件要求的具体子功能，而和软件系统中其他模块的接口是无关的。模块独立的概念是模块化、抽象、信息隐蔽和局部化概念的直接结果。模块独立性的重要性主要体现在以下两个方面：

（1）具有独立的模块的软件比较容易开发出来。这是由于能够分割功能而且接口可以简化，当许多人分工合作开发同一个软件时，这个优点尤其重要。

（2）独立的模块比较容易测试和维护。这是因为相对说来，修改设计和程序需要的工作量比较小，错误传播范围小，需要扩充功能时能够"插入"模块。总之，模块独立是优秀设计的关键，而设计又是决定软件质量的关键环节。

模块的独立程度可以由两个定性标准量度，这两个标准分别称为内聚和耦合。耦合衡量不同模块彼此间互相依赖的紧密程度；内聚衡量模块内部各个元素彼此结合的紧密程度。

1. 耦合

耦合性量度一个程序结构中各个模块之间相互联系的程度，它取决于各个模块之间接口的复杂程度，取决于如何进入或访问一个模块，以及哪些数据将通过该接口。程序中总是希望各模块间的耦合尽可能低，追求尽可能松散耦合的系统。这样的程序容易修改和维护，且当一处出现错误并沿着系统蔓延时也不致于引起连锁反应。耦合一般具有以下几种形式。

（1）数据耦合：如果一个模块访问另一个模块，相互传递的信息以参数形式给出，并且传递的参数完全是数据元素而不是控制元素，称这种关系为数据耦合。系统中必须存在这种耦合，因为只有当某些模块的输出数据作为另一些模块的输入数据时，系统才能完成有价值的功能。

（2）标记耦合：假如两个模块都要使用同一个数据结构的一部分，不是采用全程公共数据区共享，而是通过模块接口传递数据结构的一部分，这种耦合称为标记耦合。

（3）控制耦合：某一模块把控制数据传递到另一模块，并对其功能进行控制，即为控制耦合。

（4）外部耦合：模块受程序的外部环境约束时，就出现较高程度的耦合。如输入/输出把一个模块耦合到指定的设备、格式以及通信协议上，这就是外部耦合。外部耦合是必要的，但在一个程序结构内应限制在少数模块中。

（5）公共耦合：两个以上模块共用一个全局数据区时引起的耦合称为公共耦合。一些高级语言中的公共数据属于公共耦合。模块的公共耦合是因为多个模块共同引用了第三者，耦合程度取决于这个公共环境接口的模块个数。在只有两个模块的情况下，公共耦合的耦合程度介于数据耦合和控制耦合之间。由于模块被公用数据结构束缚在一起，对个别模块的修改和再利用必然带来许多不方便。如果两个模块共享的数据很多，都通过参数传递可能很不方便，这时可以利用这种耦合。

（6）内容耦合：当某个模块直接使用保存在另一模块内部的数据或控制信息，或转入另一模块时引起的耦合称为内容耦合。这种关系使得模块间的联系过分紧密，常常给后期的开发和维护工作带来不利的影响。

耦合性与模块属性的关系如表3-1所示。

表3-1　耦合性与模块属性的关系

属性 耦合	对修改的敏感性	可重用性	可修改性	可理解性
内容耦合	很强	很差	很差	很差
公共耦合	强	很差	中	很差
外部耦合	一般	很差	很差	中
控制耦合	一般	差	差	差
标记耦合	弱	中	中	中
数据耦合	最弱	好	好	好

耦合是影响软件复杂程度的一个重要因素，在软件设计过程中，应尽量使用数据耦合，少用控制耦合，限制公共耦合的范围，完全不用内容耦合。

2. 内聚

内聚标志一个模块内部各个元素之间的紧密程度。内聚作为量度模块相对功能强度的指标，总是希望它越高超好。内聚一般具有以下几种形式。

（1）偶然内聚：完成几个关系比较松散的任务的模块具有偶然内聚性。例如，为了节省空间，将几个模块中共同的语句抽出来放在一起组成一个模块，该模块就具有偶然内聚性。在这种模块中，由于各成分之间没有实质性的联系，所以很难理解、测试、修改和维护。有时在一种应用场合需要修改，而在另一种应用场合又不允许修改，从而陷入尴尬的困境。事实上，具有偶然内聚性的模块需要修改的可能性常常比具有其他内聚性的模块高得多。

（2）逻辑内聚：完成几个在逻辑上相互有关的任务的模块具有逻辑内聚性。例如，专门负责输出出错信息、用户账单、统计报表等各类数据的模块具有逻辑内聚性。这种模块不易修改，因为各项任务共用部分程序成分，修改其中一项任务将会影响其他任务。

（3）时间内聚：完成几个必须在同一时间内进行的任务的模块具有时间内聚性。例如，负责紧急事故处理的模块，必须在同一时间内完成关闭文件、保护接口、发出出错信息、保护各检测点的数据和进入故障处理程序等各项任务，这种模块就具有时间内聚性。

（4）信息内聚：所有成分都使用同一输入数据或产生同一输出数据的模块具有信息内聚性。例如，利用同一数据生成各种不同形式报表的模块具有信息内聚性。

（5）顺序内聚：所有成分都与同一个功能紧密相关并且必须按顺序执行的模块具有顺序内聚性。例如，由构造系数矩阵、求矩阵逆、解未知数等成分构成的求线性方程组解的模块具有顺序内聚性。通常，根据数据流图映射得到的程序结构图中的模块具有这种内聚性。

（6）功能内聚：所有成分属于一个整体、完成一个单一功能的模块具有功能内聚性。例如，如果将上述求线性方程组解的模块中的求矩阵逆的部分单独做成一个模块，则该模块具有功能内聚性。

一般认为，偶然的、逻辑的和时间上的内聚是低内聚性的表现，信息的内聚则属于中等内聚性，顺序的和功能的内聚是高内聚性的表现。从上述的描述可以看出，软件设计人员在设计软件时应尽可能做到高内聚、低耦合。

3.1.2　数据流的设计过程

在本小节中，介绍一种应用最广、技术上也较完善的系统设计方法——面向数据流的设计方法。通常所说的结构化设计方法（简称为SD方法），也就是基于数据流的设计方法。

面向数据流的设计方法的目标是给出提供软件结构的一个系统化的途径。在软件工程的需求分析阶段，信息流是一个关键考虑，通常用数据流图来描绘信息在系统中被加工和信息流动的情况。面向数据流的设计方法定义了一些不同的"映射"，利用这些映射可以把数据流图变换成软件结构。因为任何软件系统都可以用数据流图表示，所以面向数据流的设计方法理论上可以设计任何软件的结构。对于不同的信息流的类型采用不同的映射方法。信息流有以下两种类型。

1. 变换流

在基本系统模型（即顶级数据流图）中，信息通常以"外部世界"所具有的形式进入系统，经过处理后又以这种形式离开系统，如图3-2所示。输入信息流沿传入路径进入系统。同时由外部形式变换为内部形式，经系统变换中心加工、处理后作为输出信息流又沿传出路径离开系统，并还原为外部形式。如果数据流图所描述的信息流具有上述特征，则称做变换流。

2. 事务流

出于基本系统模型呈变换流，故任意系统中的信息均可用变换流刻画。但若数据流具有如图3-3所示的形状，则称为"事务流"。此时，单个数据项称为事务（transaction），沿传入路径（也称为接受通道）进入系统，由外部形式变换为内部形式后到达事务中心，事务中心根据数据项计值结果从若干动作路径中选定一条继续执行。值得注意的是，在大系统的DFD（数据流图）中，变换流与事务流往往交织在一起。例如，在基于事务流的系统中，当信息沿动作路径流动时可能呈现变换流的特征。因此，下一小节讨论的变换分析法与事物分析法常常需要交叉使用。

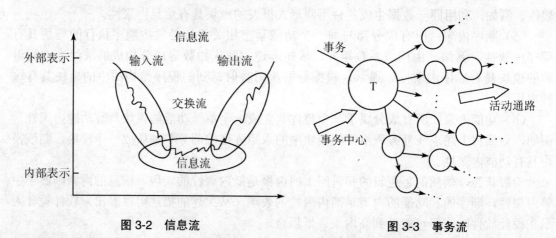

图 3-2　信息流   图 3-3　事务流

SD方法设计过程（如图3-4所示）如下：

（1）复查并精化数据流图。不仅要确保数据流图给出了目标系统的正确的逻辑模型，而且应该使数据流图中每个处理都代表一个规模适中相对独立的子功能。

（2）确定数据流图类型并进行相应的映射，确定数据流图具有变换特性还是事务特性。

（3）分解上层模块，设计中下层模块结构。

（4）根据优化准则对软件结构求精。

（5）描述模块功能、接口及全局数据结构。

（6）复查，如果有错则转向（2）修改完善，否则进入详细设计。

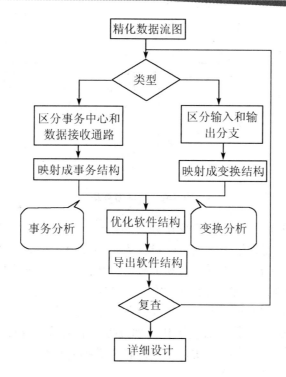

图 3-4 面向数据流的软件设计过程

3.1.3 变换分析与事务分析

1. 变换分析

变换分析是一系列设计步骤的总称，经过这些步骤把具有变换流特点的数据流图按预先确定的模式映射成软件结构。

（1）区分传入、传出和变换中心三个部分，在DFD图上标明它们的分界线

对于数据处理，我们通常会遇到这样一类问题，即从（程序）"外部"取得数据（如从键盘、磁盘文件等），对取得的数据进行某种变换，然后再将变换得到的数据传回给"外部"。它的数据流图通常可以分为三部分：输入、处理和输出。通常把输入部分、处理部分和输出部分分别称为输入流程、变换中心和输出流程。变换中心的任务是通过计算或者处理，把系统的逻辑输入变换为系统的逻辑输出。所谓逻辑输入，是指离输入始端最远，但仍可以被看作系统输入的那些数据流。而逻辑输出则是指离输出末端最远，但仍可视为系统输出的所有数据流。当数据在系统中流动时，不仅在通过变换中心时要被变换，在传入和传出的路径上，其内容和形式也可能发生种种变化。所以有些文献把变换中心称为中心加工，以区别于数据在传入传出过程中常见的其他加工。

图3-5是在DFD图上区分三个组成部分的一个例子。图中c、e是逻辑输入数据流，u、w是逻辑输出数据流，介于它们之间的P、Q、R属于变换中心。用虚线表示的两条分界线，标出了这三个部分的边界。

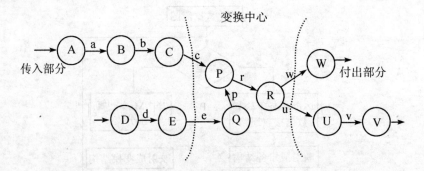

图 3-5　变换型分析

做好对DFD图的分析和划分，是变换分析的第一步。对于较复杂的DFD图，不同的设计人员可能得出不同的划分结果。这里，设计人员的经验是十分重要的，但更重要的是必须从实际情况出发，对DFD图进行认真和细致的分析。以下列出几种处理方法。

① 有些系统没有加工中心，系统的逻辑输入和逻辑输出是完全相同的数据流。此时应如实地把DFD图划分为传入和传出两个部分，不要强求分成三个部分。

② 除传入部分外，在变换中心甚至传出部分也可能从系统外接受某些输入数据流，称为二次输入数据。分析时，应按照实情把二次输入数据看成变换中心或输出部分的一个成分，不应当作输入部分的一部分。

③ 有些DFD图可能比较粗糙，设计人员可对自己用作分析的DFD图进行补充，必要时甚至重画。过多的细节对于划分DFD图也许作用不大，但对往后的设计却常常是有益的。

（2）完成第一级分解

这一步要画出初始的SC图（结构图），主要是画出它最上面的两层模块——顶层和第一层。任何系统的顶层都只有一个用于控制的主模块。它的下一层（第一层）一般包括输入、输出和变换中心三个模块，分别代表系统的三个相应分支。但也可能只有输入和输出两个模块，必须根据DFD图的实际划分情况而定。图3-6显示了图3-5的DFD图在第一级分解后导出的SC图，沿调用线标注了在模块间输送的数据流的名称。

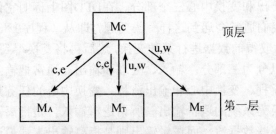

图 3-6　第一层的 DFD 图

另一种画法是，在第一层，不是每一个分支只画一个模块，而是根据实际情况确定模块的数量。仍以图3-5为例，输入和输出分支各有两个数据流，而中心加工会有三个加工，故可画出（2+2+3）共7个模块，如图3-7所示。

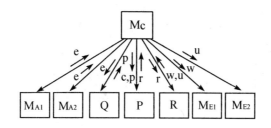

图 3-7　模块间的调用

（3）完成第二级分解

对上步的结果继续进行由顶向下的分解，直至画出每个分支所需要的全部模块，称为第二级分解。这一步得到的结果，便是系统的初始SC图。

同第一级分解一样，这一步的分解实质上仍然是"映射"，即把DFD图中的加工按照一定规则转换为SC图中的模块。这就使整个工作变得有章可循，这也是SD方法的一大优点。

仍以图3-5为例，首先考察输入分支的模块分解。在图3-8中，输入模块M_A可直接调用模块C与E以取得它所需的数据流c与e，继续下推，模块C、E将分别调用各自的下属模块B、D，以取得b与d。模块B又通过调用下属模块A取得a。可见图3-8中的5个下属模块，其实就是DFD图中从A至E这5个加工的映射，但模块的调用顺序正好与加工顺序相反。

数据流在输入的过程中，也可能经历数据的变换。以图3-5中的两个输入流为例，其中一路将从a变换为b，再变换为c；另一路则从d变换为e。为了显式地表示出这种变换，可以在图中增添3个变换模块（即"变A为B"、"变B为C"、"变D为E"），并在模块A至E的名称中加上Read、Get等字样，如图3-9所示。这一改变的实质是，除了处于物理输入端的源模块以外，让每一输入模块都调用两个下属模块，包括一个下属的输入模块和一个变换模块。图3-9所显示的结构，显然较图3-8更加清楚明了。

现在，按图3-8追踪，考察输入分支的操作过程。为了取得数据c、e，M_A将分别调用模块C和E。为了得到c（或e），首先要得到b（或d），为了得到b又要先读入a。图3-10显示了有关模块的调用与执行过程。虽然模块的调用顺序（CBA，ED）恰与加工的出现顺序相反，但取得数据的顺序（abc，de）与DFD图的要求是一致的。仿照与输入分支相似的分解方法，可得到本例中输出分支的两种模块分解图，如图3-11所示。

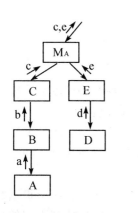

图 3-8　第二级分解

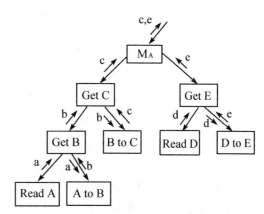

图 3-9　输入分支的第二种分解

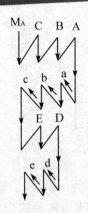

图 3-10　模块的调用和执行过程

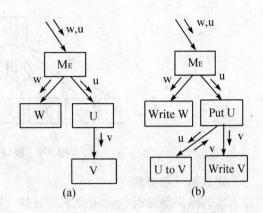

图 3-11　输出分支的两种分解

与输入/输出分支相比、中心加工分支的情况繁简各异，其分解也较复杂。但建立初始的SC图时，仍可以采取"一对一映射"的简单转换方法。图3-12显示了本例中心加工分支第二级分解的结果。

将图3-9和图3-11（b）与图3-12合并在一起，就可以得到本例的初始SC图，如图3-13所示。

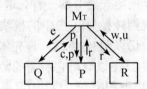

图 3-12　中心加工分支第二种分解

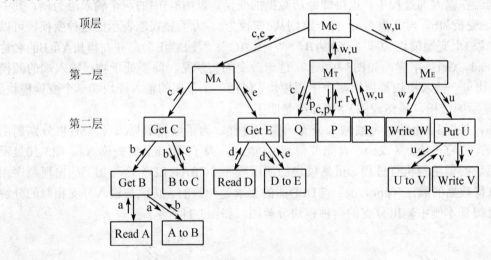

图 3-13　初始 SC 图

综上所述，变换分析的主要步骤如下：

（1）复查基本系统模型。在软件需求分析阶段应该对上述每条要求以及系统的其他特点进行全面的分析评价，建立起必要的文档资料，特别是数据流图。

（2）复查并精化数据流图。复查的目的是确保系统的输入数据和输出数据符合实际。不仅要确保数据流图给出了目标系统的正确的逻辑模型，而且应该使数据流图中每个处理都代表一个规模适中相对独立的子功能。

（3）确定数据流图具有变换特性和事务特性。在这一步，设计人员应该根据数据流图中占优势的属性，确定数据流的全局特性。此外还应该把具有和全局特性不同的特点的局部区域孤立出来，以后可以按照这些子数据流的特点精化根据全局特性得出的软件结构。

（4）划分DFD图的边界。确定输入流和输出流的边界，从而孤立出变换中心。输入流和输出流的边界和对它们的解释有关，也就是说，不同设计人员可能会在流内选取稍微不同的点作为边界的位置。

（5）建立初始SC图的框架并分解SC图的各个分支。完成"第一级分解"，软件结构代表对控制的自顶向下的分解，所谓分解就是分配控制的过程。对于变换流的情况，数据流图被映射成一个特殊的软件结构，这个结构控制输入、变换和输出等信息处理过程。完成"第二级分解"，所谓第二级分解就是把数据流图中的每个处理映射成软件结构中一个适当的模块。完成第二级分解的方法是，从变换中心的边界开始沿着输入通路向外移动，把输入通路中每个映射成软件结构中的低层模块。

（6）使用设计量度和启发式规则对第一次分割得到的软件结构进一步精化。对第一次分割得到的软件结构，总可以根据模块独立原理进行精化。为了产生合理的分解，得到尽可能高的内聚、尽可能松散的耦合，最重要的是，为了得到一个易于实现、易于测试和易于维护的软件结构，应该对初步分割得到的模块进行再分解或合并。

2. 事务分析

当数据流具有明显的事务特征时，即能找到一个事务（亦称触发数据项）和一个事务中心，采用事务分析法更为适宜。与变换分析一样，事务分析也是从分析数据流图开始，自顶向下，逐步分解，建立系统结构图，下面用一个实例来说明事务分析的过程。

【例3-1】 某飞机售票处设计"飞机票查询"程序，该程序可为旅客服务，由录入员输入查询请求，即可查出所需要航班资料，要求程序做到：按班次查询、按航线查询和按日期查询。

（1）精化数据流图

对该问题的要求进行分析，得到图3-14所示的数据流图，可以看出该数据流图是属于事务型数据流图，所以可以用事务分析方法设计出程序结构图。

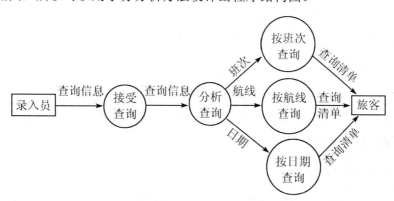

图 3-14　旅客查询飞机票数据流图

（2）事务分析得出程序结构图

首先设计出事务中心模块，对整个事务进行总控。从图3-14可以看出，"分析查询"处理是事务的调度中心，可以设计事务调度模块，图中存在三个事务处理，应分别为其设计事务处理模块。输入模块为"接受查询",从该图中得到的对应的程序结构图如图3-15所示。

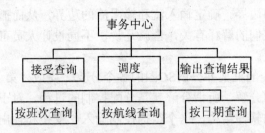

图 3-15　旅客查询飞机票程序结构图

对于一个大系统,常常把变换分析和事务分析应用到同一个数据流图的不同部分,由此得到的子结构形成"构件",可以利用它们构造完整的软件结构。如果数据流不具有显著的事务特点,最好使用变换分析。反之,如果具有明显的事务中心,则应该采用事务分析技术。但是,机械地遵循变换分析或事务分析的映射规则,就很可能会得到一些不必要的控制模块,应该把它们合并。如果一个数据流因过分复杂,则应该分解成两个或多个控制模块,或者增加中间层次的控制模块。

3.1.4　数据库设计

数据库设计是指在已有数据库管理系统的基础上建立数据库的过程。它在数据库系统的开发中占有非常重要的地位。数据库设计的好坏直接影响整个系统的效率。

如果说学会使用一个数据库比较容易,那么要设计一个数据库就不是一件轻而易举的事情,而是一个比较复杂的过程。数据库设计的过程是将数据库系统与实际应用对象紧密地结合起来,构成一个有机整体的过程。因此,数据库设计者要了解和掌握数据库系统和实际应用对象两方面的知识,不仅要懂得计算机和数据库,还要知道相应的业务工作,并具有一定的实际经验。可见,数据库设计所涉及的面很宽,对设计者要求比较高,是一项比较复杂、难度比较大的工作。

数据库设计包括以下两方面的内容:

1. 结构特性设计

结构特性设计也就是数据库框架或数据结构的设计。它是数据库设计的关键所在。结构特性设计要达到的目的是汇总各用户视图,尽量减少冗余,实现数据共享,设计出一个包含各用户视图的统一数据模型。

2. 行为特性设计

行为特性设计是指应用程序的设计。例如,数据库查询、事务处理和报表处理等应用程序的设计。

数据库设计的工作量大而且过程比较复杂,一个数据库设计的成功往往是许多人共同努力和互相合作的结果。因此,整个工作应该周密考虑,统筹规划,按步骤有计划地进行。一个数据库的设计过程通常要经历三个大的阶段,即可行性研究分析阶段、系统设计阶段、设计实施与系统运行阶段。设计过程的工作流程可用图3-16来表示。整个设计过程是使系统性能不断提高和完善的过程。为了达到满意的效果，往往需要反复调整和修正。因此，整个流程实际上是一个循环的流程，循环的终止条件是性能指标测试与系统评价满意。

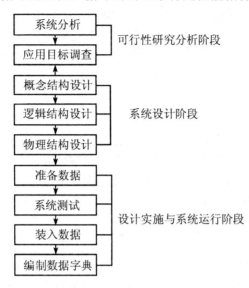

图 3-16　数据库设计工作流程

数据库设计的基本步骤如下：

1. 需求分析

需求分析是整个数据库设计过程中非常重要的一步，它是全部设计工作的基础。这个过程的工作做得越细，设计工作也就会越顺利。需求分析的目的是了解用户要求，对现实世界中的处理对象进行调查、分析，制定出数据库设计的目标。为此要进行深入细致调查，调查的内容包括：

（1）组织机构情况的调查是分析信息流程的基础，它对掌握数据的规律、数据的组织形式有着重要的作用。

（2）了解具体的业务现状，即了解各部门的业务活动情况。通过这项调查可以知道现行业务中信息的种类、信息的流程、信息的处理方式及各种业务的工作过程等。这实际上是对数据的产生过程、数据之间的联系、数据的方式和用途的详细了解过程，它是调查的重点。

（3）了解外部要求。例如，响应时间的要求，数据安全性、完整性的要求等。

（4）了解长远规划中的应用范围和要求。一个数据库的建立，特别是大型数据库的建立要投入大量的人力和物力。如果不充分考虑长远的发展需要，那么，所建立的数据库可能暂时满足了用户的应用要求。但随着形势的发展，当用户提出新的应用要求时，原有的系统就不能适应需求，从而导致系统失效，造成很大的浪费。因此，在设计数据库时，要充分考虑今后发展的需要，要留有余地，要充分考虑系统的可修改和可扩充性。

经过这些调查以后，掌握了必要的数据和资料，对数据的基本规律和用户要求也非常清楚。在此基础上，结合对已有系统的分析结果，还需要确定系统的范围及它同外部环境之间的相互关系，即确定哪些功能由计算机完成或将来准备让计算机完成，哪些由人工完成等。这也就是确定系统的边界，提出系统的功能。需求分析是可行性分析阶段的主要工作。当然，作为可行性的分析，还应该对已有的条件进行分析。例如，已有的或将要购进的计算机系统的配置、性能指标是什么样的，DBMS（Data Base Management System）的功能如何，这些都应该十分清楚。同时对系统设计的约束条件也要作出分析，如人力、财力、物力的条件及时间上的要求等。综合"条件"和"需求"两方面，则可做出可行性报告，给出系统设计的目标、计划和比较具体的设计方案，为下一阶段的具体设计打下基础。

2. 概念结构设计

概念结构设计是系统结构设计的第一步，它是在需求分析的基础上对客观世界所做的抽象，它独立于数据库的逻辑结构，也独立于具体的DBMS。概念模型是对实际应用对象形象而具体的描述，因此也可以把它看成是逻辑设计的开始。它具有以下特点：

（1）能充分反映实际应用中的实体及其相互之间的联系，是现实世界的一个真实模型。

（2）由于它独立于具体的计算机系统和DBMS，所以便于用户理解，有利于用户积极参与本阶段的设计工作。

（3）容易修改。当问题变化时，反映实际问题的概念模型可以方便地扩充和修改。

（4）便于向各种模型转换。由于它不依赖于具体的DBMS，所以容易向关系模型、网状模型和层次模型等各种模型转换。

概念结构设计要借助于某种方便、直观的描述工具，E-R（Entity-Relationship）图是设计概念模型的有力工具。在E-R图中用三种图框分别表示实体、属性及实体间的联系。规定如下：

（1）用矩形框表示实体，框内标明实体名。

（2）用椭圆状框表示实体的属性，并在其内写上属性名。

（3）用菱形框表示实体间的联系，框内写上联系名。

（4）实体与其属性之间以无向边连接，菱形框及相关实体之间亦用无向边连接，并在无向边上标明联系的类型。

用E-R图可以简单明了地描述实体及其相互间的联系。例如，班长实体集和班级实体集之间是一对一的联系，校长实体集和教员实体集之间的联系是一对多的联系，学生实体集和课程实体集之间的联系是多对多的联系，可以用图3-17的E-R图来表示出这些实体的联系。用E-R图还可以方便地描述多个实体集之间的联系及一个实体集内部实体之间的联系。

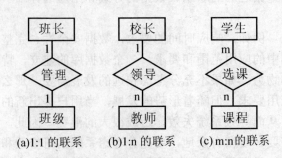

(a)1:1 的联系   (b)1:n 的联系   (c) m:n的联系

图 3-17   描述两个实体集联系的 E-R 图

例如，课程实体集和教员实体集之间是多对多的联系，课程实体集和学生实体集之间是多对多的联系。因此，这三个实体之间的联系可用图3-18的E-R图来表示。而教员实体集中，在"科研"联系上存在多对多的联系。因为一个课题组长领导着若干个组员，而一个教师可能参与几个课题的研究工作，这种联系可以用图3-19的E-R图来描述。

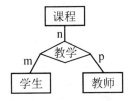

图 3-18 多个实体集联系的 E-R 图

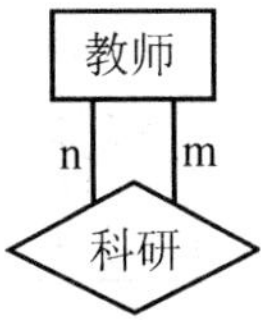

图 3-19 同一个实体集内实体联系的 E-R 图

在E-R图中对属性的描述前面已经说明，图3-20表示出了教师实体的属性。图3-21则表示了材料实体集和购买材料的合同实体集之间的联系"M-O"的属性。

运用E-R图方法可以方便地进行概念结构设计。概念结构设计是对实体的抽象过程，这个过程分三步来完成。首先根据各个局部应用设计出分E-R图，然后综合各分E-R图得到初步的E-R图，在综合过程中主要是消除冲突，最后对初步的E-R图消去冗余，得到基本E-R图。下面对这三步举例说明。

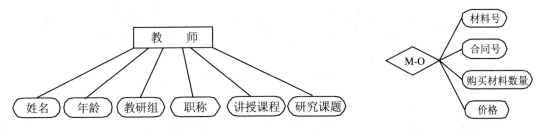

图 3-20 实体属性

图 3-21 联系的属性

（1）建立分E-R图

建立分E-R图的主要工作是对需求分析阶段收集到的数据进行分类、组织，划分实体和属性，确定实体之间的联系。实体和属性之间在形式上并没有可以截然划分的界限，而常常是现实对它们的存在所作的大概的自然划分。这种划分随应用环境的不同而异，在给定的应用环境下，划分实体和属性的原则是：

① 属性与其所描述的实体之间的联系只能是1:n的。

② 属性本身不能再具有需要描述的性质或与其他事物具有联系。

根据以上原则来划分属性时，能作为属性的尽量作属性而不划为实体，以简化E-R图。例如，一个简单的教学管理系统中，主要的实体型是学生、教师、课程、课外科技小组。在这些实体型之间有以下几种联系。

① "课程－学生"联系：记为"C-S"联系，这是多对多的联系。

② "课程－教师"联系：记为"C-T"联系，这也是多对多的联系。

③ "学生－科技小组"联系：记为"S-R"联系，这也是多对多的联系。

④ "教师－科技小组"联系：记为"T-R"联系，这是一对一的联系。

据此可以得到相应的表示这四个联系的联系图。同时确定每个实体的属性，这样就可以得到四个简单的分E-R图。如图3-22所示。

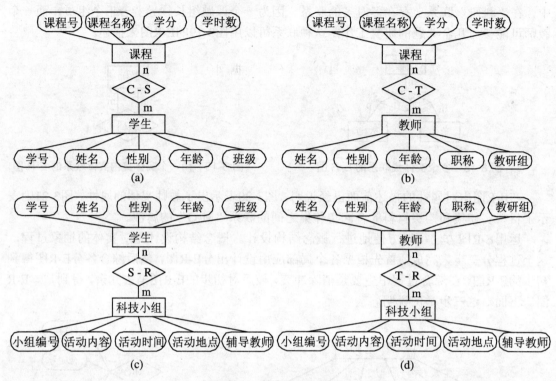

图 3-22　简单的分 E-R 图

（2）设计初步E-R图

建立了各分E-R图以后，要对它们进行综合，即把各分E-R图连接在一起。这一步主要的工作是找出各分E-R图之间的联系，而在确定各分E-R图的联系时，可能会遇到相互之间不一致的问题，称之为冲突。这是因为分E-R图是实际应用问题的抽象，不同的应用通常由不同的设计人员进行概念结构的设计，因此分E-R图之间的冲突往往是不可避免的。冲突可能出现在以下几个方面：

① 属性域冲突。即同一个属性在不同的分E-R图中其值的类型、取值范围等不一致或者是属性取值单位不同。这需要各部门之间协商使之统一。

② 命名冲突。即属性名、实体名、联系名之间有同名异义或异名同义的问题存在，这显然也是不允许的，要讨论、协商解决。

③ 结构冲突。这主要表现在同一对象在不同的应用中有不同的抽象，如同一对象在不同的分E-R图中有实体和属性两种不同的抽象。还有同一实体在不同的分E-R图中有着不同的属性组成，诸如属性个数不同、属性次序不一致等。除此之外，相同的实体之间的联系，在不同的分E-R图中其类型可能不一样。例如，在一个分E-R图中是一对多的联系，而在另一个分E-R图中是多对多的联系。

在综合各分E-R图时，必须处理、解决上述各类冲突，从而得到一个集中了各用户的信息要求，为所有用户共同理解和接受的初步的总体模型，即初步的E-R图。

（3）设计基本E-R图

初步的E-R图综合了系统中各用户对信息的要求，它可能存在冗余的数据和冗余的联系。也就是说，在初步的E-R图中可能存在这样的数据和联系，它们分别可以由基本数据和基本联系导出。冗余的数据和联系的存在会破坏数据库的完整性，增加数据库管理的困难，因此，需要加以消除。初步E-R图消除了冗余以后，称为基本E-R图。

下面通过一个简单的例子来说明如何从分析数据间的关系入手，消除初步E-R图中的冗余，得到基本E-R图。

一个百货商店的管理系统可以从营业和采购两个方面来考虑，其初步E-R图如图3-23所示。从图中可以看到，职工和商品之间的"销售"联系是冗余的联系，因为职工和商品之间的关系完全可以通过职工和商品部的联系及商品部和商品的联系反映出来，因此应该消去这个联系。消除这冗余以后得到的基本E-R图如图3-24所示。

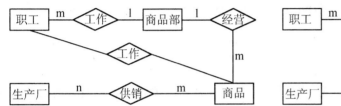
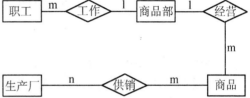

图 3-23　商店管理系统的初步 E-R 图　　　图 3-24　商店管理系统的基本 E-R 图

消除冗余除了采用分析的方法之外，还可以从规范化理论出发，利用数据项之间的函数依赖进行冗余的消除。设计得到的基本E-R图应正确无误地反映所有用户的要求，因此，设计出基本的E-R图后，要与用户一起反复讨论、修改，一直到满足用户与设计要求再进入下一步的设计。

3. 逻辑结构设计

为了建立用户所要求的数据库，必须把概念结构转换为具体的DBMS所支持的数据模型，这就是逻辑结构设计所要完成的任务。在已给定DBMS的情况下，数据库的逻辑设计可以分两步来进行：

（1）把概念模型转换成一般的数据模型。

（2）把一般的数据模型转换为特定的DBMS所支持的数据模型。

现行的DBMS一般只支持关系模型、网状模型和层次模型中的一种。因此，在做第一步时，要把概念模型转换为这三种数据模型中的一种数据模型。如前所述，关系、网状和层次三种数据模型各有自己的特点和要求，所以，把概念模型转换为不同的数据模型时，其转换规则和方法显然是不一样的。下面说明向关系数据模型转换的规则和方法。

把概念模型转换为关系数据模型是把E-R图转换成一组关系模式，需要完成以下工作：

① 确定整个数据库由哪些关系模式组成，即确定有哪些"表"。

② 确定每个关系模式由哪些属性组成，即确定每个"表"中的字段。

③ 确定每个关系模式中的关键字属性。

根据这些目标可以采取以下规则来完成从概念模型到关系数据模型的转换。

① 每一个实体型转换为一个关系模式

- 以实体名为关系名，以实体的属性为关系的属性。
- 确定关键字属性。这可以通过写出相应实体的属性间的函数依赖关系来找出。

例如，在前述的商店管理系统中，实体职工可以转换成一个职工关系，如图3-25所示。根据函数依赖的关系，确定属性"工作证号"为关键字。

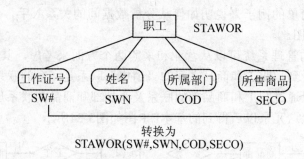

转换为

STAWOR(SW#,SWN,COD,SECO)

图3-25　实体职工转换为关系

② 每个联系分别转换为关系模式

不同型实体之间的联系，转换成一个以联系名为关系名的关系模式，该关系的属性由相关实体所对应的关系模式的主关键字及联系本身的属性所组成。例如，在商店管理系统中，生产厂和商品之间的联系"工厂－商品"可以转换为模式"FACO"：

FACO(FAN,CO#,FAQTY,FAPR)

其中，FAN（生产厂名）是关系"生产厂"的主关键字，CO（商品代号）是关系"商品"的主关键字，FAQTY（相应厂提供相应商品的数量）和FAPR（相应厂提供相应商品的价格）是"工厂－商品"这个联系的属性。

同型实体之间的联系转换成一个以联系名为关系名，以实体及其子集的主关键字和联系的属性为属性的关系模式。仿照前面的例子，不难针对具体问题进行这种联系的转换。

完成了向一般的数据模型转换以后，则进行第二步的转换工作，即向特定的DBMS规定的模型转换。同一种数据模型，不同的DBMS有许多不同的限制，提供不同的环境和工具。因此，设计人员必须非常清楚所用DBMS的功能和限制，然后根据条件把一般的数据模型转换为适合于具体系统的模型。在这一步的转换过程中，还要充分利用DBMS的特点对数据模型加以改进，以提高系统的效率。

4. 物理结构设计

在完成了数据库的逻辑结构设计以后，则要进行物理结构的设计。物理结构设计的任务就是为逻辑结构设计阶段所得到的逻辑数据模型选择一个最适合应用环境的物理结构。物理结构的设计依赖于具体的计算机系统，它是一个反复进行的过程。首先要针对具体的DBMS和设备的特性，确定实现所设计的逻辑数据模型必须采取的存储结构和存取方法，然后对该存储模式进行性能评价。若评价结果满足原设计要求则进入设计实施阶段，否则就要修改设计，经过多次反复，直到取得满意的结果为止。

① 物理结构设计的准备工作

　　为有效地进行物理结构设计，设计人员必须对特定的DBMS和设备特性有充分的了解。首先，要充分了解和掌握所用的DBMS的性能、特点，包括DBMS的功能及其提供的物理环境、存储结构、存取方法和可利用的工具。同时，对它们的优缺点要心中有数。通常DBMS提供了一种以上的存储结构和存取方法，只有对它们的特点、适应范围等有充分的了解，才有可能针对用户的应用要求选择最合适的存储结构和存取方法。其次，要十分熟悉存放数据的存储设备的特性。例如，要清楚地知道物理存储区的划分原则、物理块的大小、设备的I/O特性等。除此之外还要了解并熟悉应用要求。掌握系统中各个应用之间的关系，分清主次，对不同应用按照对组织的重要程度和使用方式进行分类。了解各个应用的处理频率和响应时间要求，对进行时间和空间效率的平衡是非常重要的。而物理结构设计中，考虑数据的存取和数据的处理两个方面时，必须要处理时间和空间这对矛盾，充分了解和掌握各种应用的情况，以便做出最优处理。

　　② 物理结构设计的内容

- 确定数据的存储结构。在确定数据的存储结构时，主要是在存取时间、存储空间的利用率和结构维护三个方面进行折中考虑。通常DBMS提供了多种存储结构，因此设计者可以根据各个应用的特点和要求，从DBMS所提供的存储结构中进行选择。

- 选择存取路径。数据库的根本特点是数据的共享，因此，对同一数据存储要提供多种存取路径。存取路径直接影响数据存取的效率，在物理结构设计时要确定建立哪些路径，而路径的选择主要是考虑索引的选择和文件之间的联系两个问题。例如，要对建立多少个索引、在哪些属性上建立索引、文件之间的联系如何实现等做出选择。选择的原则是既有较高的检索效率，又使付出的代价最小。

- 确定数据存放的位置。数据的存放位置对系统性能也有直接影响，为了提高系统的效率，要根据应用情况对数据进行分组，按存取频率和存取速度的不同分别存放在不同的存储设备上，以满足存取要求。同时，对一个文件内的数据也可以进行"分解"。根据各属性的存取频率不同，可以对文件进行"垂直分解"，把经常存取的属性放在一起，可以提高存取效率。根据各记录的存取频率不同，可以对文件进行"水平分解"，把经常使用的记录或要顺序存取的记录分为一组，并存放在一起，这样可以提高系统的存取效率。

- 确定存储分配。根据应用和DBMS提供的存储分配参数，确定块大小、缓冲区的大小和个数、溢出空间的大小等，使存取时间和存储空间的分配尽量达到最优。

3.1.5　软件设计过程的优化策略

1. 启发式设计策略

　　变换分析和事务分析的最后一个步骤都是运用启发式策略对程序结构雏形进行优化，以提高软件设计的整体质量。启发式设计策略中常用的有下面几条。

　　（1）调整模块的功能和规模，降低耦合度，提高内聚度。

　　得到程序结构雏形以后，应从增强模块独立性的角度，对模块进行分解或合并，力求降低耦合度，提高内聚度。例如，若在几个模块中发现了共有的子功能，一般应将此与功能独立出来作为一个模块，以提高单个模块的内聚度。合并模块通常是为了减少控制信息的传递以及对全程数据的引用，同时降低接口的复杂性。模块的规模没有固定的要求。一个模块太大，模块的可理解程度会迅速下降；模块过小会导致接口变得复杂，增加耦合。模块过大和过小都要进行分解或整合，并以保持模块的独立性为原则。一般而言，模块规模以一页左右为宜（高级语言在75条语句左右）。

（2）调整软件结构的深度、宽度、扇出和扇入数目，改善软件结构性能。

宽度过小，应调整扇入和扇出，在增加程序深度的前提下追求高扇入。宽度过大，应减少扇出，适当增加中间层控制模块。经验表明，设计良好的软件结构通常顶层扇出较高，中层扇出较低，底层由高扇入到公共的实用模块中去。图3-26给出的分别是应避免和应追求的典型程序结构。

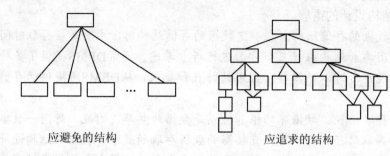

应避免的结构　　　　　　　　应追求的结构

图 3-26　应避免与应追求的程序结构

（3）改造程序结构，使任一模块的作用域在其控制域之内。

模块作用域指受该模块内部判断影响的所有模块的集合，而模块控制域是以该模块为树根的所有子树中全部模块的集合。作用域不在控制域之内，会使模块之间的调用关系变得复杂且难以理解。同时由于判定所在的模块F与受F中判定影响的模块B要传递信息，所以要在两者之间通过共同的先序（或祖先）模块A进行。这样的结构产生了模块之间的控制耦合，还增加了模块之间的传递联系，对系统的性能影响较大。

如何才能调整软件结构使之满足作用域在控制域之内呢？一种方法是把判定语句移至先序模块A或与A合并。另一种方法是把那些在作用域内，但不在控制域内的模块调整到控制域内，使之成为所在模块的直接下层模块。采用哪种方法，一方面考虑哪种方法更现实，另一方面也应该使软件结构能更好地体现问题结构。在图3-27中，显示了根据这一原则的后者改造前后的两个程序结构。

（4）分析模块之间的接口信息，降低界面的复杂性和冗余程度，提高协调性。

界面复杂是引起软件错误的一个基本因素，界面上传递的数据应尽可能简单并与模块的功能相协调，界面不协调（即在同一个参数表内或以其他某种方式传递不太相关的一堆数据）本身就是模块低内聚的表征。

（5）模块功能应该可预言，避免对模块施加过多限制。

模块功能可预言是指只要模块的输入数据相同，其运行产生的输出必然相同，也就是可以依据其输入数据预测模块的输出结果。此外，如果设计时对模块中局部数据的多少、控制流程的选择及外部接口方式等诸因素限制过多，则以后为去掉这些限制要增加维护开销。

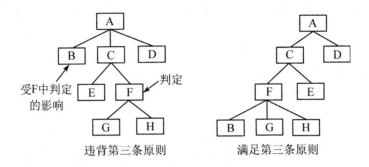

图 3-27 作用域与控制域

（6）改造程序结构，追求单入口、单出口的模块。

单入口、单出口的模块比较容易理解，也比较容易维护。

（7）为满足设计或可移植性的要求，把某些软件用包（package）的形式封装起来。

软件设计常常附带一些特殊限制，例如，要求程序采用覆盖技术。此时，根据模块重要的程度、被访问的频率及两次引用的间隔等因素对模块分组。此外，程序中那些供选择的或"单调"（one-shot）的模块应单独存在，以便高效地加载。

无论是采用变换分析法还是事务分析法，获得程序结构后作为软件总体设计的组成部分。主要工作包括：

① 陈述每个模块的处理过程。

② 描述每个模块的界面。

③ 根据数据字典定义数据结构。

④ 综述设计中所有限制和约束。

⑤ 对概要设计进行复审。

⑥ 对设计进行优化。

2. 设计优化准则

考虑设计优化问题时应该注意，一个不能工作的"最佳设计"的价值是值得怀疑的。软件设计人员应该致力于开发能够满足系统所有功能和性能要求，并且按照软件设计原理和启发式设计规则衡量是值得接收的软件。应该在设计的早期阶段尽量对软件结构进行精化。可以导出不同的软件结构，然后对它们进行评价和比较，力求得到"最好"的结果。把软件结构设计和详细设计分开的真正优点之一，就是使这种优化成为可能。

需要特别注意的是，结构简单通常既表示设计风格优雅，又表明效率高。设计优化应该力求做到在有效的模块化的前提下使用最少量的模块，并且在能够满足信息要求的前提下使用最简单的数据结构。

对于时间是决定性因素的应用场合，可能有必要在以后的详细设计阶段，也可能在编码的过程中进行优化。软件开发人员应该认识到，程序中相对比较小的部分（10%～20%），通常会占用全部处理时间的大部分（50%～80%）。可以用下述的方法对时间起决定性作用的软件进行优化：

① 在不考虑时间因素的前提下开发并精化软件结构。

② 在详细设计阶段选出最耗费时间的那些模块，仔细地设计它们的处理过程（算法），以求提高效率。

③ 使用高级程序设计语言编写程序。

④ 在软件中孤立出那些大量占用处理机资源的模块。

⑤ 必要时重新设计或用依赖于机器的语言重写上述大量占用资源的模块的代码，以求提高效率。

3.2 软件的详细设计

3.2.1 基本概念

在结构设计阶段，已经确定了软件系统的总体结构，给出了系统中各个组成模块的功能和模块间的联系。详细设计就是要在结构设计的基础上，考虑"怎样实现"这个软件系统，直到对系统中的每个模块给出足够详细的过程性描述，从而在编码阶段可以将这个描述直接翻译成用某种程序设计语言编写的程序。需要指出的是，详细设计阶段所产生的描述应该用详细设计的表达工具来表示，但它们还不是程序，一般不能够在计算机上运行。

详细设计是以结构设计阶段的工作为基础的，但又不同于结构设计，主要表现为以下两个方面：

（1）在结构设计阶段，数据项和数据结构以比较抽象的方式描述，而详细设计阶段则应在此基础上给出足够详细的描述。例如，结构设计可以声明一组值从概念上表示一个矩阵，详细设计就要确定用什么样的数据结构来实现这样的矩阵。

（2）详细设计要提供关于算法的更多细节。例如，结构设计可以声明一个模块的作用是对一个表进行排序，详细设计则要确定使用哪种排序算法。在详细设计阶段为每个模块增加了足够的细节后，程序员才能够以相当直接的方式进行下一阶段的编码工作。

1. 结构化程序设计

早在20世纪60年代初，详细设计（即过程设计）的基础已经形成，后来通过Edsgar Dijkstra等人的努力又得到了发展和完善。在20世纪60年代末，Dijkstra等人提出，所有的程序都可以建立在一组已有的逻辑构成元素上。这组逻辑构成元素强调了对功能域的维护，其中每一个逻辑构成元素都具有可预测的"从顶端进入，从底端退出"的逻辑结构，以及读者可以容易理解的过程流。这些逻辑构成元素包括顺序、条件和重复。顺序实现了任何算法中的核心处理步骤，条件允许根据逻辑情况选择处理的方式，重复提供了循环。这些逻辑构成元素是结构化程序设计的基础，而结构化程序设计是详细设计的一种重要技术。

结构化的构成元素使得软件的过程设计只采用了少数可预测的操作。复杂性量度的理论表明，结构化的构成元素减少了程序复杂性，增加了可读性、可测试性和可维护性。使用少量的构成元素也符合心理学家所谓的"成块理解"的过程。要说明这一过程，可以参考阅读一页书的过程。读者不是阅读单个的字母，而是识别由字母组成的单词和短语。结构化的构成元素就是一些逻辑块，读者可以通过它来识别模块中的过程成分，而不必逐行阅读设计或代码，遇到容易识别的逻辑结构就能提高理解度。

任何程序，无论在哪个应用领域，无论技术上有多复杂，总可以用这三种结构化的构成元素来设计和实现。但是，完全只使用这三种构成元素可能会带来实际的困难。

2. 详细设计的任务

详细设计的目的是，为软件结构图（SC图或HC图）中的每一个模块确定采用的实现算法和块内数据结构，用选定的表达工具给出清晰的描述。表达工具可以由开发单位或设计人员自由选择，但它必须具有描述过程细节的能力，进而可在编码阶段能够直接将它翻译为用程序设计语言编写的源程序。

详细设计的主要任务如下：

（1）为每个模块确定采用的算法，选择适当的工具表达算法的过程，写出模块的详细过程性描述。

（2）确定每一模块使用的数据结构。

（3）确定模块接口的细节，包括对系统外部的接口和用户界面，对系统内部其他模块的接口，以及模块输入数据、输出数据及局部数据的全部细节。

（4）为每一个模块设计出一组测试用例，以便在编码阶段对模块代码进行预定的测试。模块的测试用例是软件测试计划的重要组成部分，通常应包括输入数据、期望输出等内容。

3. 详细设计的原则

（1）模块的逻辑描述要清晰易读、正确可靠。

（2）采用结构化设计方法改善控制结构，降低程序的复杂程度，从而提高程序的可读性、可测试性、可维护性。其基本内容归纳为如下几点：

① 程序语言中应尽量少用GOTO语句，以确保程序结构的独立性。

② 使用单入口单出口的控制结构，确保程序的静态结构与动态执行情况相一致，保证程序易理解。

③ 程序的控制结构一般采用顺序、选择、循环三种结构来构成，确保结构简单。

④ 用自顶向下，逐步求精方法完成程序设计。结构化程序设计存储容量和运行时间增加较多，但可读性、维护性好。

（3）选择恰当描述工具来描述各模块算法。

3.2.2 详细设计工具

在详细设计阶段，软件开发人员面临两个方面的问题：一个是决定实现每个模块的算法，另一个是如何精确地表达这些算法。自然，前一问题涉及所开发项目的具体要求和对每个模块规定的功能。后一问题需要给出适用的算法表达形式，或者说应提供详细设计的表达工具。

在理想情况下，算法过程描述应采用自然语言来表达，这样能使不熟悉软件的人理解起来比较容易,无须重新学习。但是,自然语言在语法和语义上往往往具有多义性,常常要依赖上下文才能把问题交代清楚。因此,目前流行的详细设计的工具主要有图形工具、表格工具和语言工具三种。下面将介绍一些常用工具。

1. 图形工具

（1）程序流程图

程序流程图（Program Flow Chart）是以图形的方式描述程序处理逻辑结构的工具。程序流程图中常用的符号如图3-28所示。在程序流程图中,可以用顺序、选择、循环三种结构表达程序的处理过程。流程图的三种基本控制结构如图3-29所示。

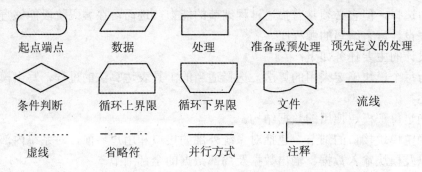

图 3-28 程序流程图中常用的符号

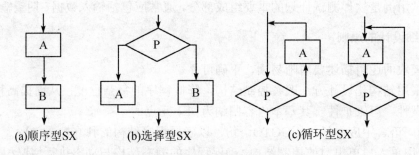

(a)顺序型SX   (b)选择型SX   (c)循环型SX

图 3-29 流程图的基本控制结构

① 顺序结构:先执行A,再执行B。
② 选择结构:或称分支结构。
③ 循环结构:又称重复结构,分为当型（WHILE型）和直到型（UNTIL型）两种。

程序流程图虽然比较直观、灵活,并且比较容易掌握,但是它的随意性和灵活性却使它不可避免地存在着如下一些缺点:

① 由于程序流程图的特点,它本身并不是逐步求精的好工具。因为它使程序员容易过早地考虑程序的具体控制流程,而忽略了程序的全局结构。

② 程序流图中用箭头代表控制流,这样使得程序员不受任何约束,可以完全不顾结构程序设计的精神,随意转移控制。

③ 程序流程图在表示数据结构方向存在不足。

（2）N-S图

N-S图的名称取自其创造者Nassi和Shneiderman两人名字的第一个字母。N-S图也称为盒图。实际上，N-S图是流程图的一个变种。为了较彻底地解决程序结构化的问题，N-S图完全去掉了流程图中的控制流线和箭头，所以完全排除了因任意使用控制转移对程序质量的影响，完全支持结构化程序设计方法。

图3-30给出了结构化控制结构的盒图表示，也给出了调用子程序的盒图表示方法。

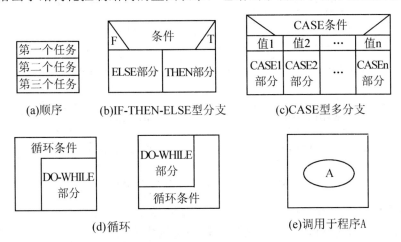

图 3-30　基本控制结构和调用子程序的盒图表示方法

与程序流程图相比，盒图具有如下优点：

① 所有的程序结构均用方框表示，因此程序的结构非常清晰。

② 程序只有一个入口和一个出口，完全满足单入口单出口的结构程序设计要求。

③ 盒图除了几种表示标准结构的符号之外，不再提供任何描述手段。因此，强制设计人员按SD方法进行思考和按SD方法进行设计，从而有效地保证了设计的质量，也保证了程序的质量。

④ 盒图形象直观，具有良好的可见度，如循环的范围、条件语句的范围等都是一目了然的。因此，设计意图容易理解，这就为编程、复审、选择测试用例、维护都带来了方便。

⑤ 容易确定局部数据和全局数据的作用域。

⑥ 盒图简单，易学易用。

盒图的缺点是当程序内嵌套的层数增多时，内层方框会越来越小，一方面会增加画图的难度，一方面也会影响图形的清晰度。

（3）PAD图

PAD是问题分析图（Problem Analysis Diagram）的英文缩写，自1973年由日本日立公司发明以后，已得到一定程度的推广。它用二维树形结构的图来表示程序的控制流，将这种图翻译成程序代码也比较容易。图3-31给出PAD图的基本控制结构的表示方法。

PAD图的主要优点如下：

① 使用表示结构化控制结构的PAD符号所设计出来的程序必然是结构化程序。

② PAD图所描绘的程序结构十分清晰。图中最左面的直线是程序的主线，即第一层结构。随着程序层次的增加，PAD图逐渐向右延伸，每增加一个层次，图形向右扩展一条竖线。PAD图中竖线的总条数就是程序的层次数。

③ 用PAD图来表现程序逻辑，易改、易懂、易记。PAD图是二维树形结构的图形，程

序从图中最左竖线上端的结点开始执行，自上而下，从左向右顺序执行，遍历所有结点。

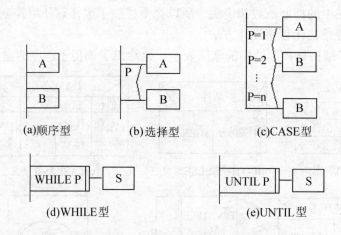

图 3-31　PAD 图的基本控制结构

④ PAD图既可用于表示程序逻辑，也可用于描绘数据结构。

⑤ PAD图完全支持自顶向下、逐步求精的结构化方法。开始设计时设计者可以定义一个抽象的程序，随着设计工作的深入，通过使用定义符号逐步增加细节，直到完成详细设计。

⑥ 沿着PAD图的外边轮廓机械地走一遍，俗称"走树"，可以方便地实现编程。这步工作可由人工完成，也可以利用PAD自动生成程序完成，从而有利于提高软件可靠性和软件生产率。

PAD图为COBOL、FORTRAN和Pascal等高级语言都提供了一套相应的图形符号，每种控制语句都有一个图形符号与之对应。所以，很容易将PAD图转换成高级语言源程序，这是PAD图最大的优点之一。

2. 表格工具

表格工具就是用一张表格来表达过程的细节。表格列出了过程中各种可能发生的操作及发生的条件，也就是说，表格工具描述了过程的输入、处理和输出信息。判定表可以将处理过程的描述翻译成表格。当算法中包含多重嵌套的条件选择时，用流程图、盒图、PAD图或者后面将讲到的语言工具都不易清楚地描述，而判定表则能够清晰地表示复杂的条件组合与要做的动作之间的对应关系。

判定表的组织如图3-32所示。该表分为4部分，左上部分列出所有的条件，左下部分列出所有可能的动作，右上半部分是各种条件取值组合，右下半部分则是与每组条件取值组合相对应的动作。判定表的右半部分构成了一个矩阵，每一列实质上是一条规则，规定了与特定的条件组合相对应的动作。

构造判定表的步骤如下：

（1）列出与特定过程相关的所有动作。

（2）列出执行该过程时的所有条件。

（3）将特定的条件组合与特定的动作相关联，消除不可能的条件组合，或者找出所有可能的动作排列。

（4）定义规则，指出一组条件对应的动作。

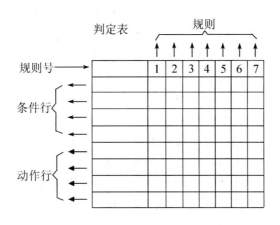

图 3-32　判定表术语

尽管判定表能够简洁、无歧义地描述处理规则，但却不能清晰地表示顺序和循环结构。所以一般情况下，判定表常作为一种辅助设计工具与其他过程设计工具结合使用。

3. 语言工具

语言工具是用某种高级语言（称为伪码）来描述过程的细节。程序设计语言（Program Design Language，PDL）就是一种用于描述功能模块的算法设计和加工细节的语言。它是一种伪码，是用正文形式表示数据和处理过程的设计工具。

PDL作为一种伪码，它一方面具有严格的关键字外部语法，用于定义控制结构和数据结构；另一方面，它表示实际操作和条件的内部语法又是灵活自由的，以便可以适应各种工程项目的需要。因此，一般来说，PDL是一种"混杂"的语言，它使用语言（通常是某种自然语言）的词汇，同时却使用另一种语言（某种结构化的程序设计语言）的语法，如下例所示。

【例3-2】 用PDL描述查找拼错的单词的程序。

```
PROCEDURE spellcheck IS                    查找拼错的单词
    BEGIN
        split document into single words    把整个文档分离成单词
        look up words in dictionary         在字典中查这些单词
        display words which are not in dictionary  显示字典中查不到的单词
        create a new dictionary             造一新字典
    END spellcheck
```

PDL作为一种描述程序逻辑设计的语言，具有以下特点：

（1）有固定的关键字外部语法，提供了结构化控制结构、数据说明和模块特征。为了使结构清晰和可读性好，通常在所有可能嵌套使用的控制结构的头和尾都有关键字，如IF…END IF等。

（2）内部语法使用自然语言描述处理特性，易写易读。

（3）有数据说明机制，包括简单的与复杂的数据结构。

（4）有子程序定义与调用机制，用以表达各种方式的接口说明。

PDL作为一种设计工具主要有三方面的优点。其一，它可以作为注释直接描述在源程序中间。这样做能促使维护人员在修改程序代码的同时也相应地修改PDL注释，因此有助于保持文档和程序的一致性，提高了文档的质量；其二，它可以使用普通的正文编辑程序或文字处理系统，很方便地完成PDL的书写和编辑工作；其三，已经有了自动处理程序的存在，可以自动由PDL生成程序代码。

比较前述种种设计工具之优劣必须基于这样一个前提，即如果使用得当，任一种工具都将对过程设计提供宝贵的支持，反之，即使是最好的工具亦可能产生难于理解的设计。衡量一个设计工具好坏的一般准则，是看其所产生的过程描述是否易于理解、复审和维护，过程描述能否自然地转换为代码并保证设计与代码完全一致。

按此准则要求设计工具具有下列属性：

（1）模块化（modularity）。支持模块化软件的开发并提供描述接口的机制（如直接表示子程序和块结构）。

（2）整体简洁性（overall simplicity）。设计表示相对易学、易用、易读。

（3）便于编辑（ease of editing）。支持后续设计、测试乃至维护阶段对设计进行的修改。

（4）机器可读性（machine readability）。计算机辅助软件工程（CASE）环境已被广泛接受，一种设计表示法若能直接输入并被CASE工具识别，将带来极大便利。

（5）可维护性（maintainability）。过程设计表示应支持各种软件配置项的维护。

（6）强制结构化（structure enforcement）。过程设计工具应能强制设计人员采用结构化构件，有助于产生好的设计。

（7）自动产生报告（automatic processing）。设计人员通过分析详细设计的结果往往能突发灵感，改进设计。若存在自动处理器，能产生有关设计的分析报告，必将增强设计人员在这方面的能力。

（8）数据表示（data representation）。详细设计应具备表示局部与全局数据的能力。

（9）逻辑验证（logic verification）。能自动验证设计逻辑的正确性是软件测试追求的最高目标，设计表示愈易于逻辑验证，其可测试性愈强。

（10）可编码能力（"code to" ability）。若能自然地转换为代码，则能减少开发费用，降低出错率。

对照上述属性，到底哪一种过程设计工具最好呢？一般认为，PDL较好地组合了这组特性。PDL还可直接嵌在源代码中作为设计文档和注释，减少维护的困难；PDL描述可用一般正文编译器或字处理软件编辑；PDL自动处理器已经面世，并有可能开发出"代码自动产生器"。然而，这并不意味着其他的设计工具一定弱于PDL。例如，流程图和盒图能直观地表示控制流程；判定表因能精确地描述组合条件与动作之间的对应关系，特别适用于表格驱动一类软件的开发；其他一些设计工具也各有独到之处。经验表明，具体选择详细设计工具时，人的因素可能比技术因素更具有影响力。

3.2.3　Warnier 设计法

Warnier设计法又称为逻辑地构造程序的方法（LCP），是由J.D.Warnier提出的一种面向数据结构的设计方法。Warnier方法的原理是从数据结构出发设计程序，这种方法的逻辑比较严格。

绝大多数计算机软件本质上都是信息处理系统，因此可以根据软件处理的信息来设计软件。在许多领域中，信息都有清楚的层次结构，输入数据、内部存储的信息（数据库或文件）以及输出数据都可能有独特的结构。数据结构既影响程序的结构又影响程序的处理过程，重复出现的数据通常由具有循环控制结构的程序来处理，选择数据（既可能出现也可能不出现的信息）要用带有分支控制结构的程序来处理。层次的数据组织通常使用和这些数据的程序的层次结构十分相似的程序来处理。

面向数据结构的设计方法的最终目标是得出对程序处理过程的描述。这种设计方法并不明显地使用软件结构的概念，模块是设计过程的副产品，对于模块独立原理也没有给予应有的重视。因此，这种方法最适合在详细设计阶段使用，也就是说，在完成了软件结构设计之后，可以使用面向数据结构的方法来设计每个模块的处理过程。使用面向数据结构的设计方法，当然首先需要分析确定数据结构，并且用适当的工具清晰地描绘数据结构。

1. Warnier 图

Warnier图是一种表示信息层次结构的紧致机制。为便于理解，不妨考虑一个典型的报纸自动组版系统。报纸作为该系统中重要的信息对象，具有以下内容：

（1）首版。包括标题新闻、国内新闻、本地新闻。

（2）商业金融版。包括股市行情、商业新闻、广告。

（3）文化体育版。包括文化、体育新闻、散文、新书评论。

上述信息结构用Warnier图可精确表示成如图3-33所示的形式。

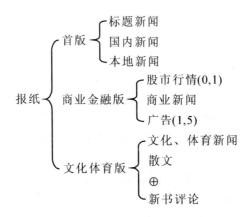

图 3-33　Warnier 图示例

图3-33中，花括号内的信息条目构成顺序关系，圆括号内的数字表示重复次数，例如，广告可以有1～5条，股市行情出现0～1次。符号"⊕"表示不可兼具的选择关系。

Warnier图具有树形层次结构，可以用另外一些Warnier图继续分解上图中的叶节点。

2. Warnier 设计方法的步骤

Warnier程序设计方法的最终目标同样是得出对程序处理过程的详细描述，这种设计方法有5个步骤。

（1）分析确定输入数据和输出数据的逻辑结构，并用Warnier图描绘这些数据结构。

（2）主要依据输入数据结构导出程序结构，并用Warnier图描绘程序的处理层次。

（3）画出程序流程图并自上而下依次给每个处理框的序号。

（4）分类写出伪码指令，Warnier定义了5类指令：输入和输入准备、分支和分支准备、计算、输出和输出准备及子程序调用。

（5）把前一步中分类写出的指令按顺序排序，从而得到描述处理过程的伪码。

3.2.4 人机界面设计

1. 人机交互与人机界面

人机交互（Human Computer Interaction，HCI）是指人（即计算机用户）与计算机系统之间的信息交换，故又称人机对话（Human Computer Dialogue）或人机通信（Human Computer Communication）。实现人与计算机之间通信的软硬件系统就是交互系统。这里所说的"交互"是指信息交换，包括计算机通过输出设备提供给人的信息，也包括人通过输入设备提供给计算机的信息。

人机界面又称用户界面或人机接口，是用户与计算机系统之间的分界线，是用户与计算机系统之间的通信媒体或人机对话的手段，是实现人机双向信息交换的支持硬件和软件，是计算机系统的一个重要组成部分。

2. 人机界面设计过程

人机界面的设计过程可以分为下面几个步骤：

（1）创建系统功能的外部模型

在人机界面的设计过程中先后涉及四个模型：由软件工程师创建的设计模型（design model），由人机工程师（或软件工程师）创建的用户模型（user model），终端用户对未来系统的假想（system perception或user's model）和系统实现后得到的系统映像（system image）。一般来说，这四个模型之间差别很大，界面设计时要充分平衡这四者之间的差异，设计协调一致的界面。

具体地说，设计模型主要考虑软件的数据结构、总体结构和过程性描述，界面设计一般只作为附属品；用户模型概括了终端用户的大致情况，只有对假想用户的情况有所了解才能设计出有效的用户界面；系统假想是终端用户主观想象的系统映像，它描述了期望系统能提供的操作，至于这些描述的准确程度，则完全依赖于用户的情况和他对软件的熟悉程度；系统映像是系统的外部特征（指界面形式和感观）与所有支撑信息（书、手册）的总和，一般来说，若系统映像能与系统假相吻合，用户既对系统感到满意并能有效地使用它。总之，只有了解用户、了解任务，才能设计出好的用户界面。

（2）确定为完成此系统功能人和计算机应分别完成的任务

这就要求进行任务分析与建模。任务分析有两种途径：一种是从实际出发，通过对原有处于手工或半手工状态下的应用系统的剖析，将其映射为在人机界面上执行的一组类似的任务；另一种是通过研究系统的需求规格说明，导出一组与设计模型、用户模型和系统假想相协调的用户任务。逐步求精和面向对象分析等技术同样适用于任务分析。逐步求精技术可以把任务不断划分为子任务，直至对每个任务的表达都十分清楚。而采用面向对象分析技术可以识别出与应用有关的所有客观的对象以及与对象关联的动作。

一旦每个任务或动作定义清晰，界面设计即可开始。界面设计首先要完成下列工作：

① 确定任务的目标和含义。

② 将每个目标/含义映射为一系列特定动作。

③ 说明这些动作将来在界面上执行的顺序。

④ 指明各个系统状态，即上述各动作序列中每个动作在界面上执行时界面呈现的形式。

（3）考虑界面设计中的典型问题

设计任何一个人机界面，一般必须考虑系统的响应时间、用户求助机制、错误信息处理和命令方式四个方面。

系统响应时间指当用户执行了某个控制动作后（例如，按回车键、单击鼠标等）系统做出反应的时间（指输出所期望的信息或执行对应的动作）。系统响应时间过长是交互式系统中用户抱怨最多的问题。除了响应时间的绝对长短外，用户对不同命令在响应时间上的差别也很在意，若过于悬殊，用户将难以接受。

几乎每一位交互式系统的用户都希望得到联机帮助，即在线解惑答疑。目前流行的联机求助系统有两类：集成式和叠加式。集成式求助一般都与软件设计同时考虑，上下文敏感（即可供用户选择的求助词与正在执行的动作密切相关），整个求助过程快捷而友好；叠加式求助一般是在软件完成后附上一个受限的联机用户手册，用户为查找某项指南不得不浏览大量无关信息。显然，集成式求助机制优于叠加式求助机制。除此之外，设计求助子系统时，还要考虑诸如帮助范围（仅考虑部分还是全部功能）、用户求助的途径、帮助信息的显示、用户如何返回正常交互工作及帮助信息本身如何组织等一系列问题。

一般来说，出错信息应选用用户明了、含义准确的术语描述，同时还应尽可能提供一些有关错误恢复的建议。此外，显示出错信息时，若辅以听觉（如铃声）、视觉（专用颜色）刺激，则效果更佳。

键盘命令曾经一度是用户与软件系统之间最通用的交互方式。随着面向窗口的点选界面的出现，键盘命令虽不再是唯一的交互形式，但许多有经验的熟练的软件人员仍喜爱这一方式，更多的情形是菜单与键盘命令并存，供用户自由选用。

（4）借助CASE工具构造界面原型

用户界面设计是一个迭代过程，如图3-34所示。软件设计模型一旦确定，即可构造一个软件原型，此时仅有用户界面部分。此原型交用户评审，根据反馈意见修改，再交给用户评审，直至与用户模型和系统假想一致为止。为支持这种迭代式设计，大量的用户界面快速原型工具涌现出来，一般称之为用户界面工具箱（User Interface Toolkits）或用户界面开发系统（User Interface Development Systems）。这些工具通过提供现成的模块和对象，大大简化了创建各种界面基本成分的工作，包括窗口、菜单、设备交互、出错信息和命令等。

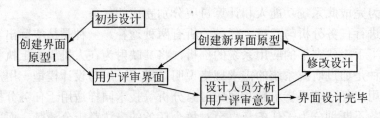

图 3-34 界面设计演示过程

（5）真正实现设计模型

（6）评估界面质量

3. 人机界面实现的原则与标准

（1）人机界面设计基本原则

说起人机界面，人们就会想到"人性化"、"个性化"、"以人为本"以及"用户友好"（User Friendly）这些字眼，它的核心就是"以用户为中心"（User Centered）的用户界面设计原则。人们总结了交互式系统设计的基本准则，这些被称做"黄金法则"的设计准则是人们在用户界面设计实践中受到启发而得来，并正在进一步被证实和完善。

① 一致性。再相似情况下的操作必须有已知的操作序列，在提示、菜单和帮助信息中必须使用相同的名词术语，相同的功能必须自始至终是用已知的命令等。这个准则是经常被违反的一个，同时也是最容易修改和避免的一个。

② 快捷的操作方式。随着使用频率增加，对已经熟悉的操作用户希望减少对话的次数和增加对话的步距。缩减符、特殊键、隐含命令和宏指令等方法对有经验的经常性用户是适合的。较短的反应时间和较快的显示速率对经常性用户是另一种吸引力。

③ 及时的反馈信息。系统对用户的每个操作都应当提供及时的系统反馈。对常用的和简单动作的反应可以不必作过高的要求；对不常用的和复杂的操作则应当提供明确的和足够充分的反馈信息。可视化地表示用户感兴趣的对象的变化对用户的操作非常有利。

④ 对话过程闭合性。动作序列应该组织为有开始、中间和结尾的结构，在用户完成一组动作后给以适当的信息反馈可以使用户产生满意感、可靠感。

⑤ 简明的错误处理。系统出错时用户不必重新输入整个命令，而只需修改错误的部分。应尽量避免用户犯严重的错误。如果出现错误，系统应检测出错误，并且提供简单的、容易理解的出错处理方式。错误的命令应该不会导致系统的状态发生变化，或者系统为用户提供恢复状态的方法。

⑥ 动作的可逆性。操作应该可逆，这个特点可以缓解焦虑，因为用户知道错误可以被克服，可以鼓励对不熟悉的功能进行探索和学习。可逆的单位可以是单个操作，也可以是一个完整的操作组。

⑦ 支持内部控制节。有经验的用户强烈地希望能够改变系统，且系统对他们的动作是有反应的。出乎预料的系统反应、乏味的数据输入、无法或很难获得必要信息以及不能获得预期的系统反应都会令用户产生忧虑和不满。鼓励用户成为动作的创造者而不是反应者。

⑧ 减少用户记忆负担。用户的短期记忆通常只有7个项目，应通过菜单设计以及联机

帮助等技术尽量减少用户需要记忆的信息。

（2）信息显示

信息显示的形式和方式可以有多种样式，若在人机界面上给出的信息不完全、有二义性或难以理解，用户肯定不满意。下面是一些带有普遍指导意义的原则：

① 仅显示与当前上下文有关的信息。

② 采用简单明了的表达方式，避免用户置身于大量的数据中。

③ 采用统一的标号、约定俗成的缩写和预先定义好的颜色。

④ 允许用户对可视环境进行维护，如放大、缩小图像。

⑤ 只显示有意义的出错信息。

⑥ 用大小写、缩进和按意群分组等方法提高可理解性。

⑦ 用窗口（在适合的情况下）分隔不同种类的信息。

⑧ 用"类比"手法生动形象地表示信息。

⑨ 合理划分并高效使用显示屏。

（3）数据输入

用户与系统交互的大部分时间用于输入命令，提供数据或系统要求的其他输入信息。目前，键盘仍为最常用的输入设备，但鼠标、数字化仪，甚至语言识别系统正迅速成为替代品。关于数据输入，一般准则如下：

① 尽量减少用户输入的动作。

② 保证信息显示方式与数据输入方式的协调一致。

③ 允许用户定制输入格式。

④ 采用灵活多样的交互方式，允许用户自选输入方式。

⑤ 隐藏当前状态下不可选用的命令。

⑥ 允许用户控制交互过程。

⑦ 为所有输入动作提供帮助信息。

⑧ 去除所有无实际意义的输入，尽量采用默认值。

（4）人机界面标准

越来越多的应用软件系统追求面向窗口的点选式界面，但设计这样一个界面绝非易事。人们普遍认识到，推行用户界面设计标准将给开发者和终端用户双方都带来便利。对开发者来说，因为大家都按统一的标准进行设计，每次为新应用系统设计界面时可以复用原有的模块和对象，这将大大提高界面的生产率和质量。对用户来说，一旦掌握了某个系统的界面，再学习新的应用系统时就会感到亲切自然、直观易懂。

目前，最通用的界面标准是X-Windows系统，它定义了人机界面设计的语法和语义，提供了一套用于创建显示（display）、窗口（window）和图形（graphics）的工具，以及有关资源处理（resource handling）、设备交互（device interaction）和事件处理（event handling）的一套协议。许多X-Windows标准的变种和扩充版已在各种PC机和工作站上出现，它们多在UNIX和其他一些操作系统下运行。

3.3 软件设计实例

3.3.1 项目背景

在现有的企业中,有很大一部分是规模较小、人数在100人以下的小型企业。它们大多是私营的,有些是集体性质。这样的公司一般成立时间都不长,尚未形成完整的企业制度和企业文化;一般没有什么大的战略目标;由某个人作为最高领导,他一般是企业的所有者。由于小型企业自身的特点,所以它们的人力资源管理也有一定的特殊性。例如,人员流动相对较频繁;以人员管理作为部门主要日常工作;在招聘时可以贯彻任人唯贤的原则;部门、职位设置的灵活性较大,以获得最大的投入产出比为目标;对人才的需求会一直保持,但是很难留住人才;由于没有完整的企业文化,所以除了管理者的个人魅力以外,唯一留住员工的方法就是优厚的待遇,因此对于薪资的设定比较灵活;由于过于注重薪水,所以对于其他的保障则显得相对薄弱,再加上国家对于这方面的法律不完善,所以对于员工保障方面则表现出多样化,各企业均有自己的规定;由于公司成立时间不长,加上缺少凝聚力,所以几乎不会有员工退休的情况发生;不会用到政府报告系统。

在本例中,通过对用户的需求分析,我们得出需要解决的主要问题分别为:应聘者、试用人员、正式员工等的详细资料的维护;记录应聘者的测试成绩;记录试用人员的试用情况;完成招聘的选拔和淘汰过程;在选拔过程中被淘汰的应聘者资料存入潜在人力资源库,以备日后使用;员工离开公司的操作;员工奖惩管理;员工职务变更管理;员工培训管理;员工绩效考核管理;员工信息的各种查询;员工信息的统计及报表输入;系统数据的维护(相关单位、相关人员、政策法规、文档模板)。得出系统功能模型图3-35和系统结构图3-36。

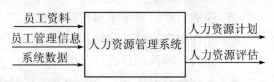

图 3-35 系统功能模型图

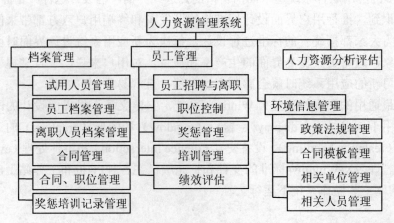

图 3-36 系统结构图

3.3.2 系统设计

1. 系统总体结构

人力资源管理系统的软件总体结构，是在系统分析得出的基本功能模块的基础上，对相关功能进行归并和加工。软件模块划分是兼顾人力资源管理的工作结构和工作的流程，并考虑可操作性的原则来进行的。最终形成了人员编辑、员工管理、查询、统计、环境信息管理5个部分。系统的总体结构如图3-37所示。

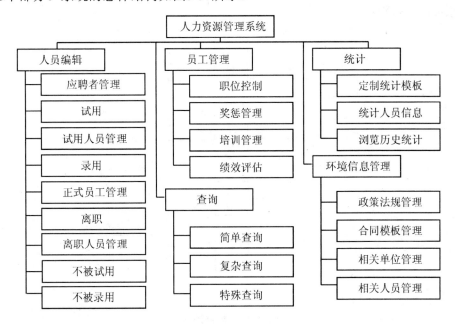

图 3-37　软件总体结构

2. 数据流图设计

数据流图是发现对象的有力工具，这里给出人力资源管理系统的人员编辑功能模块的数据流图（如图3-38所示），由于其他模块数据流结构简单，这里就不一一赘述了。

3. 实体－关系设计

实体－关系图是面向对象分析的一个有力工具。在系统分析时，实体一般成为对象，而那些实体的属性则表示成最终由对象进行存储的数据，实体之间的关系可能成为"关联对象"。

（1）类的抽象

在人力资源管理系统中，最重要的实体是人力资源，或者被简单地称为"人"。而系统所管理的就是一个人，从向企业递交简历，到成为试用人员、正式员工到最后离开企业（或者成为潜在人才）的整个生命周期内所发生的所有活动和事件（如职位变更或得到奖励）。

我们可以看出，这个过程其实是"人"这个实体，在不同的历史时间，转变成不同的角色，如应聘者、试用人员等。事实上，在系统中的每个角色都具有人的共性，如姓名、出生年月、性别、籍贯以及学历、特长等。同时，每个角色还有自己与别的角色不同的特性：应聘者有应聘职位；试用人员有试用期限、部门和职位；正式员工有员工编号、合同、服务期限、薪水、部门和职位等；离职人员有离职时间和离职原因；而潜在人才则有应聘记录。所以我们可以将这些角色之间的共性抽象成为一个类（Human），而将那些角色分别抽象为一些包含各自特性的类。不难发现，类"人"（Human）和类"应聘者"（Applicant）、"试用人员"（Probationer）、"正式员工"（Employee）、以及"离职人员"（Retiree）及"潜在人才"（Latency）之间是泛化与特化的关系，或者说由Human类派生出其他5个类。它们之间的关系如图3-39所示。

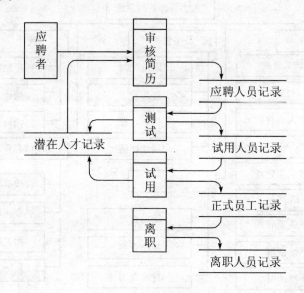

图 3-38 数据流图

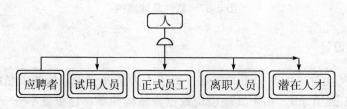

图 3-39 泛化－特化关系

（2）实体"人"的描述

应聘者、试用人员、正式员工等实体除了有与别的实体不同的属性外，还有它们的共性。我们为了数据的统一并避免冗余，将这些共性抽象为一个Human实体，并由Human实体通过附加的属性特化得到别的实体。Human实体的E-R图如图3-40所示。

（3）员工管理中的实体－关系图

人力资源管理的另一个重点是员工管理，所涉及到的实体有正式员工、奖惩记录、职务变更记录、培训记录和绩效考核记录等。下面给出它们之间的实体关系。

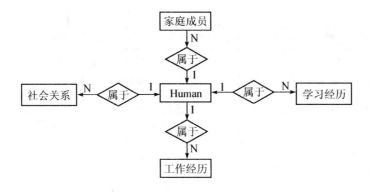

图 3-40　Human 实体的 E-R 图

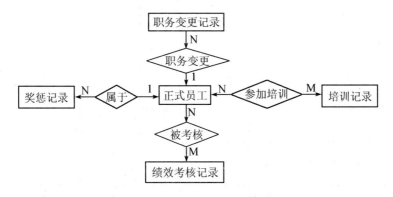

图 3-41　员工管理的实体－关系图

（4）状态－迁移模型

状态－迁移模型和三视图中其他两个成员——实体－关系图和数据流图一样，都是发现对象的有力工具。一共有两种状态－迁移模型，分别为事件－响应模型和状态迁移图。

① 事件－响应模型

事件－响应模型是一种非常有用的发现对象的工具。这个模型标识出系统必须进行识别的所发生的每一个事件，以及系统必须做出的响应事件。这个模型的事件成分有助于标识一系列的识别事件的对象，而响应成分则有助于标识一系列发生事件的对象。表3-2是系统的事件－响应模型。

表3-2　事件－响应模型

事　　　件	事件响应
应聘者简历通过审核	加入应聘者表
测试通过	从应聘者表中删除 添加到试用人员表中 指定试用期限 指定部门和职位 将应聘记录写入日志

（续表）

事　　件	事件响应
测试不通过	从应聘者表中删除 添加到潜在人才表中 将应聘记录写入日志
试用合格	从试用人员表中删除 添加到正式员工表中 添加合同记录 指定员工编号 指定部门和职位 指定薪水
试用不合格	从试用人员表中删除 添加到潜在人才表中 将试用记录写入日志
正式员工离职	从正式员工表中删除 添加到离职人员表中 指定离职原因和去向
潜在人才简历通过审核	从潜在人才表中删除 添加到应聘者表中
提出培训计划	添加培训计划 指定培训人员 添加到个人培训记录中
培训结束	估算培训费用 记录培训效果到个人培训记录中
奖惩发生	记录奖惩数据到个人奖惩记录中
职位变动	修改正式员工职位 记录职位变动到个人职位变动记录中
绩效评估	添加绩效评估记录 记录评估结果到个人评估记录中

② 状态迁移图

状态迁移图是状态迁移模型的另一种形式。它有助于标识保存对象状态信息的属性，而且还可以说明各种事件和相应是如何与所谓的系统状态相联系的。图3-42是人力资源管理中的状态迁移图。

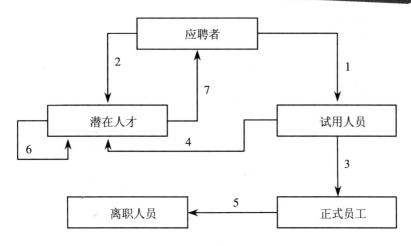

图 3-42　状态迁移图

系统中人的状态有以下几种：

- 应聘者。当人处于应聘者状态时，表示他已经向企业递交了简历，并已通过了审核，他的下一步应该是参加测试。有两个事件可以使人的状态从应聘者发生转换，它们是测试通过和测试不通过。当测试通过（事件1）时发生转换1，状态变为试用人员。当测试不通过（事件2）时发生转换2，状态变为潜在人才。要注意的是如果应聘者如果没有参加测试的话，也发生转换2。

- 试用人员。当处于试用人员状态时，表示已经通过测试，成为企业的试用人员。有两个事件可以使他的状态从试用人员发生转变，它们是试用合格和试用不合格。当试用合格（事件3）时发生转换3，状态变为正式员工。当试用不合格（事件4）时发生转换4，状态变为潜在人才。如果试用人员中途自动离开企业，也视为发生事件4（试用不合格）。

- 正式员工。当处于正式员工状态时，表示他已经通过试用，成为企业的正式员工。在这个状态，只有一个事件可以使他的状态发生改变，那就是事件5（员工离职）。当员工离职时发生转换5，状态变为离职人员。

- 潜在人才。当人处于潜在人才状态时，表示他的资料只是存放在企业的人力资源库中，但是当前他本人与企业并没有关系。潜在人才只可能被一种事件改变状态：事件6，即潜在人才简历通过审核。当这个事件发生时，表示在一次招聘中，他的档案被调阅，并已通过审核，转入应聘人员，即发生转换7。转换6表示在一次招聘中，他的档案被调阅，但是并不符合本次招聘的要求，所以状态并不发生变化。由于这样系统并不发生变化，所以没有相应的事件来触发它。

- 离职人员。这个状态不发生没有任何事件。

3.3.3　数据库详细设计

1. 人员表的设计

在系统分析时，我们将应聘者、试用人员、正式员工、离职人员和潜在人才的一些共性抽象为一个类（Human），而将它们特有的一些属性则各自封装成从Human类继承的子类。所以，我们将Human类设计成为一个Human的表单，其中包含一个关键字HumanID，而其他四个表分别包含HumanID字段和它们自己的一些属性。由于潜在人才的应聘记录可以存放在人员日志中，所以并没有设置一个潜在人才表。

（1）Human表单

这个表存放所有人员的个人信息，包括他的个人资料、技术技能、以及通讯方法等。主要的字段有HumanID（人员总编号）、Name（姓名）、ReceiveDate（接受日期）等。为了查询方便和保证每个人在一个时刻只能有一种状态，我们在Human表中添加一个Status字段，表示人员所处状态。整个Human表包含了35个字段，连接了8个字典表，如表3-3所示。

由于Human对象分别与"家庭成员"、"社会关系"、"学习经历"、"工作经历"四个实体是一对多的关系，所以还有另外四个表Family（家庭成员）、OtherRelation（社会关系）、StudyExperience（学习经历）和WorkExperience（工作经历）来存放这些实体，它们之间的一对多关系通过在四个表中的HumanID外键来体现。

表3-3　Human表

字　段　名	数据类型	含　义	说　明
HumanID	Int	总编号	PK，自动增长
Sex	Tinyint	性别	0：女；1：男
Birthday	SmallDateTime	出生日期	
BloodType	Varchar(4)	血型	
Stature	Tinyint	身高(CM)	
Marriage	Varchar(20)	婚姻状况	0：未婚；1：已婚
Health	Varchar(30)	健康状况	
Clan	Int	政治面貌	FK OF CLAN
Nationality	Int	国籍	FK OF COUNTRY
Folk	Int	民族	FK OF FOLK
NativePlace	Int	籍贯	FK OF TOPONYM
HouseAddress	Int	户口所在地	FK OF TOPONYM
IDCard	Varchar(18)	身份证号码	
FamilyAddress	Varchar(100)	家庭住址	
Degree	Tingint	文化程度	FK OF DEGREE
University	Tinyint	毕业学校	FK OF UNIVERSITY
Major	Tinyint	专业	FK OF MAJOR
GraduateDate	SmallDateTime	毕业时间	
WorkDate	SmallDateTime	参加工作时间	
EnglishLevel	TinyInt	英语水平	FK OF ENGLISHLEVEL
ComputerLevel	Tinyint	计算机水平	FK OF COMPUTERLEVEL
Character	Varchar(50)	性格	

字 段 名	数据类型	含 义	说 明
Interesting	Varchar(50)	兴趣爱好	
Telephone	Varchar(20)	电话号码	
Pager	Varchar(20)	传呼号码	
MobileTelephone	Varchar(20)	手机号码	
E-mail	Varchar(50)	电子邮件	
Homepage	Varchar(50)	个人主页	
Address	Varchar(100)	通讯地址	
PostalCode	Varchar(6)	邮政编码	
TangetJob	Text	求职意向	
Resume	Text	个人简历	
Photo	Image	照片	
ReceiveDate	SmallDateTime	应聘时间	
Status	Tinyint	状态	0-潜在人才、1-应聘者、2-试用人员、3-正式员工、4-离职人员

（2）Applicant表单

Applicant表是应聘者表，它的主键HumanID同时也是指向Human表的外键，另外它还包含一个Position字段，用来存放应聘职位属性，如表3-4所示。

表3-4　Applicant表

字 段 名	数据类型	含 义	说 明
HumanID	Int	总编号	PK，FK OF HUMAN
TargetPosition	Int	应聘职位	FK OF POSITION

（3）Probationer表单

这个表是试用人员表，与Applicant表相同，它的主键HumanID同时也是指向Human表的外键，另外它还包含BeginDate、TimeLimit和Position字段，存放开始试用日期、试用期限和担任职务信息，如表3-5所示。

表3-5　Probationer表

字 段 名	数据类型	含 义	说 明
HumanID	Int	总编号	PK，FK OF HUMAN
Position	Tinyint	职位	FK OF POSITION
BeginDate	SmallDateTime	开始试用时间	
TimeLimit	SmallDateTime	试用期限	
Content	Varchar(50)	说明	

（4）Employee表单

Employee表存放正式员工信息，它同样包含HumanID主键，另外还有EmployeeID（员工编号）、Position（担任职务）和一个Compact字段。Compact字段指向一个Compact表，存放合同的详细信息，如表3-6所示。

表3-6　Employee表

字 段 名	数据类型	含 义	说 明
HumanID	Int	总编号	PK，FK OF HUMAN
EmployeeID	Varchar(30)	员工编号	
BeginDate	SmallDateTime	开始工作时间	
TimeLimit	SmallDateTime	服务期限	
Position	Tinyint	职位	FK OF POSITION
CompactID	Int	合同编号	FK OF COMPACT
Content	Varchar(50)	备注	

（5）Retiree表单

这个表存放离职人员表，它包含HumanID主键，LeftDate字段和Cause字段存放离职时间和原因，如表3-7所示。

表3-7　Retiree表

字 段 名	数据类型	含 义	说 明
HumanID	Int	总编号	PK，FK OF HUMAN
LeftDate	SmallDateTime	离职时间	
Cause	Text	离职原因	

以上是几个人员表的设计，另外还要强调以下几点：

① 潜在人才的信息可以在Human表中借助Status字段的值进行查询。

② 使用视图来作为应聘者等实体的描述。

③ 由于Human类是一个虚类，并不能实例化，所以将Status字段设置为非空。

在Applicant、Probationer、Employee表上面加了Insert和Delete的触发器，用来对Human表中的Status字段进行修改。

2．部门和职位设置

企业中部门和职位的结构是一个典型的树状结构，我们使用二级表单来管理它。具体地说就是建立一个部门表和一个职位表。部门表存放所有部门的信息，而职位表包括一个唯一的职位编号和指向部门表主键的外键以及关于本职位的信息，如职位名称、职位要求、还有所需人数等。职位表中的每一条记录都对应于实际的一个职位。如果将具体的员工也考虑进去，那么整个结构就可以看作是一个三层的树状结构。具体的表结构如图3-43所示。

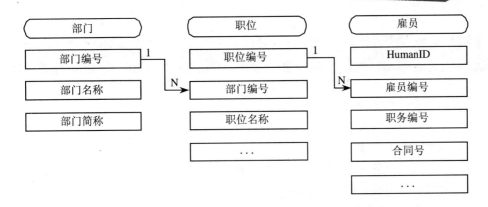

图 3-43 部门与职位管理

3. 员工管理

员工管理包括奖惩管理、职务变更、培训管理和绩效考核等。相对应的，也应有四个表单来存贮这些工作的记录。

（1）奖惩管理。奖惩管理表包含一个指向Human表的外键HumanID，还有日期、奖惩类型（指向一个字典表的外键）以及奖惩原因。

（2）职务变更。职务变更表包含一个HumanID的外键，还有Date（变更日期）、Department（部门）、Position（职位）、Content（备注）等字段。由于部门和职位的信息可能会发生变化，所以将Department和Position字段设置为字符串类型，以存放部门和职位的名称。

（3）培训管理。在前面的分析中，可以知道培训记录和员工是多对多的关系。所以可以使用两个表单来对培训进行管理，一个是培训记录表（Education），另一个是培训人员表（EducationEmployee）。培训记录表中保存培训信息，包括开始时间（BeginDate），结束时间（EndDate）、培训的内容（Subject）和原因（Cause）、培训的评估（Effect）等信息。培训人员表则存放员工和培训记录的多对多关系，保存的信息包括培训编号、HumanID、培训的效果等。

（4）绩效考核。绩效考核与培训记录类似，与员工实体也是多对多关系，所以它的表结构也与培训管理类似。用一个表单存放绩效考核的记录，包括它的编号、时间、类别等信息；另一个表单存放每个员工的考核结果。由于绩效考核的手段多种多样，而评估方法也非常不同，所以并没有试图在表结构中体现出考核的手段和途径，而只是提供两个存放结果的字段，一个是字符串类型的，存放对考核结果的描述；另一个是整型字段，存放考核的量化结果。这种处理方法的好处是，既可以保证软件的通用型，又可以支持大多数的考核方法。

（5）环境信息。对应于相关人员、相关单位、文档模板和政策法规等系统运行的环境信息，分别有对应的表单存储这些信息。由于表结构都比较简单，就不一一说明了。

3.4 习 题

1. 请说明软件设计的原则。
2. 什么是模块的内聚和耦合？它们各有几种形式？
3. 请描述SD法的过程。
4. 变换分析与事务分析的作用和目的是什么？
5. 请说明数据库设计的内容和步骤。
6. 请说明建立E-R图的步骤。
7. 什么是优化设计？如何进行优化设计？
8. 请说明详细设计的任务和原则。

第4章

编码与程序设计语言

本章全面地介绍了程序编码技术及程序设计语言。所谓编码就是将在软件设计阶段形成的总体设计方案用某种程序设计语言具体表达出来，即形成程序的过程，从而便于计算机理解。编码过程中所使用的程序设计语言及编码方法对程序的可靠性、可读性、可测试性、可维护性等方面将产生重大的影响。

4.1 编码风格概述

编码风格又称程序设计风格或编程风格，编码风格实际上指编程的基本原则。有相当长的一段时间，许多人认为程序只是机器执行的，而不是供人阅读的，所以只要程序逻辑正确，能为机器理解并依次执行就足够了，至于文体如何就无关紧要。但随着软件规模增大，复杂性增加，人们逐渐看到，在软件生存期中需要经常阅读程序，特别是在软件测试阶段和维护阶段，编写程序的人与参与测试、维护的人都要阅读程序。认识到阅读程序是软件开发和维护过程中的一个重要组成部分，而且读程序的时间比写程序的时间还要多。因此，程序实际上需要增加可读性。

20世纪70年代以来人们逐渐意识到，良好的编码风格能在一定程度上弥补语言存在的缺陷，而如果不注意风格就很难写出高质量的程序。尤其当多个程序员合作编写一个很大的程序时，需要强调良好而一致的编码风格，以便相互通信，减少因不协调而引起的问题。总之，良好的编码风格有助于编写出可靠而又容易维护的程序，编码的风格在很大程度上决定着程序的质量。

下面将从四个方面讨论编码风格，即源程序文档化、数据说明的方法、语句结构和输入/输出方法，进而从编码原则探讨提高程序的可读性、改善程序质量的方法。

4.1.1 文档化的源程序

虽然编码的目的是产生程序，但是为了提高程序的可维护性，源代码必须实现文档化，称之为内部文档编制。源程序文档化包括选择标识符（变量和标号）的名字、安排注释及程序的视觉组织等。

1. 标识符的命名

程序由符号组成，一般有关键字、操作符两种符号，它们是语言提供的固有的符号，要求编程者正确书写使用。标识符，包括模块名、变量名、常量名、标号名、子程序名、数据区名、缓冲区名等，它们一般是程序员编程时起的名字。我们说的符号命名主要指的就是对它们的命名。一般要求是，这些名字应能反映它们实际代表的东西，应有一定实际意义，使其能够见名知义，有助于程序功能的理解和增强程序的可读性。例如，如果某个变量存储的内容为几个数的平均值，则给它起名为Average；如果某个变量存储的内容为几个数的和的值，则给它起名为Sum；如果某个变量存储的内容为几个数的总和值，则给它起名为Total。这样命名只反映了变量所存储的值的意义，并没有反映值的数据类型，为了提高程序的安全性和可阅读性，我们还可以在名字前边加上数据类型标识。例如，floatAverage（或fAverage）、iSum等。若是几个单词组成的标识符，每个单词第一个字母用大写，或者单词之间用下划线分开，以便理解。如某个标识待取名为rowofscreen，若写成RowOfScreen或row_of_screen就容易理解了。但名字也不是越长越好，太长了，书写与输入都易出错，必要时用缩写名字，但缩写规则要一致。

2. 程序的注释

程序中的注释是程序员与程序阅读者之间通信的重要手段。注释能够帮助读者理解程序，并为后续测试和维护提供明确的指导信息。因此，注释是十分重要的，大多数程序设计语言提供了使用自然语言来添加注释的环境，为程序阅读者带来很大的方便。注释一般分为序言性注释和功能性注释。

序言性注释应置于每个模块的起始部分，其主要内容如下。

（1）说明每个模块的用途、功能。

（2）说明模块的接口：即调用形式、参数描述及从属模块的清单。

（3）数据描述：即重要数据的名称、用途、限制、约束及其他信息。

（4）开发历史：即设计者、审阅者的姓名及日期，修改说明及日期。

功能性注释嵌入在源程序内部，说明程序段或语句的功能以及数据的状态。需要注意如下几点：

（1）注释用来说明程序段，而不是每一行程序都要加注释。

（2）使用空行或缩进或括号，以便很容易地区分注释和程序。

（3）修改程序也应修改注释。

3. 标准的书写格式

应用统一的、标准的格式来书写源程序清单，有助于增强可读性。常用的方法如下：

（1）用分层缩进的写法显示嵌套结构层次。

（2）在注释段周围加上边框。

（3）在注释段与程序段之间、不同的程序段之间插入空行。

（4）每行只写一条语句。

（5）书写表达式时，适当使用空格或圆括号作为隔离符。

4.1.2　规范化的数据说明

为了使程序中的数据说明易于理解和维护，数据说明应当规范化，这样既要有利于数据属性的查找，也要有利于程序的测试、排错和维护。因此在编写程序时，必须注意以下几点。

（1）数据说明的次序应规范，以利于测试、排错和维护。

（2）说明的先后次序固定。例如，按常量说明、简单变量类型说明、数组说明、公用数据块说明、所有文件说明的顺序说明。在类型说明中还可进一步要求。例如，可按如下顺序排列：整型量说明、实型量说明、字符量说明、逻辑量说明。

（3）当用一个语句说明多个变量名时，应当对这些变量按字母的顺序排列。

（4）对于复杂数据结构，应利用注释说明实现这个数据结构的特点。例如，对C中的链表结构应当在注释中做必要的说明，进而增强程序的可读性。

4.1.3　构造合适的语句结构

在设计阶段确定软件的逻辑结构，而编码阶段的任务则是构造单个语句。构造的语句要简单、直接，不要为了提高效率而使语句变得复杂。

1. 使用标准的控制结构

在编码阶段，要遵循模块逻辑中采用单入口、单出口标准结构的原则，以确保源程序清晰可读。

（1）在尽量使用标准结构的同时，还要避免使用容易引起混淆的结构和语句。

（2）避免使用空的ELSE语句和IF-THEN　IF的语句。

（3）另外，在一行内只写一条语句，并采取适当的缩进格式，使程序的逻辑和功能变得更加明确。例如，许多程序设计语言允许在一行内写多个语句，但这种方式会使程序可读性变差。

2. 尽可能使用库函数

尽量用公共过程或子程序去代替重复的功能代码段。要注意，这段代码应具有一个独立的功能，不要只因代码形式一样便将其抽出组成一个公共过程或子程序。用调用公共函数去代替重复使用的表达式。用逻辑表达式代替分支嵌套。尽量减少使用"否定"条件的条件语句。同时避免采用过于复杂的条件测试。

3. 首先应当考虑可读性

在20世纪50年代到70年代，为了能在小容量的低速计算机上完成工作量很大的计算，必须尽量节省存储，提高运算速度。因此，需要注意程序设计技巧的研究。但是近年来由于硬件技术的飞速发展，已提供了十分优越的开发环境。在大容量和高速度的条件下，程序设计人员完全不必在程序设计技巧投入更大的精力。与此相反，软件工程技术要求软件生产工程化、规范化，为了提高程序的可读性，减少出错的可能性，提高测试与维护的效率，要求把程序的可读性放在首位。

看下面C语言程序段：

```
for(i=1 to 5) i++
        for(j=1 to 5) j++
a[i][j]=(i/j)*(j/i);
```

读者花很大力气也不明白其功能。执行后可发现，如打印a[i][j]则得到一个5*5的单位矩阵。再研究程序可发现，整除运算"／"的结果：当i=j时，a[i][j]=1；当i≠j时，a[i][j]=0。其功能确实可实现单位矩阵。但是，这个程序不易理解，从而给软件维护带来很大的困难。但将其改写成以下这样的形式，就能容易了解程序员的设计思想。

```
for(i=1 to 5)i++
for(j=1 to 5)j++
if i==j
then a[i][j]=1;
else a[i][j]=0;
end if;
```

程序编写要做到可读性第一，效率第二，不要为了追求效率而丧失了可读性。事实上，程序效率的提高主要是通过选择高效算法来实现的。通过对程序代码的某些语句进行优化，虽然有时可提高一些效率，但与选择好的算法来提高效率相比，在保持程序的可读性的前提下，选择后者更佳。程序编写要简单清楚、直截了当地说明程序员的用意。首先要保证程序正确，然后才要求提高速度。

4. 注意 GOTO 语句的使用

在现代程序语言中，虽然可以用GOTO语句和IF语句组成用户定义的新控制结构，但一般不提倡使用GOTO语句。

（1）不要使GOTO语句相互交叉。

（2）避免不必要的转移。如果能保持程序的可读性，则不必用GOTO语句。

（3）程序应当简单，避免使用GOTO语句绕来绕去。

5. 其他需要注意的问题

（1）避免使用ELSE GOTO和ELSE RETURN结构。

（2）避免过多的循环嵌套和条件嵌套。

（3）数据结构要有利于程序的简化。

（4）提倡模块化，模块功能要尽可能单一，模块间的耦合能够清晰可见。

（5）对递归定义的数据结构尽量使用递归过程。

（6）及时放弃修补无效的程序，亦不要片面追求代码的复用，必要时重新组织和编写。

（7）利用信息隐蔽确保每一个模块的独立性。

（8）对太大的程序，要分块编写、测试，然后再集成。

（9）注意计算机浮点数运算的特点。尾数位数一定，则浮点数的精度会受到限制。

（10）避免不恰当地追求程序效率，在改进前，要作出有关效率的定量估计。

（11）确保所有变量在使用前都进行初始化。

（12）遵循国家标准。

4.1.4　程序的输入/输出

绝大多数计算机系统都是人机交互系统，因此程序的运行要充分考虑人的因素，尽量做到对用户友善。这就要求源程序的输入/输出风格必须满足运行工程学的需要。

在输入方面，应注意以下几点：

（1）程序应对所有输入数据进行有效性检验，防止对程序的有意和无意的破坏。

（2）输入格式力求简单、一致，并尽可能采用自由格式输入。

（3）使用数据结束或文件结束标志来终止输入，一般不要由用户来计算输入的项数或记录数。

（4）向用户显示"请输入"的提示信息，同时说明允许的选择范围和边界值。

（5）对多个相关输入项的组合进行检查，剔除似是而非的输入值。例如，检查代表三角形三条边长的数据项，如果它们不能组成有效的三角形，便拒绝接受并要求用户重新输入。

在输出方面，应注意以下两点：

（1）标志所有的输出数据，加以必要的说明。

（2）所有报表、报告应具有良好的格式。

对于具有大量人机交互的系统，尤其要注意良好的输入/输出风格。Wasserman曾著文论述这个问题并称之为"用户软件工程"。他提出的主要观点有：当用户使用程序时，能对用户做到在线帮助；对可能产生重大后果的请求，给出醒目的提示，待用户再次确认后再执行；使程序具有鲁棒性，避免因用户的偶然错误使程序发生非正常的中断；区别对待不同类别的用户（例如，专业人员与非专业人员，管理人员与一般工作人员），使程序的输入要求和输出形式适应不同用户的习惯与水平等。

4.2　程序设计语言

编码的目的是为了指挥计算机按设计者的想法工作，即使用选定的程序设计语言，把模块过程描述翻译为用程序设计语言编写的源程序。程序设计语言是人和计算机通信的最基本的工具，程序设计语言的特性不可避免地会影响人的思维和解决问题的方式，会影响人和计算机通信的方式和质量，也会影响其他人阅读和理解程序的难易程度。因此，编码之前的一项重要工作就是选择一种适当的程序设计语言。本节从软件工程的观点，简单介绍几个与程序设计语言有关的问题。

4.2.1　程序设计语言的特点

1. 程序设计语言的特点

不同的程序设计语言有不同的特点，下面介绍程序设计语言的几种特点。

（1）一致性（uniformity）。一致性指程序设计语言中单词（Token）语义的协调性。例如"（ ）"在FORTRAN语言中既可以作优先级的修正符，又可以作数组的下标，还可以作子程序参数表的分隔符，这种"一词多用"会明显地给理解程序带来困难。一致性不好的语言其程序不仅可读性差，而且在编写程序的过程中容易出错。

（2）二义性（ambiguity）。二义性是指程序设计语言是否允许使用具有二义性的语句。允许使用二义性语句的语言在可理解性和可修改性上都要差一些。

（3）紧致性（compactness）。紧致性是指程序员写程序时必须记忆的关于语言的信息总量。决定紧致性的指标包括以下三方面：

① 语言对结构化的支持程度。

② 关键字及操作符的数目。显然，关键字和操作符的数目越多，其紧致性越差。

③ 标准函数的个数及复杂程度。

通常一致性好的语言，其紧致性就差，反之亦然。也就是说，紧致性和一致性是矛盾的。在选择程序语言时，必须在这两者之间找到平衡点。

（4）局部性（locality）。局部性是指程序设计语言的模块化和信息隐藏特性。一个局部性差的语言必然会导致程序的复杂性增加。例如，一种不具有块机制的语言，其信息的作用域必然是全局的，程序的走向也是全局的，从而导致程序的复杂性增加，可读性、可修改性和可维护性都会相应地降低。

2. 与程序设计语言相关的特点

程序设计语言除了具有上述特点外，还具有其他相关的特点。

（1）将设计翻译成代码的难易程度。设计阶段的输出是编码阶段的输入，因此以设计说明书为输入来编写代码时程序语言对设计概念的支持程度就决定了翻译过程的难易。如果在分析阶段和设计阶段采用的是面向对象的方法，而在编码阶段采用的是面向过程的语言，那么这种翻译就比较困难。因为面向对象的语言直接支持类继承和聚合等概念，所以面向对象的设计采用面向对象的语言，其翻译过程就简单得多。

（2）编译器所生成代码的效率。对于实时或时间关键性的项目来说，除了在设计和编码时对效率进行充分的考虑外，高效率的编译器也是必需的。好的编译器会对程序作最佳的性能优化。不同语言生成的目标系统的效率不同，即使是同一种语言，采用不同的编译器，目标系统的效率也会不同。

（3）源代码的可移植性。选择一种可移植性强的语言可以为代码的复用和项目的移植奠定好的基础。软件的复用不仅能降低开发成本、提高开发效率从而提高项目的成功率，还能为软件组织积累宝贵的财富。因此，源代码的可移植性也是选择开发语言要考虑的因素。

（4）配套的开发工具。好的开发工具同样能提高开发效率和降低开发成本。主流的语言都有良好的集成开发环境（IDE）。集成开发环境中不仅包括源代码的编辑器、编译和连接器、调试器，同时还包含配置管理工具、安装部署工具以及代码的转换工具。例如，微软的Visual Studio.NET集成开发环境。

4.2.2　程序设计语言的分类

世界上已公布的程序设计语言达数千种之多，仅有很小一部分得到了广泛的应用。可把程序设计语言分为三大类（机器语言、汇编语言和高级语言）和四个时代。

1. 机器语言（Machine Language）

机器语言是一种用二进制代码表示的低级语言，是计算机直接使用的指令代码。机器语言没有通用性，不能移植，因机器而异，因为处理机不同指令系统就不同。

用机器语言编写程序都采用二进制代码形式，而且所有的地址分配都以绝对地址的形式处理。存储空间的安排，寄存器、变址的使用都由程序员自己计划。因此，使用机器语言编写的程序很不直观而且容易出错。

2. 汇编语言（Assemble Language）

汇编语言是一种使用助记符表示的低级语言。每一种汇编语言都是专门为特定的计算机系统而设计的。用汇编语言写成的程序，需要经汇编程序翻译成机器语言程序才能执行。汇编语言中的每条符号指令都与相应的机器指令有对应关系，同时又增加了一些诸如宏、符号地址等功能。虽然这种语言的命令比机器语言好记，但它并没有改变机器语言功能弱、指令少、烦琐、易出错、不能移植等缺点。

机器语言和汇编语言都属于第一代程序设计语言，并统称为面向机器的语言。它们除了执行效率高的优点之外别无它长，因此，除非有特殊要求（如强调效率）或在特殊场合（如机器不支持高级语言或没有满足需求的高级语言可选择），一般不使用这类语言编写程序。

3. 高级语言（High Level Language）

高级语言的出现大大提高了软件生产率。高级语言使用的概念和符号更符合人们日常使用的概念和符号习惯。它的一个语句往往对应若干机器指令。一般说来，高级语言的特性不依赖于实现这种语言的计算机，而且通用性强。高级语言的分类如图4-1所示。

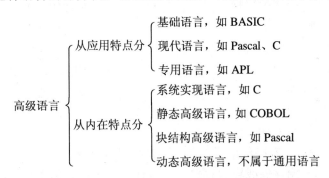

图 4-1　计算机语言的分类

（1）从应用特点看，高级语言可分为基础语言、现代语言和专用语言三类。

① 基础语言。基础语言是通用语言，其特点是出现早、应用广泛、具有大量的软件库。例如，BASIC、FORTRAN、COBOL、ALGOL等。它们始创于20世纪五六十年代，部分性能已经老化，但随着版本的更新与性能的改进，至今仍被使用。

② 现代语言。现代语言又称为结构化语言，也是通用语言。这类语言的特点是可以直接提供结构化的控制结构，具有很强的过程能力和数据结构能力。ALGOL是最早的结构化语言（同时又是基础语言），由它派生出来的PL/1、Pascal、C及Ada等语言已广泛应用于各个领域。Pascal是第一个系统地体现结构化程序设计概念的现代高级语言。它的优点主要是模块清晰，控制结构完备，数据结构和数据类型丰富，表达力强，可移植性好。因此，在科学计算、数据处理及系统软件开发中应用广泛。C语言最初是作为UNIX操作系统的主要语言开发的，目前已独立于UNIX，成为通用的程序设计语言，适用于多种微机与小型机系统。它具有结构化语言的公共特征：表达简洁，控制结构、数据结构完备，操作符和数据类型丰富，可移植性好，编译质量高。其改进型语言C++已成为面向对象的程序设计语言。Ada是迄今为止最为完善的面向过程的现代语言。它适用于嵌入式计算机系统，支持并发处理与过程间通信，支持异常处理的中断处理，支持由汇编语言实现的低级操作。Ada是第一个充分体现软件工程思想的语言，它既是编码语言，又可作为设计表达工具。

③ 专用语言。专用语言的特点是具有为某种特殊应用设计的语法形式。一般情况下，这类语言的应用范围比较窄。例如，APL是为数组和向量运算设计的简洁而又功能很强的语言，然而它几乎不提供结构化的控制结构和数据类型；BLISS是为开发编译程序和操作系统而设计的语言；FORTH是为开发微处理机软件而设计的语言，它的特点是以面向堆栈的方式执行用户定义的函数，因此能提高速度和节省存储；LISP和Prolog两种语言特别适用于人工智能领域的应用。

（2）从语言的内在特点来看，高级语言可分为系统实现语言、静态高级语言、块结构高级语言和动态高级语言四类。

① 系统实现语言。系统实现语言是为了克服汇编程序设计的困难而从汇编语言发展起来的。这类语言提供控制语句和变量类型检验等功能，但是同时也允许程序员直接使用机器操作。例如，C语言就是著名的系统实现语言。

② 静态高级语言。静态高级语言给程序员提供某种控制语句和变量说明的机制，但是程序员不能直接控制由编译程序生成的机器操作。这类语言的特点是静态地分配存储。这种存储分配方法虽然方便了编译程序的设计和实现，但是对使用这类语言的程序员施加了较多限制。因为这类语言是第一批出现的高级语言，所以使用非常广泛。COBOL和FORTRAN就是这类语言最著名的例子。

③ 块结构高级语言。块结构高级语言的特点是提供有限形式的功态存储分配，这种形式称为块结构。存储管理系统支持程序的运行，每当进入或退出程序块时，存储管理系统分配存储或释放存储。程序块是程序中界限分明的区域，每当进入程序块时就中断程序的执行，以便分配存储。ALGOL和Pascal都属于这类语言。

④ 动态高级语言。动态高级语言的特点是动态地完成所有存储管理，也就是说，执行个别语句也可能引起分配存储或释放存储。一般地，这类语言的结构和静态的或块结构的高级语言的结构不同。实际上，这类语言中任何两种语言的结构彼此间是很少类似的。这

类语言一般是为特殊应用而设计的，不属于通用语言。

4. 第四代语言（Fourth Generation Language，4GL）

从语言的发展趋势可以看出，人们一直在不断寻求越来越抽象的形式来表示程序，从而把程序员从复杂的过程性细节中解放出来。4GL用不同的文法表示程序结构和数据结构，但是它在更高一级抽象的层次上表示这些结构，不再需要规定算法的细节。4GL兼有过程性和非过程性两重特性。程序员规定条件和相应的动作是过程性的部分，而指出想要的结果是非过程部分。然后，由4GL语言系统运用它专门的领域的知识来填充过程细节。

Martitn把第四代语言分为以下几种类型：

（1）数据库查询语言。用户可利用查询语言（SQL）对预先定义在数据库中的信息进行较复杂的操作。

（2）程序生成器。只需很少的语句就能生成完整的第三代语言程序，目前一般用于MIS系统、菜单生成等方面。

（3）其他4GL。例如，判定支持语言、原型语言、形式化规格说明语言等。

4.2.3 程序设计语言的选择

目前的计算机上所配备的程序设计语言越来越多。开发软件系统时必须做出的一个重要抉择是，使用什么样的程序设计语言实现这个系统。适宜的程序设计语言能使编码容易、程序测试量少、程序阅读和维护容易。由于软件系统的绝大部分成本用在生命周期的测试和维护阶段，所以易测试和易维护尤其重要。

使用汇编语言编码需要把软件设计翻译成机器操作的序列，由于这两种表示方法很不相同，因此汇编程序设计既困难又容易出差错。一般说来，高级语言的源程序语句和汇编代码指令之间有一句对多句的对应关系。统计资料表明，程序员在相同时间内可以写出的高级语言语句数和汇编语言指令数大体相同，因此用高级语言写程序比用汇编语言写程序生产率可以提高好几倍。高级语言一般都允许用户给程序变量和子程序赋予含义明确的名字，通过名字很容易把程序对象和它们所代表的实体联系起来。此外，高级语言使用的符号和概念更符合人类的自然语言习惯。因此，用高级语言编写的程序可读性、可测试性、可调试性和可维护性强。

总的来说，高级语言明显优于汇编语言。因此，除了在很特殊的应用领域外，应该采用高级语言编写程序。在选择与评价语言时，首先要从问题入手，确定问题的要求是什么，这些要求的相对重要性如何，再根据这些要求和相对重要性来衡量能采用的语言。可以参照以下标准来选择语言。

1. 理想标准

（1）应该有理想的模块化机制，以及可读性好的控制结构和数据结构，以使程序容易测试和维护，同时减少软件生命周期的总成本。

（2）应该使编译程序可以尽可能多地发现程序中的错误，以便于调试和提高软件的可靠性。

（3）应该有良好的独立编译机制，以降低软件开发和维护的成本。

2. 实践标准

（1）语言的自身功能。从应用领域角度考虑，各种语言都有自己的适用领域。如在科学计算领域FORTRAN占优势，Pascal和BASIC也经常使用；在事务处理方面COBOL和BASIC占优势；在系统软件开发方面C语言占优势，汇编语言也经常使用；在信息管理、数据库操作方面SQL和Visual FoxPro、Oracle等占优势。从算法与计算复杂性角度考虑，FORTRAN、True BASIC及各种现代语言都能支持较复杂的计算与算法，而COBOL及大多数数据库语言只能支持简单的运算。从数据结构的复杂性角度考虑，PASCAL和C语言都支持数组、记录（在C语言中称为结构）与带指针的动态数据结构，适用于编写系统程序和需要复杂数据结构的应用程序。而BASIC和FORTRAN等语言只能提供简单的数据结构——数组。从系统效率的角度考虑，有些实时应用要求系统具有快速的响应速度，此时可选用汇编语言或Ada语言或C语言。

（2）系统用户的要求。如果所开发的系统由用户自己负责维护，通常应该选择用户所熟悉的语言来编写程序。

（3）编码和维护成本。选择合适的程序设计语言可大大降低程序的编码量及日常维护工作中的困难程度，从而使编码和维护成本降低。

（4）软件的兼容性。虽然高级语言的适应性很强，但不同机器上所配备的语言可能不同。另外，在一个软件开发系统中可能会出现各子系统之间或主系统与子系统之间所采用的机器类型不同的情况。

（5）可以使用的软件工具。有些软件工具，如文本编辑、交叉引用表、编码控制系统及执行流分析等工具，在支持程序过程中将起着重要作用。这类工具对于所选用的具体的程序设计语言是否可用，决定了目标系统是否容易实现和测试。

（6）软件可移植性。如果系统的生存周期比较长，应选择一种标准化程度高、程序可移植性好的程序设计语言，以使所开发的软件将来能够移植到不同的硬件环境下运行。

（7）系统的规模。如果开发系统的规模很大，而现有的语言又不完全适用，那么就要设计一个能够实现这个系统的专用的程序设计语言。

（8）设计人员的知识水平。在选择语言时还要考虑程序设计人员的知识水平，即他们对语言掌握的熟练程度及实践经验。

4.3 编码工具与环境

为了提高编码的效率，保证程序的可靠性，我们经常使用一些编码工具。

首先要用的当然是编辑工具了。选用合适的编辑工具可以大大方便编程，提高效率。编译程序的好坏也会影响编码的效率。一方面，好的编译程序应该是程序员的好助手，能够帮助程序员及时准确地诊断出程序中的差错，减少程序开发的成本。另一方面，编译程序还应该能够生成高效率的机器代码，也就是代码优化。

现在的软件系统往往是集体开发，一个大的软件系统往往包含许多模块，这些不同的模块可能分散在几个不同的文件或库里。为了得到最终的可执行代码，必须先将各个模块分别进行编译，然后再进行连接。由于模块的数量很多，而且这些模块往往都是相互影响和制约的，如果某个模块的源代码改变了，那么受此模块影响的所有其他模块都必须进行再编译、再连接。我们可以借助一些工具来完成这项工作。如UNIX的MAKE工具。

利用MAKE程序能保持模块间的协调关系。程序员将程序不同模块之间的依赖关系以及更新模块时必须进行的操作告诉MAKE程序。这样，MAKE程序就能够自动检索出那些过时了的模块、需要进行再编译的模块，并对所发现的过时模块执行说明信息中规定的更新操作，从而使目标文件永远保持最新的版本。

编译器提供者通常会提供程序的支持环境，也就是编写程序所使用的集成开发环境（IDE）。PSE（程序设计支持环境）完成程序编辑、编译、调试、配置管理、项目管理等一组任务。好的PSE应该具有如下的特性：

（1）通用性。适用于不同的语言、不同的应用领域和开发方法。

（2）适应性。通过配置PSE，可以满足不同用户对界面和操作习惯的要求。

（3）开放性。能方便地增加新工具。

（4）支持复用。能支持可复用组件的查询、存储和使用。

（5）自控性。保证工具间的信息的一致性和完整性。

（6）自带数据库。提供数据库用于管理已开发的软件产品。

（7）保证质量。有助于提高所开发软件的质量。

（8）有大量的用户。

（9）有竞争力。PSE能有效地提高软件的生产率。

表现优秀的微软提供的Visual Studio.NET集成了上述全部的特性，该环境不仅包含了开发软件所需的全部工具，还包括项目安装部署工具，该工具有如下特点：

（1）通用性。Visual Studio.NET可以使用的语言包括C、C++、C#、Visual Basic .NET等，它不仅支持面向对象的开发方法，还支持面向过程的开发方法。

（2）适应性。Visual Studio.NET可以提供多种界面和操作风格以迎合具有不同编程背景的程序员。

（3）开放性。Visual Studio.NET提供了开放工具的方法。

（4）支持复用。Visual Studio.NET对组件的操作提供了完全的支持。

另外，Visual Studio.NET还内置了源代码控制工具，用于小组开发中源代码版本的控制等。

总之，现代软件编码的质量很大程度上与编码工具及相应的环境有关。所以，选择工具和环境是至关重要的。

4.4　习　题

1. 源程序文档化有何益处？源程序文档化有哪些应注意的方面？
2. 对语句结构有什么基本要求？

3. 对程序输入和输出分别有什么要求？
4. 程序设计语言有哪些特点？
5. 程序设计语言是如何分类的？
6. 选择程序设计语言的标准是什么？
7. 试说明编程工具与环境的重要性。

第 5 章

软件的技术量度及质量保证

　　本章阐述了软件质量保障技术方面的内容。技术量度可用于剖析软件复杂性和软件可靠性之间的关联，而这正是评价软件质量的基础。其意义在于软件技术量度为改进软件开发过程和提高软件质量提供了一个客观的评价体系。本章还阐述了为了提高软件的质量而建立的质量保证体系，以便在软件开发的各个阶段都有相应的质量保证措施。

5.1 软 件 量 度

　　在软件开发中，软件量度的根本目的是为了软件管理的需要，利用量度来改进软件开发过程和软件产品质量。

　　人们是无法管理不能量度的事物的。在软件开发的历史中，20世纪60年代末期的大型软件开发与维护所面临的危机反映了软件开发过程中管理的重要性。对于管理层人员来说，软件开发过程不可见就无法管理，而没有对所见到的事物进行适当的量度或没有适当的准则去判断、评估和决策，也无法进行有效的管理。可以说软件工程的方法论主要是在提供可见度方面下工夫的。但仅仅是方法论的提高并不能使其成为工程学科，这还需要使用相关量度。量度是一种可用于决策的可比较的对象。量度已知的事物是为了进行跟踪和评估，对于未知的事物，量度则用于预测。本章将讨论软件量度的一些基本问题。但应认识到，到目前为止有关软件量度方面的研究还处于初级阶段，还需要进一步努力才可能真正做到实用化。实用化的成果将对软件开发技术的发展至关重要。

5.1.1 软件量度的概念

　　量度存在于左右人们生活的很多系统的核心之中。在经济领域，量度决定着价格的涨跌或付款的方式；在雷达系统中，通过量度能透过云层探测到飞机；在医疗系统中，通过量度得能诊断某些特殊疾病；在天气预测系统中，量度是天气预报的基础。可以说，量度在技术领域无所不在。

量度的定义可以用如下的语言来描述：在现实的世界中，把数字或符号指定给实体的某一属性，以便以这种方式来根据已明确的规则去描述这些实体。

因此，量度关注的是获取关于实体属性的信息。一个实体可以是一个实物，如人或房间；或者是一个事件，如软件项目的测试阶段。属性是我们所关注的实体的特征或特性，如人的血压、测试阶段的时间、房间的大小、旅行的花销等。因此，说"量度事物"或"量度属性"的说法是不完全正确的，应该完整地说"量度事物的属性"。

在软件领域，所谓软件量度就是针对计算机软件的某些属性进行评估或描述，是对一个软件系统、组件或过程具有的某个给定属性的度的一个定量测量。通过量度，可以对软件给出客观的评价，可用于指出软件属性的趋势，能有针对性地进行改善。简单说，软件量度就是对软件质量的评价。

在传统的软件开发过程中量度往往被忽略。很多情形是，当软件产品在进行设计和开发的时候，相关的量度目标并未制定出。例如，软件设计的要求是使软件的用户界面友好、可靠、易于维护，却并未使用量度的术语来详细说明它们的具体含义和评价指标。尽管经常使用某些术语（如在一段时间里发生故障的可能性、把产品安装到新环境中所需工作量等）向潜在的用户描述一个软件产品的某些性能，但这些性能其实很难量化。此外，开发人员总是试图使用一些新的开发技术，但很少有企业或组织能提供确切的指标来说这些技术能有多大的贡献。

事实上，人们在软件量度方面做的工作很少，而且所做的量度方面的工作也与一般科学意义上的量度相分离。我们经常会看到诸如此类的话："软件的费用有80％花费在维护上。"或"软件每1000行程序中平均有55个错误。"但是这些话并没有告诉我们这样的结果是怎样得来的，测试是怎样设计执行的、量度的是哪个实体等。如果没有上述内容，人们就不能客观地进行量度。因此，由量度不充分而产生的问题大多是由于缺乏严格的量度方法造成的。

总之，如果不承认量度的重要性，那么软件开发中就会隐藏开发失败的因素。

5.1.2　软件量度的目标

软件开发管理不良，往往会导致项目失控，之所以失控的根本原因就是没有引入适当的量度。以下分别从管理者和软件工程师的角度来考虑所要进行的量度工作。

1. 对管理者而言

（1）需要量度软件开发过程中的不同阶段的费用。例如，量度开发整个软件系统的费用（包括从需求分析阶段到发布之后的维护阶段）。

（2）为了支付开发小组的薪酬，需要量度不同小组的生产率。

（3）为了设定合理的改进目标等需要量度软件产品的质量。

（4）决定项目的量度目标。例如，决定测试覆盖率、系统运行性能、系统的可靠性等。

（5）为找出影响费用和生产率的因素，需要反复测试某一特定过程和获得相应资源的属性。

（6）需要量度和估计不同软件工程方法和工具的效用，以便决定是否有必要把它们引入到开发组织中。

2．对软件工程师而言

（1）需要制定过程量度以监视系统的不断演进。这包括设计过程中的改动、在不同的阶段发现的错误等。

（2）需使用严格的量度术语来指定对软件质量和性能的要求，以使这些要求可测试。例如，系统必须"可靠"，可用如下的更具体的文字加以描述："平均错误时间必须大于15个CPU时间片"。

（3）为了验收需要对产品的测试属性进行量度。例如，看一个产品是否合格要看产品的一些可量度的特性如β测试阶段少于20个错误等。

（4）为了预测将来的产品，需要量度已有产品的过程和属性。例如，通过量度软件规格说明书的内容来预测目标系统的规模；通过量度设计文档的结构特性来预测将来可能有的维护盲点；通过量度测试阶段的软件的可靠性来预测软件今后操作、运行的可靠性等。

研究以上所列出的量度目标和活动可以发现，软件量度的目标可大致概括为两类：其一是使用量度来进行估计，这使得开发人员可以同步地跟踪一个特定的软件项目；其二，可以应用量度来预测项目的一些重要的特性。但值得注意的是，这些预测的作用不能过分夸大，因为这些预测并不一定是完全正确的。

5.1.3　软件量度的研究内容

软件工程需要量度，但如何确定量度范畴呢？首先必须弄清楚"软件量度"是一个包含很多完全不同的活动的术语。它主要包括费用及工作量的估计模型和量度、生产率量度模型和标准、质量控制和保证、数据收集、质量模型和量度、可靠性模型、性能评价和模型、算法复杂性量度、结构和复杂性量度等。

5.2　软件技术量度属性及评价

任何软件量度活动的目的就是识别实体和实体的属性。在软件中应量度其属性的实体可以分为三类。

（1）过程。与软件相关的一些活动，这些活动都有一个时间因素。

（2）产品。指在软件开发过程中产生的各种中间产品、发布的资料和文档等。

（3）资源。指在开发中给予过程的输入。

在软件中希望量度或预测的属性都是上述三种实体之一的属性。同时，有必要区分外部属性和内部属性。内部属性是能够纯粹用过程、产品或资源自身来量度的属性，外部属性是指由过程、产品或资源及与其相关的环境共同起作用才能量度的属性。表5-1表示了软件量度的大部分属性。

表5-1　软件量度的属性

实　体		属　　性	
		内部属性	外部属性
产品	规格说明书	规模、可复用性、模块化、冗余、功能、语法等	可理解性、可维护性等
	设计	规模、可复用性、模块化、耦合、内聚、功能等	质量、复杂性、可维护性等
	编码	规模、可复用性、模块化、耦合、功能、算法复杂性、控制流、结构性等	可靠性、可用性、可维护性等
	测试数据	规模、覆盖度等	质量等
过程	构造规格说明书	时间、工作量、需求变动数、事件（故障与变化）等	质量、费用、稳定性等
	详细设计	时间、工作量、在规格说明书中找到的缺陷数等	费用、性能/价格比等
	测试	时间、工作量、找到的缺陷数	费用、性能/价格比、稳定性等
资源	人员	年龄、工资待遇等	生产率、经验、智力等
	团队	规模、交流活动水平、结构等	生产率、质量等
	硬件	价格、速度、内存容量等	可靠性等
	软件	价格、规模等	可用性、可靠性等
	办公地点	面积、温度、照明等	舒适程度、质量等

　　管理者和软件用户通常乐于量度和预测外部属性。例如，软件管理者希望知道某些过程的费用、效率或者开发小组的生产率，而用户可能想知道软件系统的可靠性、可用性或可安装性。然而，外部属性是最难以加以量度的，而且对外部属性的看法也不一致。例如，质量等属性太过抽象而不易量度，于是人们不得不使用其他可量度的属性来描述这些属性的定义。例如，有人用在正式测试（过程的一种内部属性）中发现错误的数量来定义软件系统（产品的一种外部属性）的质量。这样一来，量度外部属性就需要使用内部属性。内部属性是可以直接量度出来的，但并不排除使用间接量度方法来获得更精确的量度。需要指出的是，外部属性不能直接加以量度。

　　目前软件量度的研究主要集中在三个方面：寻找新的和更有效的量度属性，确认已知量度的有效性和量度的形式化。

　　在寻找新的和更有效的量度属性方面，主要采用面向对象的技术，针对的主要领域包括产品的结构量度、产品的质量量度和过程量度。产品结构量度主要是对软件工程过程中生成的文档（如需求规约、设计规约、源程序等）进行结构上的量度。被量度最多的是源程序。这是因为与其他文档相比，源程序对软件的语法及语义的形式化表达更完整。产品的质量量度针对的是软件产品的质量特性，如可靠性、可维护性等。过程量度集中在软件过程的特性上，如需求工作量、设计工作量等。

　　确认已知量度的有效性是目前开展较多的量度研究课题。最常使用的确认方法是用量度对软件质量特性做预测。目前使用软件产品量度对质量特性做预测的工作都是使用统计学的方法，如方差分析（Analysis of Variance）和回归（Regression），都是通过对实践数据（Empirical Data）进行分析完成的。例如，Li 和Henry在1993年成功地使用CK量度集来预测软件模块的维护工作量。Basili等在1996年使用几乎是同一组量度成功地预测了软件模块的出错率。Subramanyam和Krishnan在2003年也用CK量度集，在控制了模块大小的条件下，成功地预测了有缺陷的模块。这些研究大多数都是基于实践方法（Empirical Methods）的。

量度的形式化就是将软件量度的过程和结果以人们能方便明白地看懂的形式表现出来。

软件作为一种产品，人们也试图给它一种定量的评价，但由于工程软件产品的特殊性，恰当地给出其定量评价是极为困难的。下面以工程软件复杂性和可靠性为例来作介绍。

1. 工程软件复杂性量度

工程软件复杂性量度的参数很多，主要有以下几个：

（1）规模。即软件具有的总指令数，或源程序代码的行数。估算程序复杂性的一个经典的方法是用程序规模，即用指令条数或者源程序行数来衡量。但这显然不是很好的方法。一方面，指令条数虽是衡量程序复杂性的最重要因素，但它难刻画算法的难易程度。另一方面，在软件系统开发之初，很难精确估算一个软件系统该用多少条指令才能完成。

（2）统计复杂性量度。通常用在程序中出现的操作符和操作数的数目所决定的量来表示。M．Halstead提出把程序操作数和操作符的总数作为程序复杂性量度的标准，提出了程序复杂性的估算因子公式，并将这些结果联系到程序执行时间和故障的估计。

（3）结构复杂性量度。主要依靠基于程序控制流向图的拓扑结构来量度。

（4）智能度。即算法的难易程度。

（5）其他复杂性量度。如程序的时空复杂性，与算法复杂性的研究不同，程序的时空复杂性还有一些自身的特点。例如，程序能使用覆盖技术从而使存储空间可以重叠装入。在程序执行时，一部分存储空间实际上为多个块所共享而先后反复使用。

2. 工程软件可靠性

任何技术性系统的可靠性都是用随机项来测量的。可靠性的含义是：在给定的时间内，在规定的环境条件下，系统完成所规定的功能的概率。为了实现工程软件可靠性的定量分析，人们尝试建立了各种可靠性分析模型。

（1）由硬件可靠性理论导出的模型。

（2）基于程序内部特性的模型。试图求出存在于软件中的错误的预期数目，根据软件复杂性量度函数导出的定量关系，这类模型建立在程序中的操作符和操作数的数目与程序中错误的初始估计数字之间的关系之上。

（3）植入模型。就是在软件中植入已知的错误，并计算发现的植入错误数与发现的实际错误数之比的方法来估计系统的可靠性。要随机地植入带标记的错误到程序中，假设程序中尚未发现的残留错误总数为N，植入的错误总数为N_t，在经历一段时间的测试之后，总共发现程序有n个残留错误，其中有n_t个带标记的植入错误。假设植入错误和程序中尚未发现的残留错误都可以同等难易地被测试到（这个假设在实际中并不容易做到）。那么，可用公式求出程序中尚未发现的残留错误总数N。首先：

$$\frac{N_t}{N + N_t} = \frac{n_t}{n + n_t}$$

然后可求得:

$$N = \frac{n}{n_t} N_t$$

用这种植入型预测错误的效果依赖于测试技术和错误植入技术。例如，如何判定哪些错误是程序的残留错误，哪些是植入带标记的错误，并不是件容易的事。而且，要使植入的错误和程序中残留的错误有同等的测试难易度更不是件易事。

还有其他一些软件可靠性模型，如外延式，即绘制单位时间内已检测到的错误数目的关系曲线，然后用最小二乘法将曲线外延，以此来估计程序中尚残留的错误数目。上述介绍的有关软件复杂性的可靠性预测模型的研究工作还处于初始阶段，有许多理论和技术上的研究工作。

5.3 面向对象量度方法

面向对象（Object_Orient，OO）量度的基本目标和那些针对传统软件的量度的目标是一样的：

（1）更好地理解产品。

（2）评估过程的效果。

（3）改善项目的质量。

对任何工程产品的量度都是由产品的专有特性所决定的。用OO方法开发的软件和用传统方法开发的软件有本质的不同，为此，对OO系统的技术量度必须进行调整。

5.3.1 传统量度方法与面向对象量度方法的融合

在传统的功能开发系统中，有很多种量度方法应用广泛。从经验数据统计，在三种传统量度方法可应用于OO系统：Cyclomatic复杂性、大小和可读性。在复杂性方面，Cyclomatic复杂性被使用。

1. Cyclomatic 复杂性

Cyclomatic复杂性（Cyclomatic Complexity，CC）用于评估方法型算法的复杂度。它是测试完整方法所需要的测试案例的计数。

通常，一个方法拥有较低的Cyclomatic复杂度是比较好的。这意味着减少了测试，增加了可理解度。当然，这并不是说这样的方法一定就不复杂了，它有可能是通过消息传递等办法减缓了而已。因为有继承，Cyclomatic复杂度并不能测量一个类的复杂度，但单个方法的Cyclomatic复杂度可以和其他测量组合来评估一个类的复杂度。尽管该量度方法是明确而且可适用的，它还是和其他属性相关。

2. 大小

类的大小通常用于评估开发人员和维护人员代码的理解难易程度。大小可以通过很多种方法进行测量，包括计算代码的物理行数、语句的数量、空行的数量和注释行的数量。代码行数（LOC）计算所有的行数，非注释计算非空行（NCNB）的行数，可执行语句（EXEC）计算可执行的语句而不管物理的代码行数。可执行语句是最少受程序员或语言风格影响的测量方法，因此在多语言环境中，建议使用EXEC来评估工程大小。非常明确地评估大小测量的含义，与使用的编程语言和方法的复杂性有关。但显而易见的是，类和方法越大，所引起的风险越高。

对大小测量的计算可扩展到包括注释的行数，包括on-line（和代码在一起）和stand-alone。注释百分比的计算方式为用注释行数除以总代码行数（不包括空行）。注释对开发人员和维护人员都是有帮助的，高的注释百分比可增进程序的可理解性和可维护性。

3. 可读性

可读性是指程序代码及支持文档方便阅读和理解的程度，也就是按照人的阅读习惯和思维习惯来编写程序。程序的可读性高就意味着程序的可维护好，程序潜在的可靠性就越高。由于程序的可读性带来的效益是巨大的，因此在实际编程时对程序的可读性都有较高的要求，这也使可读性成为了量度程序的重要指标。

可读性好的程序尽管在内容可能更多，但实际上却可以极大地降低程序的复杂度。因为，为了提高可读性，程序员不得不按一定的格式组织代码，并提供相应的注释，有时还要提供完整的解释文档，这样的程序有利于传递和升级。

5.3.2 CK 量度套件的概念

类是OO系统的基本单位，因此，对个体类、类层次和类协作的测度对评估设计质量是非常重要的。前面提到的类封装操作（处理）和属性（数据）；类经常是子类的父辈，子类继承父类的属性的操作；类经常和其他类协作，这些特征的每一种均可作为测度的基础。最广为引用的OO软件量度体系之一是由Chidamber和Kemerer提出的，它针对OO系统的6种基于类的设计量度，经常被称为CK量度套件（CK metrics suite）。

1. 每个类的加权方法（Weighted Methods per Class, WMC）

假定对类C定义复杂度为c_1、c_2、c_3、…、c_n的n个方法，所选择的特定的复杂性量度应该规范化，使得对某方法的名义上的复杂性取值1.0。则

$$WMC = \Sigma c_i$$

方法的数量和它们的复杂性是对实现和测试类所需的工作量的合理标度。此外，方法数量越多，继承树也越复杂（所有子类继承父类的方法）。最后，随着一个给定类的方法的数量的增多，它有可能变得越来越针对某一应用，因此限制了潜在的复用。由于这些理

由，WMC应该保持合适的低值。

2. 继承树的深度（Depth of Inheritance Tree, DIT）

该量度被定义为从结点到树根的最大长度。当DIT增大时，有可能低层的类将继承很多方法，这会导致企图预测类的行为时的潜在困难，一个深的类层次（DIT值大）也会导致更大的设计复杂性。从正面来说，大的DIT值表明很多方法可以被复用。

精确地测量一个特定类在层次结构上的深度是非常有用的，它有利于我们设计更多的可供复用的派生方法。

3. 子女的数目（Number of Children, NOC）

NOC等于类层次结构中该类的直系子类数目。当子女的数量增加时，复用也增加。但是，当NOC增大时，父类表示的抽象可能在减弱，即有可能某些子女实际上不是父类的合适成员。NOC增大时，测试的工作量（需要时对每个子女在其运行环境内进行测试）也将增大。

4. 对象类之间的耦合（Coupling between Object Classes, CBO）

对象间的耦合度是指一个类与所有其他非继承关系的类的关联数目总和。CRC模型（类－责任－协作者）可被用于确定CBO的值，本质上，CBO是对某个类在CRC索引片上列出的协作的数量。

CBO假定在下面情况中的一个对象与其他对象相耦合：两个对象相互影响。例如，一个对象的方法使用了另外一个对象的方法或者实例变量。这和通常意义上的耦合定义是一致的，而耦合度用来测量模块间相互依赖的程度。

除了继承层次导致的联结之外，一个对象具有太多的耦合对模块设计显然是有害的，而且这样也限制了对象的复用。一个对象所受到的约束越少，越容易被其他应用程序复用。耦合并不是可级联的。例如，A和B相耦合并且B与C相耦合，这并不意味着C与A相耦合。

为了增强模块性并提高封装，对象之间的耦合要尽可能地保持最小。耦合的数量越大，对其他部分设计的修改敏感度越高，维护起来就越困难。

对耦合度的测量主要用于确定对设计中各个部分进行测试所需要的复杂度。对象间的耦合度越高，所需要的测试就越严格。通常，每个类的CBO值应该保持适当的低值，这和传统软件中减少耦合的一般性指南是一致的。

5. 对类的响应（Response for a Class, RFC）

类的响应集是指一组可能会作为该类的对象接收到消息的响应而被执行的方法集。RFC被定义为响应集中方法的数量。

如果响应一个消息需要调用很多的方法，那么对对象的测试和检错将变得异常复杂。一个对象能够调用的方法数目越多，该对象的复杂度越大。除类定义之外所能访问的方法数目越大，对测试该部分的测试人员的理解水平要求就越高。

对可能的响应进行最坏情况估计有助于合理分配测试所需要的时间。

6. 方法内聚缺乏度（Lack of Cohesion of Methods, LCOM）

考虑一个类 C_1 及相应的方法 M_1、M_2、…、M_n、设 $\{I_i\}$ 为方法 M_i 所使用的实例变量集合，这样针对数目 n 我们得到集合 $\{I_1\}$、…、$\{I_n\}$，LCOM 则为这 n 个集合的交集组成中独立集的个数（The number of Disjoint sets）。

内聚缺乏度适用于表示各个方法的类似程度。如果没有公共的实例变量，那么相似度的值为 0。类中的每个方法都会访问一个或多个属性（也称为实例变量）。LCOM 是访问一个或多个相同属性的方法的数量。

为了说明 LCOM 不为 0 的情形，考虑具有 6 个方法的类，其中 4 个方法有一个或多个相同属性是共同的（即它们访问共同属性），因此，LCOM = 4。

一个类中方法的内聚度是一个非常重要的指标，它有利于提高对象的封装。如果 LCOM 值高，方法可能通过属性相互耦合，这增加了类设计的复杂性。通常，LCOM 的高值表明该类大概应该分解为两个或多个子类。虽然存在 LCOM 的高值是合理的情形，但是，总希望保持高内聚性，即保持 LCOM 的值低。

5.4　软件质量及量度模型

5.4.1　软件质量的概念

按照 ANSI/IEEE1983 年的标准，软件质量定义为与软件产品满足需求所规定的和隐含的能力有关的特征和特性的全体。软件质量具体包括以下几个方面：

（1）软件产品中所能满足用户给定需求的全部特性的集合。

（2）软件具有所期望的各种属性组合的程度。

（3）用户主观得出的软件是否满足其综合期望的程度。

（4）决定所用软件在使用中将满足其综合期望程度的软件合成特性。

（5）是否遵循一定开发标准和准则。

目前，人们倾向于从以下几个方面对工程软件质量作比较全面的评价：

（1）工程软件应能按照既定的要求进行工作，在功能和性能方面都符合设计要求。系统能够可靠地工作，不仅表现在合法输入的情况下它能正确有效地运行，而且它还应具有处理非法输入和处理意外事件的能力，保证工程应用系统不受损害。

（2）好的工程软件应有好的结构。一方面软件系统内部结构应该清晰，软件人员易于阅读和理解，从而方便软件的修改和维护；另一方面系统的人机界面清晰，对用户"友好"，乐于使用。

（3）工程软件必须文档齐全。不仅是可执行的程序代码，而且应包括软件开发和维护过程中所产生的所有文档，这些文档资料是软件维护不可缺少的。

因此，一个大型工程软件系统的质量应该从可靠性、易理解性、易维护性和效率等几个方面全面地进行评价，我们把这种评价称为宏观（抽象）标准。近来，人们对工程软件质量问题，还推出了一些新的看法，作了一些定性和定量分析，以加深对软件质量的认识。

如有人提出一个高质量的软件，应该能够按照预期的时间（Time）和成本（Cost）提交给用户，并能够按照预期要求的范围（Scope）正常工作的软件。

也有学者提出了软件的零缺陷质量管理。该观念来源于一些国际上著名的硬件生产厂商。尽管软件的开发与硬件生产有极大的差别，但我们仍可以从零缺陷质量管理中得到启迪。零缺陷质量管理至少有两个核心内容：一是高目标，二是可执行的规范。

1. 高目标

人们在做一件事情时，由于存在很多不确定的因素，一般不可能100%地达到目标。假设平常人做事能完成目标的80%。如果某个人的目标是100分，那么他最终成绩可达80分。如果某个人的目标只是60分，那么他最终成绩只有48分。

做一个项目通常需要多个人的协作。假设项目的总质量（最高为1）是10个开发人员的工作质量之积。如果每个人的质量目标是0.95，那么10个人的累积质量不会超过0.19。如果每个人的质量目标是0.9分，那么10个人的累积质量不会超过0.03。只有每个人都做到1，项目总质量才会是1。

如果没有高目标，质量就会下降得很快。如果没有零缺陷的质量目标，也许缺陷就会成堆。

2. 可执行的规范

实现100分显然比实现80分要付出更多的努力。零缺陷质量目标不是随便提出来的，做得到才有意义。实现高目标需要一套可执行的规范来保证。

好的规范必须是企业有能力执行的。一个普通企业照搬一流企业的规范未必行得通。软件工程的规范很容易从书籍中找到，但有了这些规范并不表明就能把软件做好。国内很多软件公司根本没有条件去执行业界推荐的软件工程规范。

软件是如此的灵活，如果没有规范来制约，就容易导致混乱；但规范如果过严，就会扼杀程序员的创造力。制定软件规范需要权衡，程序员必须深入了解软件多方面的质量因素，把那些能提高软件质量因素的各种规范植入脑中，才能在各个实践环节自然而然地把高质量体现到软件中。

5.4.2 软件的质量构成

运行正确的程序不见得就是高质量的程序。运行正确的程序也许运行速度很低并且浪费内存；也许代码写得糟，可维护性差。因此，正确性只是反映软件质量的一个因素而已。

软件的质量因素很多，如正确性、精确性、可靠性、容错性、性能、效率、易用性、可理解性、简洁性、可复用性、可扩充性、兼容性等。这些质量因素之间相互影响，有时候至少相互排斥。总的来说，软件的质量因素包含如图5-1所示的5点，其中正确性与精确性是最重要的。

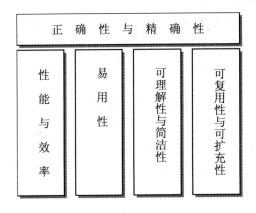

图 5-1　软件的质量因素

1. 正确性与精确性

正确性与精确性之所以排在质量因素的第一位，是因为如果软件运行不正确或者不精确，就会给用户造成不便甚至造成损失。软件运行不正确或者不精确一般都是人为造成的。即使一个软件能100%地按需求规格执行，但是如果需求分析错了，那么对客户而言这个软件也存在错误。即使需求分析完全符合客户的要求，但是如果软件没有100%地按需求规格执行，那么这个软件也存在错误。开发一个大的软件项目，程序员要为正确和精确竭尽全力。

与正确性、精确性相关的质量因素是容错性和可靠性。

容错性首先承认软件系统存在不正确与不精确的因素，为了防止潜在的不正确与不精确因素引发灾难，系统为此设计了安全措施。在一些高风险的软件系统，如航空航天、武器、金融等系统中，容错性设计非常重要。

可靠性是指在一定的环境下，在给定的时间内，系统不发生故障的概率。可靠性本来是硬件领域的术语。例如，某个电子设备，一开始工作很正常，但由于工作中器件的物理性质会发生变化（如发热），慢慢地系统就会失常。所以一个设计完全正确的硬件系统，在工作中未必就是可靠的。软件在运行时不会发生物理性质的变化，人们常以为如果软件的某个功能是正确的，那么它一辈子都是正确的。可是我们无法对软件进行彻底的测试，无法根除软件中潜在的错误。平时软件运行得好好的，说不准哪一天就不正常了，如遇到千年虫问题。

2. 性能与效率

用户都希望软件的运行速度高些（高性能），并且占用资源少些（高效率）。程序员可以通过优化算法、数据结构和代码组织来提高软件系统的性能与效率。优化的关键工作是找出限制性能与效率的瓶颈。

3. 易用性

易用性是指用户感觉使用软件的难易程度。用户可能是操作软件的最终用户，也可能是那些要使用源代码的程序员。

导致软件易用性差的根本原因是开发人员犯了错位的毛病，以为只要自己用起来方便，用户也一定会满意。软件的易用性需要让用户来评价。当用户真的感到软件很好用时，才可以用界面友好来评价易用性。

4. 可理解性与简洁性

可理解性也是对用户而言的。开发人员只有在自己思路清晰时才可能写出让别人能理解的程序。编程时还要注意不可滥用技巧，应该用自然的方式编程。

一个原始的应用问题可能很复杂，但高水平的人就能够把软件系统设计得很简洁。如果软件系统臃肿不堪，它迟早会出问题。简洁是人们对工作精益求精的结果。

5. 可复用性与可扩充性

复用的一种方式是原封不动地使用现成的软构件，另一种方式是对现成的软构件进行必要的扩充后再使用。可复用性好的程序一般也具有良好的可扩充性。

通常在国外使用FURPS来评价一个软件的质量。FURPS即功能性（Functionality）、可用性（Usability）、可靠性（Reliability）、性能（Performance）和支持度（Supportability）的英语单词的首字母组合。FURPS质量因素是从早期工作中的得出的，5个主要因素每一个都定义了评估方式。

（1）功能性：通过评价特征集和程序的能力、交付函数的通用性和整体系统的安全性来评估。

（2）可用性：通过考虑人的因素、整体运作协调、一致性和配套文档来评估。

（3）可靠性：通过测量错误的频率和严重程度、输出结果的准确度、平均失效间隔时间（MTBF）、从失效恢复的能力和程序的可预测性等来评估。

（4）性能：通过测度处理速度、响应时间、资源消耗、吞吐量和效率来评估。

（5）支持度：包括可扩展性、可适应性和服务性（这三个属性代表了一个更一般的概念——可维护性），以及可测试性、兼容度、可配置性（组织和控制软件配置的元素的能力）、一个系统可以被安装的容易程度、问题可以被局部化的容易程度。

FURPS质量因素和上述描述的属性可以用来为软件开发过程中的每个活动建立质量量度。

5.4.3　软件质量的量度模型

大多数专家们都认为，不考虑输出的质量，要得到精确、有意义的量度模型是不可能的。因此，人们在构造所谓的软件质量的量度模型方面也做了大量的工作，这些质量模型可被输入到精巧的费用和生产率模型中。一个非常有名的模型是McCall的FCM模型（Factor Criteria Metric Model），这个模型是基于这样一种想法：几个最主要的比较高层的因素影响着软件的质量，其中包括可靠性、可复用性等（见图5-2）。而这几个因素又是由一些比较低层的如模块化、结构化、精确性等标准决定的。标准相对因素来说要易于量度一些。实际的量度基本都是针对这些标准而言的。模型描述了因素和它们所依赖的标准之间的一致性。因此，我们通常以量度因素所依赖的标准的方式来量度因素。IEEE在计算机方面的最新提议就是把这种思想作为量度软件质量的标准。

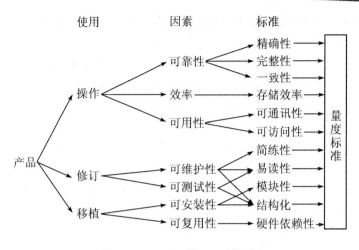

图 5-2 McCall 的 FCM 模型

位于软件质量量度模型下面的基本工作就是围绕量度和每个产品的特定属性进行更细致的开发。从软件的可靠性中可以看到，对软件进行可靠性量度和预测是一种对软件质量严格而有效的把握。

5.5 软件的可靠性的概念

软件系统规模越大越复杂，其可靠性也越难以保证。在一些关键的应用领域，如航空、航天等，其可靠性要求尤为重要；在银行等服务性行业，其软件系统的可靠性也直接关系到储户的财产安全和自身的声誉。

在许多项目开发过程中，对可靠性没有提出明确的要求，开发商也不在可靠性方面花更多的精力，往往只注重速度、结果的正确性和用户界面的友好性等，而忽略了可靠性。在投入使用后才发现大量可靠性问题，增加了维护难度和工作量，严重时只有束之高阁，无法投入实际使用。因此，软件可靠性是非常值得探讨的问题。

5.5.1 软件与硬件在可靠性方面的区别

软件可靠性与硬件可靠性之间主要存在以下区别：

（1）最明显的是硬件有老化损耗现象。硬件失效是物理故障，是器件物理变化的必然结果，故障曲线呈浴盆状；软件不会发生变化，没有磨损现象，只有陈旧落后的问题，没有浴盆曲线现象。

（2）硬件可靠性的决定因素是时间；受设计、生产、运用的所有过程影响，软件可靠性的决定因素是与输入数据有关的软件差错，是输入数据和程序内部状态的函数，更多地决定于开发者和使用者。

（3）硬件的纠错维护可通过修复或更换失效的部分得以恢复功能，软件只有通过重新设计。

（4）对硬件可采用预防性维护技术预防故障，采用断开失效部件的办法诊断故障，而软件则不能采用这些技术。

（5）事先估计可靠性测试和可靠性的逐步增长等技术对软件和硬件有不同的意义。

（6）为提高硬件可靠性可采用冗余技术，而同一软件的冗余不能提高可靠性。

（7）硬件可靠性检验方法已建立，并已标准化且有一整套完整的理论，而软件可靠性验证方法仍在建立中。

（8）硬件可靠性评估工具已有成熟的产品市场，而软件可靠性评估工具的市场还处于孕育阶段。

（9）软件错误是永久的，可重现的，而一些瞬间的硬件错误可能会被误认为是软件错误。

总的来说，软件可靠性比硬件可靠性更难保证，即使是美国宇航局的软件系统，其可靠性仍比硬件可靠性低一个数量级。

5.5.2　影响软件可靠性的因素

软件可靠性是关于软件能够满足需求功能的性质，软件不能满足需求是因为软件中的差错引起了软件故障。软件中有哪些可能的差错呢？

软件差错是软件开发各阶段潜入的人为错误。

（1）需求分析定义错误。如用户提出的需求不完整、用户需求的变更未及时消化、软件开发者和用户对需求的理解不同等。

（2）设计错误。如处理的结构和算法错误、缺乏对特殊情况和错误处理的考虑等。

（3）编码错误。如语法错误、变量初始化错误等。

（4）测试错误。如数据准备错误、测试用例错误等。

（5）文档错误。如文档不齐全、文档相关内容不一致、文档版本不一致、缺乏完整性等。

从上游到下游，错误的影响是散发的，所以要尽量把错误消除在开发前期阶段。错误引入软件的方式可归纳为两种特性：程序代码特性，开发过程特性。

程序代码一个最直观的特性是长度，另外还有算法和语句结构等，程序代码越长，结构越复杂，其可靠性越难保证。

开发过程特性包括采用的工程技术和使用的工具，也包括开发者个人的业务经历水平等。除了软件可靠性外，影响可靠性的另一个重要因素是健壮性，也就是对非法输入的容错能力。所以，提高可靠性从原理上看就是要减少错误和提高健壮性。

5.5.3　软件在各阶段的可靠性保证

1. 软件生命周期

软件生命周期是软件产品从孕育阶段开始到退出使用所经历的时间历程。软件生命周期过程是软件生命周期内为实现软件项目或产品的预期目标而有计划进行的一系列活动或实施工作任务的总和。依时序软件生命周期过程可分为初始过程、开发过程、验证与确认过程、运行与维护过程。

　　初始过程是软件产品孕育阶段的相关活动，包括提出初步的软件功能和可靠性、安全性等要求规范，开发单位的选择与评估，开发合同文件的准备等。初始过程是软件可靠性保证的基础。

　　开发过程从系统分析开始到完成系统测试期间为开发满足用户要求的软件产品而开展的相关活动为止，包括系统分析、软件需求分析、软件设计、编码与单元测试、软件集成测试和系统测试以及中间环节的评审、检查、计划、管理等活动。软件可靠性是在开发过程中实现的。

　　验证与确认过程是确认已完成开发的软件产品与软件需求分析及用户要求的一致性而进行的测试、验证和检查活动。软件可靠性在验证与确认过程得到检验，此外该过程还可以促进开发商在开发过程落实可靠性保证的技术、方法和措施。

　　运行与维护过程是指与软件运行相关的活动，它为用户提供所需的技术支持和服务、故障或改进需求信息的采集、反馈和控制活动等。软件可靠性在该过程得到维持和提高。

　　软件产品在经历上述四个过程后便完成了一个生存期，当改进需求及完成的修改累积到一定量后，将会使软件版本升级或用新的、功能更强大、更完善的软件取代原来的软件，从而开始一个新的软件生命周期。新的生命周期不是原来生命周期的简单重复，而是建立在更高基础上的一种回归现象。

2. 软件生命周期的可靠性保证

（1）初始过程的可靠性保证工作

初始过程是软件一个生命周期的开始，该过程的可靠性保证工作包含以下三方面内容：

① 数据收集和分析

　　收集分析软件上一个生命周期或现有类似软件的使用数据，根据待开发软件的功能要求、规模或复杂性、使用特点、开发可利用的资源（如经费、时间、可复用的软件、开发工具）等，提出待开发软件合理的可靠性要求（即在当前技术水平下是可实现的），而且在可利用的开发资源范围内进行优化并满足用户的需要。

② 开发商的选择和能力评估

　　要开发可靠性有保证并能达到用户预期目标的软件产品，开发商的选择至关重要。选择开发商的依据是对其开发能力的评估。一个合格的开发商，除了拥有一支合格的专业技术队伍（管理专家、开发工程师、测试工程师等）外，还应建立一套完善（至少是比较完善）的软件质量保证体系，保证软件开发过程是稳定的和可重复的，不受随机因素影响。此外开发商已开发软件产品的可靠性水平以及在产品生命周期内为用户提供技术支持和服务的能力，也是评估开发商能力的重要内容。

　　目前对软件开发商能力评估主要引用两个模型，即国际标准化组织推出的ISO9000模型和美国软件工程研究所（SEI）推出的能力成熟度模型（CMM）。ISO9000模型主要由ISO9001质量体系（设计、开发、生产、安装和服务的质量保证模式）、ISO9000-3质量体系（应用ISO9001进行开发、供应与维护软件的指南）、ISO9004-1质量管理和质量体系要素指南三个标准文件描述，其中心思想是建立并实施规范的、文件化的质量体系，控制软件开发所有过程的质量，预防不合格发生。CMM模型把软件开发商的能力按过程成熟度划分为5个等级，规定了每个等级的要求、特征和达到要求的建议。两个模型的共同本质是要求软件开发商建立稳定的、可重复的并能获得不断改进的软件开发过程。

③ 合同准备

在与开发商谈判开发合同阶段，用户应把软件的可靠性要求、验收条件和方法、在软件生命周期需要开发商提供的技术支持和服务等，明确地写入合同条款中。这样，开发商在开发阶段开始就要考虑这些要求并落实到开发活动中，也为软件的验证与确认以及开发商参与运行和维护阶段软件的可靠性保证工作提供依据。

（2）开发过程的可靠性保证

开发过程是开发商在规定的可用开发资源范围内，为实现软件功能及用户要求的其他特性而进行的所有开发、管理及相关活动。开发过程的可靠性保证工作是软件产品达到预期可靠性要求的关键。开发过程按时序又可分为若干阶段，由于软件产品开发的特殊性，可靠性保证工作要点是使每个阶段的开发活动中凡是影响产品可靠性的因素都应得到严格控制，核心是预防问题发生，而不是在发生问题后依靠纠正措施来解决问题。而一旦发生了问题，则要求及时得到解决。

系统需求分析描述系统的功能、结构、运行模式和环境、内外接口、设计限制等与影响软件需求有关的内容，产生描述准确和完全自相适的功能规范，其中包括系统对软件的可靠性要求。软件的可靠性问题很大一部分是由需求定义不正确或不完整引起的，良好的系统需求分析是正确和完整定义软件需求的必要条件。该阶段的可靠性保证工作体现在系统需求分析评审上，通过评审确认软件开发商完整、正确地了解系统的功能、结构、运行模式和环境、内外接口、设计限制等要求。

① 软件需求分析和概要设计

软件需求分析是开发商对开发软件的功能、可靠性和其他特性满足用户或系统需求提供的一份说明。概要设计描述软件总体设计考虑，构造软件产品的基本框架。这是两个不同又相互关联的开发阶段，每个阶段结束均应设立评审点，确认软件需求分析准确、完整和完全自相适，每个需求都恰当地映射到软件的框架中。当软件需求一时难定义清楚时，可以在需求分析与概要设计之间进行多次迭代，直到软件需求完全反映了用户或系统的要求。由于定义错误在后续开发活动中不易发现而且还会被放大和扩散，所以"一开始就做正确"是软件开发可靠性保证的要决。

② 软件详细设计、实现

详细设计是在概要设计的框架内详细描述程序中各单元、功能模块的设计细节以及程序的层次结构、接口关系，同时还应考虑程序的维护、测试和验证要求。程序实现是编码员将程序设计蓝图用选定的编程语言和工具转变为计算机能识别和执行的指令集。该阶段的可靠性保证工作包括以下几个方面：

- 程序设计方法应采用公认的工业标准，如面向对象的程序设计。
- 选用的软件工具符合公认的工业标准并能获得供应商的良好支持。
- 编制符合规范的设计文档，建立文档评审和会签制度。
- 采用先进的技术方法，如利用网络工作站来提高开发组的工作质量和效率。
- 设计评审，确认详细设计正确、恰当地细化了概要设计，完整又不多余地反映了用户或系统对软件的最终需求，可靠性要求在设计中得到考虑，可靠性设计的方法和原则得到恰当应用。

- 软件的设计、实现和检测人员的合理分工。

③ 软件测试

软件测试是为发现程序错误而执行程序的过程，也包括检查程序实现与设计要求的一致性。软件测试的真正目的是剔除软件隐含的错误，提高软件的正确性，从而保证可靠性，本身便是软件开发过程中可靠性保证的一个重要环节。软件测试可靠性保证主要体现为保证测试质量、测试完备性和充分性而采用的方法和过程上，包括以下几个方面：

- 编制完善的测试文档，包括测试计划、测试说明和测试报告。
- 建立问题记录、分析和纠正规范和程序修改控制与工作版本管理制度。
- 采用自测、互测与专测相结合的工作方式。
- 选择恰当的测试策略。在层次上首先和重点是要做好单元测试，然后逐级上溯到软件产品级测试和系统测试；在测试方法上，要动态测试（执行程序）与静态分析相结合；在权重选择上，要一般测试与重点测试（关键功能点测试）相结合。
- 选择恰当的测试和分析工具。
- 测试评审，包括测试准备工作评审和测试结果评审。

（3）验证与确认过程的可靠性保证

广义的验证与确认过程应包括从软件需求定义开始各阶段设立的评审和检查，活动本身便是可靠性保证工作的内容，操作中应注意的事项如下：

① 根据开发进程设立的节点要按时评审或检查。

② 评审或检查应遵循用户和开发商都接受的程序、规范或指南。

③ 预先确定通过的标准。

④ 参与评审的人员是相应领域的专家，且与被评审对象为非直接利益相关者。

⑤ 评审或检查应严格认真，实事求是。

⑥ 评审结束给出明确的结论。

下面所说的验证与确认过程，是指一些专用软件（如某些军用软件），在开发商完成全部开发工作，正式交付用户使用前对软件功能、可靠性和其他特性是否满足开发合同和软件需求分析确认的要求而进行的检查、测试和评估活动。由于这是对软件产品最后一次审验并决定产品可否交付，因此不仅对交付的软件产品的质量和可靠性起把关作用，而且能够促进开发商在软件开发过程中扎扎实实地贯彻落实可靠性保证的方法和措施。验证与确认过程可靠性保证应注意的事项如下：

① 应由与软件开发商和用户无利益相关的软件测评专业机构承担软件产品的验证与确认工作，以保证审验结果的客观与公正。

② 测评机构应与开发商共同拟制一份验证与确认活动的指导文件，确认工作内容和程序，双方的职责、权利和义务，可利用的资源和限制条件，故障（或错误）的识别、隔离和处理程序，数据处理方法，合格判据等。

③ 审查开发商的测试文档，选择典型的测试用例，如等价类测试用例、边值分析测试用例等，进行复测。

④ 不仅检查、运行计算机程序，还要审验随程序交付的各类文档。

⑤ 系统运行检测，即在真实或模拟真实的物理环境下，输入系统任务剖面典型及特别的事件，检查软件与系统的各类接口关系、软件的功能和可靠性是否满足系统要求。

⑥ 评审，对各项审验结果进行检查，给出评价意见和验证确认的结论。

（4）运行与维护阶段的可靠性保证

由于人们认识事物需要一个过程，因此在一定的时限内不可能提出绝对完善的软件需求，此外软件测试受开发周期和开发成本控制的限制，不可能达到完全测试。因此交付运行的软件仍然是不完善的产品，表现为如下两个方面：

① 随着时间的推移，用户的需求扩展，软件的原有功能就不能完全满足用户的要求。

② 软件接受任务域内各种随机输入时，潜藏的错误也会不时地暴露出来。

因此在软件运行与维护阶段的可靠性保证工作的目标是维持软件产品的可靠性并使之获得有序和持续地改善，同时也为软件下一个生存期积累数据。该阶段的可靠性保证工作相关事项如下：

① 开发商和用户形成利益相关的合作关系。

② 开发商提供及时的技术支持和服务。

③ 建立并运行故障报告、分析和纠正措施系统。

④ 软件的修改和补充应严格遵循配置管理的规定。

⑤ 及时更新用户的文档。

⑥ 开发组与软件直接用户进行定期的交流。

⑦ 建立软件运行与维护档案。

5.5.4 软件可靠性的增长方法和技术

1. 建立以可靠性为核心的质量标准

在软件项目规划和需求分析阶段就要建立以可靠性为核心的质量标准。这个质量标准包括实现的功能、可靠性、可维护性、可移植性、安全性、吞吐率等。虽然还没有一个衡量软件质量的完整体系，但还是可以通过一定的指标来指定标准基线。

软件质量从构成因素上可分为产品质量和过程质量。产品质量是软件成品的质量，包括各类文档、编码的可读性、可靠性、正确性、用户需求的满足程度等。过程质量是开发过程环境的质量，与所采用的技术、开发人员的素质、开发的组织交流、开发设备的利用率等因素有关。

还可把质量分为动态质量和静态质量。静态质量是通过审查各开发过程的成果来确认的质量，包括模块化程度、简易程度、完整程度等内容。动态质量是考察运行状况来确认的质量，包括平均故障间隔时间（MTBF）、软件故障修复时间（MTRF）、可用资源的利用率。在许多实际工程中，人们一般比较重视动态质量而忽视静态质量。

所定的质量标准量度，至少应达到以下两个目的：

（1）明确划分各开发过程（需求分析过程，设计过程，测试过程，验收过程），通过质量检验的反馈作用确保差错及早排除并保证一定的质量。

（2）在各开发过程中实施进度管理，产生阶段质量评价报告，对不合要求的产品及早采取对策。

需要确定的各开发过程的质量量度。

（1）需求分析质量量度：包括需求分析定义是否完整、准确（有无二义性），开发者和用户间有没有理解不同的情况，文档完成情况，是否有明确的可靠性需求目标、分析设计及可靠性管理措施等。

（2）设计结果质量量度：包括设计软件时的程序的容量和可读性、可理解性，测试情况数，评价结果，文档完成情况等。

（3）测试结果质量量度：包括测试软件时的差错状况，差错数量，差错检出率及残存差错数，差错影响评价，文档，以及有关非法输入的处理量度等。

（4）验收结果质量量度：包括完成的功能数量，各项性能指标，可靠性等。

最后选择一种可靠度增长曲线预测模型，如时间测量、个体测量、可用性，在后期开发过程中，用来计算可靠度增长曲线的差错收敛度。

在建立质量标准之后，设计质量报告及评价表，在整个开发过程中就要严格实施并及时做出质量评价，并填写报告表。

2．选择开发方法

软件开发方法对软件的可靠性也有重要的影响。目前的软件开发方法主要有Parnas方法、面向数据结构的Jackson方法和Warnier方法、PSL/PSA方法、原型化方法、面向对象方法、可视化方法、ICASE方法、瑞理开发方法等，还有BSP方法、CSF方法等其他方法。

Parnas方法是最早的软件开发方法，是Parnas 在1972年提出来的，其基本思想是在概要设计时预先估计未来可能发生的变化，提出了信息隐藏的原则以提高软件的可靠性和可维护性。

在设计中要求先列出将来可能要变化的因素，在划分模块时将一些可能发生变化的因素隐含在某个模块的内部，使其他模块与此无关，这样就提高了软件的可维护性，避免了错误的蔓延，也就提高了软件的可靠性。此外，还提出了提高可靠性的措施。

（1）考虑到硬件有可能出故障，接近硬件的模块要对硬件行为进行检查，以便及时发现错误。

（2）考虑到操作人员有可能失误，输入模块要对输入数据进行合法性检查，看是否合法、越权，以便及时纠错。

（3）考虑到软件本身有可能失误，需要加强模块间检查，防止错误蔓延。

所谓瑞理（Rational）开发方法是美国瑞理软件工程公司提出来的，其特点是面向对象、螺旋式上升、管理与控制、高度自动化。它以管理观点和技术观点把软件生命周期划分为起始、规划、建构、转移、进化5个阶段，也可把这5个阶段归并为研究时期（起始和规划）、生产时期（建构和转移）和维护时期（进化）。瑞理开发方法特别适合对高风险部分及变动需求的处理。

在以上的众多方法中，可视化方法主要用于与图形有关的应用。目前的可视化开发工具只能提供用户界面的可视化开发，对一些不需要复杂图形界面的应用不必使用这种方法，而ICASE 技术还没有完全成熟，所以可视化方法和ICASE方法最多只能用作辅助方法。面向数据结构的方法、PSL/PSA方法及原型化方法只适用于中小型系统的开发。

面向对象的方法便于软件复杂性控制，有利于生产率的提高，符合人类的思维习惯，能自然地表达现实世界的实体和问题，具有一种自然的模型化能力，达到从问题空间到解空间的较为直接自然的映射。

在面向对象的方法中，由于大量使用具有高可靠性的库，其可靠性也就有了保证，用面向对象的方法也利于实现软件复用。

综上所述，建议采用面向对象的方法，借鉴Parnas和瑞理模式的思想，在开发过程中再结合使用其他方法，吸取其优点。

3. 软件复用

最大限度地复用现有的成熟软件，不仅能缩短开发周期，提高开发效率，也能提高软件的可维护性和可靠性。因为现有的成熟软件，已经过严格的运行检测，大量的错误已在开发、运行和维护过程中排除，应该是比较可靠的。在项目规划开始阶段就要把软件复用列入工作中不可缺少的一部分，作为提高可靠性的一种必要手段。

软件复用不仅仅是指软件本身，也可以是软件的开发思想方法、文档，甚至环境、数据等，包括三个方面内容的复用。

（1）开发过程复用：指开发规范、各种开发方法、工具和标准等的复用。

（2）软件构件复用：指文档、程序和数据等的复用。

（3）知识复用：如相关领域专业知识的复用。

一般用得比较多的是软件构件复用。

软件复用的过程如下：候选，选择，资格，分类和存储，查找和检索。在选择可复用构件时，一定要有严格的选择标准，可复用的构件必须是经过严格测试的、甚至是经过可靠性和正确性证明的构件，应模块化（实现单一的、完整的功能）、结构清晰（可读、可理解、规模适当），且有高度可适应性。

4. 使用开发管理工具

开发一个大型软件系统，离不开开发管理工具。作为一个项目管理员，仅仅靠人来管理是不够的，还需要有开发管理工具来辅助解决开发过程中遇到的各种各样的问题，以提高开发效率和产品质量。

如Intersolv公司的PVCS软件开发管理工具，在美国市场占有率已超过70%。使用PVCS可以规范开发过程，缩短开发周期，减少开发成本，降低项目投资风险；自动创造完整的文档，便于软件维护；管理软件多重版本；管理和追踪开发过程中危及软件质量和影响开发周期的缺陷和变化，便于软件复用，避免数据丢失，也便于开发人员的交流，对提高软件可靠性，保证质量有很大作用。

在我国，开发管理工具并没有得到有效的使用，许多软件公司还停留在人工管理阶段，所开发的软件质量并不高。

人员流动也会影响软件的质量，使得工作连续性难保证。因为继承者不可能对情况了解得很清楚，从而会影响工作的进程。所以，在保证开发人员素质的同时，要保持人员的稳定性，要尽可能避免人员的经常流动。PVCS也提供了适当的人员管理方法。

5. 加强测试

软件开发前期各阶段完成之后，为进一步提高可靠性，只有通过加强测试来实现了。

为最大限度地除去软件中的差错，改进软件的可靠性，就要对软件进行完备测试。要对一个大型软件系统进行完备测试是不可能的，所以要确定一个最小测试数和最大测试数。前者是技术性的决策，后者是管理性的决策，在实际过程中要确定一个测试数量的下界。总的来说，要在可能的情况下，进行尽可能完备的测试。

谁来做测试呢？一般来说，用户不大可能来进行模块测试，模块测试应该由最初编写代码的程序员来进行，要在他们之间交换程序进行模块测试，自己设计的程序自己测试一般都达不到好的效果。

测试前要确定测试标准、规范，测试过程中要建立完整的测试文档，把软件置于配置控制下，用形式化的步骤去改变它，保证任何错误及对错误的动作都能及时归档。

测试规范包括以下三类文档。

（1）测试设计规范：详细描述测试方法，规定该设计及其有关测试所包括的特性。还应规定完成测试所需的测试用例和测试规程，规定特性的通过/失败判定准则。

（2）测试用例规范：列出用于输入的具体值及预期输出结果，规定在使用具体测试用例时对测试规程的各种限制。

（3）测试规程规范：规定对于运行该系统和执行指定的测试用例来实现有关测试所要求的所有步骤。

关于测试文档的编制内容和方法将在第10章中详细介绍。

测试的方法多种多样，常见的测试方法有以下几种：

（1）走查（Walk-through）。即手工执行，由不同的程序员(非该模块设计者）阅读代码，并进行评论。

（2）机器测试。对给定的输入不会产生不合逻辑的输出。

（3）程序证明或交替程序表示。

（4）模拟测试。模拟硬件、I/O设备等。

（5）设计审查。关于设计的所有各方面的小组讨论会，利用所获得的信息找出缺陷及违反标准的地方等。

以上可以交替并行循环执行，在实际测试过程中需要使用测试工具提高效率。

关于测试的技术和方法将在下一章中详细介绍。

除正常的测试之外，还要对软件进行可靠性测试，确保软件中没有对可靠性影响较大的故障。制定测试计划方案，按实际使用的概率分布随机选择输入，准确记录运行时间和结果，并对结果进行评价。

没有错误的程序同永动机一样是不可能达到的。一般常用排错方法有试探法、追溯法、归纳法、演绎法。还要使用适当的排错工具，如UNIX提供的sdb和dbx编码排错工具，这些排错工具只有浏览功能，没有修改功能，是实际的找错工具。

6. 容错设计

提高可靠性的技术一般可以分为两类，一类是避免故障。在开发过程中，尽可能不让差错和缺陷潜入软件，避免故障有以下几种常用的技术：

（1）算法模型化。把可以保证正确实现需求规格的算法模型化。

（2）模拟模型化。为了保证在确定的资源条件下的预测性能的发挥，使软件运行时间、内存使用量及控制执行模型化。

（3）可靠性模型。使用可靠性模型，从差错发生频度出发，预测可靠性。

（4）正确性证明。使用形式符号及数学归纳法等证明算法的正确性。

（5）软件危险分析与故障树分析。从设计或编码的结构出发，追踪软件开发过程中潜入系统缺陷的原因。

（6）分布接口需求规格说明。在设计的各阶段使用形式的接口需求规格说明，以便验证需求的分布接口是否实现可能性与完备性。

以上技术一般都需要比较深厚的数学理论知识和模型化技术。

另一类提高可靠性的技术就是采用冗余思想的容错技术。容错技术的基本思想是使软件内潜在的差错对可靠性的影响缩小到控制的最低程度。软件的容错从原理上可分为错误分析、破坏程度断定、错误恢复、错误处理四个阶段。

常用的软件容错技术有N-版本技术、恢复块技术、多备份技术等。

N-版本程序设计是依据相同规范要求独立设计N个功能相等的程序（即版本）。独立是指使用不同的算法，不同的设计语言，不同的测试技术，甚至不同的指令系统等。

恢复块技术是使用自动向前错误恢复的故障处理技术。通过记录软件进化各阶段的相关数据，可以提供回溯恢复的路径。

多备份技术是为每一次软件的变化提供一个备份版本，当需要恢复时可以按时序提取相应的软件版本。该方法能最大限度地保留软件演进的影像，可以实现完全的快速的恢复。

在具体的程序设计过程中要采用防错性程序设计方法，即在程序中主动进行错误检查。被动的防错性技术是当到达检查点时，检查一个计算机程序的适当点的信息。主动的防错性技术是周期性地搜查整个程序或数据，或在空闲时间寻找不寻常的条件。采用防错性程序设计，是建立在程序员相信自己设计的软件中肯定有错误这一基础上的。有的程序员可能对此不大习惯，因为他可能太相信自己，相信自己的程序只有很少错误，甚至没有错误，作为一个项目管理员应该能说服他或者强制他采用这种技术，虽然在设计时要花费一定的时间。但这对提高可靠性很有用。

5.6　软件质量体系

5.6.1　软件质量体系的重要性

软件是信息技术的核心。软件产品的质量直接影响到国民经济信息系统和国际装备系统的可靠性与安全运行。在国内外软件市场激烈的竞争中，提高软件质量已经成为一个软件企业生存发展的关键问题。在工作实践中软件企业总结出在软件质量问题上必须认识到以下几点：

（1）软件本身的特点和目前软件的开发模式使隐藏在软件内部的质量缺陷不可能完全避免，这首先因为软件需求模糊以及需求的变更，从根本上影响着软件产品的质量；其次目前广为采用的手工开发方式难以避免出现差错，软件质量更多地取定于软件开发人员的能力；再次软件开发过程中不易保证各个环节接口处的安全。此外，软件测试技术存在着不可克服的缺陷，通过测试不可能把软件的缺陷全部排除。

（2）从技术上解决软件质量问题的效果十分有限。目前还找不到一个理想的软件开发技术能够从根本上防止缺陷的出现，人们对软件质量的认识，软件质量的量度方法仍处于初级阶段。

（3）技术人员和管理人员在软件开发工作中仍有一些不正确的认识需要纠正，这需要在企业建立和实施质量体系的过程中加以解决。

（4）目前多数软件企业的质量管理尚未得到应有的重视，他们需要认真总结教训，并将其渗入到质量体系中并形成制度化的规范。

（5）软件开发必须靠加强管理来实现工程化，质量管理要体现在建立和实施的开发规范中，保证软件工程的各个步骤和各个岗位的工作都符合要求，并且即使产品在使用中出现了问题，也能及时的发现，及时地妥善解决。

总之，这些认识最终应体现在建立和实施质量管理体系，争取质量认证的工作中。除此之外，软件企业贯彻质量认证还具有加强国际合作，提高企业综合形象，扩大市场份额等诸多好处。

软件企业目前可以依据的质量体系有ISO9000、2000版ISO/DIS9001和CMM。软件企业贯彻实施ISO9000质量管理体系认证，应当选择质量保证模式标准ISO9001。ISO9000-3作为软件企业实施ISO9001质量保证模式标准的实施指南，通过对软件产品从市场调查、需求分析、软件设计、编码、测试等开发工作，直至作为商品软件销售，以及安装、维护的整个过程进行控制，保障软件产品的质量。现在ISO9000标准已经被各国软件企业广泛采用，并将其作为建立企业质量体系的依据。

ISO9000和CMM两者的适用范围不同，侧重点和评估结论也不同。其中，ISO9000侧重评价软件产品是否已达到了标准的各项指标；CMM基于软件的特点，侧重软件过程改进的必然性和长期性，强调软件开发的过程控制和预见性。它们间的差异具体体现在：

（1）适用范围。ISO9000适合除了电工和电子之外的各个行业，其中特别增设了对软件产品进行评价的ISO9000标准；而CMM是专门针对软件开发定做的模型。

（2）侧重点。ISO9000标准涉及从原料供应到产品销售的每一个环节，CMM侧重软件开发和过程改进。

（3）评估结果。按ISO9000标准进行的评估只有通过和不通过两种；而CMM将软件能力成熟度分为5个级别，任何一个软件企业通过或不通过评估都能找到自己的位置。

当然，ISO9000和CMM之间也是有相似之处的，两者都强调：该说的要说到，说到的要做到，强调文档化的过程和文档的设计，通过对每个重要过程的跟踪检查实现对质量的控制。

具体ISO9000和CMM的不同点如表5-2所示。

表5-2　ISO9000和CMM的不同点

比较内容	ISO9000-1994	2000版ISO/DIS9001	CMM
管理体系	强调完整的组织体系，可以用来建立符合ISO9000管理的组织管理	强调完整的组织体系，可以用来建立符合ISO9000管理的组织管理	本身对管理体系没有明确要求，默认组织体系是有效的、健全的
管理上的侧重	组织管理要素的管理	组织管理过程的管理	项目管理技术的管理过程的控制以KPA的形式来强调各环节的管理，但缺乏整个过程的管理
管理职责	强调宏观上的管理职责	强调宏观上的管理职责	强调项目管理中不同角色的职责
文件体系	分为组织层（规范）文件和项目层文件，并将文件体系化分为质量手册、程序文件和作业指导书，层次清楚	分为组织层（规范）文件和项目层文件，并将文件体系化分为质量手册、程序文件和作业指导书，层次清楚	所有文件同等对待
数据分析	较弱	加强了数据分析、数据测量	在定量过程管理（KPA）中强调数据分析
适用范围	所有行业，但对软件行业的适用性不够强，对企业规模无要求	所有行业，但对软件行业的适用性不够强，对企业规模无要求	大型软件企业（500人以上），对于500人以下的中小型企业需要进行裁剪
管理理念	提高产品质量	以顾客满意为目标	评价承包商的软件成熟能力
配置管理	弱	弱	强
需求管理	强调了合同评审，但对需求的管理很弱	强调了合同评审，但对需求的管理很弱	对需求管理有很强的控制，但没有对合同评审进行控制
评审	有较强的管理评审，但对技术评审管理较弱	有较强的管理评审，但对技术评审管理较弱	有较强的技术评审，但对管理评审的控制较弱
内部沟通	没有明确要求	强调内部沟通	强调内部沟通，并通过组际协调（KPA）来实现
外部沟通	隐含在几个要素中	强调外部沟通	强调外部沟通，并通过组际协调（KPA）来实现
变更管理	弱	弱	强（有专门的KPA进行控制，包括技术变更和过程变更）

5.6.2　软件质量体系的建立和实施

软件质量体系的建立和实施应坚持以下原则：

（1）以顾客为中心。组织依存于顾客，因此组织应理解顾客当前和未来的需求，满足顾客的要求并争取超越顾客的期望。

（2）领导作用。领导将本组织的宗旨、方向和内部环境统一起来，并创造使员工能够充分参与实现组织目标的环境。

（3）全员参与。各级人员是组织之本，只有他们的充分参与，才能用他们的才干为组织带来最大的收益。

（4）过程方法。将相关的资源和活动作为过程进行管理，重视输入和输出，可以更高效地得到期望的结果。

（5）管理的系统方法。针对设定的目标，识别、理解并管理一个由相互关联的过程所组成的系统，有助于提高组织的有效性和效率。

（6）持续改进。持续改进是组织的一个永恒目标。

（7）基于事实的决策方法。对数据和信息的逻辑分析和直觉判断是有效决策的基础。

（8）互利的供方关系。通过互利的关系，增强组织及其供方创造价值的能力。

建立、完善软件质量体系一般要经历质量体系的策划与设计，质量体系文件的编制，质量体系的试运行，质量体系审核和评审四个阶段，每个阶段又可分为若干具体步骤。

1. 质量体系的策划与设计

该阶段主要是做好各种准备工作，包括教育培训，统一认识；组织落实，拟定计划；确定质量方针，制订质量目标；现状调查和分析；调整组织结构，配备资源等方面。

（1）教育培训，统一认识

质量体系建立和完善的过程，是始于教育，终于教育的过程，也是提高认识和统一认识的过程，教育培训要分层次，循序渐进地进行。

第一层次为决策层，包括党、政、技（术）领导。

① 通过介绍质量管理和质量保证的发展和本单位的经验教训，说明建立、完善质量体系的迫切性和重要性。

② 通过ISO9000族标准的总体介绍，提高按国家（国际）标准建立质量体系的认识。

③ 通过质量体系要素讲解（重点应讲解"管理职责"等总体要素），明确决策层领导在质量体系建设中的关键地位和主导作用。

第二层次为管理层，重点是管理、技术和生产部门的负责人，以及与建立质量体系有关的工作人员。这一层次的人员是建设、完善质量体系的骨干力量，起着承上启下的作用。要使他们全面接受ISO9000族标准有关内容的培训，在方法上可采取讲解与研讨结合，理论与实际结合。

第三层次为执行层，即与产品质量形成全过程有关的作业人员。对这一层次人员主要培训与本岗位质量活动有关的内容，包括在质量活动中应承担的任务，完成任务应赋予的权限，以及造成质量过失应承担的责任等。

（2）组织落实，拟定计划

尽管质量体系建设涉及到一个组织的所有部门和全体职工，但对多数单位来说，成立一个精干的工作班子可能是必要的，根据一些单位的做法，这个班子也可分三个层次。

第一层次成立以最高管理者（厂长、总经理等）为组长，质量主管领导为副组长的质量体系建设领导小组（或委员会）。其主要任务包括体系建设的总体规划；制订质量方针和目标以及按职能部门进行质量职能的分解。

第二层次成立由各职能部门领导（或代表）参加的工作班子。这个工作班子一般由质量部门和计划部门的领导共同牵头，其主要任务是按照体系建设的总体规划具体组织实施。

第三层次成立要素工作小组。根据各职能部门的分工，明确质量体系要素的责任单位。例如，"设计控制"一般应由设计部门负责，"采购"要素由物资采购部门负责。

组织和责任落实后，按不同层次分别制定工作计划，在制定工作计划时首先应做到目标要明确。要完成什么任务？要解决哪些主要问题？要达到什么目的？其次要控制进程。建立质量体系的主要阶段要规定完成任务的时间表、主要负责人和参与人员、他们的职责分工及相互协作关系。最后要突出重点。重点主要是体系中的薄弱环节及少数的关键。这少数可能是某个或某几个要素，也可能是要素中的某些活动。

（3）确定质量方针，制定质量目标

质量方针体现了一个组织对质量的追求，对顾客的承诺，是职工质量行为的准则和质量工作的方向。制定质量方针的要求是：

① 与总方针相协调。

② 应包含质量目标。

③ 结合组织的特点。

④ 确保各级人员都能理解和坚决执行。

（4）现状调查和分析

现状调查和分析的目的是为了合理地选择体系要素，内容包括以下几个方面：

① 体系情况分析。即分析本组织的质量体系情况，以便根据所处的质量体系情况选择质量体系要素。

② 产品特点分析。即分析产品的技术密集程度、使用对象、产品安全特性等，以确定要素的采用程度。

③ 组织结构分析。组织的管理机构设置是否适应质量体系的需要。应建立与质量体系相适应的组织结构并确立各机构间的隶属关系、联系方法。

④ 生产设备和检测设备能否适应质量体系的有关要求。

⑤ 技术、管理和操作人员的组成、结构及水平状况的分析。

⑥ 管理基础工作情况分析。即标准化、计量、质量责任制、质量教育和质量信息等工作的分析。

对以上内容可采取与标准中规定的质量体系要素的要求进行对比性分析。

（5）调整组织结构，配备资源

因为在一个组织中除质量管理外，还有其他各种管理。组织机构的设置由于历史沿革多数并不是按质量形成客观规律来设置相应的职能部门，所以在完成质量体系要素的落实并展开成对应的质量活动以后，必须将活动中相应的工作职责和权限分配到各职能部门。一方面是客观展开的质量活动，一方面是人为的现有的职能部门，两者之间的关系处理，一般来说，一个质量职能部门可以负责或参与多个质量活动，但不要让一项质量活动由多个职能部门来负责。目前我国企业现有职能部门对质量管理活动所承担的职责、所起的作用普遍不够理想，总的来说应该加强。

2. 质量体系文件的编制

质量体系文件的编制内容和要求，从质量体系的建设角度讲，应强调几个问题：

（1）体系文件一般应在第一阶段工作完成后才正式制订，必要时也可交叉进行。如果前期工作不做，直接编制体系文件就容易产生系统性、整体性不强，以及脱离实际等弊病。

（2）除质量手册需要统一组织制订外，其他体系文件应按分工由职能部门分别制订，先提出草案，再组织审核，这样做有利于今后文件的执行。

（3）质量体系文件的编制应结合本单位的质量职能分配进行。按所选择的质量体系要素，逐个展开为各项质量活动（包括直接质量活动和间接质量活动），将质量职能分配落实到各职能部门。质量活动项目和分配可采用矩阵图的形式表述，质量职能矩阵图也可作为附件附于质量手册之后。

（4）为了使所编制的质量体系文件做到协调、统一，在编制前应制订"质量体系文件明细表"，将现行的质量手册（如果已编制）、企业标准、规章制度、管理办法以及记录表收集在一起，与质量体系要素进行比较，从而确定新编、增编或修订质量体系文件项目。

（5）为了提高质量体系文件的编制效率，减少返工，在文件编制过程中要加强文件的层次间、文件与文件间的协调。尽管如此，一套质量好的质量体系文件也要经过自上而下和自下而上的多次反复。

（6）编制质量体系文件的关键是讲求实效，不走形式。既要从总体上和原则上满足ISO9000族标准，又要在方法上和具体做法上符合本单位的实际。

3. 质量体系的试运行

质量体系文件编制完成后，质量体系将进入试运行阶段。其目的是通过试运行，考验质量体系文件的有效性和协调性，并对暴露出的问题，采取改进措施和纠正措施，以达到进一步完善质量体系文件的目的。在质量体系试运行过程中，要重点抓好以下工作：

（1）有针对性地宣传贯彻质量体系文件。使全体职工认识到新建立或完善的质量体系是对过去质量体系的变革，是为了向国际标准接轨，要适应这种变革就必须认真学习、贯彻质量体系文件。

（2）实践是检验真理的唯一标准。质量体系文件通过试运行必然会出现一些问题，全体职工应将从实践中出现的问题和改进意见如实反映给有关部门，以便采取纠正措施。

（3）将体系试运行中暴露出的问题，如体系设计不周、项目不全等进行协调、改进。

（4）强化信息管理，不仅是体系试运行本身的需要，也是保证试运行成功的关键。所有与质量活动有关的人员都应按体系文件要求，做好质量信息的收集、分析、传递、反馈、处理和归档等工作。

4. 质量体系的审核与评审

质量体系审核在体系建立的初始阶段往往更加重要。在这一阶段，质量体系审核的重点主要是验证和确认体系文件的适用性和有效性。

（1）审核与评审的主要包括以下内容：

① 规定的质量方针和质量目标是否可行。

② 体系文件是否覆盖了所有主要质量活动，各文件之间的接口是否清楚。

③ 组织结构能否满足质量体系运行的需要，各部门、各岗位的质量职责是否明确。

④ 质量体系要素的选择是否合理。

⑤ 规定的质量记录是否能起到见证作用。

⑥ 所有职工是否养成了按体系文件操作或工作的习惯，执行情况如何。

（2）该阶段体系审核的特点是：首先体系正常运行时的体系审核，重点在符合性，在试运行阶段通常是将符合性与适用性结合起来进行；其次为使问题尽可能地在试运行阶段暴露无遗，除组织审核组进行正式审核外，还应有广大职工的参与，鼓励他们通过试运行的实践，发现和提出问题；在试运行的每一阶段结束后，一般应正式安排一次审核，以便及时对发现的问题进行纠正，对一些重大问题也可根据需要，适时地组织审核；在试运行中要对所有要素覆盖审核一遍并充分考虑对产品的保证作用；最后在内部审核的基础上，由最高管理者组织一次体系评审。

应当强调，质量体系是在不断改进中得以完善的，质量体系进入正常运行后，仍然要采取内部审核，管理评审等各种手段以使质量体系能够保持和不断完善。

5.7　软件能力成熟度模型

许多年以来，人们为提高软件生产效率和软件产品质量，进行了长期探讨，取得了显著成绩。这些探讨和成绩表现在以下方面。

（1）力图从编程语言上实现突破。已经从机器语言、汇编语言、面向过程的语言、面向数据的语言发展到面向对象、面向构架的语言。

（2）力图从CASE工具上实现突破。这些工具有OracleDesigner、PowerDesigner、Erwin、Rose、San Francisco、北大青鸟系统等。

（3）力图从软件过程管理上实现突破。如CMM、ISO9000、微软企业文化、IBM企业文化等。

（4）力图从测试与纠错上实现突破。先后出现了各种测试方法、工具和纠错手段。

工程软件质量是由多种因素决定的，解决它也需要多方面的努力。

从软件开发的组织管理来看，软件开发的管理经历了从个人开发能力、团队开发能力到CMM以及现在越来越强调的三者结合的开发组织管理模式。

1. 个人开发能力

个人开发能力（Personal Software Process，PSP）是一种可用于控制、管理和改进个人工作方式的自我持续改进过程，是一个包括软件开发表格、指南和规程的结构化框架。PSP与具体的技术（程序设计语言、工具或者设计方法）相对独立，其原则能够应用到几乎任何的软件工程任务之中。PSP能够说明个体软件过程的原则，帮助软件工程师做出准确的计划，确定软件工程师为改善产品质量要采取的步骤，建立量度个体软件过程改善的基准，确定过程的改变对软件工程师能力的影响。PSP注重于个人的技能，能够指导软件工程师如何保证自己的工作质量，估计和规划自身的工作，量度和追踪个人的表现，管理自身的软件过程和产品质量。经过PSP学习和实践的正规训练，软件工程师们能够在他们参与的项目工作之中充分利用PSP，从而保证了项目整体的进度和质量。

2. 团队开发能力

团队开发能力（Team Software Process，TSP）对群组软件过程的定义、量度和改革提出了一整套原则、策略和方法，把CMM要求实施的管理与PSP要求开发人员具有的技巧结合起来，以按时交付高质量的软件，并把成本控制在预算的范围之内。在TSP中，讲述了如何创建高效且具有自我管理能力的工程小组，工程人员如何才能成为合格的项目组成员，管理人员如何对群组提供指导和支持，如何保持良好的工程环境使项目组能充分发挥自己的水平等软件工程管理问题。TSP注重团队的高效工作和产品交付能力，结合PSP的工程技能，通过告诉软件工程师如何将个体过程结合进小组软件过程，通过告诉管理层如何支持和授权项目小组，坚持高质量的工作，并且依据数据进行项目的管理，展示了如何去生产高质量的产品。

3. 软件开发过程

软件开发过程（Software Development Process，SDP）是组织级在全公司范围内进行的过程定义、量度和改进，包括开发生命周期、项目管理实践和软件工程过程三部分。它是在CMM的基础上建立起来的，综合在实践中行之有效的具体方法，注重实用性和效果，以实现项目交付的可预期性和质量保证为最终目标。CMM注重于组织能力和高质量的产品，它提供了评价组织的能力、优先识别改善的需求和追踪改善的进展的管理方式。如果再拓展到本文提到的软件开发过程SDP，那就是具有更高层次更高组织性的意义。

在这些软件开发技术与管理技术逐步成熟发展的基础上，专家们提出了软件能力成熟度模型（Capability Marurity Model，CMM）。CMM是于1984年美国国会与美国主要的公司和研究中心合作创立的一个由联邦资助的非营利组织——软件工程研究所（Software Engineering Institute，SEI）的一个早期研究成果。该模型提供了软件工程成果和管理方法的框架，自90年代提出以来，已在北美、欧洲和日本成功地应用。现在该模型已成为事实上的软件过程改进的工业标准。CMM包含以下基本概念。

（1）过程（Process）：指为实现既定目标的一系列操作步骤[IEEE-STD-610]。

（2）软件过程（Software Process）：指人们用于开发和维护软件及其相关产品的一系列活动、方法、时间和革新。其中相关产品是指项目计划、设计文档、编码、测试和用户手册。当一个企业逐步走向成熟，软件过程的定义也会日趋完善，其企业内部的过程实施将更具有一致性。

（3）软件过程能力（Software Process Capability）：描述了在遵循一个软件过程后能够得到的预期结果的界限范围。该指标是对能力的一种衡量，用它可以预测一个组织（企业）在承接下一个软件项目时，所能期望得到的最可能的结果。

（4）软件过程性能（Software Process Performance）：表示遵循一个软件过程后所得到的实际结果。（与软件过程能力有区别，软件过程能力关注的是实际得到的结果，而软件过程性能关注的是期望得到的结果。由于项目要求和客观环境的差异，软件过程性能不可能充分反应软件过程的整体能力，即软件过程能力受限于它的环境。）

（5）软件过程成熟度（Software Process Maturity）：是指一个具体的软件过程被明确地定义、管理、评价、控制和产生实效的程度。所谓成熟度包含着能力的一种增长潜力，同时也表明了组织（企业）实施软件过程的实际水平。随着组织软件过程成熟度能力的不断提高，组织内部通过对过程的规范化和对成员的技术培训，从而使软件的质量、生产率和生产周期得到改善。软件过程也将会被他的使用者关注和不断修改完善。

CMM将软件组织的管理水平划分为5个级别，初始级（CMMI1）、可重复级（CMMI2）、定义（CMMI3）、定量管理级（CMMI4）和优化级（CMMI5），共计18个关键过程域，52个具体目标，316个关键实践。

关键过程（区）域（Key Process Area）是指一系列相互关联的操作活动，这些活动反映了一个软件组织改进软件过程时所必须满足的条件。也就是说，关键过程域标识了达到某个成熟程度级别时所必须满足的条件。在CMM中一共有18个关键过程域，分布在第2～5级中。

关键实践（Key Practices）是指关键过程域中的一些主要实践活动。每个关键过程域最终由关键实践所组成，通过实现这些关键实践来达到关键过程域的目标。一般情况下，关键实践描述了该做什么，但没有规定如何去达到这些目标。

对于每个关键过程域，都用5个共同属性（政策、资源、活动、测量、验证）来描述它。对于每个共同属性，又用一系列的关键实践来说明。（任何没有实施CMM评估的软件组织，不管其管理水平如何低下，均属于CMM一级的水平）。

第一级：初始级

在初始级，企业一般不具备稳定的软件开发与维护的环境。常常在遇到问题的时候，就放弃原定的计划而只专注于编程与测试。初始级软件开发企业一般具有以下特征：

（1）软件过程的特点是杂乱无章，有时甚至混乱，几乎没有定义过程的规则或步骤。

（2）过分的承诺，常做出良好的承诺，或达到高目标的许诺。但实际上却出现一系列问题。

（3）遇到危机就放弃原计划过程，反复编码和测试。

（4）成功完全依赖于个人的努力和杰出的专业人才。具体的表现和成果都源于个人的能力和他们先前的经验、知识以及他们的进取心和积极程度。

（5）能力只是个人的特性，而不是开发组织的特性。依靠着个人的品质或承受着巨大的压力，或找窍门取得成果。但此类人一旦离去，对组织的稳定作用也消失。

（6）软件过程是不可确定的和不可预见的。软件成熟性程度处于第一级软件组织的软件过程在实际的工作过程中经常被改变（过程是随意的）。这类组织也在开发产品，但其成果是不稳定的，不可预见的，不可重复的。也就是说，软件的计划、预算、功能和产品的质量都是不可确定和不可预见的。

在初始级软件企业的开发过程中，极少存在或使用稳定的过程，极为依赖个人努力和杰出人物。一旦优秀人物离去，项目就无法继续。对于软件量度数据既不收集也不分析。对于这样的企业，在CMM中提出了以下主要改进措施：

（1）建立项目管理过程，实施规范化管理，保障项目的承诺。

（2）首要任务是进行需求管理，建立客户与软件项目之间的共同理解，使项目真正反映客户的要求。

（3）建立各种软件项目计划。如软件开发计划、软件质量保证计划、软件配置管理计划、软件测试计划、风险管理计划及过程改进计划。

（4）开展软件质量保证活动。

第二级：可重复级

在这一级，建立了管理软件项目的政策以及为贯彻执行这些政策而定的措施。基于过往的项目的经验来计划与管理新的项目。一般具有以下特征：

（1）进行较为现实的承诺，可按以前在同类项目上的成功经验，建立必要的过程准则来确保再一次的成功。

（2）主要是逐个项目地建立基本过程管理条例来加强过程能力。

（3）建立了基本的项目管理过程来跟踪成本、进度和功能。

（4）管理工作主要跟踪软件经费支出、进度及功能，识别在承诺方面出现的问题。

（5）采用基线（BASELINE）来标志进展，控制完整性。

（6）定义了软件项目的标准，并相信它，遵循它。

（7）通过子合同建立有效的供求关系。

可重复级的开发过程中软件开发和维护的过程是相对稳定的,但过程建立在项目一级。有规则的软件过程是在一个有效的工程管理系统的控制之下,先前的成功经验可以被重复。当问题出现时，有能力识别及纠正。承诺是可实现的。

一般来说，软件开发项目的成功依赖于个人的能力以及管理层的支持。为了提升企业的软件开发规范，可重复级有如下需要改进之处：

（1）不再按项目制定软件过程，而是总结各种项目的成功经验，使之规则化，把具体经验归纳为全组织的标准软件过程。把改进组织的整体软件过程能力的过程活动，作为软件开发组织的责任。

（2）确定全组织的标准软件过程，把软件工程及管理活动集成到一个稳固确定的软件过程中。从而可以跨项目改进软件过程效果，也可作为软件过程剪裁的基础。

（3）建立软件工程过程小组（SEPG）长期承担评估与调整软件过程的任务，以适应未来软件项目的要求。

（4）积累数据，建立组织的软件过程库及软件过程相关的文档库。

（5）加强培训。

第三级：定义级

在这一级，有关软件工程与管理工程的一个特定的、面对整个企业的软件开发与维护的过程文件将被制订出来。同时，这些过程集成到一个协调的整体中，这就称为企业的标准软件过程。这样的企业，具有以下特征：

（1）无论管理方面或工程方面的软件过程都已文件化、标准化，并综合成软件开发组织的标准软件过程。

（2）软件过程标准被应用到所有的工程中，用于编制和维护软件。有的项目也可根据实际情况，对软件开发组织的标准软件过程进行剪裁。

（3）在从事一项工程时，产品的生产过程、花费、计划以及功能都是可以控制的，从而软件质量也可以控制。

（4）软件工程过程组负责软件活动。

（5）在全组织范围内安排培训计划。

定义级的整个组织全面采用综合性的管理及工程过程来管理。软件工程和管理活动是稳定的和可重复的，具有连续性。软件过程起了预见及防范问题的作用，能使风险的影响最小化。

在开发的人员组织上，以项目组的方式进行工作，如综合产品团队。在整个组织内部的所有人对于所定义的软件过程的活动、任务有深入了解，大大加强了过程能力。能有计划地按人员的角色进行培训。

定义级的软件企业还需要开始着手软件过程的定量分析，以达到定量地控制软件项目过程的效果。

第四级：定量管理级

在这一级，企业对产品与过程建立起定量的质量目标，同时在过程中加入规定得很清楚的连续的量度方案。作为企业的量度方案，要对所有项目的重要的过程活动进行生产率和质量的量度。软件产品因此具有可预期的高质量。一般具有以下特征：

（1）制定了软件过程和产品质量的详细而具体的量度标准，软件过程和产品质量都可以被理解和控制。

（2）软件组织的能力是可预见的，原因是软件过程是被明确的量度标准所量度和操作。不言而喻，软件产品的质量就可以预见和得以控制。

（3）组织的量度工程保证对所有项目的生产率和质量进行量度，并作为重要的软件过程活动。

（4）具有良好定义及一致的量度标准来指导软件过程，并作为评价软件过程及产品的定量基础。

（5）在开发组织内已建立软件过程数据库，保存收集到的数据，可用于各项目的软件过程。

在软件开发过程中，开始定量地认识软件过程。软件过程的变化小，一般在可接受的范围内。可以预见软件过程中和产品质量方面的一些趋势。一旦质量经量度后超出这些标准或是有所违反，可以采用一些方法去改正，以达到良好的目标。

软件开发中，每个项目中存在强烈的群体工作意识。因为每个人都了解个人的作用与组织的关系，因此能够产生这种群体意识。

对软件的量度进行了标准化，在全组织内进行数据收集与确定，用于定量地理解软件过程及稳定软件过程。

定量管理级需要提高的地方在以下几个方面：

（1）缺陷防范，不仅仅在发现了问题时能及时改进，而且应采取特定行动防止将来出现这类缺陷。

（2）主动进行技术变动管理，标识、选择和评价新技术，使有效的新技术能在开发组织中施行。

（3）进行过程变动管理，定义过程改进的目标，经常不断地进行过程改进。

第五级：（不断）优化级

在这个等级，整个企业将会把重点放在对过程进行不断的优化中。企业会采取主动去找出过程的弱点与长处，以达到预防缺陷的目标。同时，分析有关过程的有效性的资料，作出对新技术的成本与收益的分析，以及提出对过程进行修改的建议。优化级有如下特征：

（1）整个组织特别关注软件过程改进的持续性、预见性及增强自身能力，防止缺陷及问题的发生，不断地提高他们的过程处理能力。

（2）加强定量分析，通过来自过程的质量反馈和吸收新观念，新科技，使软件过程能不断地得到改进。

（3）根据软件过程的效果，进行成本/利润分析，从成功的软件过程中吸取经验，加以总结，把最好的创新成绩迅速向全组织转移。对失败的案例，由软件过程小组进行分析以找出原因。

（4）组织应能找出过程的不足并预先改进，把失败的教训告知全体组织以防止重复以前的错误。

（5）对软件过程的评价和对标准软件过程的改进，都在全组织内推广。

优化级的软件开发过程能不断地系统地改进软件过程。理解并消除产生问题的公共根源，在任何一个系统中都可找到由于随机变化造成重复工作，进而导致时间浪费。为了防止浪费人力可能导致的系统变化。能消除"公共"的无效率根源，防止浪费发生。尽管所有级别都存在这些问题，但这是第5级的焦点。开发人员整个组织都存在自觉的强烈的团队意识。每个人都致力于过程改进，人们不再以达到里程碑的成就而满足，而要力求减少错误率。每个开发人员和整个企业基于定量的控制和管理，主动更新技术，追求新技术。实现软件开发中的方法和新技术的革新，以不断提高产品的质量和生产率。

图5-3反映了CMM的5个软件组织管理水平等级的层次关系。

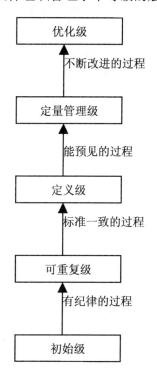

图 5-3　CMM 中 5 个软件组织管理水平等级的层次关系

可以说，软件能力成熟度模型CMM根据各个级别，为软件开发建立了一系列合适的过程实践。几个关键的过程实践包括：质量保证，需求管理，配置管理，计划和跟踪，风险控制。然后再建立一套项目量度工具来更加精确地管理项目，并可以持续改进过程。有了规范的开发生命周期模型和CMM，可以想办法为软件开发去设计一个建立在数据基础之上、不断量度和改进、不断提高企业开发能力的一个良性循环的机制，其模型如图5-4所示。

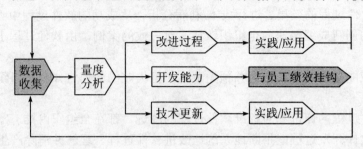

图 5-4　改进软件开发设计过程的模型

5.8 习　题

1. 试说明软件的量度的概念。
2. 从软件项目负责人和软件工程师的两个角度来看，软件量度的目标分别是什么？
3. 软件量度的对象有哪些？
4. 软件质量具体包括哪些内容，影响软件质量的因素有哪些？
5. 说明提高软件可靠性的方法和技术。
6. 说明CMM的各个管理级别的含义。

第6章

软件测试技术

本章介绍了有关软件测试方面的内容，使读者能对软件测试的方法有所了解。软件系统在完成编码阶段后需要对其进行测试，以排除在软件开发的一系列活动中引入的可能导致软件可靠性下降的因素。软件测试实际上是对软件设计过程和所实现目标的最终复审，是软件系统交付前的重要检验环节。

6.1 软件测试的基本概念

在软件开发过程中，特别是在开发大型软件系统的过程中，面对的问题极其复杂。因此，在软件生命周期的每个阶段都不可避免地会产生差错。应该在每个阶段结束之前通过严格的技术审查，尽可能早地发现并纠正差错。但是，经验表明审查并不能发现所有差错，此外在编码过程中还会不可避免地引入新的错误。如果在软件正式运行之前，没有发现并纠正软件中的大部分差错，则这些差错迟早会在生产过程中暴露出来，那时改正这些错误的代价不仅会更高，而且往往会造成很恶劣的后果。例如，1963年，美国在开发火星探测火箭的控制程序时，开发者把FORTRAN程序的循环语句"DO 5 I＝1，3"误写为"DO 5 I＝1.3"。由于空格对FORTRAN编译程序没有实际意义，便把误写的语句当作赋值语句Do 5 I＝1.3了。"，"被误写为"．"，只有一点之差，却使飞往火星的火箭爆炸，造成1000万美元的损失。

由此可见软件测试的重要性，软件测试就是根据软件开发阶段的规格说明和程序的内部结构而精心设计的一批测试用例（即输入数据及预期的输出结果），并利用这些测试用例去运行程序，以发现错误的过程。软件测试在软件生命周期中横跨两个阶段。一是单元测试阶段，即编写出每个模块之后就对它做必要的测试。二是综合测试阶段，即结束单元测试后进行的测试，如系统测试、验收测试。

软件测试是在软件投入运行前，对软件需求分析、设计规格说明和编码的最终复查，是软件质量保证的关键步骤。通过软件测试，可以发现软件中绝大部分潜伏的错误，从而可以大大提高软件产品的正确性、可靠性，进而可显著提高产品质量。统计表明，软件测试工作往往占软件开发总工作量的40%以上。

一般认为对于软件测试的结果，其衡量标准可以用四个字概括：多、快、好、省。

（1）多：能够找到尽可能多的错误，以至于去除所有的错误。

（2）快：能够尽可能早地发现最严重的错误。

（3）好：找到的错误是关键的、用户最关心的，找到这些错误后能够发现新的相关的错误，并为修正这些错误提供尽可能多的信息。

（4）省：能够用最少的时间、人力和资源发现错误，并且测试的过程和数据都可以复用，最好是能实现测试的自动化，即通过专门的软件去检验程序。

6.1.1　软件测试目标及原则

软件测试的目的很容易理解，就是为了发现错误而执行程序的过程。Myers在其软件测试著作《软件测试之艺术》中对软件测试的目标提出以下观点：

（1）软件测试是为了发现错误而运行程序的过程。

（2）一个好的测试用例能够发现至今尚未发现的错误。

（3）一个成功的测试是发现了至今尚未发现的错误的测试。

一般认为，软件测试的目的具体表现在以下几个方面：

（1）检验对象的正确性及对象之间的相互作用。这里所说的对象主要是模块内部的变量、函数或组件等。包括变量的使用范围、生命周期是否正确，是否存在相互干扰或影响。如一个全局变量或静态变量，在多处使用，则可能由于同时进行修改而造成冲突。对于函数也存在使用范围、生命周期的问题，但更多的是关心函数的功能是否完全实现，输入参数、输出参数正确与否。这种测试方法也通常称为单元测试。

（2）检验所有的模块是否正确地集成。也就是测试各个模块之间的输入/输出是否正确，而不考虑各个模块内部是如何实现的。这种测试方法也通常称为集成测试。

（3）检验所有的用户需求是否正确实现。前面两种测试主要是从程序本身的逻辑上考虑，而用户需求则是测试程序是否从功能上满足要求。例如，用户要求编一个多个数累加的程序，但程序却编成了一个多个数相乘。虽然从逻辑上输出肯定能满足输入，但并不符合用户的需求。通常，进行用户需求测试，可以由专业的测试人员或程序开发人员按照用户需求报告进行测试，也可以由用户自己按照自己的要求进行测试。这也被称为系统测试。

（4）确保软件产品中的问题在分发之前被准确定位。当软件作为一个产品进行分发的时候，就不仅仅要考虑逻辑上是否合理，功能上是否满足用户需求，还必须考虑其他因素。如软件运行的初始化、安全性、网络连接、掉电保护、系统备份与恢复以及版权保护等，这些问题都必须在软件产品分发之前被准确定位。

总之，软件测试就是为了寻找错误，并尽可能地为修正错误提供更多的信息以确保软件产品的质量。可以说软件测试是因为软件有可能有错误，而不是为了证明软件没有错误。

通常情况下，软件测试与软件开发存在以下的关系，如图6-1所示。这也是做测试计划的依据。

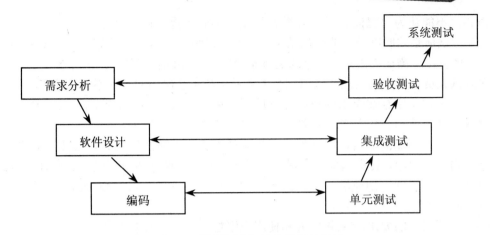

图 6-1 软件测试与软件开发的关系

为了能够进行完整而又有效的软件测试，通常需要遵循以下原则：

（1）测试应该基于用户需求。也就是说软件的目的就是帮助用户实现自身需求。因此，在进行软件测试的时候，一定要以用户需求为主要目的进行测试。当然，在实现用户需求的前提下，也要考虑软件其他方面的性能，如速度、可靠性、复杂程度或可扩展性。通常情况下，速度、可靠性、复杂程度或可扩展性也会作为用户需求的一部分。这就要求软件设计人员和开发人员在软件设计的早期就对这些因素进行综合考虑。

（2）应以测试设计为关键。为了实现软件测试的多、快、好、省，通常在进行软件测试前，都必须进行详细的软件测试设计，形成软件测试方案。这样做的原因是：首先，测试时间和资源都是有限的。其次，测试到所有情况是不可能的。这就要求在测试前做好充分的准备，考虑各种可能的情况，尤其必须考虑例外情况。例如，突然停电对软件运行的影响，出现除数为零的情况如何解决，多个并发用户使用对软件系统的影响。这些都必须体现在测试计划中。最后，按照在开发各阶段分别制定出的测试计划进行测试，可以防止测试的随意性和主观性。

（3）应该尽早开始测试。尽早和不断地进行软件"测试"，即将这种"测试"贯穿于软件开发的各个阶段，坚持各个阶段的技术评审，以便尽早地发现和预防错误。

（4）测试用例中，不仅要选择合理的输入数据，还要选择不合理的输入数据。

（5）对发现错误较多的程序模块，应进行重点测试。Pareto指出，测试发现错误的80%集中在20%的模块中。发现错误较多的模块质量较差，需要重点测试，并要测试是否引入了新的错误。

从测试的经验上看，有以下几点特别需要注意：

（1）心理素质最重要。对于开发人员，首先不能有这样的想法：我不会犯错。其实任何人都可能犯错。其次不能把小错误不算作错误，错误的性质和大小，也是软件的质量是必须由用户来评价的。最后就是开发人员不能认为被发现错误就是对工作的否定，其实及时发现错误是对工作的帮助。

对于测试人员来说，首先必须有足够的责任心，不能抱着反正测试是不可能发现所有错误的想法。其次测试人员要通过测试任务不断总结经验，培养敏锐度，提升个人价值和权威，而不是把简单测试看作没有创造性、枯燥的工作。最后就是要求测试人员要有足够的自信心，不能认为自己的技术比开发人员差而不敢多提错误。

（2）测试前必须明确预期的输出结果。也就是要明确目标，否则实际的输出结果很可能成为检验的标准，测试失去意义。其次必须检查每一个实际输出结果。虽然这个很简单，但是许多测试人员都喜欢想当然的认为这个太容易了是不会出错的，而不认真检查输出结果。

（3）一段程序中存在错误的概率与这段程序中已经发现的错误数成正比。编码规范、需求理解、技术能力、内部耦合性都会导致这种错误成堆的现象。

（4）尽可能避免测试自己的软件。首先这样不容易发现思路错误，因为人做事情总是喜欢按照自己的思维。其次这样不容易发现环境错误，所谓环境包括硬件和软件两方面的。自己测试自己的软件，则环境一样，就无法发现环境错误了。最后心理因素导致测试可能不够彻底和全面。

（5）依照用户的要求、配置环境和使用习惯进行测试并评价结果。

（6）测试设计决定了测试的有效性和效率，测试工具只能提高测试效率。

（7）注意保留测试设计、测试用例、出错统计和有关的分析报告，并注意测试设计的可复用性和说明文档。

（8）测试活动要有组织、有计划、有选择。这是因为，穷举测试是不可能的，不充分的测试是不负责任，过度的测试是浪费资源，而有计划的活动能提高效率。

6.1.2　软件测试方法

软件测试方法是测试阶段的关键技术问题。所谓测试方法包括预定要测试的功能，应该输入的测试数据和预期的结果。其中最困难的问题是设计测试用的输入数据，即测试用例。

不同的测试数据发现程序错误的能力差别很大，为了提高测试效率、降低测试成本，应该选用高效的测试数据。因为不可能进行穷尽的测试，选用少量"最有效的"测试数据，做到尽可能完备的测试就更重要了。

目前常用的测试方法如图6-2所示。

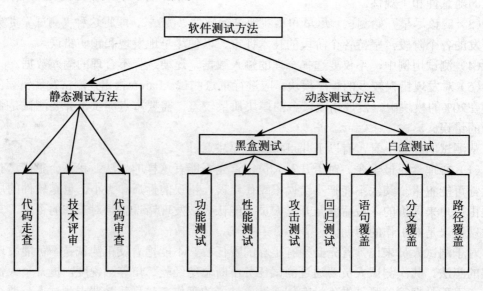

图 6-2　软件测试方法

　　静态测试主要针对编码的质量，也针对软件开发各个阶段的设计文档，主要包括总体设计阶段和详细设计阶段的逻辑设计错误。一般静态测试能发现30%～70%的逻辑设计和编码错误。静态测试不实际运行程序，而是通过检查和阅读等手段来发现错误并评估代码质量的软件测试技术。它通过分析代码中的类型、引用、参数传递以及表达式等来发现编码错误，另外还可以发现一些诸如空指针赋值、下标越界等容易出错的地方。静态测试还能够检查诸如命名规则等编程规范。

　　静态测试包括代码走查、技术评审和代码审查。代码审查是开发组内部进行的，采用讲解、讨论和模拟运行的方式进行查找错误的活动。技术评审是开发组、测试组和相关人员联合进行的，采用讲解、提问并使用Checklist方式进行查找错误的活动。一般有正式的计划、流程和结果报告。代码审查是开发组内部进行的，采用讲解、提问并使用Checklist方式进行查找错误的活动。一般有正式的计划、流程和结果报告。

　　动态测试是实际运行程序，通常事先设计好一组测试用例，然后通过运行程序来发现错误，并通过观察程序运行的实际结果来发现错误的软件测试技术。所谓测试用例，就是为了进行有效的测试而设计的输入数据和预期的输出结果数据。动态测试包括黑盒测试、回归测试和白盒测试。

　　黑盒测试把被测的程序模块看成一个黑匣子，即完全不考虑程序的内部结构和处理过程，测试仅在程序的输入/输出接口上进行，它包括功能、性能和攻击测试。回归测试就是程序修改或者版本更新以后，为了确保以前正确的功能和其他指标仍旧正确，而重新进行的测试。白盒测试是把被测的程序看成一个透明的白匣子，即完全了解程序的内部结构和详细的处理过程，测试是在程序的内部结构上进行的。要求针对每一条逻辑路径都要设计测试用例，检查每一个分支和每一次循环的情况。白盒测试包括语句覆盖、分支覆盖和路径覆盖。

　　功能测试就是针对要求的程序功能，按照规范的流程进行的测试。

　　性能测试就是针对除要求的程序功能以外的其他要求，包括性能、安全、配置、负载等指标，按照规范的流程进行的测试。

　　攻击测试就是针对要求的程序功能、性能、安全、配置、负载等指标，基于破坏的目的、按照经验进行的随机测试。

　　语句覆盖就是在测试过程中，选择足够的测试用例，使得每一个可执行语句至少被执行一次。

　　分支覆盖就是在测试过程中，选择足够的测试用例，使得程序中的每一个分支判断的每一种可能结果都至少被执行一次。

　　路径覆盖就是在测试过程中，选择足够的测试用例，使得程序中的每一条可能执行的路径都至少执行一次。

　　微软以做系统软件闻名于世，它的测试分类有4种。

　　（1）将测试分为一致性测试、配置测试、集成测试和强力测试。

　　（2）将测试分为从代码角度的覆盖测试，它包括单元测试、功能测试、提交测试、基本验证测试和回归测试；从用户角度的使用测试，它包括配置测试、兼容性测试、强力测试、性能测试、文档和帮助文件测试、α测试和β测试。

　　所谓α测试，可以是由用户在开发环境下进行的一种测试，也可以是软件公司内部的

"用户"在模拟实际操作环境下进行的一种测试。被测试的是即将面世的软件产品的α版本。α测试是在受控制的环境下进行的测试，其目的是检测软件产品的功能（Function）、可使用性（Usability）、可靠性（Reliability）、性能（Performance）和支持（Support），即FURPS，特别是产品的界面和特色。参加α测试的人员是除了开发人员之外最先"使用"产品的人员，他们提出的修改意见是很有价值的。经过α测试并对软件进行修改后，所生成的软件产品称为β版本。

β测试是由软件的多个用户在用户的实际使用环境下对软件产品的β版本进行的测试。β测试，开发者不在现场，要求用户记录所遇到的问题，并定期向开发者报告异常情况，提出意见和建议，供开发者修改、完善。β测试将进一步检测软件的FURPS，并着重于产品的支持性（包括文档、用户培训等）。在β测试阶段，软件产品的所有手册应完全定稿，可以向用户提交最终的软件产品了。

（3）将测试分为白盒测试和黑盒测试。白盒测试又叫玻璃盒测试，适用于在编码阶段，由开发人员根据自己对代码的理解进行程序执行路径测试；黑盒测试包括接受性测试、α和β测试、菜单或帮助测试、发行测试、回归测试、功能及系统测试。

（4）将测试分为手工静态测试和工具自动测试。所谓工具自动测试，并不是市场上有什么自动测试工具提供，而是微软测试人员根据测试需要，自己动手编写测试程序，该测试程序就是内部使用的自动测试工具。目前使用的测试工具包括两类，一类是自动生成特定的测试用例，另一类是从数据库中随机选取测试记录。例如，要测试几十万个用户同时把电子邮件发送到某邮件服务器上，观察该服务器是否崩溃或死机，手工操作不可能实现，利用测试工具就很容易实现。

这里介绍的工程软件测试方法主要有适用于黑盒测试的等价划分、边界值分析以及错误推测法等，适用于白盒测试的逻辑覆盖法。

1. 黑盒测试

黑盒测试的基本思想是测试着眼于软件的外部特性，不考虑软件内部的逻辑结构和内部特性，只依据程序的需求规格说明书检查程序是否满足功能要求。因此又称为功能测试。由于完全不考虑程序的内部结构和处理过程，因此测试要在软件的接口处进行。

黑盒测试主要是为了发现以下几类错误：

（1）是否有不正确或遗漏的功能，性能上是否能够满足要求。

（2）在接口上，输入能否被正确接收，能否输出正确的结果。

（3）能否保持外部信息的完整性，是否有数据结构错误。

（4）是否有初始化或终止性错误等。

用黑盒测试法对程序进行测试，测试用例设计常用的方法有三种。

（1）等价分类法

等价分类法是一种典型的黑盒测试方法，也是一种非常实用的、重要的测试方法。该方法仅用输入信息设计测试用例，把所有可能的输入数据划分为若干类，每一类中各个输入数据对于揭露程序中的错误是等价的，称为等价类。从每一类中选取有代表性的数据作为测试用例，即测试某等价类的代表值就等价于对这一类其他值的测试。如果某个等价类中的一个输入数据作为测试用例查出了错误，那么使用这一等价类中的其他输入数据进行测试也会查出同样的错误。反之，若使用某个等价类中的一个输入数据作为测试数据进行测试没有查出错误，则这个等价类中的其他输入数据也同样查不出错误。这样，测试人员就可以用少量有代表性的测试数据，代替大量相类似的测试数据，以减少总的测试次数，达到良好的测试效果。

设计等价类的测试用例应分两步进行，先划分等价类，再确定测试用例。

等价类可以划分为有效等价类和无效等价类两大类。

① 有效等价类是指对于程序的规格说明来讲，是正确的、有意义的输入数据构成的集合。利用它可以检验程序是否实现了需求规格说明预先规定了的功能和性能。

② 无效等价类是指对于程序的规格说明不合理的，无意义的输入数据构成的集合。程序员主要利用这一类测试用例检查当输入的数据不符合规格说明要求时，程序的功能和性能的实现情况，能否给出正确的处理。

在设计测试用例时，要同时考虑有效等价类和无效等价类的设计。软件不能只接收合理的数据，还要经受意外的考验，接收不合理的、非预期的输入数据进行程序测试，这要比使用合理的和预期的数据找出错误收获大，软件才能具有较高的可靠件。

例如，对计算 $\sqrt{x-3}/(5-x)$ 的程序划分等价类。由程序的功能可以得到输入条件为合理的正，其中包括分母不为零和分子合理，即 $(5-x) \neq 0$ 和 $(x-3) \geq 0$。由此可以得到等价类的划分如表6-1所示。然后选取若干测试用例，使它们能够覆盖表6-1的6个等价类。

表6-1 对计算 $\sqrt{x-3}/(5-x)$ 的等价类划分

输入条件	有效等价类	无效等价类
分母不为零	①$x<5$ ②$x>5$	③$x=5$
分子合理	④$x>3$ ⑤$x=3$	⑥$x<3$

在给出了输入条件后，确定等价类大体上是一个启发的过程，取决于测试人员对问题的理解力和创造力，带有很大的试探性。通常，以下划分等价类的原则可以作为参考。

① 如果输入条件规定了值的范围，则可以确定一个有效等价类和两个无效等价类。

② 如果输入条件规定了值的个数，则可以确定一个有效等价类和两个无效等价类。

③ 如果输入条件规定了一个输入值的有穷集，且确信程序对每个输入值单独处理，则可以对集合中的每一个输入值确定一个有效等价类，同时可以确定一个无效等价类。

④ 如果输入条件规定了"必须如何"的条件，则可以确定一个有效等价类和一个无效等价类。

⑤ 如果确信某一等价类中的各元素在程序中的处理方式是有区别的，则应把这个等价类分成更小的等价类。

（2）边界值分析

边界值分析也是一种黑盒测试方法，是对等价分类方法的补充。人们从长期的测试工作经验中得出结论：大量的错误是发生在输入或输出的边界上，而不是输入范围的内部。所以在设计测试用例时应选择一些边界值，使用正好等于、小于或大于边界值的数据对程序进行测试，这就是边界值分析的测试技术。

使用边界值分析方法设计测试方案首先应确定边界情况，这需要经验和创造力。通常设计测试方案时总是联合使用等价类划分和边界值分析两种技术。输入等价类的边界就是应测试的重点。

（3）错误推测法

错误推测法也称为猜错法。它没有一定规律可遵循，在很大程度上是凭经验或直觉推测程序中可能存在的各种错误，从而有针对性地编写测试用例。

例如，要测试一个排序程序，有如下几个特别需要检查的情况：

① 输入表为空。

② 输入表只含有一个元素。

③ 输入表中所有元素值相同。

④ 输入表实际有序。

2. 白盒测试法

软件的白盒测试法如同把程序装在一个透明的盒子内，即完全了解程序的结构和处理过程。这种方法按照程序内部的逻辑结构及有关信息设计或选择测试用例，检查程序中的每条通路是否都能按预定要求正确工作，故又称为结构测试或逻辑驱动测试。

使用白盒测试法，主要对程序模块进行如下的检查：

（1）对程序模块的所有独立的执行路径至少测试一次。

（2）对所有的逻辑判定，取"真"与取"假"的两种情况都至少执行一次。

（3）在循环的边界和运行界限内执行循环体。

（4）测试内部数据的有效性等。

白盒测试所采用的方法有四种。

（1）语句覆盖法

语句覆盖准则就是设计若干个测试用例，运行所测程序，使得每一个可执行语句至少执行一次。语句覆盖准则是企图用足够多的测试用例，使程序中的每个语句都执行一遍，以尽可能多地发现程序中的错误。

例如，某程序段为

...

IF(a>1 .and. b=0) THEN   x=x/a

IF(a=2 .or. x>1) THEN   x=x+1

图6-3为这个程序段的流程图。从流程图可以看出，只要能经过路径ACE，便可以将所有语句都执行一遍。显然，若取a=2与b=0为测试数据，就可以完成这一测试任务。

但是，这个测试用例不能检查出下列错误：第一个语句中的".and."误写为".or."；第二个语句中的"x>1"误写为"x=1"等。因此，语句覆盖准则是很弱的，通常不宜采用。

（2）分支覆盖法

分支覆盖准则也称为判定覆盖准则。它要求通过足够多的测试用例，使程序中的每个分支至少通过一次。需要通过ACE和ABD两条路径，可以选用下列两个测试用例：

① a=3，b=0，x=2（测试路径ACE）。

② a=1，x=1，b任意（测试路径ABD）。

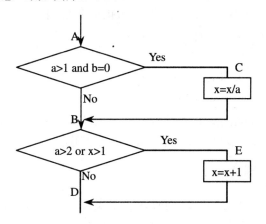

图6-3　示例流程图

也就是说，通过两次测试，就可以使程序中的每个分支都通过一次。

分支覆盖准则比语句覆盖准则严密了一些，但还是不够充分。这是因为在一个判定中往往包含有多个条件，而用分支覆盖准则并没有考虑将每个条件都测试一次。例如，如果将第二个语句中的条件"a=2"误写为"a=3"，则上述两个测试用例就发现不了程序中的这个错误。

（3）条件覆盖

条件覆盖准则是通过执行足够多的测试用例，使每个判定中的每个条件都能取到两种不同的结果（"真"与"假"）。例如，上述例子中共有四个条件，用以下两个测试用例便可使每个条件都能取到"真"值和"假"值。

① a=2，b=1，x=1（"a＞1"为"真"，"b=0"为"假"，"a=2"为"真"，"x＞1"为"假"）。

② a=1，b=0，x=3（"a＞1"为"假"，"b=0"为"真"，"a=2"为"假"，"x＞1"为"真"）。

（4）组合条件覆盖

通常，条件覆盖要比分支覆盖优越。但是，条件覆盖并不能完全满足分支覆盖。例如，上述条件覆盖所使用的两个测试用例不能使第一个判定框为"真"，也不能使第二个判定框为"假"。于是，人们便提出一种更强的准则——组合条件覆盖准则。

组合条件覆盖准则要求通过足够多的测试用例，使每个判定中各条件的各种可能组合至少出现一次。例如，对于上述例子来说，第一个判定框中的两个条件有以下四种组合：

条件组合1　a＞1，b=0。

条件组合2　a＞1，b≠0。

条件组合3　a≤1，b=0。

条件组合4　a≤1，b≠0。

而第二个判定框中的两个条件也有以下四种组合：

条件组合5　a=2，x＞1。

条件组合6　a=2，x≤1。

条件组合7　a≠2，x＞1。

条件组合8　a≠2，x≤1。

下面的四个测试用例就可以覆盖上述8种可能的条件组合：

① a=2，b=0，x=4（覆盖条件组合1和5）。

② a=2，b=1，x=1（覆盖条件组合2和6）。

③ a=1，b=0，x=2（覆盖条件组合3和7）。

④ a=1，b=1，x=1（覆盖条件组合4和8）。

组合条件覆盖准则既能满足分支覆盖准则，也能满足条件覆盖准则，但是，它也不是完全测试。如果仔细检查上述四个测试用例，就会发现漏掉了路径ACD。

3. 面向对象软件的测试方法

测试的目标是在现实可行的时间间隔内，去发现尽可能多的错误。对面向对象软件而言，这个基本目标仍保持不变，但是面向对象程序的性质改变了测试的策略和方法。

为了充分测试OO系统，应满足：测试的定义必须扩大，包括用于OOA和OOD模型的错误发现技术；单元和集成测试策略必须有很大的改变；测试用例的设计必须考虑OO软件的独特特征。

（1）面向对象分析和面向对象设计的模型测试

OO软件工程模型从对系统需求的相对非正式的表示开始，逐步演化为详细的类模型、类连接和关系、系统设计和分配、对象设计（通过消息序列的对象连接模型）。在每个阶段都测试模型，以试图在错误传播到下一次阶段前发现错误。在它们的开发的后面阶段，OOA和OOD模型提供有关系统结构和行为的实质性信息，为此，这些模型应该在生成代码前经受严格的复审。

所有面向对象模型应该被测试，但分析和设计模型不能进行传统意义上的测试，因为它们不能被执行。然而，正式的技术复审可被用于检查分析和设计模型的正确性和一致性。

用于表示分析和设计模型的符号体系和语法将是与为项目选定的特定分析和设计方法联系的。因此，语法正确性基于符号是否适合使用，而且对每个模型复审以保证保持合适的建模约定。

在分析和设计阶段，语义正确性必须基于模型对现实世界问题域的符合度来判断，如果模型精确地反映了现实世界，则它是语义正确的。为了确定模型是否确实在事实上反映了现实世界，它应该被送给问题域专家，专家将检查类定义和类层次以发现遗漏和含混，评估类关系以确定它们是否精确地反映了现实世界的对象连接。

对OOA和OOD模型的一致性判断可以通过考虑模型中实体间的关系的模型在某一部分是否有表示，但未在模型的其他部分正确地反映。

（2）面向对象的测试策略

传统的测试计算机软件的策略是从"小型测试"开始，逐步走向"大型测试"。从软件测试的角度来说，也就是从单元测试开始，然后逐步进入集成测试，最后是有效性和系统测试。在传统应用中，单元测试集中在最小的可编译程序单位——子程序（如模块、子例程、进程）中，一旦这些单元均被独立测试后，它们就被集成到程序结构中，这时要进行一系列的回归测试以发现由于模块间接口所带来的错误和新单元加入所导致的副作用。最后，系统被作为一个整体测试以保证发现在需求中的错误。

当考虑面向对象软件时，单元的概念发生了变化。封装驱动了类和对象的定义，这意味着每个类和类的实例（对象）包装了属性（数据）和操纵这些数据的操作（也称为方法或服务），而不是个体的模块。最小的可测试单位是封装的类或对象，类包含一组不同的操作，并且某特殊操作可能作为一组不同类的一部分存在。因此，单元测试的意义发生了较大变化。

不是按传统的单元测试观点孤立地测试单个操作，而是将操作作为类的一部分。例如，考虑一个类层次，其中操作x针对超类定义并被一组子类继承，每个子类使用操作x，但是它被应用于为每一个子类定义的私有属性和操作的环境内。因为操作x被使用的语境略有不同，所以有必要在每个子类定义的语境内测试操作x。

对OO软件的类测试等价于传统软件的单元测试。但和传统软件的单元测试不一样的是，OO软件的类测试是由封装在类中的操作和类的状态行为所驱动的。

因为OO软件没有层次的控制结构，传统的自顶向下和自底向上集成策略就没有意义了。此外，一次集成一个操作到类中（传统的增量集成方法）往往是不可能的，这是由于构成类的成分直接和间接的交互。

对OO软件的集成测试有两种不同策略，第一种称为基于线程的测试，集成对响应系统的一个输入或事件所需的一组类，每个线程被集成并分别测试，应用回归测试以保证没有产生副作用。第二种称为基于使用的测试，通过测试那些几乎不使用服务器类的类（称为独立类）而开始构造系统，在独立类测试完成后，下一层使用独立类的类（称为依赖类）被测试。这个依赖类层次的测试序列一直持续到构造完整的系统。

集群测试是OO软件集成测试的一步，这里一群协作类（通过检查CRC和对象的关系模型而确定的）通过设计试图发现协作中的错误的测试用例而被测试。

在有效性或系统层次中，类连接的细节消失了。与传统有效性一样，OO软件的有效性集中在用户可见的动作和用户可识别的系统输出内。为了协助有效性测试的导出，测试员应该利用作为分析模型一部分的使用实例。使用实例提供了在用户交互需求中很可能发现错误的一个环境。

传统的黑盒测试方法可用于有效性测试，此外，测试用例可以从对象——行为模型和作为OOA的一部分的事件流图中导出。

6.1.3　软件测试中的信息流

软件测试中的信息流如图6-4所示。每个圆圈代表一个复杂的变换。

测试过程需要两类输入：软件配置和测试配置。软件配置由需求说明、设计说明、源代码等组成。测试配置包括测试计划、测试用例（其中包括预期的结果）、测试工具等组成。为提高软件测试效率，可使用测试工具支持测试工作，其目的是为测试的实施提供某种服务，以减轻人们在测试过程中的手工劳动。如测试数据自动生成程序、静态分析程序、动态分析程序、测试结果分析程序、驱动测试的测试数据库等。

测试之后，要对所有测试结果进行分析，将实测结果与预期结果进行比较。如果发现出错的数据就要纠正，开始排错（调试）过程。排错过程是测试过程中最不可知的部分，为了诊断和纠正一个错误，可能需要1小时、1天、甚至几个月的时间。正是因为排错本身固有的这种不确定性，使得我们很难定出难确的测试进度。

通过收集和分析测试结果，开始针对软件建立可靠性模型（使用错误率数据预测可能发生的错误，从而估算出软件的可靠性）。若出现一些有规律的、严重的、要求修改设计的错误，软件的质量和可靠性就值得怀疑了，应该做进一步的调试。另一种情况是软件功能看起来完成得很好，出现的错误也易于纠正，此时就有两种可能：或者是软件的质量和可靠性达到了可接受的程度，或者是所做的测试不足以发现严重的错误。如果测试发现不了错误，可能是测试配置考虑得不够充分细致，错误仍然潜伏在软件中，若将错误放过，最终在用户使用时发现，并在维护时由开发者去改正，那时所需的费用可能是开发阶段的40倍，甚至更高。

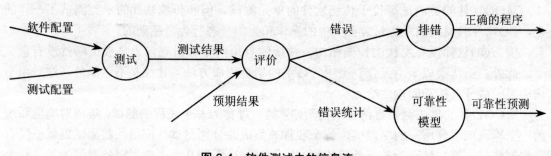

图 6-4　软件测试中的信息流

6.2　软件测试过程概述

工程软件工程范围内的测试实际上分为四步：单元测试、集成测试、验收测试、系统测试，测试的步骤如图6-5所示。

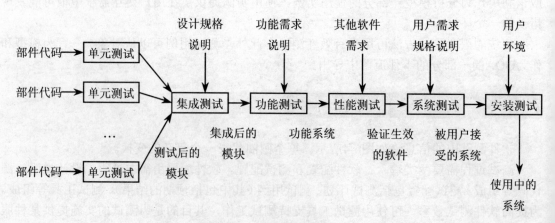

图 6-5　软件测试过程

首先将单元测试与详细设计对应起来，即在详细设计阶段就应制定出单元测试计划。

对每一个程序模块进行单元测试，相当于分调，消除程序模块内部在逻辑上和功能上的错误和缺陷。单元测试针对程序模块，进行正确性检验的测试。其目的在于发现各模块内部可能存在的各种差错。单元测试需要从程序的内部结构出发设计测试用例。多个模块可以平行地独立进行单元测试。单元测试的内容包括模块接口测试，局部数据结构测试，路径测试，错误处理测试，边界测试。

在单元测试基础上，对照软件设计进行集成测试。而集成测试又称为综合测试，可以把软件设计和集成测试对应起来，在软件设计阶段就可以制定集成测试计划。集成测试检测和排除子系统（或系统）结构上的错误，相当于联调，主要是考察模块间的接口和各模块之间的联系。组装测试需要将所有模块按照设计要求组装成为系统。所以，这时需要考虑以下几个方面：

（1）在把各个模块连接起来的时候，模块接口的数据是否会丢失。

（2）一个模块的功能是否会对另一个模块的功能产生不利的影响。

（3）各个子功能组合起来能否达到预期要求的父功能。

（4）全局数据结构是否有问题。

（5）单个模块的误差累积起来，是否会放大，从而达到不能接受的程度。

（6）单个模块的错误是否会导致数据库错误。

选择什么方式把模块组装起来形成可运行的系统，直接影响到模块测试用例的形式、所用测试工具的类型、模块编号的次序和测试的次序，以及生成测试用例的费用和调试的费用。

经过集成测试，根据验收准则和验收测试计划，再对照需求进行验收测试（也称为确认测试）。功能测试、性能（行为）测试统称为验收测试，与软件系统需求分析阶段对应起来，验收测试应提交经用户确认的软件产品。根据软件功能描述，把所有模块组装成一个完整的软件系统，进一步验证软件的有效性，即验证软件的功能、性能及其他特性是否与用户的要求一致。软件需求规格说明书描述了全部用户可见的软件属性，其中的有效性包含的信息就是软件验收测试的基础。验收测试阶段的工作如图6-6所示。

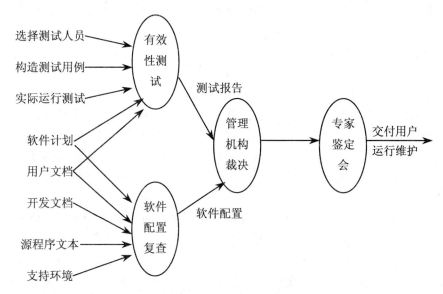

图 6-6　验收测试的步骤

最后将软件、硬件等要素构成一个完整的基于计算机的系统，再进行系统测试和安装测试。考察软件是否满足整个系统功能和性能的要求。关系重大的软件产品在验收之后往往并不立即投入生产性运行，而是要再经过一段平行运行时间的考验。所谓平行运行就是同时运行新开发出来的系统和将被它取代的旧系统，以便比较新旧两个系统的处理结果。这样做的目的有如下几点：

（1）可以在准生产环境中运行新系统而又不冒风险。

（2）用户能有一段熟悉新系统的时间。

（3）可以验证用户指南和使用手册之类的文档。

（4）能够以准生产模式对新系统进行全负荷测试，可以用测试结果验证性能指标。

6.3 设计测试方案

从前面测试的原则可以知道，测试结果的好处最重要的就是良好的测试计划与方案。因此，如何构造一个好的测试方案就显得尤其重要。下面简单地说明如何进行一个测试方案的设计。

总的来说，设计一个测试方案有四个步骤，包括计划测试、设计测试、执行测试和评估测试。

在计划测试中，包括明确测试需求、进行风险评估、确定所需要的资源等。

首先计划测试时，要详细说明要验证的被测软件的工作情况，指出测试范围、方法和任务。测试范围包括单元测试、集成测试、系统测试等，方法包括前面所讲的测试方法。任务范围包括业务功能、系统界面、软件性能等。这些可以统称为测试需求，在明确了这些需求后，必须保证测试需求可被验证，有明显可衡量的结果。

风险评估描述的动作的功能或顺序失败，将会有什么影响？例如，操作者的错误、网络失败、电源断电或者硬盘空间不够等。必须明确出现这样的情况时，系统会造成什么样的后果。

所需要的资源包括系统运行所必需的软件、硬件资源和人力资源。在这里，主要是指人力资源，即测试人员。由于测试工作是比较注重经验的，因此测试人员的素质对测试结果影响重大。在确定测试人员时，主要考虑是否有测试过程的知识和经验，是否熟悉软件本身的业务知识以及是否熟悉测试工具。测试人员还应该具备一定的网络和服务器知识。

在明确上述事项后，根据进度要求，可以设计一个测试计划。设计测试时，要明确系统的应用流程，包括检查事件流、检查已有过程的描述、遍历系统提供的功能。

设计测试就是建立测试过程关系和顺序，确定测试起始条件（状态）并构造或选取测试过程的测试用例。

构造测试过程首先要求建立测试需要的数据，测试过程的起始条件、状态、行为，测试的步骤，输入的数据及预期结果。然后根据结果进行评估，最后定义测试过程的结束条件、状态、行为。

在建立测试过程中，主要考虑以下问题：

（1）相同测试过程是否满足关联的测试用例。

（2）测试行为步骤可能包括不同的测试过程。

（3）测试过程也可包含其他测试过程。

可以说测试用例的设计是测试成功的关键，因此有必要详细地讨论测试用例。

根据详细设计文档编写测试用例的目的不在于验证软件达到的功能，而在于验证软件应该达到的功能，这样可以去除软件开发过程中的随意性。

6.3.1　设计测试用例的原则

1. 全面性

指编写的测试用例应该覆盖所有详细设计文档描述的功能。体现在：

（1）数据库程序基本的增、删、改功能。增、改测试用例重点在于数据合法性、正确性的检验和提示信息正确性的检验，输入的数据可能有无限种组合，此时可以采用等价类划分法和边界值法。删除的测试用例比较简单，只有操作没有数据的输入，但是应该在备注中注明删除的限制条件以及数据库中应该删除的表的情况。有条件限制时，测试用例应该包含各种删除条件，必要时在添加或修改的测试用例后面或中间紧跟删除的测试用例。

（2）对于无输入的操作，应该详细描述其具体的操作步骤和结果。例如，选择商品，可以通过多种途径进行，此时应具体描述程序从何处进入，通过何种操作，达到商品界面。面对于报表的测试用例，最好紧跟在输入数据的后面，并且应该给出报表输出的数据的界面图（含数据）。对于不便书写测试用例的情况，应该在备注中说明，并写出可能的操作步骤。例如，对于文件夹的拖动，说明左右拖还是上下拖，结果如何就可以了。

（3）单元测试用例的书写是使用一条数据，多种可能的情况考虑。但是对于其余各阶段的测试用例，必须考虑多条数据时的情况。此时主用是针对新增多条数据后，进行删、改、拖等情况的考虑。

（4）应考虑存在跨年、跨月的数据。

2. 正确性

包括数据的正确性和操作的正确性。首先保证测试用例的数据正确，其次预期的输出结果应该与测试数据发生的业务吻合。操作的预期结果应该与程序发生的结果吻合。

3. 符合正常业务惯例

测试数据应符合用户实际工作业务流程，即测试用例的先后顺序。应先新增，后修改或删除，不能将删除放在第一位。

4. 仿真性

人名、地名、电话号码等应具有模拟功能，符合一般的命名惯例，不允许出现与知名人士、小说中人物名等雷同情况。

5. 可操作性

测试用例中应写清楚测试的操作步骤，不同的操作步骤相对应的操作结果不同。需达到的目的是，任何人均可以根据测试用例单独进行测试。

6. 可重复执行

换一个人执行测试用例亦能够重复上一个人的操作。

6.3.2　设计测试用例的方法

1. 等价类划分法

确定等价类的原则：

（1）如果输入条件决定了取值范围或值的个数，则可以确立一个有效等价类和两个无效等价类。

（2）如果输入条件规定了输入值的集合，或者规定了"必须如何"的条件，此时可确立一个有效等价类和一个无效等价类。

（3）如果输入条件是一个布尔量，则可以确定一个有效等价类和一个无效等价类。

（4）如果规定了输入数据的一组值，而且程序对每个输入值分别进行处理，此时可为每一个输入值确立一个有效等价类。此外，针对这组值确立一个无效等价类，它是所有不允许输入值的集合。

（5）如果规定了输入数据必须遵守的规则，则可以确立一个有效等价类（符合规则）和若干个无效等价类（从不同的角度违反规则）。

（6）如果确知已划分的等价类中各元素在程序中的处理方式不同，则应将此等价类进一步划分成更小的等价类。

测试用例的选择原则如下：

（1）为每一个等价类规定一个唯一的编号。

（2）设计一个新的测试用例，使其尽可能多地覆盖尚未被覆盖的有效等价类。重复这一步，直至所有的有效等价类都被覆盖过。

（3）设计一个新的测试用例，使其仅覆盖一个尚未被覆盖的无效等价类。重复这一步，直至所有的无效等价类都被覆盖为止。

2. 边界值分析法

测试用例的选择原则：

（1）如果输入条件规定了值的范围，则应取刚达到这个范围的边界值，以及刚刚超越这个边界范围的值作为测试输入数据。

（2）如果输入条件规定了值的个数，则用最大个数、最小个数、比最大多1、比最小的小1的数作为测试输入数据。

（3）根据详细设计说明书的每个输出条件，使用前面的原则。

（4）如果程序的详细设计说明书给出的输入/输出域是有序集合，则应选取集合的第一个元素和最后一个元素作为测试用例。

（5）如果程序中使用了一个内部数据结构，则应当选择这个内部数据结构的边界上的值作为测试用例。

（6）分析详细设计说明书，找出其他可能的边界条件。

设计好测试后，就可以执行测试。首先必须建立测试环境并进行初始化，执行测试过程。执行测试过程可以通过专用工具或编写程序自动测试，也可以手工测试。

如果所有的测试过程或测试标准按计划结束，则测试正常；反之测试未达到预期的测试覆盖则测试不正常。

一般出现测试不正常后，要确定错误发生的真正原因，纠正错误。然后重新建立测试环境，重新初始化测试环境，并重新执行测试。

最后根据测试结果进行评估和分析。主要是从测试用例和测试的错误数量来评价。首先是测试用例是否能覆盖所有的测试功能或用户需求。其次就是测试所得到的错误数量，并分析这些错误之间是否存在关联关系。有些错误可能是因为同一个错误所引起的，修改这个错误后，相关错误自动消失。

测试的分析报告的编制方法和内容在第10章中将有详细描述。

6.4　软件调试技术

调试则是在进行了一次成功的测试之后立即开始的。调试的目的是确定错误的位置和引起错误的原因，并加以改正。因此，又称为排错或纠错。实践表明，错误定位是软件工程中最困难的工作，确定发生错误的位置和内在原因所需的工作量几乎占整个调试工作量的90%。因此有必要认识程序中的错误。

隐藏在程序中的错误其特殊的性质包括：

（1）错误的表现是远离引起错误的位置和内在原因，尤其对高度耦合的程序结构更是如此。

（2）某些错误现象可能是假象。

（3）纠正一个错误可能引起多个错误，也可能掩盖其他错误。

（4）由于操作员的疏忽致使错误现象无法重现，很难追踪。

（5）错误可能不是直接由程序引起的。

（6）某些输入条件难以精确地再构造（如某些实时系统的输入次序不确定）。

（7）错误现象时有时无。

为了发现并改造错误，进行调试时，必须按照一定的策略进行。调试的策略一般有三种，原始法、排除法和回溯法。

原始法其主要思想是通过程序运行现场找错。例如，输出存储器、寄存器的内容，在程序中插入打印语句等。这种方法的效率低，还需要修改程序，更依赖测试人员的能力和经验。

排除法包括归纳法和演绎法。归纳法调试是从测试结果发现的错误入手，收集正常执行或出错的数据，分析它们之间的关系，提出出错原因的假设，然后再验证或否定这个假设。其具体步骤如下：

（1）收集数据。收集程序做对了什么和做错了什么的有关全部数据。

（2）整理、分析数据。对收集的数据进行分析、比较和整理，注意观察数据间的关系，从错误的症状中发现线索。

（3）提出假设。对这些线索进行研究和推测，提出有关错误产生的原因和部位的一个或多个假设。如果有多个假设，首先选择可能性最大的一个。

（4）证明假设。有数据验证或反证假设，如果假设得到证实，据此阅读程序找出出错原因和位置并进行改正；如果无法验证，则可能假设错误或有多重错误，需要提出新的假设，进行新的验证。

演绎法是枚举所有可能引起出错的原因作为假设，然后从中排除不可能发生的原因和假设，对余下的假设不断地进行验证和改进，最后从中推演出出错的原因和部位。

对小型程序进行调试，回溯法是一种有效的方法。该方法是从发现错误现象的地方出发，人工沿程序的控制流程向回追踪，直至找到产生错误的原因为止。但是，当程序的规模较大时，由于需要回溯的路线显著增加，因此无法做到完全回溯，只好采用其他的调试方法。

6.5 软件测试实例

6.5.1 实例引言

1. 项目背景

××网站是某大学生创业中心的官方网站。该网站以扩展学院实践与教育相结合为主要目的，主要面向内部员工建立。系统将不久将会投放互联网，作为一个面向外界，走向社会的大学生创业展示平台。

2. 定义

编 号	缩写/术语	全 称	描 述
1.2.1	SQL Injection	结构化查询语言注入漏洞	程序员在编写代码的时候，没有对用户输入数据的合法性进行判断，使应用程序存在安全隐患。用户可以提交一段数据库查询代码，根据程序返回的结果，获得某些他想得知的数据，这就是所谓的SQL Injection，即SQL注入
1.2.2	Cookies Injection	本地信息存储注入漏洞	

3. 参考资料

编 号	名 称	版 本 号	描 述	备 注
1	××网站第二版软件系统测试用例	0.0.0.8		

（续表）

编　号	名　　称	版　本　号	描　　述	备　注
2	××网站第二版软件需求规格说明书	0.1		
3	软件测试过程			
4	BUG的管理过程			
5	软件测试项目开发计划			

6.5.2 总体设计

1．运行环境

（1）硬件设备

设备型号	设备用途	设备配置
Server	数据库+Web双层结构服务器	Intel P4 2000/二级缓存1M/三级缓存1M/512M/40G / 10-100M网卡 / 15寸 / 48X

序　号	技术指标项目	技术指标
1	CPU类型	32位 CPU为P4 2.0G*2（标配2颗）
2	CPU结构	具有SMP或NUMA结构，支持平滑升级
3	CPUCache（L1+L2）	CPU=512K
4	内存（最大满配）	系统内存=512M（标配512M，目前配置2.5G）
5	I/O总线速率（MB/S）	每CPU平均I/O速率>=100MB/S
6	系统交换速率（MB/S）	每CPU平均系统交换速率>=100MB/S
7	I/O插槽（最高满配）	可扩展系统I/O插槽>=2个，支持热插拔（1个串口，2个USB接口，1个以太网接口，1个鼠标接口，1个键盘接口，1个视频接口，2个系统管理接口）
8	内置硬盘	设备配置为40G*1
9	CD-ROM	24X-10X IDE/1.44MB
10	主控显示器	支持图形显示或字符终端，支持中文
11	网络协议	支持TCP/IP、IPX等多种协议簇
12	系统可靠性	MTBF>=80000小时
13	局域网接入方式	采用 10/100/1000M以太网

（2）软件环境

① 服务器软件环境

- **操作系统**：采用Windows 2003 Server。
- **Web服务**：Apache 2.0+Tomcat +JDK1.4.3。
- **数据库**：SQL Server 2000(SP4)。

② 客户端软件环境

● **操作系统**：Windows 9x以上，IE 5.5（推荐使用IE 6.0）。

2. 需求概述

参考《××网站第二版软件需求规格说明书》。

6.5.3　测试计划

1. 说明

被测系统前台功能点的输入、输出、预期结果参考。

序号	模块名称	子模块	功能点	测试类型
1	系统首页	系统首页	显示符合性	功能测试
			新闻显示	界面测试、功能测试
			JS脚本运行	界面测试、功能测试
			导航条显示	界面测试、功能测试
		通告子页	JS脚本运行	界面测试、功能测试
			SQL注入安全测试	安全测试、功能测试
2	案例分析	首页面	界面符合性	界面测试、功能测试
			案例正常列表	界面测试、功能测试
			案例链接无误	功能测试
			快速通道各公司案例分析链接无误	界面测试、功能测试
			当前位置显示、链接无误	界面测试、功能测试
		子页面	界面符合性	界面测试、功能测试
			案例内容排版合理性	界面测试、功能测试
			案例图片输出正常化	界面测试、功能测试
			SQL注入安全测试	安全测试、功能测试
			当前位置显示、链接无误	界面测试、功能测试
3	成功案例	首页面	界面符合性	界面测试、功能测试
			案例正常列表	界面测试、功能测试
			案例链接无误	界面测试、功能测试
			快速通道各公司信息链接无误	功能测试
			当前位置显示、链接无误	界面测试、功能测试
		子页面	界面符合性	界面测试、功能测试
			案例内容排版合理性	界面测试、功能测试
			案例图片正常输出	界面测试、功能测试

（续表）

序号	模块名称	子模块	功能点	测试类型
3	成功案例	子页面	SQL注入安全测试	安全测试、功能测试
			当前位置显示、链接无误	界面测试、功能测试
4	公司简介各子层		界面符合性	界面测试、功能测试
			网页链接无误	界面测试、功能测试
			文字/图片显示是否正常	界面测试、功能测试
			JS脚本正常运行	界面测试、功能测试
			当前位置显示、链接无误	界面测试、功能测试
5	员工通道各子层	员工登录	检验是否输入合法信息，允许合法登录，阻止非法登录	界面测试、功能测试
			JS脚本正常运行	界面测试、功能测试
			当前位置显示、链接无误	界面测试、功能测试
		各子层入口	各功能模块可否正常进入	界面测试、功能测试
			各功能模块进入是否检测用户	界面测试、功能测试
			可否正常退出	界面测试、功能测试
			JS脚本正常运行	界面测试、功能测试
			当前位置显示、链接无误	界面测试、功能测试
		简历修改	验证是否可以正确修改个人简历	界面测试、功能测试
			JS脚本正常运行	界面测试、功能测试
			当前位置显示、链接无误	界面测试、功能测试
		在线调查投票	验证在线调查投票是否可以正常运行	界面测试、功能测试
			JS脚本正常运行	界面测试、功能测试
			当前位置显示、链接无误	界面测试、功能测试
		密码修改	验证是否可以正确修改密码	界面测试、功能测试、边界值测试
			验证是否可以拒绝错误的密码	界面测试、功能测试
			JS脚本运行是否正常	界面测试、功能测试
			当前位置显示、链接无误	界面测试、功能测试
		意见反馈和培训申请	验证是否可以正确提交意见反馈和培训申请	界面测试、功能测试
			当前位置显示、链接无误	界面测试、功能测试
6	会议室预定各子层		增添会议室预定信息	界面测试、功能测试、边界值测试、安全测试
			显示会议室使用状态	界面测试、功能测试

（续表）

序号	模块名称	子模块	功能点	测试类型
6	会议室预定各子层		导航条正常显示	界面测试、功能测试
			界面符合性	界面测试、功能测试
			当前位置显示、链接无误	界面测试、功能测试
7	红黄查询		红黄记录次数正确统计	界面测试、功能测试、安全测试
			红黄记录链接有效性	界面测试、功能测试
			界面符合性	界面测试、功能测试
			当前位置显示、链接无误	界面测试、功能测试
8	关于××	××简介	界面符合性	界面测试、功能测试
			简介内容正常、合理化	界面测试、功能测试
			快速通道菜单显示与链接正常	界面测试、功能测试
		规章制度	界面符合性	界面测试、功能测试
			各点制度链接有效性	界面测试、功能测试
			规章内容显示正常、合理	界面测试、功能测试
		发展历史	界面符合性	界面测试、功能测试
		联系方式	界面符合性	界面测试、功能测试
			邮箱链接正常	界面测试、功能测试
9	××精英	精英员工	显示符合性	界面测试、功能测试
			页面跳转正常性	界面测试、功能测试、边界值测试
		指导老师首层页面	显示符合性	界面测试、功能测试
			指导老师显示链接有效性	界面测试、功能测试
			SQL安全注入测试	界面测试、功能测试、安全测试
		指导老师信息页面	显示符合性	界面测试、功能测试
			信息排版合理正常	界面测试、功能测试
			邮件链接无误	界面测试、功能测试
			JS脚本运行正常	界面测试、功能测试
10	项目状态	首层页面	显示符合性	界面测试、功能测试
			案例状态输出合理正常	界面测试、功能测试
			快速通道菜单正常显示	界面测试、功能测试
			各链接有效性	界面测试、功能测试
		详细页面	显示符合性	界面测试、功能测试
			详细内容排版合理正常	界面测试、功能测试
			SQL安全注入测试	界面测试、功能测试、安全测试

2. 用到的自动化测试工具

名　　称	简　　介	测 试 员
QuickTest Pro 8	企业级软件功能性自动化测试工具	
LoadRunner 7.8	企业级软件并发自动化压力测试工具	
WinRunner	C/S、B/S架构下功能性自动化测试工具	
Xenu 1.2	网页链接有效性自动化测试工具	
NBSI	NB SQL Injection 网站漏洞自动化检测工具，特别在SQL Server注入检测方面有极高的准确率	
Mybrower	实时更改Cookies信息的一个安全测试专业浏览器	

3. 测试概述

（1）测试目的和任务

针对××网站第二版系统进行全面测试，系统测试环境的建立和测试活动安排在赛特公司内部。依据软件功能对整个系统的各个功能模块进行测试，保证系统代码编写质量符合需求规格说明书要求和用户验收要求。

（2）测试安排和进度

活　　动	周　　期	开始时间	结束时间	实 施 者
编写系统测试用例	3工作日	9-24	9-26	
第一次测试	6工作日	9-27	10-9	
编写测试报告	3工作日	10-9	10-11	

（3）测试条件

名　　称	类型和说明	数　　量
后台服务器	操作系统：采用Windows 2003 Server Web服务：Apache 2.0+Tomcat+JDK 1.4.3 数据库：SQL Server 2000	1
测试用客户端	Win 98、Windows 2000或XP带IE（5.5以上）浏览器	1

（4）测试约束

测试应交付的测试工作产品如下，每次测试都需要填写测试记录、问题清单、评估报告。

① 《××第二版网站系统测试计划》

② 《××第二版网站系统测试用例》

③ 《××第二版网站系统测试分析报告》

6.5.4 评价准则

1. 范围

本系统测试的主要内容包括功能测试、界面测试、安全测试。

2. 数据整理

执行测试，将所有测试的有关操作和结果填写进测试报告，对测试结果进行分析，提交测试分析报告。

3. 尺度

××网站（第二版）系统测试结果的评判，以测试用例设计中的预期测试结果来判断。系统测试缺陷分为四类。

（1）测试用例正确执行，与期待输出结果一致，没有发现任何错误。

（2）能正确完成功能要求，但测试用例执行过程中出现一些界面、提示、使用不方便等方面的问题。对于这些问题一般不需要做进一步处理，往往可以忽略。

（3）能正确完成主要测试功能点，不能正确完成某些次要功能点，或不能正确处理某些出现概率较小的特殊输入组合，此类问题应不影响测试用例整体的正确性。

（4）不能完成测试用例所要检查的主要功能，或虽有此功能但出现的错误将引发大量的补救措施。

6.6 习 题

1. 简述软件测试的目标。
2. 软件测试有哪些原则？
3. 什么是黑盒测试？常用的黑盒测试方法有哪些？
4. 什么是白盒测试？常用的白盒测试方法有哪些？
5. 简述微软在软件测试中的α测试和β测试的内容。
6. 软件测试中的基本步骤有哪些？
7. 设计测试用例的基本原则是什么？
8. 设计测试用例的方法有哪些？

第 7 章

软 件 维 护

本章阐述了软件系统维护的概念、流程和维护方法等方面的内容。软件投入使用后即进入软件维护阶段。进行软件维护是为了进一步消除可能隐含的错误或者进行功能上的改进。对软件开发人员而言，维护阶段是软件生命周期中时间最长的一个阶段，其成本在软件总成本中占有很大的比例。软件维护与软件的设计是密切相关的，在软件设计阶段充分考虑提高软件的可维护性，可以减少维护的工作量和费用。

7.1 软件维护概述

一个软件产品投入使用后，通常由于各种理由需要对它作适当的变更，软件交付使用后的变更称为维护。软件维护是软件生命周期中非常重要的一个阶段，也是耗费人力和时间较多的一个阶段，但是它的重要性往往被人们忽视。有人把维护比喻为一座冰山，显露出来的部分不多，大量的问题都是隐藏的。平均而言，大型软件的维护成本是开发成本的4倍左右。国外许多软件开发组织把60%以上的人力用于维护已投入运行的软件。这个比例随着软件数量的增多和使用寿命的延长，还在继续上升。学习软件工程学的主要目的之一就是研究如何减少软件维护的工作量，降低维护成本。

1. 软件维护概述

投入运行的软件需要变更的原因很多，但主要原因有以下几个：

（1）软件的原有功能和性能可能不再适应用户的要求。

（2）软件的工作环境改变了（例如，增加了新的外部设备等），软件也要作相应的变更。

（3）软件运行中发现了错误，需要修改。

由于这些原因而引发的维护活动可以归纳为四种类型。

（1）校正性维护。把诊断、校正软件错误的过程称之为校正性维护。在软件系统开发完成后虽然经过了严格的测试，但还是不能保证所有的错误都能够完全彻底的捕获，必然有一部分隐含的错误被带到维护阶段。这些潜在的错误在使用过程中会被发现。为了识别和纠正这些隐含的错误，修改软件功能性的缺陷，校正性维护是必要的。

（2）适应性维护。由于计算机技术的发展，外部设备和其他系统元素经常变更，为适应环境的变更而修改软件的活动称之为适应性维护。随着计算机的飞速发展，计算机硬件和软件环境也在不断发生变化。为了使软件适应这种变化，必须进行适应性维护。例如，某个应用软件原来是在DOS环境下运行的，现在需要把它移植到Windows环境下运行；某个应用软件原来是在一种数据库环境下工作的，现在要改到另一种安全性较高的数据库环境下工作，这些都需要对相应的软件做修改。

（3）完善性维护。在软件使用过程中为了满足用户提出的新功能、新性能要求而进行的维护。在软件运行期，用户往往会对软件提出新的功能要求与性能要求。因为用户的业务可能会发生变化，组织结构也可能会发生变化。为了适应这些变化，应用软件原来的功能和性能都需要扩充和增强。例如，软件原来的查询响应速度很慢，现在要提高其查询效率；软件原来没有某个功能模块，现在由于新增加了该项业务的远程订单操作，必须增加该模块的功能。

（4）预防性维护。为进一步改进可维护性、可靠性而进行的维护活动。预防性维护具有一定的风险，因为它是根据目前软件运行的内外环境等信息提出能够提高软件的可维护性和可靠性的一些措施，具有很大的局限性。所以，预防性维护在所有维护工作中所占比例最小。

据国外权威数字统计，相对于所有软件维护的工作量而言，完善型维护占60.5%，校正型维护占17.5%，适应型维护占18%，其他维护方式只占4%左右。

2. 维护的特点

（1）结构化维护和非结构化维护的特性

① 非结构化维护

用手工方式开发的软件，只有源代码，这种软件的维护是一种非结构化维护。非结构化维护是从读代码开始的，因为缺少必要的文档资料，所以很难搞清楚软件结构、全程数据结构、系统接口等系统内部的内涵；因为缺少原始资料的可比性，所以很难估量对源代码所做修改的后果；因为没有测试记录，不能进行回归测试，所以很难保证系统修改后的质量。

② 结构化维护

用工程化方法开发的软件都有一个完整的软件配置。维护活动是从评价设计文档开始的。结构化维护确定该软件的主要结构性能，估量所要求的变更的影响及可能的结果，确定实施的计划和方案，修改原设计，进行复审，开发新的代码，用测试说明书进行回归测试。最后修改软件配置，再次发布该软件的新版本。

（2）维护的代价

在过去的几十年中，软件维护费用逐步上升。20世纪70年代用于维护软件的费用只占软件总预算的35%～40%，80年代上升到40%～60%，到了90年代则上升到70%～80%。除了直接产生的软件维护费用外，软件维护还会产生如下代价：

① 当看起来合理的有关变更要求不能及时满足时，会引起用户的不满。

② 由于维护时的改动，在软件中引入了潜在的故障，可能会降低软件的质量。

③ 当必须把软件开发工程师调去从事维护工作时，会对开发工作造成影响。

3. 维护的困难

造成软件维护困难的绝大多数因素与软件设计、开发、测试阶段所采用的方法、技术等有直接的关系，同时与维护工作的性质也有一定的关系。造成软件维护困难的主要因素如下：

（1）文档不全，或者文档不能完全与当前的软件相对应，甚至仅有源代码而没有相关的文档，软件的维护工作将非常困难。

（2）源代码编写过程中没有严格遵循合适的开发规范，没有注释或者注释不全，命名不规范，都会带来软件维护的困难。

（3）开发人员与维护人员一般不是同一个人，理解别人写的程序通常非常困难。

（4）软件维护不是一项吸引人的工作。成功的维护也只不过是保证他人开发的系统能正常运行，而且维护别人开发的软件经常受挫，使得维护人员无成就感。

4. 软件的可维护性

软件的可维护性是指维护人员理解、修改软件的难易程度。软件生命周期中每个阶段的工作都和软件的可维护性密切相关，提高软件的可维护性是软件开发各个阶段的关键目标。

（1）决定软件可维护性的因素

影响软件可维护性的因素主要有以下三个方面：

① 可理解性

软件可理解性表现为读者理解软件的结构、接口、功能和运作过程的难易程度，详细的设计文档，结构化设计，源代码内部的注释和良好的编码工具等，都对改进软件的可理解性有所贡献。

② 可测试性

诊断和测试的难易程度主要取决于软件可理解性的优劣，完备的文档对诊断和测试是至关重要的。此外，软件结构，可用的测试工具和调试工具，以及以前的测试方案也都是非常重要的，维护人员应该能够得到在开发阶段用过的测试方案，以便进行回归测试。在设计阶段应该尽力把软件设计得易于测试和易于诊断。

③ 可修改性

软件易于修改的程度与软件的设计原理和具体结构直接相关。软件系统中结构和功能的耦合程度、内聚程度、局部化程度等，都会影响到软件的可修改性。如果某软件的可修改性极差，就会使得维护者不得不考虑重新进行开发，这一决策将直接影响到软件使用的成本。

（2）提高软件的可维护性

提高软件的可维护性必须从软件生命周期各个阶段的工作入手。

① 在需求分析阶段。首先界定系统的范围，定义与外部系统之间的接口标准，与外部系统的衔接统一通过接口进行，使软件具有较好的可维护性。识别出容易发生变化的业务需求，在准确地描述系统需求的同时，要考虑系统将来可能的变化，对系统的可扩充性和可修改性预先做好准备，从而提高系统的可维护性。

② 在概要设计阶段。在制定总体方案时，要充分考虑组成系统的各个物理元素（如程序、数据库、文档等）对可维护性的影响。在设计系统的软件结构和模块时，要充分运用结构化和模块化技术，减小模块的耦合性，提高模块的内聚性，获得较高的模块独立性，从而提高软件的可维护性。

③ 在详细设计阶段。为使未来系统便于维护，模块设计不仅要求逻辑上的正确性，还必须强调可理解性。设计实现过程中要使设计出的模块突出结构化特征，这样的程序具有统一的静态结构和动态状况，程序结构清晰，便于阅读理解，同时也便于程序的调试和测试。这些措施都对软件的可维护性起着巨大的作用。

④ 在编程阶段。在编程之前，要制定合适的编程规范，包括命名、注释、书写格式、语句格式、例外处理等。在编程过程中，各个程序员共同遵循相同的编程规范，使开发的程序具有良好的可读性和可理解性，从而提高软件的可维护性。

⑤ 在测试阶段。有效的软件测试是提高软件质量的有效途径，软件质量提高了，在软件维护阶段出现问题的概率就小了，从而减少维护工作。

（3）相关文档

文档是影响软件可维护性的决定性因素。文档分为用户文档和系统文档两类。前者主要描述系统功能和使用方法，而后者主要描述系统设计、实现和测试等方面的内容。

① 用户文档

用户最初往往是通过用户文档了解系统的，它应该能使用户获得对系统功能、性能、应用范围等系统外部特征的全部信息。用户文档至少应该包括软件的安装说明、功能描述、功能操作说明、常见问题处理、异常情况处理和服务电话、电子邮件。

② 系统文档

系统文档描述的是软件的需求分析、系统设计、系统测试用例等。通过阅读系统文档，维护人员可以方便地理解系统的架构、流程、各模块之间的联系、使用的算法、错误恢复方法、系统主要参数的范围等与系统具体实现有关的一切技术方面的信息数据。

7.2 软件维护的实施

1. 软件维护的组织保障

针对具体一个软件项目而言，为保证软件维护工作的有序进行，需要建立一个软件维护机构，统一管理和实施软件维护过程中的各项活动。软件维护的组织架构主要包括网络管理小组、硬件设备管理小组、操作系统管理小组、数据库管理小组、安全管理小组、存储备份管理小组、应用系统维护小组等。其中，网络管理小组、硬件设备管理小组、操作系统管理小组、数据库管理小组、安全管理小组、存储备份管理小组一般由客户方技术人员负责组织。应用系统维护小组一般由开发商负责组织，同时根据应用软件的部署范围设置1～2级技术支持中心。例如，一个全国范围内部署的软件，可以在客户总部设立一级技术支持中心，在各省设立二级技术支持中心。

2. 软件维护的工作内容

一般而言，软件维护过程涉及以下12项工作内容：

（1）评价系统提升请求。根据软件功能和使用环境的分析，对用户提升系统的请求进行评价，评价后提出提升建议。

（2）评价改正问题请求。分析系统在用户使用环境中出现的问题和请求，评价后应提出改正问题请求的解决方法。

（3）程序紧急排错。对出现故障的程序实施紧急排错，使程序尽快恢复正常工作。

（4）指定系统维护更新计划。根据用户的请求和系统提升建议，制定系统更新计划，确定优先级别和维护更新版本日期。

（5）维护更新版本需求分析。详细地分析与系统更新版本有关的需求，编写出维护更新版本的需求文档。

（6）维护更新版本的设计。设计维护更新版本的程序及数据结构，完成版本的概要设计和详细设计。

（7）维护更新版本的编写和测试。对正常的维护更新版本进行编程和测试。

（8）新版本的发布。

（9）实行预防性维护。对投入市场后的软件进行监督，及时掌握运行情况，如确实必要，适当地对程序进行预防性维护，使软件处于最佳的运行状态。

（10）人员培训。针对用户和市场需求编写维护更新版本培训资料，组织员工培训，提高员工的能力，支持新版本发布后的用户服务工作。

（11）周期性系统评估。软件开发维护单位主动对软件进行一种定期评估，用来考察本系统开发的软件产品的效能和适用性，每次评估后应撰写出评估报告。

（12）进行执行后评审。在软件使用相当长时间后，对系统的功能和性能进行全面和如实的评审，评估后应撰写出执行后评审报告。

实际上，软件维护是一个循环过程，不同过程的维护类型可能不同，重点也可能不同，但软件维护的原则不会改变。

3. 软件维护的响应流程

在软件维护的过程中，需要制定一套快速、高效的响应流程。在出现技术支持与售后服务需求时，用户可以与技术支持中心联系。技术支持中心将根据项目单位的故障情况进行分析，提出问题的解决方案，给予相应的解答和处理，同时将用户的需求内容、处理办法进行汇总，录入到技术支持知识库中。

软件维护的响应流程如图7-1所示。

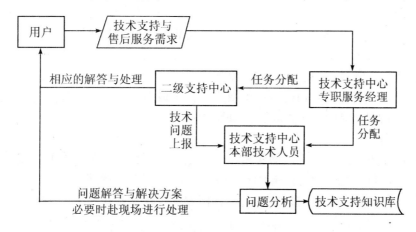

图 7-1　软件维护的响应流程

4. 软件维护的服务方式

（1）电话、传真服务

通常，开发商会给客户提供免费的电话、传真服务，向客户公布服务电话、传真号码，分发量大的软件还会提供call center服务。项目单位可以通过技术支持中心热线电话得到支持和服务。在非工作时间，项目单位可以通过手机与专职服务经理或客户服务中心人员取得联系。在接到项目单位的技术支持请求或故障报告后，技术支持中心将立即以电话方式同该单位技术人员取得联系，详细了解其所需的服务内容，提供相应解答，并且填写详细的记录表单。对于技术咨询，技术人员会结合实际情况及时为项目单位提供相应的答复。对于系统运行故障，技术人员首先会了解与故障有关的详细情况，并进行电话指导。如果需要现场服务，则由服务经理与服务提出单位协调时间，派出技术人员，转入现场服务，解决故障。

（2）电子邮件服务

技术支持中心将设置专用的电子邮件信箱，项目单位技术人员可以通过电子邮件将技术支持需求发送给技术支持中心，专职服务经理或技术人员在接到报告之后会立即与项目单位取得联系，为其提供相应的技术支持服务。

（3）网站服务

开发商会提供网站服务，用户可进入开发商为项目开设的网站，提交问题、查询问题的解决方法、下载相关技术资料。

（4）现场服务

对于需要现场解决的问题，在服务经理与项目单位联系好后，技术人员会在约定时间到达服务现场，提供现场服务，尽快解决故障问题。

（5）投诉受理服务

为了提高服务质量，加强与客户的沟通和交流，开发商设立多种客户投诉渠道用来倾听客户对售后服务的意见，把用户投诉转到相关责任部门去处理，并跟踪和记录处理过程。

（6）建立技术支持知识库

建立技术支持知识库对保证整个系统稳定运行至关重要。技术支持中心在技术支持知识库中实时记录发生的技术问题，将项目中出现的技术问题及解决办法进行汇总分类，然后提交给项目单位，并协助项目单位在内部WWW服务器上开辟技术支持知识库栏目，及时向项目单位的技术人员发布。

（7）提交系统常见问题及解决方法手册

将软件维护过程中遇到的问题和解决方法汇编成册，可以让用户充分利用已有的成果，减少用户在曾经遇到的问题上浪费时间和精力。

（8）定期巡检、会议

就软件的应用、操作使用的服务情况，定期召开各机构服务人员的会议，检查服务政策的执行，沟通每个地方服务的异同点，交流经验。同时，邀请最终用户参与，收集最新需求，总结、归纳前期提出的问题，为软件问题的深层次解决和下一个版本升级做好充分的准备。

7.3 软件升级管理

在软件运行维护过程中，因软件不断完善等原因会进行软件升级。软件升级版本可能包括现有模块中增加新的功能和特征、对已发现问题的修正等内容。技术支持中心技术人员将时刻跟踪用户系统的使用情况，及时收集系统运行中存在的问题，整理记录相应文档。对于紧急性问题和汇总整理到一定范围的需要修改的问题，及时反馈到开发商技术开发部门，并联合项目单位负责人一起根据所有使用用户的情况进行评估、分析系统升级方案、制定升级计划。

在软件升级的过程中，技术支持中心的技术支持人员将负责软件新版本的下发和部署，同时以电话支持或者现场服务的方式协助项目单位完成升级工作。

软件升级服务流程如图7-2所示。

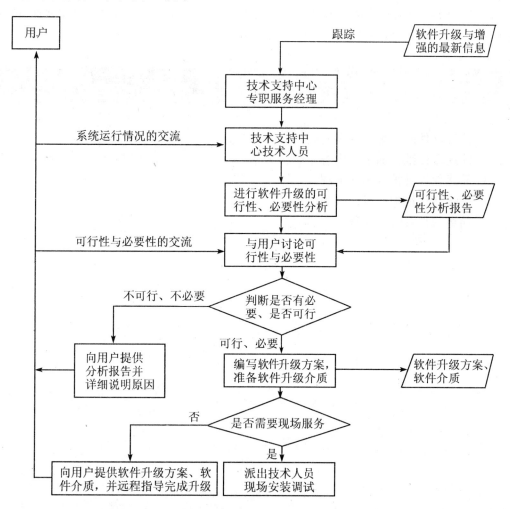

图 7-2 系统升级服务流程图

7.4　软件维护总结

　　维护是软件生命周期的最后一个阶段，也是持续时间最长、代价最大的一个阶段。软件维护通常包含四类活动：为了纠正使用过程中暴露出来的错误而进行的改正性维护，为了适应外界环境改变而进行的适应性维护，为了改进原有软件而进行的完善性维护，以及为了改进将来可维护性和可靠性而进行的预防性维护。

　　软件的可理解性、可测试性和可修改性是决定软件可维护性的基本因素。软件生命周期每个阶段的工作都和软件可维护性有密切关系。良好的设计、完善的文档资料、以及一系列严格的复审和测试使得一旦发现错误也比较容易诊断和纠正。当用户有新的要求或者外部环境变化时，软件能够比较容易适应，并能够减少维护引入的错误。因此在软件生命周期中的每个阶段都必须充分考虑软件维护问题，并且为软件维护作准备。

　　为保障软件的正常运行，需要完善的技术支持与售后服务体系。为保障软件维护工作的顺利执行，需要完备的组织结构和高效的响应流程。

7.5　习　　题

1. 简述软件的可维护性和提高可维护性的方法。
2. 简述软件维护的工作内容。
3. 简述软件维护的响应流程。
4. 简述软件维护的主要服务方式。
5. 简述软件升级的流程。

第 8 章

软件项目管理

本章从工程管理的角度对软件项目管理的方式和方法进行了全面的阐述。软件项目管理涵盖了整个软件生命周期的一切活动。对任何工程而言，工程的成败都与管理的好坏有密切的关系，软件工程也不例外。软件产品的独特性决定了软件工程管理方式和方法有别于其他工程管理。采用软件工程特有的管理方法对保证高质量的软件产品具有着极为重要的意义。

8.1 软件项目管理综述

近年来，随着IT技术的迅猛发展，各行各业的软件项目成倍增加，软件项目的规模与复杂度越来越大，软件项目管理对整个项目的成败起着至关重要的作用。根据美国Standish Group对8400个软件项目的调查，发现实现预定目标的项目只占16%，彻底失败的却达到了34%。这个严酷的事实告诉我们必须用现代技术改进软件项目的管理工作。软件项目管理以目标为向导，通过贯穿于整个软件生命周期的一系列项目管理活动，来保障项目按照预定的成本、进度、质量目标顺利完成。软件项目管理活动主要包括项目启动管理、计划管理、风险管理、需求管理、质量管理、配置管理、进度管理、项目验收管理等。

8.1.1 软件项目的参与人员

软件项目的参与人员包括分管经理、销售人员、项目经理、架构师、系统分析师、系统设计师、高级程序员、程序员、测试人员、系统工程师、DBA（Database Administrator）、配置管理员、QA（Quality Assurance）、CCB（Configure Control Board）负责人、文档编写人员、培训人员、实施维护人员和客户代表。人员岗位的设定可以根据实际项目的需要进行设置，可以进行裁减，满足项目需要即可。

8.1.2　软件项目管理的基本原则

软件项目管理包括以下几个基本原则：

1. 目标明确原则

在项目实施之前制定一个明确的项目目标是至关重要的。项目目标包括总体目标和分阶段目标。制定的项目目标必须结合实际情况，必须是可以实现的。项目客户、开发商、监理方应对制定的项目目标达成一致意见。没有一个明确的项目目标就无法认定项目是否成功，项目各阶段的各项活动也会陷入混乱。项目目标制定得过高会增加客户对项目的期望，降低对开发商的满意度，使开发商疲于应付。项目目标的制定与项目的需求、工期要求、质量要求、资源投入密切相关，而需求、工期、质量、资源之间是相互制约的。如果需求范围很大，要在较少的资源投入下，在很短的工期内，要求高质量地完成某个项目，那是不现实的，要么需要增加投资，要么项目延期。

2. 总体规划、分步实施原则

总体规划、分步实施是项目管理所要遵循的一个重要原则，尤其是对于大型、复杂的项目。对于大型软件项目，需要进行总体规划，将整个项目划分成几个小的项目来分步实施，并制定整个项目的技术标准，明确界定系统的范围，明确定义各个子系统之间的接口，让各个子项目共同遵守。

项目越大对项目组的管理人员、业务需求人员、开发人员的要求越高，参与的人员越多，需要协调沟通的渠道越多，周期越长。将大项目拆分成几个小项目，可以降低对项目管理人员的要求，减少项目的管理风险，而且能够充分地将项目管理的权力下放，充分调动人员的积极性，目标会比较具体明确，易于取得阶段性的成果，使项目组成员有成就感。

3. 过程实时监控原则

项目管理侧重项目各个阶段的过程管理与监控。实时控制项目的进展能够及时发现问题、解决问题，保证项目具有很高的可见度，保证项目的正常进展。在项目实施的每个阶段，对照相应的计划与实际执行情况，有效地进行需求变更管理、质量跟踪管控、里程碑检查、工作日志检查、总结、进度偏差调整等。在项目执行过程中，计划下达后对于计划执行过程疏于管控往往会导致阶段性目标实现不了，累积下来后导致项目进度拖延，质量达不到客户的期望，甚至导致项目失败。

4. 简单有效原则

"兵无长势、水无长形"，项目管理的方法要与项目的实际情况相结合。不能生搬硬套项目的各个管理活动，要结合项目的实际情况进行合理的裁减。项目经理在进行项目管理的过程中，开发人员往往抱怨"太麻烦了，浪费时间，没有用处"，这是比较普遍的一种现象。一方面，开发人员本身可能不理解，或者存在逆反心理。另一方面，项目经理也要反思所采取的管理措施是否简单有效。搞管理不是搞学术研究，没有完美的管理，只有有效的管理，而项目经理往往试图堵住所有的漏洞，解决所有的问题。恰恰是这种思想，会使项目的管理陷入一个误区，作茧自缚，最后无法实施有效的管理，导致项目的失败。

8.2 项目启动管理

软件项目正式立项后，进入项目的启动阶段。项目的启动管理过程包括下达《项目开发命令书》、进行项目的组织落实与人员落实、制定项目的总体目标和分阶段目标、制定项目章程、召开项目启动会。其中，《项目开发命令书》由分管经理下达，任命项目经理，描述项目任务、周期、系统提交物。《项目开发命令书》下达后，由项目经理组建项目组，根据项目需要设置项目岗位和组织结构，落实项目组成员，落实各种软硬件资源，召开项目启动会议，明确项目的整体范围、总体进度、项目组成员职责以及各种相关工作规范。项目的启动过程管理是整个项目顺利实施的重要保障之一，项目目标的制定、项目的组织落实、人员落实是项目成功的基本保障。项目启动管理过程中的活动和主要输出物如表8-1所示。

表8-1　项目启动过程中的活动和主要输出物表

工程类过程	活 动	主要活动及输出物描述	责 任 人
启动管理	下达《项目开发命令书》	《项目开发命令书》，任命项目经理	分管经理
	进行项目的组织落实、人员落实和软硬件环境落实	成立项目组，明确用户、开发商、监理单位的组织结构、参加人员、职责和工作方式；落实软硬件环境	项目经理
	召开项目启动会议	明确项目的整体范围、总体进度、项目组成员职责以及各种相关工作规范等	项目经理

8.2.1 项目的组织落实与人员落实

项目合同签订后，项目正式启动前，需要进行项目的组织落实与人员落实。项目的组织落实与人员落实对项目的顺利实施起着至关重要的作用。在大型项目的实施过程中，客户与开发商之间的协调是不可避免的，客户中的不同业务人员之间就某些业务问题的协调也是不可避免的，某些业务的实现方式上也会因人而异。因此，必须成立一个项目领导小组，制定项目目标并在各个项目关系人之间达成共识，就整个项目的组织方式、业务问题上的分歧、测试、试点、推广、验收以及售后服务等进行统一决策。通常，项目正式开始之前，需要成立项目领导小组，组成人员如下：

（1）项目领导小组组长。一般由客户对本项目的主要负责人担任。副组长一名，一般由开发商指定人员担任。组长和副组长之间建立热线联系，就项目实施过程中的事项进行协调和决策。

（2）项目组成员。由客户的业务专家和开发商组成。业务人员负责业务需求的制订、评审，并在软件的测试、试点、推广、验收过程中支持开发商，对软件质量作最后验证。开发人员对业务需求进行理解，开发软件、进行软件测试、试点、推广、验收和售后服务。

项目领导小组成立之后，可由项目领导小组的组长和副组长制定相关的会议流程、需求变更处理流程以及项目实施过程中的突发事件的处理流程等。项目的组织结构图示例如图8-1所示。

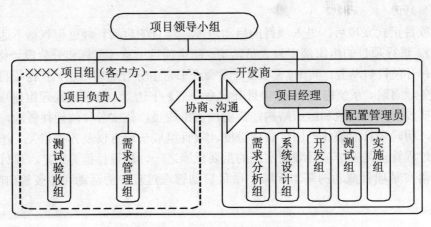

图 8-1 项目组织结构图

8.2.2 召集项目启动会

在项目正式开工之前，召集项目组所有成员开项目启动会是非常必要的。在项目启动会上，向项目组全体成员明确项目的总体规划、总体目标、整体范围、总体进度、项目组成员职责以及软件工程规范等。使项目组所有成员了解项目的总体要求、项目实施的关键问题和所需要的必要资源，根据各自在项目中承担的角色，做好项目开工准备。对于大型项目，在项目启动会上一般要邀请客户参加，使项目领导小组和项目组成员之间互相了解，明确工作流程和工作职责。

8.3 项目计划管理

在软件项目管理过程中一个关键的活动是制定项目计划，它是软件开发的第一步。项目计划的目标是为项目负责人提供一个框架，使之能合理地估算项目开发所需的资源、费用、开发时间进度，并控制软件项目开发过程按此计划进行。软件项目计划一般在可行性研究阶段结束后制定初稿，在需求分析阶段结束后才能定稿。

软件项目计划制定后，需要保证其执行力，保证其计划能够确切实施。由于项目计划是在项目初期制定的，在项目的开发进行中难免会发生变更以及计划与实际的不一致状况，这就需要在项目的实施过程中根据实际状况修正项目计划的相关内容。

在做计划时，必须就需要的人力、项目持续时间、以及成本作出估算。这种估算大多是参考以前的花费作出的。软件项目计划包括两部分：研究与估算。即通过研究确定该软件项目的主要功能、性能、系统界面。估算是在软件项目开发前，估算项目开发所需的经费、所需的资源以及开发进度。估算是所有其他活动进行的基础，项目计划为软件工程过程提供了工作方向，所以不能没有项目计划就着手开发，否则会陷入盲目性。

8.3.1　项目计划内容

项目计划的内容包括项目范围、资源、进度安排、成本估算、培训计划，下面分别讨论。

（1）范围。对软件项目作综合描述，定义其所要做的工作以及性能限制，包括项目目标、主要功能描述、性能限制或约束、系统接口、特殊要求、开发概述。

（2）资源。定义并获取项目所需的人力资源，构建开发环境所需的软件资源、硬件资源，以及其他的特殊场地、工具等资源。

（3）进度安排。进度安排是否合理往往会影响整个项目的按期完成，因此这一环节是十分重要的。制定进度与其他工程没有太大差别，其方法主要有工程网络图法、甘特图、任务资源表。

（4）成本估算。为使开发项目在规定时间内完成，且不超过预算，成本估算是很重要的。软件成本估算是一门不成熟的技术，基本上取决于历史项目和估算者的经验，国外已有技术作为参考。具体的估算方法可参考8.3.5小节。

（5）培训计划。为各类用户制定培训计划，特别是领域性较强的大型项目，培训特别重要。

8.3.2　项目进度计划

每个软件项目都需要制定一个进度安排，但不是所有的进度都得一样安排。对于进度安排，需要考虑的是预先对进度如何计划、工作怎样就位、如何识别定义好的任务、管理人员对结束时间如何掌握、如何识别和控制关键路径以确保任务结束、对进度如何量度，以及如何建立和切分里程碑等。软件项目的进度安排与任何一个工程项目的进度安排没有实质上的不同。首先识别一组项目任务，建立任务之间的相互关系，然后估算各个任务的工作量，分配人力和其他资源，指定进度时序。

在做软件项目进度表的时候，特别要注意软件开发的并行性。软件开发小组的各个成员的工作内容在时间上可以并行，各个软件活动在时间上也可以并行。要缩短软件开发周期，必须要抓住软件开发生命周期内贯穿于各个阶段的关键路径，只有缩短关键路径，才能缩短项目周期，从而保证软件的按期交付。

在软件项目的整个生命周期内的各个阶段都要制定相应的进度计划。需求阶段要制定需求调研、分析计划，设计阶段要制定设计计划，开发阶段要制定开发计划，测试阶段要制定测试计划，验收阶段要制定验收计划，上线阶段要制定上线计划等。每一阶段的进度计划都要安排评审，对于持续周期较长的阶段，如需求阶段、设计阶段、开发阶段、测试阶段和试运行阶段，在制定本阶段总体进度计划、设置阶段里程碑的同时，要进行计划的分解，制定周进度计划，通过工作日志、工作周报等监控进度情况，便于实时掌握进度情况，同时可以有效地减少进度偏差，便于调整。

8.3.3　项目风险计划

当建立一个计算机系统时，总会有某些不确定性因素的存在。例如，是否能够准确理解用户的要求？在项目计划期内是否能够完全实现？是否存在尚未解决的技术难题？是否存在目前尚未发现的技术难题？

风险分析对于软件项目管理是决定性的，然而现在还是有许多项目不考虑风险就着手进行。Tom Gilb在他的有关软件工程管理的书中写道："如果谁不主动攻击风险，它们就会主动攻击谁。"。风险分析实际上应该贯穿软件项目的整个生命周期，并针对不同的风险制定一系列风险应对措施和风险管理方案，其中包括风险识别、风险估计、风险管理策略、风险解决方案、风险监督等，它能让人们去主动"攻击"风险。

8.3.4　软件质量保证计划

软件质量保证是软件工程管理的重要内容，软件质量保证要做好以下几方面的工作：

（1）采用技术手段和工具。质量保证活动要贯穿开发过程的始终，必须采用技术手段和好的工具，尤其是使用软件开发环境来进行软件开发。

（2）组织正式的技术评审。在软件开发的每一个阶段结束时，都要组织正式的技术评审。国家标准要求单位必须采用审查、文档评审、设计评审、审计和测试等具体手段来保证软件质量。

（3）加强软件测试。软件测试是保证软件质量的传统手段，因为测试可以发现软件系统中的大多数潜在错误。软件测试要按照规定的流程制定测试用例、准备测试环境和测试数据。

（4）推行软件工程规范。软件工程规范可以从软件开发流程的各个阶段保证软件实施的规范，从而保证软件具有高质量。如目前业界广泛采用的CMMI软件生产流程。

（5）对软件的变更进行控制。软件的变更和修改常常会引起潜伏的错误，因此必须严格控制软件的变更和修改，变更后要做测试。

（6）对软件的质量进行量度。对每个项目的质量状况进行有效跟踪，及时记录和报告软件的质量验证情况，并记录归档，作为后续软件项目质量保证计划的参考数据。

8.3.5　项目估算

项目估算，就是结合项目的各种实际情况，对项目规模、所需的工作量、成本和进度进行的预测。项目估算是软件开发中很重要的一个环节，如果低估项目周期会造成人力低估、成本预算低估、日程过短，最终人力资源耗尽，成本超出预算，为完成项目不得不赶工，影响项目质量，甚至导致项目失败。因此，项目估算过程中重点考虑的是如何将估算误差限定在一定范围内。

1. 项目估算的前提

项目估算比较准确的前提是确定项目的范围和确定项目所需的资源。确定软件范围，就是确定待开发软件与外部相关系统的接口、软件的功能、性能、可伸缩性、可扩展性、可靠性和安全性上的需求。确定软件范围最直接、最可靠的来源就是用户对软件的需求描述。软件范围确定后，可以确定项目所需的资源。项目所需的资源包括人力资源、可复用软件和软硬件资源。人力资源主要是软件项目实施过程中所需的各种人员，包括项目经理、架构师、系统分析员、系统设计员、程序员、测试人员、文档人员、配置管理员以及质量管理员等。一个软件项目对人员岗位的需求和各岗位人员数量的需求是与软件项目规模、项目进度要求密切相关的。因此，确定项目组成员之前必须明确客户的需求范围和进度要求。可复用软件包括可复用构件和中间件等，根据功能需求、性能需求、安全性需求等选择合适的可复用构件对提高开发效率和开发质量起着重要作用。软硬件资源包括项目开发所需要的各类软件工具和硬件设备。软件工具如操作系统、开发工具、需求管理工具、设计工具、测试工具、缺陷跟踪管理工具、配置管理工具等。硬件设备如服务器、PC机、交换机等网络设备，一般大型项目要有独立的开发环境和测试环境，以便于开发、测试工作并行进行。

2. 项目估算的内容

项目估算主要包括以下内容：

（1）工作量估算

工作量估算即对开发软件所需的工作时间的估算，它和进度估算一起决定了开发团队的规模和构成。通常以人时、人天、人月、人年的单位来衡量，这些不同单位之间可以进行合理的转换。

（2）进度估算

进度是项目自始至终之间的一个时间段。进度以不同阶段的里程碑作为标志。进度估算是针对以阶段为单位的估算，而不是对每一个细小任务都加以估算，对任务的适当分解很重要，分解得越细反而会不准确。因为任何一个软件项目，在各个方面都有与生俱来的不确定性。

（3）成本估算

软件项目成本估算要结合软件项目的工作量和进度等实际情况进行估算，主要包括人工费、差旅费、招待费和资料费几部分。其中，人工费占绝大部分，根据项目实施阶段还包括开发费、试点费、推广费和售后服务费用。在外地开发、实施的项目中，差旅费也是比较大的一个部分，主要包括食、宿、车船票、飞机票及差旅补贴等。对于软件项目安装点比较多、用户数比较大的项目，资料费也是不容忽视的，主要包括培训教材、用户手册的印刷费和安装光盘的压制费。

3. 项目估算策略

在软件估算的众多方法中，存在着"自顶向下"和"自底向上"两种不同的策略，两种策略的出发点不同，适用于不同的场合使用。

自顶向下的策略是一种站在客户的角度来看问题的策略。它总是以客户的要求为最高目标，任何估算结果都必须符合这个目标。其工作方法是，以项目经理为主的一个核心小组根据客户的要求，确定一个时间期限，然后根据这个期限，将任务分解，将开发工作进行对号入座，以获得一个估算结果。由于这完全是从客户要求出发的策略，而软件工程是一个综合项目，几乎没有哪个项目能完全保质保量按照预定工期完工，那么这样一个策略就缺少了许多客观性。但是由于这样完成的估算比较容易被客户、甚至被项目经理所接受，自顶向下的策略在许多软件开发组织中仍然被大量采用。

与自顶向下的策略完全相反，自底向上的策略是一种从技术、人性的角度出发看问题的策略。在这样一个策略指引下，首先对项目进行充分讨论，得到一个合理的任务分解。再按照每个任务的难易程度，按照项目成员的特点、兴趣特长进行任务分配，并进行估算，最后将估算合计起来就是项目的估算值。显然自底向上的这种策略具有较为客观的特点，但是它的缺点就是这样一来项目工期就和客户的要求不一致了，而且由于其带来的不确定性，许多项目经理不会采用这种方法。

4. 项目估算方法

软件项目估算方法有很多种，大致分为基于分解的技术和基于经验模型两大类。基于分解的技术的方法包括功能点估算法、LOC估算法、MARK II等，基于经验模型的方法包括IBM模型、普特南模型、COCOMO模型等。

在实际项目开发中，项目的估算，包括工作量估算和成本估算很大程度上取决于估算者本人的经验，虽然目前有很多项目估算的方法和参考模型，但是具有实际指导意义、具有可操作性的不多，所以在进行项目估算的时候要咨询资深项目管理人员，参考本公司或业界通常的标准进行。

8.4 需求管理

软件项目需求阶段是软件项目生命周期中的重要环节。可以毫不夸张地说，做好软件的需求工程，项目就成功了50%。国内外大型项目的失败多数都是由于需求管理问题，布鲁克斯的"没有银弹"理论成为20年来未被打破的神话，他在《人月神话》中反复强调需求的重要性及需求管理的重要性。随着信息技术的日益推进，信息化程度和规模不断攀升，项目复杂度也随之呈数量级递增。项目规模在扩大，风险在增加，因此如果不做好需求，管理好需求，就很容易导致项目的失败。需求管理在项目管理中的首要位置毋庸置疑，在需求阶段必须制定相应的质量和进度跟踪、监督计划，对确认后的需求纳入配置库进行管理。

软件项目的需求过程在RUP（Rational统一过程）中被定义为软件的需求工程，它把需求阶段作为工程概念提出，其重要性可见一斑。软件项目的需求过程包括项目需求总体规划、需求调研、需求分析、需求评审与确认、需求变更管理。软件项目的需求管理过程中的活动和主要输出物如表8-2所示。

表8-2 需求管理过程中的活动和主要输出物表

工程类过程	活 动	主要输出物描述	责 任 人
需求管理	进行项目需求总体规划	明确需求分析小组中客户与开发商各自的责任和工作流程；界定系统的范围，明确本系统与外部相关系统的接口，划分子系统；明确需求文档规范；编制需求调研、分析计划	项目经理、架构师、系统分析师
	需求调研	组织协调需求调研，各子系统编写需求调研列表、调研记录和会议纪要，完成客户需求规格说明书及签字确认	项目经理、系统分析师
	需求分析	进行系统需求分析、完成系统开发需求文档	系统分析师
	需求评审与确认	组织需求评审；完善系统开发需求文档，并由客户签字确认；形成《需求跟踪矩阵》；入配置库	项目经理、系统分析师、用户
	需求变更管理	评审需求变更，进行工作量估算、进度分析和成本分析；编写需求变更报告，并由用户和项目相关关系人签字确认；修改系统需求文档；维护《需求跟踪矩阵》	项目经理、系统分析师

8.4.1 需求总体规划

　　需求总体规划阶段就是在需求开始前的总体计划阶段，由项目经理制定相关的工作计划，明确需求分析小组中客户与开发商各自的责任和工作流程；界定系统的范围，明确本系统与外部相关系统的接口，划分子系统；明确需求文档规范；编制需求调研、分析计划。在涉及到多个开发商合作开发同一个项目的时候，还要制定跟其他开发商的相关负责人沟通和协调的计划、各方的责任等问题。

　　需求总体规划要求项目经理能够从整个项目的高度出发，综观项目全貌，综合考虑项目相关的内外因素、客户类型和客户关系。总体规划还包括制定需求访谈计划、确定需求访谈的方式和访谈对象等内容。

8.4.2 需求调研和分析

　　需求调研由系统分析员与业务专家、领域专家会同最终用户商谈整个项目的需求事宜。系统分析员可能不止一次地访谈客户，不止一次地进行需求的分析与确认。需求调研的方式有很多种，包括制定访谈表单、现场观察业务、研究业务文档与原始系统等。每个方法都具有一定的优缺点，需要针对不同的客户类型及特点动态的选择适合的需求调研方式，甚至可以在不同的阶段、针对不同的访谈对象制定不同的访谈方式。

其中需求调研方式的选择要考虑到项目的实际情况，要了解调研对象的喜好，有些客户可能不擅言谈就应采用调查问卷的方式，对于乐于沟通的客户可完全采用访谈的方式。此外，言语的沟通难免有误差，我们可以采用复核的方式进行访谈，即第二次进行访谈之前先把第一次访谈的内容大致梳理一遍，确认一些不太明确的问题，也可以采用录音笔、录音器等辅助方式进行记忆访谈内容，以便于后续的需求分析工作。

在需求调研回来之后通常拿到的都是原始的客户描述性文字，比较零乱，有些需求可能还不甚明确，这就需要系统分析员进行合理有效的需求分析工作，把需求规格化，用形式化的格式描述完整。需求务必保证清楚、完整、一致，能真实地反映客户的实际业务需要，并且可实现、可测试、可验证。

8.4.3　需求规格书和需求评审

需求规格书是需求阶段性结束的标识，需求规格书制作完成也即说明需求阶段基本结束、需求基本明确，可以进行系统设计工作。在较大规模的软件项目开发中，一般需要把系统分析员分成几个独立的小组，每个小组负责一个独立的子系统，各个小组可以并行进行以缩短需求阶段的时间。各个小组负责的子系统完成后把每个子系统的需求分析说明文档综合起来即形成整个项目的需求规格书。一般情况下每个软件开发公司都有自己的需求规格书模版，并且都配备针对各个类型项目的裁减指南，在应用到具体项目时再由项目经理进行适当裁减。需求规格书的模版有很多种，但基本形式都是相似的。

系统需求规格书一般都包括本系统的概述和简介、系统目标、系统范围边界定义、各个子系统详细的功能性定义、以及其他的相关补充需求信息、性能需求、支持信息等。其中各个子系统的功能性定义是重点，一般情况下如果子系统还是比较大，则需要在子系统下再划分模块，每个模块再切分多个用例（Use Case），然后在每个用例内描述其功能需求概述、该用例涉及的所有角色（Actor）、该用例的触发点、基本流程、备选流程、特殊需求、前置条件、后置条件、扩展点。其中，基本流程和备选流程是体现该用例的操作顺序的手段，需要详细阐述。扩展点是该用例和其他用例建立关系的纽带，是关系的体现。系统需求规格书的制作可以由多个人同时并进，各个人员完成自己负责的章节，然后由一人合并成一份总体的需求规格书。

需求阶段性完成后必须进行评审，由项目经理组织、系统分析员、系统设计员、关键编码人员及测试人员、QA人员参与，如果可能，还需要邀请客户方代表参与需求的评审。在系统需求规格书（SRS）制作完成后，需要客户签字确认。

8.4.4　需求变更管理

需求变更活动可能贯穿于整个项目的开发过程，尤其是规模较大、周期较长的项目。在软件项目的开发周期内，需求的变更无法避免，只是变化的程度不同而已。需求变更越是在软件生命周期的后期发生，对项目的影响越严重。需求变更阶段的工作重点内容不是如何避免需求变更，而是要对需求变更进行控制。不受控制的需求变更会对项目的成本、进度和质量产生严重的影响。因此，在需求变更发生后需要对需求变更内容进行登记，采用规范的需求变更管理方法。

需求变更发生后，项目的相关责任人需要估算需求变更影响的程度，实现需求变更所需的资源（人力、时间、其他客户协调等），并适当修改项目计划的相关章节，以便保证项目管理计划与实际执行程度的一致。

重大的需求变更通常由项目经理组织相关人员进行变更评估，确认是否需要变更以及变更实现的代价。如果确认需要变更，则接下来还要着手进行变更实现方案的设计和选择等。理论上如果资源允许通常都会设计两套以上的变更实施方案进行选择，然后通过评审决定使用较优秀者。当然在项目资源不甚充足的情况下，可以采用折中的方式，在设计需求变更的实施方案时，有多人参与，随即讨论方案的重要问题，项目经理负责跟踪和协调，直至需求实现方案确定。

需求变更控制管理流程如图8-2所示。

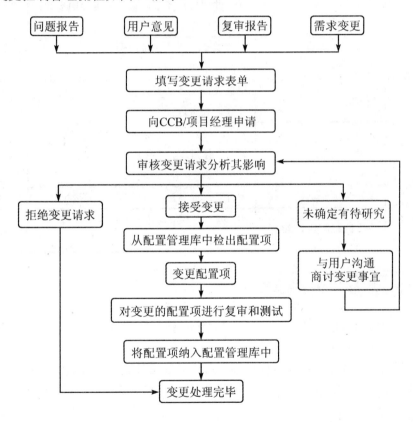

图 8-2　需求变更控制流程

8.5　设计、开发过程管理

需求分析文档经客户确认、评审通过后，项目进入设计、开发阶段。项目的设计、开发阶段周期较长，其间的计划管理、进度跟踪、质量管控、里程碑评审和总结、项目组内的沟通协调、与客户的沟通协调对整个项目的顺利推进都是非常重要的。设计、开发过程中的活动和主要输出物如表8-3所示。

表8-3　项目设计、开发过程中的活动和主要输出物表

工程类过程	活　动	主要输出物描述	责　任　人
设计过程	编制系统设计计划	编制系统设计计划	项目经理
	系统架构设计	完成系统架构设计文档	架构师
	系统详细设计	完成系统设计文档，完成数据库设计文档，完成界面设计文档	系统设计师
	设计方案评审	召集设计评审会议，完善系统设计文档和数据库设计文档。邀请客户评审界面设计，并请客户签字确认，完善界面设计；纳入配置库	项目经理、系统设计师、用户
	编制和评审测试计划、测试用例	编制测试计划和测试用例，评审测试计划和测试用例	项目经理、测试人员
开发过程	编制开发计划	根据设计文档估算开发工作量，编制开发计划，并进行评审	项目经理
	开发前的准备	开发规范培训，可复用构件选用和使用培训，工作日志、工作周报、缺陷跟踪表的使用培训	项目经理
	编程和单元测试	编程及单元自测	程序员
	进度跟踪和质量管理	跟踪项目进度，通过缺陷跟踪表跟踪开发质量，进行里程碑评审	项目经理

8.5.1　设计过程管理

系统设计的详细程度、设计质量的优劣对编码质量有着直接的影响。系统设计过程中的工作计划、计划的实施和监控也是整个软件项目管理的重要环节。系统设计阶段工作内容包括编制系统设计计划、系统架构设计、系统详细设计、设计方案评审、设计测试用例、设计阶段的进度和质量监控。

1. 编制系统设计计划

设计阶段的工作计划由项目经理制定，该计划需要定义系统设计阶段、每个阶段的详细的任务和责任人、开始和截止日期、需要提交的工作产出物、重要的里程碑或检查点。

设计阶段的工作计划主要基于需求分析模型和系统需求规格书，该阶段工作计划的制定要客观，要实事求是，特别是有些项目的时间进度比较紧，不能为了赶工期而忽略设计。

2. 系统架构设计

软件架构是整个软件系统的骨架，设计优良的架构能够承载较大的需求扩展性和变化，

也是保证系统整体性能的重要环节。项目经理在需求分析结束和设计尚未启动时就要安排人员进行软件架构的设计，一般要求架构师具有丰富的项目实施经验、软件设计理论和系统工程思想。如果资源允许的话，可以设计两个以上的架构，通过同行评审最终确定一个比较优秀的架构供项目开发使用。

有很多种不同的架构划分原则，目前大多认为架构分为技术架构和应用架构。技术架构不涉及具体项目的任何业务和实现细节，仅仅从技术的层面定义技术路线，定义整个系统的架构分层、各层的技术路线和采用的设计模式、层间数据交换方式、对象的通讯时序，还包括分布式、通讯方式。而应用架构则不同，它是在某一技术架构下针对某一项目的特点所做的应用性架构，一般包括设计约束、系统边界描述、系统外部接口、子系统划分、系统内部接口、公共组件或服务、用例视图、逻辑视图、进程视图、部署视图和组件视图等。

项目经理在设计阶段容易忽略的就是安排架构师做系统的架构设计，不少系统开发中项目经理过多地关注需求和客户关系，没有把握好软件的整体系统架构，结果虽然系统能够运行，但系统的可维护性、扩展性、可靠性、性能等都比较差。系统架构确定后还需要进行正式的架构评审，确保架构的质量，如有条件可以邀请资深架构师参与评审。

3. 系统详细设计

详细设计工作由一般软件设计人员实施，项目经理负责监督实施进度和质量，保证设计能够按期完成。设计完成后，还需要项目经理组织进行评审。设计方案的评审重点是其可行性、实施的复杂性等，设计方案的设计和选择要遵循简约原则，尽量考虑项目组人员的技术水平和项目的实施周期、实施成本等因素，切不可追求新技术、新方法，为了设计而设计。

详细设计人员要在项目经理制定的设计阶段工作计划的约定下完成设计，设计员通常需要研读需求文档和需求分析模型、定义设计元素和设计机制、划分模块和子模块、定义运行时程序框架、组件结构和部署结构等内容。设计人员在设计时要原则上遵守需求文档和需求分析模型，在弄清楚需求的前提下进行设计，否则设计很可能违逆需求本意。在设计过程中，设计员要注意沟通，包括与系统分析员、项目经理、主要编码负责人。

详细设计阶段特别要注意的是由资深设计人员或者系统架构师负责抽象软件系统可以共用和重复使用的部分。抽象这部分工作可以减轻工作量，降低开发成本和开发周期。如果有可以重复使用的部分则需要考察目前公司中有没有类似的已存在组件，有则可以使用或修改后使用，没有则提前安排人员进行设计开发。

4. 设计方案评审

为了保证系统设计的质量必须进行有效的设计评审，可以采用正式的评审方式，也可以采用走读、检察等非正式的评审方式。设计方案的评审由项目经理组织，邀请设计的作者、其他设计员、主要编码负责人、QA参与。为了保证评审的质量，一次评审的工作产出物不要太多，评审会议也不要太长。如果人力资源比较充足的情况下，可以独立安排设计方案的评审，采用并行的方式评审多个子系统的设计方案。

5. 设计测试用例

测试用例的设计一般由项目经理安排测试人员制作，在设计评审并确认后即可进入测试用例的设计工作。测试用例的设计要保证质量,一个设计良好的测试用例能够发现尚未发现的缺陷,一次良好的测试用例的执行结果是发现了尚未发现的缺陷,这是测试用例设计的原则。通常测试用例分为白盒和黑盒两种,在设计阶段产生的测试用例是黑盒测试用例,即仅就系统功能和性能设计的测试用例,不涉及程序代码的内部逻辑结构和数据结构。

理论上,测试用例也要经过评审,并且要制作测试用例规格和测试报告的模版,在系统进入测试阶段后执行测试用例,并根据测试用例执行的结果完善测试报告。

6. 设计阶段的进度和质量监控

设计阶段的工作进度和质量状况由项目经理负责跟踪,项目组成员向项目经理定期汇报工作,项目经理发现进度或质量偏差要及时予以纠正。如发生不可抗拒因素(人员离开、重大的需求变更等问题),项目经理则要负责协调并修改设计阶段的工作计划。设计阶段的工作产出物也要纳入配置库进行管理,并进行基线化。

8.5.2　开发过程管理

在系统详细设计完成后就进入项目的开发实施过程,这阶段的主要工作重点转移到系统编码过程上。主要的工作内容除了包括编码外,还需要很多相关的计划和协调工作。在进行编码开始之前,项目负责人要编制开发计划,确定各个模块编码阶段的负责人、项目重要的里程碑或检查点,项目开发环境的准备由项目经理或技术经理负责实施,其工作内容包括开发规范培训、可复用构件选用和使用培训、项目开发工作环境的准备和搭建。在开发实施的时候,项目组成员要填写工作日志、工作周报、作单元测试和单元测试报告。项目经理特别要跟踪项目进度,制定缺陷跟踪表跟踪开发质量,进行里程碑评审。

1. 编制开发计划

开发阶段的实施一般时间跨度都比较大,特别是大型项目的编码阶段可能持续几十、几百甚至上千个人月,所以必须具有计划性,针对编码阶段制定详细的开发计划,分配任务到个人并持续追踪监控完成进度。

现在的大型项目开发基本上都采用迭代式开发过程,即把整个阶段按照任务的依赖性和优先级进行排序,各个部分都依赖和优先级别较高的模块组件较早开发编码。迭代式开发关键是要分析各个模块的依赖性,赋予合理的优先级别,并划分合适的迭代周期。

2. 开发前的准备

系统进入开发阶段之前除了制作开发计划外,项目经理还要指派资深、熟练的编码人员准备开发环境、制定编码策略和代码模版、规划项目开发的工作区。这样能够保证整个项目的开发环境的一致性,后续的调试除错比较方便。

编码策略的制定和代码模版的设计需要熟练的编码人员担任,这样能够保证质量和效率。编码策略和代码模版完成后一般需要在项目例会上宣布通过,要求整个项目组编码人员遵守。

在系统正式编码之前的准备工作中,技术项的培训也是提高项目质量和进度的重要手段。在没有进行编码工作的时候，项目经理就可以安排相关的培训。培训的内容是本项目所需要的技术难度，这需要结合项目组编码人员的具体技术熟悉程度，对项目组内技术项薄弱的成员进行培训。特别是在使用新技术、新的开发工具的项目中特别要注意技术项的培训。

3. 编程和单元测试

单元测试也需要设计测试用例，设计合理的单元测试用例能够保证细粒度的单元质量。单元测试就是做白盒测试，需要测试每个单元的数据结构和程序逻辑结构，测试程序的关键路径、边界条件等。设计白盒单元测试具有一定的原则和方法，像逻辑覆盖法、循环覆盖法、基本路径测试法都是设计白盒测试用例的方法。单元测试用例由编码人员自己编写，也可以由设计人员编写。

单元测试由程序员在编码完成后进行，单元测试一般要产出单元测试报告，单元测试报告的模版由项目经理安排人员制定，原则上需要评审通过才能投入使用。有些项目的客户可能会要求单元测试报告，并把它做为项目提交产物的一部分。这样在制定单元测试报告模版的时候就需要用户的参与。

4. 开发阶段的质量、进度跟踪和配置管理

开发阶段的质量和进度跟踪工作由项目经理负责，项目经理在定义好的质量保证计划、开发阶段工作计划的指导下监控项目的质量、进度、人员状态等。发现开发阶段的缺陷要及时处理时，由项目经理安排相关人员负责修改。遇到人员离开、交付期提前等重大因素，由项目经理负责协调。

开发阶段的配置管理原则上要由项目经理定义好完整的配置管理计划，确定哪些项目需要纳入配置库进行管理，如何定义版本、开发阶段配置项变更处理流程、变更的决策分析流程。

8.6 测试与发布过程管理

测试阶段需要项目经理协助测试人员或测试经理制定测试计划，测试计划需要定义测试的范围和内容、测试持续时间、测试用例和测试报告的规格、测试过程的质量要求和测试出口准则、测试的资源设备等。

软件测试过程是保证软件质量的重要阶段，测试人员需要在项目开始就需要介入，至少测试经理和主要测试人员要能够参加需求阶段的里程碑会议和重要的需求评审，便于更好更全面地理解需求，只有这样才能写出高质量的测试用例。

测试完成后需要项目经理确认测试的结果是否达到预期的质量目标，达到则进入发布阶段，否则必须继续进行测试，直到达到预定的质量目标。

测试与发布过程的管理活动和主要输出物如表8-4所示。

表8-4 项目测试与发布过程中的活动和主要输出物表

工程类过程	活　动	主要输出物描述	责　任　人
测试与发布过程	集成测试	根据测试计划和测试用例进行集成测试，编写集成测试报告，填写缺陷跟踪表	测试人员
	系统测试	根据测试计划和测试用例进行系统测试，编写系统测试报告，填写缺陷跟踪表	测试人员
	缺陷修改与跟踪	根据测试报告和缺陷跟踪表确定修改内容，编制修改计划，由程序员修改软件缺陷，由测试人员进行复测，直到缺陷关闭为止	项目经理、程序员、测试人员
	软件发布	制作软件安装包，撰写软件用户手册和培训教材，刻录光盘并包装；根据软件发布流程进行软件发布	项目经理、文档人员、配置管理员

8.6.1 测试过程

测试过程主要分为集成测试过程、系统测试过程以及与之相关的管理活动，缺陷跟踪修改活动。测试结束后还要对软件进行定版，纳入配置库，然后才能发布。在缺陷管理方面通常需要借助相关的管理软件和工具，项目经理可以制定适合本项目的缺陷报告单，定期由开发人员填写并汇总，集中录入到统一的缺陷跟踪管理系统，便于项目组成员和其他相关人员查询。

集成测试的内容是组装各个程序模块，使之成为一个功能完善的系统，集成测试策略有三种：自顶向下方式、自底向上方式、自顶向下和自底向上相结合的方式。

8.6.2 软件发布

测试达到预定的质量目标后就可以进入发布阶段，发布版本的时候需要按照软件发布流程进行，随之制作软件发布的版本说明。如果有必要，为了提高软件的知名度，可以利用各类传媒进行发布。如Microsoft公司的新产品或新版本产品的推出，都会通过开发布会，进行网络和电视宣传等形式进行发布。软件发布涉及的技术方面的内容不多，往往只是技术的展示，大部分工作涉及市场运作，与软件工程技术本身不直接相关。

8.6.3 测试阶段的质量、进度跟踪和配置管理

测试阶段不可避免地会产生缺陷，所以要对产生的缺陷进行有效的管理以防止混乱。测试阶段的质量状况由项目经理把握，在项目计划阶段的就要制定本项目的质量目标，规定项目质量要达到的指标水平，包括千行代码的缺陷率和成本、各个测试阶段发现的缺陷率等。

测试阶段的进度也是需要项目经理负责跟进的工作之一，测试人员要定期向项目经理汇报测试的进度，如果有任何进度偏差要及时采取措施纠正，避免进度延迟不能及时报告项目经理的情况。

测试阶段的配置管理也很重要，测试环境、测试数据、测试目标程序及版本、测试用例和测试报告都是配置项。对配置项的任何变更都要通过变更处理流程进行实施，切不可认为测试阶段的所有系统程序都已完成，不会造成版本不一致、配置项失效等问题，配置管理在整个项目生命周期内都要严格执行。

8.7 试运行与验收交付过程管理

试运行与验收过程的管理活动和主要输出物如表8-5所示。

表8-5 项目试运行与验收过程中的活动和主要输出物表

工程类过程	活　动	主要输出物描述	责　任　人
试运行过程	软件试运行	编制试运行计划，软件安装部署，进行老系统数据迁移，软件培训，软件试运行	项目经理、实施人员、客户
	试运行缺陷修改	评审试运行阶段发生的软件缺陷，制定缺陷修改计划，由程序员修改软件缺陷，由测试人员进行测试，由客户确认，直到缺陷关闭为止	项目经理、程序员、测试人员、客户
验收交付过程	验收交付前的准备	收集客户使用报告；整理合同约定的系统提交物，如系统安装包、用户手册、测试报告、设计文档、源代码等；与客户确定验收交付的具体日期和方式	项目经理、配置管理员
	验收交付计划	编制验收交付计划	项目经理
	项目验收交付	组织客户和相关专家，召开项目验收交付会议，根据合同和客户需求文档进行系统提交物的审核和交接，由相关人员签字，完成项目验收交付	项目经理、系统分析师、客户及专家

8.7.1 软件试运行

试运行过程是软件系统在正式投入使用前的准备阶段。试运行过程要求系统必须经过严格的测试，能够提供软件系统的测试报告，切不可认为试运行的软件质量无所谓。试运行要模拟真实用户的环境进行演示，包括真实的软件环境、硬件环境、运行数据，由用户实际操作软件系统。试运行阶段也是发现系统潜在缺陷、了解开发的软件系统与用户期望的系统功能是否有差异的重要过程，在试运行过程中要随时记录运行过程中出现的异常情况，这将是系统改进的直接参考资料。

试运行过程一般也需要编制试运行计划，规划试运行持续的时间、需要的软硬件资源、需要哪些人员协助、是否需要客户协助以及需要客户提供哪些试运行数据等。还包括软件安装部署、进行老系统数据迁移、软件培训、用户实际操作软件运行。

8.7.2 试运行阶段的质量、进度跟踪和配置管理

试运行阶段的质量和进度相关管理活动理论上应该由项目经理负责，如果试运行过程在异地进行或项目经理无法到试运行现场，也可以由项目经理安排相关人员负责。试运行阶段的负责人要保证该阶段的质量和进度，试运行的过程中发现缺陷和进度偏差要随时记录并向项目经理汇报，并能够提出合理的解决应对措施。针对试运行阶段发现的缺陷要登记到缺陷记录中，并纳入配置库以便后续修改、追踪、查询参考之用。

试运行结束后，需要评审试运行阶段发生的软件缺陷，制定缺陷修改计划，由程序员修改软件缺陷，由测试人员进行测试，由客户确认，直到缺陷关闭为止。

8.7.3 验收过程管理

软件验收过程就是在软件项目开发完成后，由客户方自己或者邀请该软件系统相关领域的专家对软件进行验收的活动，特别是专业性很强的软件系统，通常会邀请资深专家、业界人员、最终用户等组成验收小组进行验收。验收过程包括验收前的准备过程、制定验收交付计划、验收交付。

在验收前，项目经理要组织验收准备会议，落实验收需要注意的事项、需要准备的材料和文档。按照合同的规定准备开发上需要提交的产出物，如系统安装包、用户操作手册、测试报告、设计文档、源代码等，并按照合同规定的方式保存或制作光盘。验收准备工作结束后还需要与客户商定最终验收交付的具体日期和交付方式。

8.8 配置管理

8.8.1 配置管理任务

配置管理（Configuration Management，CM）对于项目的实施非常重要。配置管理过程定义了许多关键任务序列，这些关键任务序列为项目的成功实施提供了高质量的保证。配置管理由配置管理员负责，主要包括以下任务：

（1）标识配置项。

（2）定义配置项的命名机制和编码机制。

（3）定义CM所需的目录结构。

（4）定义访问权限。

（5）定义变更控制过程。

（6）定义配置控制委员会（CCB）的责任和权限。

（7）选择一种配置项状态的跟踪方法。

（8）定义一个发行、存档程序。

（9）如果需要定义一种协调程序。

标识配置项在配置规划期就应该被识别出，是进行配置管理的首要任务。典型的配置项有需求规范、设计文档、源代码、测试计划、测试脚本、测试程序、测试数据、项目规约、验收计划、用户手册、质量记录等。

文件命名和组织的相关约定有助于方便、迅速地查找所需文件，有助于开发人员容易地理解文件内容的本质。将程序根据它们的状态分别保存在不同的目录中，还有助于开发人员轻松识别出程序的状态。

版本控制是CM的一个关键，它有助于保护程序的旧版本。目前市场上有许多工具可以帮助管理这个任务，如CVS、Visual Source Safe、CLEARCASE、PVCS等。

8.8.2 执行配置管理

执行配置控制任务主要涉及两个方面，一个是针对程序和文档的状态转移管理，另一个涉及变更申请的管理。

状态转移管理涉及状态变更时，需要将配置项从一个目录移到另一个目录，然后在完成变更后建立新版本。通常选择一定的工具来配合实现。很多CM工具采用Check-in和Check-out方法来进行访问控制和版本控制处理，如经常采用的CVS和Visual Source Safe。

为了实现需求变更，进而触发配置项的变更，首先要进行影响分析，该分析确定需要进行修改的程序和文档，以及成本、进度分析。一但项目领导和CCB同意了此修改，所有在影响分析中标识出的程序和文档都必须作出相应的修改。变更申请时涉及的主要配置任务包括接收变更申请（影响分析之后）、建立一种跟踪机制、检查需要进行变更的配置项、执行变更、注册配置项以及在项目的整个生命周期内维护该项目。

具体执行配置管理操作时，主要包括以下步骤：

（1）计划准备

SCM（软件配置管理）组与项目经理一起制定SCM计划，然后由其他受到影响的组和个人进行评审，得到被批准的SCM计划。SCM计划内容包括项目中将要进行的SCM活动、文档标识的参考规范，时间安排，相关资源，职责分配，将要设计的每个软件配置项（SCI）的定义，SCI变更影响范围。此外，系统开发时，需要指定SCM负责人。SCM负责人需要为新启动的项目建立开发库、受控库和产品库，为项目组成员分配相应的用户权限。

（2）配置项标识（SCI）

该活动发生在SCM计划被批准之后。SCI撰写人根据SCM计划中制定的文档规范进行标识。

（3）入受控库

软件开发过程中，项目组成员将产品提交到开发库中，经批准后，再转移到受控库中，同时通知所有的受到影响的组和个人。

（4）配置项变更

SCI的变更分为基线变更和版本变更，可参考如图8-3所示的配置项变更流程图。

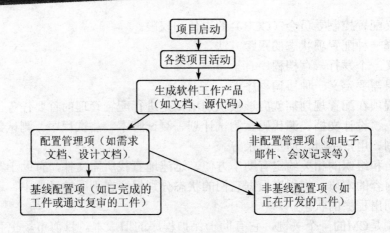

图 8-3　配置项变更流程图

（5）基线审计

基线审计的目的是维护软件配置项的状态，使其满足一致性、完备性和可跟踪性。其内容包括验证当前基线所有SCI对迁移基线相应项的可追踪性，确认当前SCI正确反映了软件需求，审计库中的项目工作产品，填写报告。

（6）配置状态记录与汇报

其目的是为管理人员和开发人员提供有关项目进展的全面信息。以定期或事件驱动的方式，提供项目配置的当前状态及修改情况。

（7）配置项备份

对开发库、受控库和产品库中所有的SCI进行备份，以保证信息的安全。

8.8.3　配置项状态审计

一个配置项可以存在多种状态。正确地表示每个配置项的状态是很重要的。与状态相关的一些错误会引发很多问题。例如，若一个程序还没有进行单元测试就进入了"准备发行"状态，则会出现问题。同样，若某个配置项已经从基准库中检出，并实施了变更处理，但是系统却没有反映出来，则发行的软件可能没有包含此变更。因此，我们通常在Check-Out配置项或实现了一个需求变更申请后，由项目的配置控制人员执行CM审计，以保证所有的配置项状态是正确的。除了检查过程外，CM审计主要关心配置项的状态和位置。

8.9　习　题

1. 简述项目管理的几个基本原则。
2. 简述项目启动过程的重要性，启动过程中涉及哪些主要的管理活动。
3. 项目计划有哪些内容。
4. 简述需求变更的管理流程。
5. 设计、开发过程中有哪些主要的管理活动。
6. 测试过程中有哪些主要的管理活动。
7. 简述执行配置管理的步骤。

第9章

新型软件工程技术

本章比较全面地展示了新型的软件工程技术。随着软件工程技术的发展，新型的软件工程技术不断涌现，这些新型的软件工程技术极大地提高了软件开发的效率和可靠性。本章对面向对象的软件开发技术、软件复用和构件技术、软件接口技术、软件智能化技术进行了介绍，也表明了软件工程技术未来发展的方向。

9.1 面向对象的软件开发技术

在软件开发与设计中，对一个系统的认识是一个渐进过程，是在继承了以往的有关知识的基础上，多次迭代并逐步深化而形成的。在这种认识的深化过程中，既包括了从一般到特殊的演绎，也包括了从特殊到一般的归纳。而目前用于分析、设计和实现一个系统的过程和方法大部分是瀑布型的，即后一步是实现前一步所提出的需求，或者是进一步发展前一步所得出的结果。因此，当越接近系统设计或实现的后期时，对系统设计或实现的前期的结果作修改就越困难。同时也只有在系统设计的后期才能发现在前期所形成的一些差错，而且当这个系统越大、问题越复杂时，由于这种对系统的认识过程与系统的设计或实现过程不一致所引起的困难也就越大。

为了解决上述这个问题，就应使分析、设计和实现一个系统的方法尽可能地接近认识一个系统的方法。

9.1.1 面向对象方法概述

面向对象（Object-Oriented，OO）方法的出发点和基本原则，是尽可能模拟人类习惯的思维方式，使开发软件的方法与过程尽可能接近人类认识世界、解决问题的方法与过程，也就是使描述问题的问题空间（也称为问题域）与实现解法的解空间（也称为求解域）在结构上尽可能一致。

客观世界的问题都是由客观世界中的实体及实体相互间的关系构成的，我们把客观世界中的实体抽象为问题域中的对象（Object）。从本质上说，用计算机解决客观世界的问题，是借助于某种程序设计语言的规定，对计算机中的字体施加某种处理，并用处理结果去映射解。我们把计算机中的实体称为解空间对象，显然，解空间对象取决于所使用的程序设计语言。例如，汇编语言提供的对象是存储单元；面向过程的高级语言提供的对象是各种预定义类型的变量、数组、记录和文件等。一旦提供了某种解空间对象，就隐含规定了允许对该对象施加的操作。从动态观点看，对对象施加的操作就是该对象的行为。在问题空间中，对象的行为是极其丰富多彩的，然而解空间中的对象的行为却是非常简单呆板的。因此，只有借助于十分复杂的算法，才能操纵解空间对象从而得到解。这就是人们常说的"语义断层"，也是长期以来程序设计始终是一门学问的原因。通常，客观世界中的实体既具有静态的属性又具有动态的行为。然而传统语言提供的解空间对象实质上却仅是描述实体属性的数据，必须在程序中从外部对它施加操作，才能模拟它的行为。

面向对象方法所提供的"对象"概念，是让软件开发者自己定义或选取解空间对象，然后把软件系统作为一系列离散的解空间对象的集合。这些解空间对象彼此间通过发送消息而相互作用，从而得出问题的解。也就是说，面向对象是一种新的思维方法，它不是把程序看作是工作在数据上的一系列过程或函数的集合，而是把程序看作是相互协作而又彼此独立的对象的集合。每个对象就像一个微型程序，有自己的数据、操作、功能和目的。这样做就向着减少语义断层的方向迈了一大步。

概括地说，面向对象方法具有下述四个要点：

（1）认为客观世界是由各种对象组成的，任何事物都是对象，复杂的对象可以由比较简单的对象以某种方式组合而成。因此，面向对象的软件系统是由对象组成的，软件中的任何元素都是对象，复杂的软件对象由比较简单的对象组合而成。

（2）把所有对象都划分成各种对象类（简称为类，Class），每个对象类都定义了一组数据的方法。数据用于表示对象的静态属性，是对象的状态信息。因此，每当建立该对象类的一个新实例时，就按照类中对数据的定义为这个新对象生成一组专用的数据，以便描述该对象独特的属性值。例如，荧光屏上不同位置显示的半径不同的几个圆，虽然都是Circle类的对象，但是，各自都有自己专用的数据，以便记录各自的圆心位置、半径等。类中定义的方法是允许施加于该类对象上的操作，是该类所有对象共享的，并不需要为每个对象都复制操作的代码。

（3）按照子类（或称为派生类）与父类（或称为基类）的关系，将若干个对象类组成一个层次结构的系统（也称为类等级）。在这种层次结构中，通常下层的派生类具有和上层的基类相同的特性（包括数据和方法），这种现象称为继承（Inheritance）。但是，如果在派生类中对某些特性又做了重新描述，则在派生类中的这些特性将以新描述为准，也就是说，低层的特性将屏蔽高层的同名特性。

（4）对象彼此之间仅能通过传递消息互相联系。对象与传统的数据有本质区别，它不是被动地等待外界对它施加操作。相反，它是进行处理的主体，必须发消息请求它执行它的某个操作，处理它的私有数据，而不能从外界直接对它的私有数据进行操作。也就是说，一切局部于该对象的私有信息，都被封装在该对象类的定义中，就好像装在一个不透明的黑盒子中一样，在外界是看不见的，更不能直接使用，这就是封装性。

9.1.2　面向对象的分析方法

面向对象软件开发方法采用面向对象分析（Object-Oriented Analysis，OOA）技术对问题进行分析建模，它将问题表述为"对象+关联"的形式。其中，对象描述问题空间中的事物，关联描述问题空间中事物和事物之间的关系。同时，可以像结构化分析技术一样，借助数据字典、结构化语言、判定表、判定树等工具对它们进行详细说明。因此，面向对象分析工作主要包括对问题空间中对象的确定和对对象之间关联的确定。对对象的确定包括对对象属性和行为的确定；对关联的确定包括对对象结构关系、实例关联关系和消息关联关系的确定，最终建立起问题域的正确模型。图9-1给出了面向对象分析工作的内容和步骤。

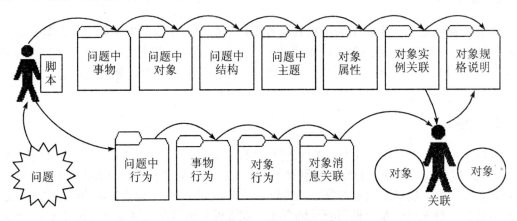

图 9-1　面向对象分析工作的内容和步骤

OOA面向对象的软件开发过程中直接接触问题域的阶段，要尽可能全面地运用抽象、封装、继承、分类、聚合、关联、消息通信、粒度控制、行为分析等原则完成高质量、高效率的分析。

1．抽象

OOA中的类就是通过抽象得到的。例如，系统中的对象是对现实世界中事物的抽象，类是对对象的抽象，一般类是对特殊类的进一步抽象，属性是对事物静态特征的抽象，方法是对事物动态特征的抽象。

2．封装

封装就是将抽象得到的数据和行为（或功能）相结合，形成一个有机的整体。也就是说，将数据与操作数据的源代码进行有机的结合，形成"类"（Class）。其中，静态数据和动态行为（函数）都是类的成员。

封装的目的是增强安全性和简化编程，使用者不必了解具体的实现细节，只需通过外部接口规定的访问权限即可使用类的成员。

3．继承

继承性是子类自动共享父类数据结构和方法的机制，这是类之间的一种关系。在定义和实现一个类的时候，可以在一个已经存在的类的基础之上来进行，把这个已经存在的类所定义的内容作为自己的内容，并加入若干新的内容。继承可以带来代码复用上的便利。

4. 分类

分类就是把具有相同属性和服务的对象划分为一类，用类作为这些对象的抽象描述。分类原则实际上是抽象原则运用于对象描述时的一种表现形式。在OOA中，所有的对象都是通过类来描述的。对属于同一个类的多个对象并不进行重复的描述，而是以类为核心来描述它所代表的全部对象。运用分类原则也意味着通过不同程度的抽象形成"一般-特殊"结构（又称为分类结构）。一般类比特殊类的抽象程度更高。

5. 聚合

聚合的原则是把一个复杂的事物看成若干比较简单的事物的组装体，从而简化对复杂事物的描述。在OOA中运用聚合原则就是要区分事物的整体和它的组成部分，分别用整体对象和部分对象来进行描述，形成一个"整体-部分"结构，以清晰地表达它们之间的组成关系。

6. 关联

关联又称为组装，它是人类思考问题时经常运用的思想方法，通过一个事物联想到另外一个事物。能使人发生联想的原因是事物之间确实存在着某些联系。在OOA中运用关联原则就是在系统模型中明确地表示对象之间的静态联系。例如，一个运输公司的汽车和司机之间存在着这样一种关联：某司机驾驶某辆汽车（或者说某辆汽车允许某些司机驾驶）。如果这种联系信息是系统责任需要的，则要求在OOA模型中通过实例连接明确地表示这种联系。

7. 消息通信

这一原则要求对象之间只能通过消息进行通信，而不允许在对象之外直接地存取对象内部的属性。通过消息进行通信是由封装原则引起的。在OOA中，要求用消息连接表示出对象之间的动态联系。

8. 粒度控制

人们在研究一个问题域时，既要微观地思考，也要宏观地思考。一般来说，人在面对复杂的问题域时，不可能在同一时刻既能纵观全局，又能明察秋毫，因此需要控制自己的视野。考虑全局时，注重其大的组成部分，暂时不详察每一部分的具体细节。考虑某部分的具体细节时，则暂时撇开其余的部分。这就是粒度控制原则。

在OOA中运用粒度控制原则就是引入主题的概念，把OOA模型中的类按一定的规则进行组合，形成一些主题。如果主题数量仍然较多，则进一步组合为更大的主题。这样使OOA模型具有大小不同的粒度层次，从而有利于分析员和读者对复杂性的控制。

9. 行为分析

在现实世界中，事物的行为是复杂的，由大量事物构成的问题域中的各种行为往往相互依赖、相互交织。控制行为复杂性的原则有以下几点：

（1）确定行为的归属和作用范围。

（2）认识事物之间行为的依赖关系。

（3）认识行为的起因，区分主动行为和被动行为。

（4）认识系统的并发行为。

（5）认识对象状态对行为的影响。

OOA过程从分析用户需求说明书开始。用户需求说明书包含的内容有问题范围、性能需求、应用环境及假设条件等。它应该阐明"做什么"而不是"如何做"。用户需求说明书可以由用户单方面写出，也可以由系统分析员配合用户共同写出。它通常是不完整、不准确的，而且往往是非正式的。通过分析，可以发现和改正原始陈述中的二义性和不一致性，补充遗漏的内容，从而使用户需求说明书更完整、更准确。在分析用户需求说明书的过程中，系统分析员需要反复多次地与用户进行讨论、交流，还应该进行调研，了解现有类似的系统。

然后，系统分析员应该深入理解用户需求，抽象出目标系统的本质属性，并用模型准确地表示出来。用自然语言撰写的用户需求说明书，通常是具有二义性的。分析模型应该精确、简洁地表示问题。在面向对象建模的过程中，系统分析员必须认真向领域专家学习，尤其是建模过程中的分类工作往往难度很大。另外，还应该仔细研究以前针对相同的或类似的问题域进行面向对象分析所得到的结果。由于面向对象分析结果具有稳定性和可复用性，因此这些结果在当前项目中往往有许多是可以复用的。

通过面向对象分析建立的系统模型是以对象为中心的，称为概念模型。它由一组相关的类组成。面向对象分析可以采用自顶向下的方法，逐层分解建立系统模型；也可以采用自底向上的方法，从已有定义的基类出发，逐步构造新的类。

面向对象建模得到的概念模型包含对象的三个要素，即静态结构（对象模型）、交互次序（动态模型）和数据变换（功能模型）。大型系统的面向对象分析概念模型通常由5个层次组成，分别是类与对象层、属性层、服务层、结构层和主题层。这5个层次不是构成软件系统的层次，而是分析过程中的层次，也可以说是问题的不同侧面。每个层次的工作都为系统的规格说明增加了一个组成部分。当5个层次的工作全部完成时，面向对象分析的任务也就完成了。图9-2中给出了这5个层次，以及每个层次涉及的主要概念和相应的图形表示。

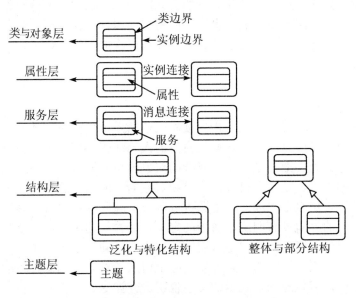

图9-2　OOA 的概念模型

1. 类与对象层

这一层次主要识别类和对象。类和对象是对与应用有关的概念的抽象，不仅是说明应用问题的重要手段，同时也是构成软件系统的基本元素。这一层的工作是整个分析模型的基础。

2. 属性层

对象所保存的信息称为它的属性。两个对象往往由于受制于相同的应用规则而发生联系，这称为实例连接。属性层侧重于定义类与对象的属性及实例连接，为前面已经识别的类和对象作进一步的说明。

3. 服务层

对象收到信息后所能执行的操作称为它可提供的服务。对每个对象和结构的增加、修改、删除、选择等服务有时是隐含的，在图中不标出，但在存储类和对象有关信息的对象库中有定义。其他服务必须在图中显式地画出。消息连接指的是从一个对象发送消息到另一个对象，并由这个对象完成某些处理。服务层侧重于说明类与对象所能提供的服务，以及消息连接。

4. 结构层

面向对象分析允许两种类型的基本结构，一种是整体与部分结构，也称为组装结构。组装结构表示聚合，即由属于不同类的成员聚合而形成新的类，用符号"△"表示有向性。"△"的上面是一个整体对象，下面是部分对象。一个整体可以有多个部分，也可以有不同种类的部分。通常，在分析中常遇到的"集合–成员"关系，就是组装结构。另一种是泛化与特化结构，也称为分类结构。其中，特化类是泛化类的子类，泛化类是特化类的父类。分类结构具有继承性，泛化类和对象的属性和服务一旦被识别，即可以在特化类和对象中使用。采用继承来显式地表达属性和服务的公共部分，可以实现在分类结构中恰如其分地分配属性和服务。将共同的属性放在上层，而特有的属性放在下层；将共同的服务放在上层，而特有的服务放在下层。分类结构还可以形成层次或网络，以描述复杂的特化类，有效地表示公共部分。

5. 主题层

最后一个层次是主题层。主题是指导读者（包括系统分析员、软件设计人员、领域专家、管理人员和用户等所有需要读懂系统模型的人）理解大型、复杂模型的一种机制。也就是说，通过划分主题，把一个大型、复杂的对象模型分解成几个不同的概念范畴。面向对象的概念模型相当大，是一个包含大量类和对象的平面图。这里，通过对主题的识别，将这些类和对象进一步组合。因而，主题可以看成是高层的模块或子系统。与传统的子系统相比，主题之间的界面没有明确、清晰的定义。尽管如此，由于主题是一个与应用有关的，而不是人为引出的概念，因此主题层的工作仍然有助于分析结果。

应该注意的是，服务层中的消息连接实际上引入了对系统动态行为的描述。消息连接的图形表示很简单，但伴随图形表示的文字说明十分详尽。

上述5个层次对应着在面向对象分析过程中建立对象模型的5项主要活动：找出类与对

象、识别结构、识别主题、定义属性、定义服务。这5项活动完全没有必要按顺序完成，也无须彻底完成一项活动后再开始另一项活动。虽然这5项活动的抽象层次不同，但是在进行面向对象分析时并不需要严格遵守自顶向下的原则。

1. 找出类与对象

面向对象分析的核心是对象，找出这些对象是重要的过程。人们在工作中积累了很多方法来确定对象。

（1）简单的确定方法。基于词法分析的方法，从目标系统的描述开始，找出其中的名词作为候选对象。另外找出其中的动词作为候选的方法（即服务），然后产生一个由对象（名词）和方法（动词）构成的表，作为分析的初步结果，最后从中筛选出确定的对象。

（2）复杂系统对象的确定。如果是一个大型的复杂系统，问题领域的空间很大，简单的词法分析不能准确地确定对象。有效的方法是提出5个问题，从这5个问题着手进行分析。

问题1：寻找对象的范围。

① 问题空间：认真分析系统需求，了解问题域的背景，向用户索取与系统主题有关的、简要的归纳性文档；与有关人员座谈、听取意见和建议。

② 文本：收集一切能得到的文字材料，重点留意系统主题和值得考虑的部分和出现的名词。

③ 图：收集各种图形，从中获得问题空间的骨架。

问题2：对象是什么？

① 结构：最可能被认定是对象的实体。

② 其他系统：与目标系统交互的外部系统。

③ 设备：需要与系统进行交互的设备。

④ 事件：由系统及时观察和记录的事件。

⑤ 参与者：各种人员在系统中的角色。

⑥ 位置：系统安装和运行的物理位置。

⑦ 组织和单位：系统涉及的人员所在的单位。

问题3：如何考察对象？

① 系统是否有必要记忆对象的某些或全部成分？

② 系统是否有必要对该对象的行为提供设备？

③ 对象是否有多于一个属性？

④ 对于一种对象的所有实例，能否认定一组为这些实例所共有的属性？

⑤ 对于一种对象的所有实例，能否认定一组为这些实例都要进行的加工？

问题4：进一步质疑。

① 若系统没有必要始终保持有现实世界中的某种事物的信息或者提供关于它的服务，那么这种事物就不要确定为对象。

② 如果某对象只有一个实例，要看它是否确实反映了问题空间情况。如果确定了多个对象有相同的属性和服务，而且至少其中的一种只有一个实例，这应当将它们合并。

问题5：怎样为对象命名？

① 用单数名词或者形容词加名词来命名对象。

② 命名所使用的词汇应当符合系统的主题。

③ 名字可读性好，要基于确切的意义。

2. 识别结构

结构描述的是多种对象的组织方式,它反映了问题空间的复杂事物和复杂关系。

(1)确定分类结构。分类体现的是事物的一般性与特殊性。确定分类结构的原则是先从一般向特殊考虑,然后从特殊向一般考虑。

① 从一般到特殊。确定对象的特殊性的原则,是否可用不同的属性和服务来描述? 是否反映了现实世界中有意义的特殊性? 是否在问题空间中?

② 从特殊到一般。确定对象的一般性原则,问题空间中是否有其他对象与该对象具有一些共有的属性或服务? 如果引入某种更一般的对象,是否反映了现实世界中有意义的一般性? 若引入某种更一般的对象,那么这种对象是否存在于问题空间中?

(2)确定组装结构。确定组装结构的原则是先从整体向成员考虑,然后从成员向整体考虑。

① 从整体到成员。确定对象是一个整体的原则,它的组成成员是什么? 对于它的一个成员,系统是否有必要记录每个实例或值? 对于它的一个成员,每个实例是否都有属性来描述? 它的成员是否反映现实世界中存在的成员? 它的成员是否限定在目标系统之内?

② 从成员到整体。确定对象是一个成员的原则,这种对象适合什么样的组装关系? 还需要哪些对象与这种对象一起构成另一个对象? 对于这样组装而成的对象,系统是否有必要记录它的每一个实例? 这样组装而成的对象在现实世界是否有意义? 这样组装而成的对象是否在目标系统之内?

3. 识别主题

主题是一种关于模型的抽象机制,主题起一种控制作用。确定主题的方法如下:

(1)为每一个结构追加一个主题。

(2)为每一个对象追加一个主题。

(3)若当前主题的数目超过7个,就对已经存在的主题进行归并。归并的原则是当两个主题对应的属性和服务有着较密切联系时,就将它们归并为一个主题。主题是一个单独的层次,每个主题有一个序号,主题之间的联系是消息连接。

4. 定义属性

(1)确定属性。确定一个属性有两个基本准则,对相应对象或分类结构的每一个实例是否都适用? 在现实世界中它与这种事物的关系是否最密切? 确定的属性应当是一种相对的原子概念,不依赖于并列的其他属性就可以理解。

(2)确定属性的位置。对分类结构中的对象,要确定属性与特定属性之间的从属关系。根据继承的观点,低层对象的共有属性在上层对象中定义,而低层对象只定义自己特有的属性。

(3)确定实例连接。实例连接是一个实例集合到另一个实例集合的映射。既可以是两种对象的实例集合,也可以是同一种对象的实例集合的两个子集。

(4)重新修改确定的对象。对原来确定的可能会发生一些变化的,需要修改原来的确定。

(5)对属性和实例连接进行说明。对属性的名称、接述、约束和范畴进行说明。

5. 定义服务

服务是在接收到一条消息后所要进行的加工。定义服务时，首先定义行为，然后定义实例之间的通信。

（1）确定基础服务。有如下三种基本服务：

① 存在服务。指最一般的服务，即创建、变动、删除及选择。

② 计算服务。一个实例需要另一个实例加工的结果时所需要的服务。

③ 监控服务。模型中某些部件需要快速实时处理时所需要的服务。

（2）确定辅助服务。在面向对象分析模型中，每种对象及分类结构要考虑对象生命史和状态–事件–响应两种辅助服务。

① 对象生命史。对象生命史定义了基础服务的顺序，检查其中每步需要的服务的变种，增加相应的服务变种，以及增加其他的服务。

② 状态–事件–响应。状态–事件–响应要定义主要的系统状态，列出外部事件及其需要的响应，以及扩充服务和消息连接。

（3）确定消息连接。消息连接是事件，响应和数据流的一种结合，即每条消息连接都表示着一种要发出的消息和消息收到后要作出的响应。消息连接也是实例连接之间的一种影射关系。确定消息连接时，首先在已经用实例联系起来的那些实例之间考虑有无消息连接，然后检查那些需要其他实例进行的加工。考虑增加其他必要的消息连接。

（4）对服务进行说明。主要对外部可观察到的行为进行说明。目的是强调可测试的部分，作为对系统需求进行验证、对系统实现进行验收的测试基准。

9.1.3　面向对象的设计方法

分析是提取和整理用户需求，并建立问题域精确模型的过程。设计则是把分析阶段得到的需求转变成符合成本和质量要求的、抽象的系统实现方案的过程。从面向对象分析到面向对象设计（通常缩写为OOD），是一个逐渐扩充模型的过程。或者说，面向对象设计就是用面向对象观点建立求解域模型的过程。

尽管分析和设计的定义有明显的区别，但是在实际的软件开发过程中两者的界限是模糊的。许多分析结果可以直接映射成设计结果，而在设计过程中又往往会加深和补充对系统需求的理解，从而进一步完善分析结果。因此，分析和设计是一个多次反复迭代的过程。

面向对象设计（OOD）将面向对象分析所创建的分析模型，转变为将作为软件构造蓝图的设计模型。和传统软件设计方法不同，OOD实现一个完成一系列不同的模块性等级的设计。主要的系统构件和组织称为子系统的系统级模块，数据和操纵数据的操作被封装为对象，即一种作为OOD系统构造块的模块形式。此外，OOD必须描述属性的特定数据组织和个体操作的过程细节，这些表示了面向对象系统的数据和算法，从而实现整体模块性。

面向对象设计的独特性在于其基于四个重要的软件设计概念，即抽象、信息隐蔽、功能独立性和模块性建造系统的能力。所有的设计方法均力图建造有这些基本特征的软件，但是，只有OOD提供了使设计者能够以较少的复杂性和折中达到所有这四个特征的机制。

设计面向对象的软件是困难的，设计可复用的面向对象的软件更加困难。必须找到适当的对象，以适当的力度将它们转化为类的因子，定义类接口和继承层次以及建立它们之间的关键关系。设计应该针对于身边的问题，但也应足够通用化以适应将来的问题和需求。应避免重复设计，至少应使重复设计减少到最小程度。有经验的面向对象设计者将告诉你虽然不可能在第一次就达到目标，但可复用的灵活的设计是困难的。在设计完成前，他们通常尝试复用几次，并每次都作一些修改。

面向对象设计有以下准则：

1. 模块化

面向对象软件开发模式很自然地支持了把系统分解成模块的设计原理：对象就是模块。它是把数据结构和操作这些数据的方法紧密地结合在一起所构成的模块。

2. 抽象化

面向对象方法不仅支持过程抽象，而且支持数据抽象。类实际上是一种抽象数据类型，它对外开放的公共接口构成了类的规格说明（即协议），这种接口规定了外界可以使用的合法操作符，利用这些操作符可以对类实例中包含的数据进行操作。使用者无须知道这些操作符的实现算法和类中数据元素的具体表示方法，就可以通过这些操作符使用类中定义的数据。通常把这类抽象称为规格说明抽象。

此外，某些面向对象的程序设计语言还支持参数化抽象。所谓参数化抽象，是指在描述类的规格说明时并不具体指定所要操作的数据类型，而是把数据类型作为参数。这使得类的抽象程度更高，应用范围更广，可复用性更高。例如，C++语言提供的"模板"机制就是一种参数化抽象机制。

3. 信息隐藏

面向对象方法中，信息隐藏通过对象的封装性实现：类结构分离了接口来实现，从而支持了信息隐藏。对于类的用户来说，属性的表示方法和操作的实现算法都应该是隐藏的。

4. 弱耦合

耦合是指一个软件结构内不同模块之间互联的紧密程度。在面向对象方法中，对象是最基本的模块，因此，耦合主要指不同对象之间相互关联的紧密程度。弱耦合是优秀设计的一个重要标准，因为这有助于使得系统中某一部分的变化对其他部分的影响降到最低程度。在理想情况下，对某一部分的理解、测试或修改无须涉及系统的其他部分。

如果一类对象过多地依赖其他类对象来完成自己的工作，则不仅给理解、测试或修改这个类带来很大的困难，而且还将大大降低该类的可复用性和可移植性。显然，类之间的这种相互依赖关系是紧耦合的。

当然，对象不可能是完全孤立的，当两个对象必须相互联系、相互依赖时，应该通过类的协议（即公共接口）实现耦合，而不应该依赖于类的具体实现细节。

（1）交互耦合。如果对象之间的耦合通过消息连接来实现，则这种耦合就是交互耦合。为使交互耦合尽可能松散，应该遵守下述准则。

① 尽量降低消息连接的复杂程度。应该尽量减少消息中包含的参数个数，降低参数的

复杂程度。

②　减少对象发送（或接收）的消息数。

（2）继承耦合。与交互耦合相反，应该提高继承耦合程度。继承是一般化类与特殊类之间耦合的一种形式。从本质上看，通过继承关系结合起来的基类和派生类，构成了系统中粒度更大的模块。因此，它们彼此之间应该结合得越紧密越好。

5. 强内聚

内聚衡量一个模块内各个元素彼此结合的紧密程度。也可以把内聚定义为设计中使用的一个构件内的各个元素对完成一个定义明确的目的所做出的贡献程度，在设计时应该力求做到高内聚。

例如，虽然表面看来飞机与汽车有相似的地方（都用发动机驱动，都有轮子等），但是，如果把飞机和汽车都作为机动车类的子类，则明显违背了人们的常识，这样的"一般-特殊"结构是低内聚的。正确的做法是，设置一个交通工具抽象类，把飞机和机动车作为交通工具类的子类，而汽车又是机动车类的子类。

6. 可扩充性

面向对象易扩充设计，继承机制以两种方式支持扩充设计。第一，继承关系有助于复用已有定义，使开发新定义更加容易。随着继承结构逐渐变深，新类定义继承的规格说明和实现的量也逐渐增大，这通常意味着，当继承结构增长时，并发一个新类的工作量反而逐渐减小。第二，在面向对象的语言中，类型系统的多态性也支持可扩充的设计。图9-3展示了一个简单的继承层次。

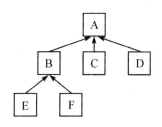

图9-3　继承层次

7. 可集成性

面向对象的设计过程产生便于将单个构件集成为完整的设计。

8. 支持复用

软件复用是提高软件开发生产率和目标系统质量的重要途径。复用基本上从设计阶段开始。复用有两方面的含义：一是尽量使用已有的类（包括开发环境提供的类库及以往开发类似系统时创建的类）；二是如果确实将要创建新类，则在设计这些新类的协议时，应该考虑将来的可复用性。

9. 类的设计准则

在任何面向对象的应用中，类实例是系统的主要组成部分，而如果已采用纯面向对象的方法，那么整个系统就是由类实例组成的。因此，每个独立的类的设计对整个应用系统都有影响。下面简单介绍进行类的设计时所要考虑的一些因素，归结为如下8条准则：

（1）类的公共接口的单独成员应该是类的操作符。

（2）类A的实例不应该直接发送消息给类B的成分。

（3）操作符是公共的，当且仅当类实例的用户可用。

（4）属于类的每个操作符要么访问，要么修改类的某个数据。

（5）类必须尽可能少地依赖其他类。

（6）两个类之间的互相作用应该是显式的。

（7）采用子类继承超类的公共接口，开发子类成为超类的特殊。

（8）继承结构的根类应该是目标概念的抽象模型。

前四条准则着重讲述类接口的适当形式和使用，为设计者指明了开发、分解类接口，以及类表示的方式。

[准则1]要求的信息隐蔽增强了开发表示独立的设计。

[准则2]进一步说明类这种封装性，它禁止访问作为类的部分表示的类实例。这个准则强调了一个类是由其操作集来刻画的，而不是其表示的思想。

[准则3]把公共接口定义为在类表示中包含了全部的公共操作集。

[准则4]要求属于类的每个操作符都必须表示其建模的概念行为。

后四条准则着重考虑类之间的关系。

[准则5]要求设计者尽可能少地连接一个类与其他类。如果一个正被设计的类需要另一个类的许多设施，那么这种功能应表示成一个新类。

[准则6]试图减少或者消除全局信息。一个类所需要的任何信息都应该从另一个类中用参数显式地传递给它。

[准则7]禁止使用继承性开发新类的公共接口之外的部分。利用类实例作为另一个类的部分表示的最佳方法是，在新设计的类表示中声明支持类实例。

[准则8]鼓励设计者开发类的继承结构，这种类是抽象的特殊。这些抽象导致了更多的可复用子类，并确定了子类之间的不同。

在设计阶段继续采用分析阶段中提到的5个层次，将有助于从分析到设计的过渡。不同的是，在设计阶段，这5个层次用在建立系统的四个组成部分上。这四个组成部分分别是问题论域、用户界面、任务管理和数据管理。在面向对象分析中，实际上只涉及问题论域部分，其余三个部分都是在面向对象设计中加进来的。

1. 问题论域的设计

问题论域部分包括与所面对的有关问题直接相关的所有类和对象。由于识别和定义这些类和对象的工作在面向对象分析中已经开始，这里只是对它们做进一步的细化。在分析阶段得到的有关应用的概念模型描述了所要解决的问题。在面向对象设计阶段，应当继续分析阶段的工作，对在分析中得到的结果进行改进和增补，主要是根据需求的变化，对分析产生的模型中的某些类与对象、结构、属性、操作进行组合与分解。要考虑对时间与空间的折中、内存管理、开发人员的变更及类的调整等。另外，根据面向对象设计的附加原则，增加必要的类、属性和联系。

（1）复用设计。根据问题解决的需要，把从现有的类库或其他来源得到的现存类增加到问题解决方案中去。现存类可以是用面向对象程序设计语言编写出来的程序，也可以是用其他语言编写出来的可用程序。要求标明现存类中不需要的属性和操作，把无用的部分维持到最小限度。并且增加从现存类到应用类之间的"泛化–特化"联系。进一步把应用中因继承现存类而变得多余的属性和操作标出，还要修改应用类的结构和连接。

（2）把问题论域的专用类关联起来。在面向对象设计中，从类库中引进一个根类，作为Container类，把应用的类关联到一起，建立类的层次。

（3）为建立公共操作集合而建立一般类。在一般类中定义所有特殊类都可使用的操作，但这种操作可能是虚函数，其细节在特殊类中定义。

（4）调整继承支持级别。在面向对象分析阶段建立的对象模型中可能包含有多继承联系，但实现时使用的程序设计语言可能只有单继承，甚至没有继承机制，这样就需要对分析结果进行修改。

2. 用户界面的设计

通常在面向对象分析阶段给出了所需的属性和操作，在设计阶段必须根据需求把交互的细节加入到用户界面的设计中，包括有效的人机交互所必需的实际显示和输入。用户界面部分的设计主要有以下几方面。

（1）用户分类。用户界面是适应人的需要建立的，因此，首先需要弄清楚的是，什么类型的用户将要使用这个界面。通常，用户有四种类型：外行型（从未用过计算机的用户）、初学型（对计算机有一些经验，但对新系统不熟悉的用户）、熟练型（对一个系统有相当多的经验，能够熟练操作的用户）和专家型（这一类用户了解系统内部的构造，具有关于系统工作机制的专业知识，具有维护和修改基本系统的能力）。

（2）描述人及其任务的场景。对以上定义的每一类用户，列出对以下几点做出的考虑：人、目的、特点、成功的关键因素、熟练程度及任务场景。

（3）细化命令层。需要考虑：排列命令层次，把使用得最频繁的操作放在前面，按照用户工作步骤进行排列；通过逐步分解，找到"整体–部分"模式，以帮助在命令层中对操作进行组织和分块；根据人们短期记忆的特点，对菜单宽度与深度进行比较，把深度尽量限制在三层之内；减少操作步骤。在完成必需任务的前提下，把单击、拖动和键盘的操作减到最少。

（4）设计详细的交互。

（5）继续做原型。

（6）设计人机交互类。首先从组织窗口和部件的用户界面设计开始。

（7）根据图形用户界面进行设计。图形用户界面区分为字型、坐标系统和事件三部分。字型是字体、字号、样式和颜色的组合。坐标系统的主要要素有原点、显示分辨率、显示维数等。事件是图形用户界面程序的核心，操作将对事件做出响应。这些事件可能来自人，也可能是其他操作。

3. 任务管理的设计

任务是进程的别称，它是执行一系列活动的一段程序。当系统有许多并发行为时，需要依照各个行为的协调和通信关系，划分各种任务，以简化并发行为的设计和编码。而任务管理主要包括任务的选择和调整，它的工作有以下几种。

（1）识别时间驱动任务。一些负责与硬件设备通信的任务是事件驱动的，也就是说，这种任务可由事件来激发，而事件常常是当数据到来时发出的一个信号。当系统运行时，这种任务的工作过程是：任务睡眠（不消耗CPU时间），等待一个来自数据行或其他来源的中断；当接收到中断时，任务唤醒，读取需要的数据，执行它应做的事情，把结果送给目的地，再对所有需要知道此事者发出通知，然后继续睡眠。

（2）识别时钟驱动任务。以固定的时间间隔激发这种事件，执行某些处理。某些人机界面、子系统、任务、处理机或其他系统需要周期性的通信，因此时钟驱动任务应运而生。当系统运行时，这种任务的工作过程是：为任务设置一个唤醒时钟，然后让任务睡眠，等待系统的时钟中断；当接收到中断时，唤醒任务，执行它应做的事情，再对所有需要知道此事者发出通知，然后继续睡眠。

（3）识别优先任务和关键任务。根据处理的优先级来安排各个任务。在系统中，有些操作具有高优先级，因此必须在很强的时间限制内完成；有些操作具有较低的优先级，可进行时间要求较低的处理。通常需要有一个附加的任务，把各个任务分离开来。关键任务是对系统的成败起关键作用的处理，必须使用附加的任务来隔离这种任务，并对其安全性仔细地进行设计、编程和测试。

（4）识别协调者。当有三个或更多的任务时，应当增加一个附加任务，起协调者的作用。它的行为可以用状态转换矩阵来描述，主要困难在于现场转换时间（从一个任务转换到另一个任务的时间）。这种任务仅用于协调任务，不要把本属于被协调任务的类和对象的操作分配给它们。

（5）评审各个任务。必须对各个任务进行评审，确保它们能够满足选择任务的工程标准（如事件驱动、时钟驱动、优先/关键任务或协调者）。

（6）定义各个任务。定义任务的工作主要包括它是什么任务、如何协调工作、以及如何通信。任务的定义包括任务名、描述、优先级、包含的操作和经由谁通信。

4. 数据管理的设计

数据管理部分提供了在数据管理系统中存储和检索对象的基本结构，包括对永久性数据的访问和管理。

（1）数据管理方法。数据管理方法主要有以下三种：

① 文件管理。提供基本的文字处理能力。

② 关系数据库管理（RDBMS）。建立在管理理论的基础上，使用若干表格来管理数据。表格、表名、栏名、栏约束等都定义在一个数据库模式中。使用特定的操作可对表格进行剪切和粘贴，按特定标准制成附加的表格。通常根据规范化的要求，可对表格和其中的各栏重新组织，以减少数据重复，保证修改一致性和使数据不至于出错。

③ 面向对象数据库管理系统（OODBMS）。可以由两种方法来实现，一种是扩充的RDBMS，另一种是扩充的面向对象程序设计语言。

（2）数据存储管理部分的设计。数据存储管理部分的设计包括数据存放方法的设计和相应操作的设计。数据存放设计可采用文件存放数据，也可以采用关系数据库及面向对象数据库存放数据。设计相应的操作则是为每个需要存储的对象及类增加用于存储管理的属性和操作，在类与对象的定义中加以描述。

9.1.4 面向对象的程序设计方法

1. 面向对象编程概念

面向对象的程序设计是一种重要的程序设计方法，它能够有效地改进结构化程序设计中存在的问题。面向对象的程序与结构化的程序不同，由 C++编写的结构化程序是由一个个的函数组成的，而由 C++编写的面向对象的程序是由一个个的对象组成的，对象之间通过消息而相互作用。

面向对象实现主要包括两项工作：把面向对象设计结果翻译成用某种程序设计语言写成的面向对象程序，测试并调试面向对象程序。

在开发过程，类的实现是核心问题。在用面向对象风格所写的系统中，所有的数据都被封装在类的实例中，而整个程序则被封装在一个更高级的类中。

在结构化的程序设计中，要解决某一个问题，就是要确定这个问题能够分解为哪些函数，数据能够分解为哪些基本的类型，如int、double等。也就是说，思考方式是面向机器结构的，不是面向问题的结构，需要在问题结构和机器结构之间建立联系。面向对象的程序设计方法的思考方式是面向问题的结构，它认为现实世界是由对象组成的。面向对象的程序设计方法解决某个问题，就要确定这个问题是由哪些对象组成的。

面向对象的程序设计有三个的主要特征，即封装、继承和多态。前面已经对这几个特征作过简单的介绍。

从上面的介绍，我们可以看出，面向对象的程序设计完全不同于结构化的程序设计。后者是将问题进行分解，然后用许多功能不同的函数来实现，数据与函数是分离的；前者是将问题抽象成许多类，将数据与对数据的操作封装在一起，各个类之间可能存在着继承关系，对象是类的实例，程序是由对象组成的。面向对象的程序设计可以较好地克服结构化程序设计存在的问题，如果使用得好，就可以开发出健壮、易于扩展和维护的应用程序。

2. 程序设计语言

面向对象设计的结果，既可以使用面向对象语言实现，也可以使用非面向对象语言实现。使用面向对象语言时，由于语言本身充分支持面向对象概念的实现，因此，编译程序可以自动把面向对象概念映射到目标程序中。而使用非面向对象语言编写面向对象程序时，则必须由程序员自己把面向对象概念映射到目标程序中。所有非面向对象语言都不支持"一般–特殊"结构的实现，使用这类语言编程时要么完全回避继承的概念，要么在声明特化类时，把对泛化类的引用嵌套在其中。

选择何种语言的关键并不在于其语言功能的强弱。从原理上说，使用任何一种通用语言都可以实现面向对象概念。毫无疑问，面向对象设计最自然的实现方式，是利用面向对象语言。目前，最常用的面向对象语言是C++，其他比较著名的面向对象语言还有Smalltalk、Pascal、Java、Eiffel、Objective-C、Common Lisp Object（CLOS）等。

但是，在具体选用哪一种面向对象语言时，需要考虑以下问题：

（1）哪一种面向对象语言占主导地位？

（2）是否有利于一致的面向对象分析、面向对象设计和面向对象语言的复用？

（3）语言系统个有无类库、构架支持？有无实用的开发实现环境支持？

为了实现面向对象的设计，所选用的编码语言一般都应包括实现类定义、对象创建、结构定义、实例关联定义、操作调用、消息发送、内存管理、封装等基本功能的编码手段。

面向对象语言系统通常提供类库和多种开发工具，以帮助软件开发人员完成面向对象的实现工作。

（1）类库

大多数面向对象语言系统都提供一个供软件开发人员复用的类库。一方面，类库应该拥有程序构造的基本单元，如串、栈和链表等，它们几乎都能被所有的应用程序所复用。另一方面，类库提供的类又应该是某类应用的完整构架，如用于建立图形用户界面的构架，其中包括菜单类、会话窗口类和屏幕类等。一个类库越接近一个应用，则需要进行的修改就越少。

建立一个好的类库并非易事。这需要使用一些技术来把问题分解成其构成元素，并对这些构成元素进行抽象，把它们与类对应起来，而这些类应该是很一般且很有用的。

（2）开发工具

为软件开发人员提供各种便利的开发工具是面向对象语言系统的一大特点。面向对象语言系统中最为重要的两个工具是源代码浏览器和调试器。源代码浏览器是一种很受欢迎的工具，它让开发人员既能看到应用代码，又能看到类库。它主要是提供一种导航帮助，使开发人员既能够看到应用的层次结构整体，又可从一个类移到其父类或其子类，从一种操作找到实现这一操作的类，从一条消息找到发送该消息的类。另外，源代码浏览器也可提供教学帮助，使得显示和掌握现有类和操作的定义变得很容易，这是由于它提供了建立新类和新操作的模概。

面向对象语言的调试器与传统调试器的功能一样，只是它增加了面向对象特性。就像传统调试器跟踪函数调用一样，面向对象调试器跟踪操作调用。调试器允许在操作中设置断点。另外，调试器可以访问和改变实例变量的值。

任何调试器的能力大多表现在用各种方法测试程序时其对代码的显示能力上。特别地，一个面向对象调试器应能显示运行的单个对象和对象间的关系及导出的对象的类。事实上，面向对象调试器与源代码浏览器的功能经常是有交叉的，因而，通常可以从浏览器中设置断点，也可以从调试器中查看类库。

3. 面向对象编程的基本准则

面向对象实现的过程中要遵循良好的面向对象程序设计风格，既包括传统的程序设计风格准则，也包括为适应面向对象方法所特有的概念（如继承性）而必须遵循的一些新准则。

（1）提高可复用性

面向对象方法的一个主要目标，就是提高软件的可复用性。软件复用有多个层次，在编码阶段主要涉及代码复用问题。代码复用有两种，一种是本项目的内部复用，一种是新项目复用旧项目的代码。使用软件复用技术可以减少软件开发活动中大量的重复性工作，这样就能提高软件生产率，降低开发成本，缩短开发周期。

（2）提高可扩充性

面向对象软件开发方法并没有消除对所实现系统维护的需要。用户将总会有新的功能要求，错误也总是难免的，必须不断地改正，新的硬件和软件运行环境同样也必须不断地适应。系统维护在整个软件的生命周期中所占比重是最大的，因此在面向对象实现过程中要充分考虑到系统的可扩充性，从而减小维护的工作量。

（3）提高健壮性

程序员在编写实现方法的代码时，既应该考虑效率，也应该考虑健壮性。通常需要在健壮性与效率之间做出适当的折中。必须认识到，对于任何一个实用软件来说，健壮性是不可忽略的质量指标。

4. 面向对象程序设计步骤

面向对象的设计方法一般适用于软件设计和实现阶段。在分析、定义清楚了所要解决的问题之后，就可以采用面向对象的程序设计方法，其基本步骤如下。

（1）建立软件系统的动态模型

① 根据问题域和具体要求确定组成软件系统的对象及该对象所应具备的固有处理能力。

② 分析各对象之间都有哪些联系，并确定它们相互间的消息传递方式。

③ 设计对象的消息模式，由消息模式和对象的处理能力共同构成对象的外部特性。

（2）建立软件系统的静态模型

① 分析各对象的外部特性，将具有相同外部特性的对象归为一类，进而确定不同的类别。

② 确定类间的继承关系，将具有公共性质的对象放在较上层的类中描述，并通过继承来共享公共性质。

③ 根据以上两点设计各对象的外部特性和层次结构。

（3）实现

① 为每个对象设计其内部实现，包括内部状态的表现形式和固有处理能力的实现。

② 为每个类设计其内部实现，包括数据结构和成员函数。

③ 创建所需要的对象（即类的实例），以实现这些对象之间的联系。

面向对象程序设计是一种新方法，它具有许多优点，又有许多问题需要解决。这种程序设计方法将会像传统的程序设计方法一样为使用者所接受和掌握。

9.1.5　UML 基本概念及其在软件开发中的应用

软件工程领域在20世纪90年代期间取得了空前的发展，其中最重要的、具有划时代意义的成果之一就是统一建模语言（Unified Modeling Language，UML）的出现。UML是一种可视化的建模语言，它能让系统构造者用标准的、易于理解的方式表达出他们所设想的蓝图，并提供一种机制，以便于不同的人之间共享和交流设计结果。

1. UML 概念

UML用于对软件系统的制品进行规范化、可视化处理，然后构造它们并建立它们的文档。从企业信息系统到基于Web的分布式应用，甚至严格的实时嵌入式系统都适合用UML进行建模。

UML仅仅是一种语言而已，不是过程，也不是方法，但允许任何一种过程和方法使用它，而且最好将它用于用例驱动的、以体系结构为中心的增量式迭代开发过程中。

2. UML 的语言机制

在UML诞生之前，面向对象领域已经涌现出了许多开发方法及相应的表示机制，它们各有千秋，却又有很多类似之处，往往让使用者无所适从。UML在这样的背景下应运而生。它主要以Booch方法、OMT方法和OOSE方法为基础，同时也吸收了其他面向对象建模方法的优点，形成了一种概念清晰、表达能力丰富、适用范围广泛的面向对象的标准建模语言。

UML通过图形化的表示机制从多个侧面对系统的分析和设计模型进行刻画。它共定义了10种视图，并将共分为如下四类：

（1）用例图（Use Case Diagram）。从外部用户的角度描述系统的功能，并指出功能的执行者。

（2）静态图。包括类图（Class Diagram）、对象图（Object Diagram）和包图（Package Diagram）。类图描述系统的静态结构，类图的节点表示系统中的类及其属性和操作，类图的边表示类之间的联系，包括继承、关联、依赖、聚合等。对象图是类图的一个实例，它描述在某种状态下或在某一时间段，系统中活跃的对象实例关系。在对象图中，一个类可以拥有多个活跃的对象实例。包图描述系统的分解结构，它表示包（Package）以及包之间的关系。包由子包及类组成。包之间的关系包括继承、构成与依赖关系。

（3）行为图。包括交互图（Interactive Diagram）、状态图（Statechart Diagram）与活动图（Activity Diagram），它们从不同的侧面刻画系统的动态行为。交互图描述对象之间的消息传递，它又可分为顺序图（Sequence Diagram）与合作图（Collaboration Diagram）两种形式，顺序图强调对象之间消息发送的时间序。合作图更强调对象间的动态协作关系。合作图也可通过消息序号来表示消息传递的时间序，只不过这种表示不如顺序图那样直观。状态图描述类的对象的动态行为，它包含对象所有可能的状态、在每个状态下能够响应的事件以及事件发生时的状态迁移与响应动作。活动图描述系统为完成某项功能而执行的操作序列，这些操作序列可以并发和同步。活动图中包含控制流和信息流。控制流表示一个操作完成后对其后续操作的触发。信息流则刻画操作之间的信息交换。

（4）实现图（Implementation Diagram）。包括构件图（Component Diagram）与部署图（Deployment Diagram），它们描述软件实现系统的组成和分布状况。构件图描述软件实现系统中各组成部件以及它们之间的依赖关系。一个部件可能是一个资源描述文件、一个二进制文件或一个可执行文件。构件图主要用于理解和分析软件各部分之间的相互影响程度。部署图描述作为软件系统运行环境的硬件到网络的物理体系结构，其节点表示实际的计算机和设备，边表示节点之间的物理连接关系，也可显示连接的类型及节点之间的依赖性。在节点内部，可以放置可执行部件和对象以显示节点与可执行软件单元之间的对应关系。部署图对于软件安装工程师有着重要的参考价值。

例如，图9-4表示某大学的课程注册管理系统包含三个用例："课表维护"、"个人课程规划"和"选课学生名单查询"。教务管理人员使用"课表维护"用例设置或修改课程属性（课程的时间、地点、上课老师等）和增删课程；学生使用"个人课程规划"用例选课和修改自己的个人课表，收费管理系统根据每个学生的选课情况计算其应缴费用；教师使用"选课学生名单查询"用例获取选定其所开课程的学生名单。

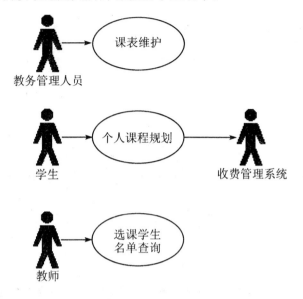

图 9-4　课程注册管理系统的用例图

图9-5表示前述的课程注册管理系统包含"教务管理人员"、"学生"、"教师"、"课程"、"课程设置"、"课程注册表"、"课程注册管理器"和"课程管理器"8个类。前三个类为一般化的"用户"类的子类，一门"课程"可由一到多个"课程设置"构成。例如，对于全校性的公共基础课，由于选修的学生太多，必须安排不同的教师、不同的教室和不同的时间段。"学生"、"教师"与"课程设置"之间，"课程注册表"与"课程注册管理器"之间以及"课程注册管理器"与"课程"之间存在着关联关系。

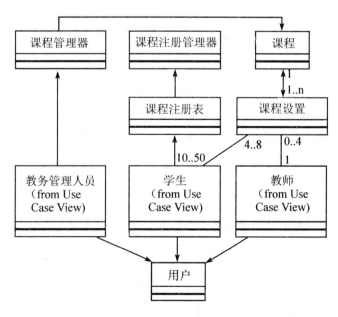

图 9-5　课程注册管理系统的类图

图9-6通过UML顺序图刻画了"个人课程规划"用例中学生选课功能的实现过程。

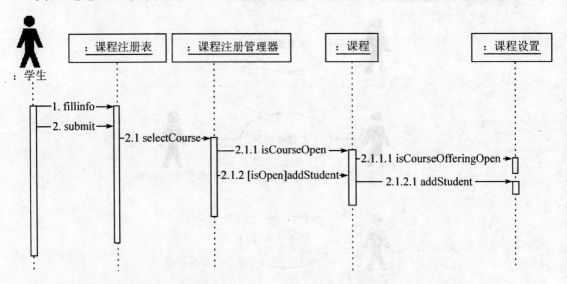

图 9-6　用 UML 顺序图表示"个人课程规划"用例中的学生选课过程

图9-7用UML协作图刻画学生选课过程,该图与图9-6等价。

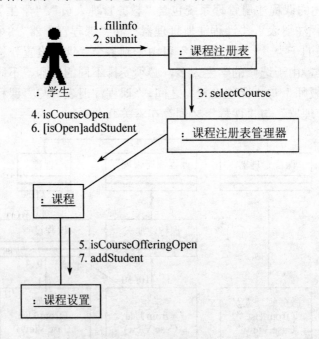

图 9-7　用 UML 协作图表示"个人课程规划"用例中的学生选课过程

图9-8是"课程设置"对象的状态图。它表示每个"课程设置"最多只能容纳50个选课学生。

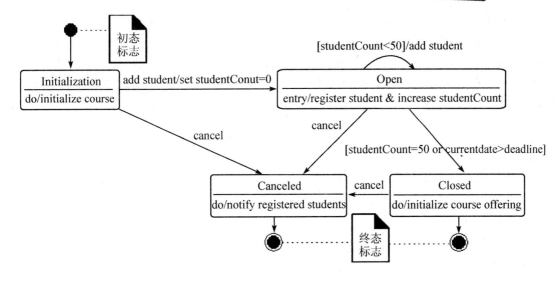

图 9-8　用 UML 状态图表示"课程设置"对象

3. 基于 UML 的软件开发过程

　　虽然UML是独立于软件开发过程的，即UML能够在几乎任何一种软件开发过程中使用，但是熟悉一种有代表性的面向对象的软件开发过程，并知悉UML各语言要素在过程中不同阶段的应用，对于理解UML将大有裨益。图9-9表示一种迭代的渐进式软件开发过程，它包含四个阶段：初启、细化、构造和移交。

图 9-9　面向对象的迭代的渐进式软件开发过程

　　（1）初启。在初启阶段，软件项目的发起人确定项目的主要目标和范围，并进行初步的可行性分析和经济效益分析。

　　（2）细化。细化阶段的开始标志着项目的正式确立。软件项目组在此阶段需要完成初步的需求分析，初步的高层设计，部分的详细设计，部分的原型构造。在细化阶段可能需要使用的UML语言机制包括描述用户需求的用例及用例图、表示领域概念模型的类图、表示业务流程处理的活动图、表示系统高层结构的包图和表示用例内部实现过程的交互图等。细化阶段的结束条件是，所有主要的用户需求已通过用例和用例图得以描述；所有重要的风险已被标识，并对风险应对措施了如指掌；能够比较精确地估算实现每一个用例的时间。

　　（3）构造。在构造阶段，开发人员通过一系列的迭代完成对所有用例的软件实现工作，在每次迭代中实现一部分用例。以迭代方式实现所有用例的好处在于，用户可以及早参与对已实现用例的实际评价，并提出改进意见。这样可有效降低大型软件系统的开发风险。在实际开始构造软件系统之前，有必要预先制定迭代计划安排。要确定迭代次数、每次迭代所需时间以及每次迭代中应完成（或部分完成）的用例。每次迭代过程由针对用例的分析、设计、编码、测试和集成5个子阶段构成。在集成之后，用户可以对用例的实现效果进行评价，并提出修改意见。这些修改意见可以在本次迭代过程中立即实现，也可以在下次迭代中再予以考虑。构造过程中,需要使用UML的交互图来设计用例的实现方法。为了与设计得出的交互图协调一致,需要修改或精化在细化阶段绘制的作为领域模型的类图,增加一些为软件实现所必需的类、类的属性或方法。如果一个类有复杂的生命周期行为,或者类的对象在生命周期内需要对各种外部事件的刺激作出反应,应考虑用UML状态图来表述类的对象的行为。UML的活动图可以在构造阶段用来表示复杂的算法过程和有多个对象参与的业务处理过程。活动图尤其适用于表示过程中的并发和同步。在构造阶段的每次迭代过程中,可以对细化阶段绘出的包图进行修改或精化,以便包图切实反映目标软件系统最顶层的结构划分状况。综上所述,在构造阶段可能需要使用的UML语言机制包括以下几种:

① 用例及用例图。它们是开发人员在构造阶段进行分析和设计的基础。

② 类图。在领域概念模型的基础上引进为软件实现所必需的类、属性和方法。

③ 交互图。表示针对用例设计的软件实现方法。

④ 状态图。表示类的对象的"状态–事件–响应"行为。

⑤ 活动图。表示复杂的算法过程,尤其是过程中的并发和同步。

⑥ 包图。表示目标软件系统的顶层结构。

⑦ 构件图。表示各构件的组成形式。

⑧ 部署图。显示了系统的硬件,安装在硬件上的软件,以及用于连接异构的机器之间的中间件。

(4)移交。在移交阶段,开发人员将构造阶段获得的软件系统在用户实际工作环境(或接近实际的模拟环境)中试运行,根据用户的修改意见进行少量调整。

9.1.6　面向对象软件开发技术实例

以某制造企业的库房管理为例。

1. 需求分析阶段

通过与需求企业的多次会议讨论,了解工程软件实用对象的实际需求:库房管理是对分布在不同库房和车间的原材料、标准件、工装、工具、辅助材料等进行统一管理。具体包括物料的入库管理、出库管理、库区和库位管理、库存盘点和进行各种库存分析(如制造物料ABC分类分析等)、各种库存查询和统计等,还能对物料库存低于安全库存时进行报警。具体的需求包括以下几个部分内容:

(1)入库处理。包括实现全面的从供应商到仓库的收货和检验跟踪。对采购订单的接收可按标准接收(接收→检验→入库)(对原材料和标准件)、可直接进行接收入库(原材料和标准件以外的其他物品)或退货处理。

(2)出库操作。包括移库、出库、领料(JOB配套领料和其他领料)等基本库存操作。

(3)库存盘点。包括周期盘点和全库盘点等。

(4)报废处理。进行工具、量具等报废的处理,接受各种查询。

根据企业的实际需求,记录下企业库房管理中使用的名词、习惯术语等,组织整理成系统的类,如图9-10所示。并根据库房管理的工作过程整理记录,建立活动图,如图9-11所示。

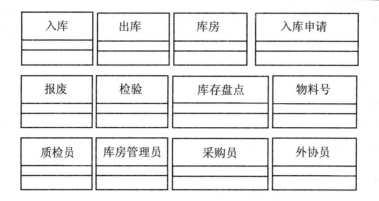

图 9-10　根据术语名词建立初始类

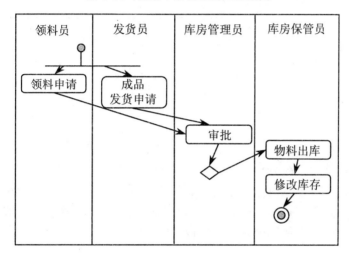

(a)出库活动图

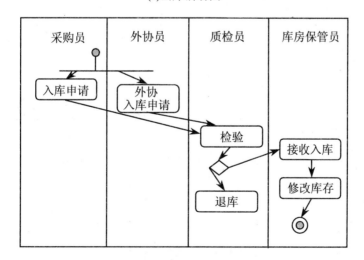

(b)入库活动图

图 9-11　库房管理系统活动图

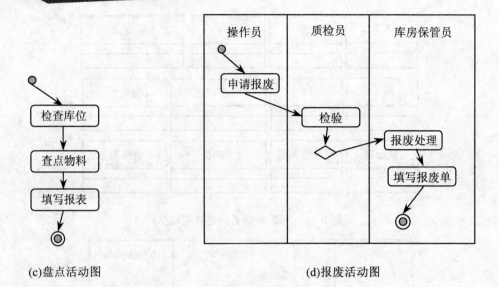

(c)盘点活动图　　　　　　　　(d)报废活动图

图 9-11　库房管理系统活动图（续）

2. 系统设计

有了系统分析得到的模型，就可以进行系统设计了。使用面向对象方法进行系统设计，其主要的工作就是整理系统分析阶段得到的各个类的信息，详细描述每个类应有的功能和作用。对象类的建立应该从对象模型中得到属性，从动态模型中得到事件和状态，从功能模型中确定操作，并确定每个类的意义、每个属性的作用、每个操作的算法，从而确立完整的对象类。其类图、用例图分别如图9-12、图9-13所示。

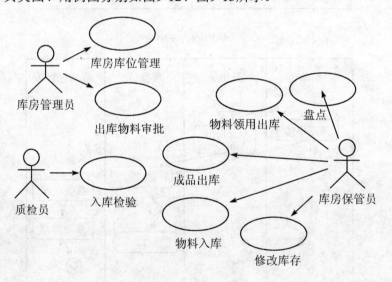

图 9-12　库房用例图

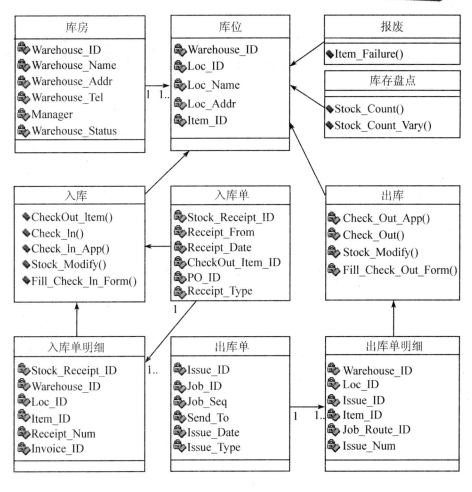

图 9-13　库房类图

3. 系统实现

由于本系统需要处理很多的数据，应该使用数据库管理系统进行管理，考虑到当前的面向对象开发工具中数据处理与数据库结合得较好的当属PowerBuilder+SQL Server这种组合。其中SQL Server用来开发后台的数据库环境，并提供事务级的数据处理支持，比起Access、Foxpro等小型数据库来说有更好的并发数据处理能力，比起Oracle、Sybase等大型数据库又有灵巧、硬件要求不高的优点。PowerBuilder是与Visual C++一样同属于第三代可视化开发工具，它的特点是与数据可紧密结合，在Client/Server开发方面内嵌了处理网络通信的工作过程，使编程人员可以全身心地投入到数据处理问题的解决上。因此可选用PowerBuilder 7.0+SQL Server 7.0的组合来实现本库房管理系统。

9.2　软件复用和构件技术

9.2.1　软件复用和构件技术概述

软件复用是在软件开发中避免重复劳动的解决方案。通过软件复用，可以提高软件开发的效率和质量。近十几年来，面向对象技术出现并逐步成为主流技术，为软件复用提供了基本的技术支持。软件复用研究重新成为热点，被视为解决软件危机，提高软件生产效率和质量的现实可行的途径。

软件复用通常可分为产品复用和过程复用两条途径。基于构件的复用是产品复用的主要形式，也是当前复用研究的焦点。当前软件构件技术被视为实现成功复用的关键因素之一。

1. 软件复用的概念

软件复用是指重复使用"为了复用目的而设计的软件"的过程。相应地，可复用软件是指为了复用目的而设计的软件。与软件复用的概念相关，重复使用软件的行为还可能是重复使用"并非为了复用目的而设计的软件"的过程，或在一个应用系统的不同版本间重复使用代码的过程，这两类行为都不属于严格意义上的软件复用。

在软件演化的过程中，重复使用的行为可能发生在三个维上。

（1）时间维：使用以前的软件版本作为新版本的基础，加入新功能，适应新需求，即软件维护。

（2）平台维：以某平台上的软件为基础，修改其和运行平台相关的部分，使其运行于新平台，即软件移植。

（3）应用维：将某软件（或其中构件）用于其他应用系统中，新系统具有不同功能和用途，即真正的软件复用。

这三种行为中都重复使用了现有的软件，但是，真正的复用是为了支持软件在应用维的演化，使用"为复用而开发的软件（构件）"来更快、更好地开发新的应用系统。

软件复用可以从多个角度进行考察。依据复用的对象，可以将软件复用分为产品复用和过程复用。产品复用指复用已有的软件构件，通过构件集成（组装）得到新系统。过程复用指复用已有的软件开发过程，使用可复用的应用生成器来自动或半自动地生成所需系统。过程复用依赖于软件自动化技术的发展，目前只适用于一些特殊的应用领域。产品复用是目前现实的、主流的途径。

依据对可复用信息进行复用的方式，可以将软件复用区分为黑盒（Black-box）复用和白盒（White-box）复用。黑盒复用指对已有构件不需要作任何修改，直接进行复用。这是理想的复用方式。白盒复用指已有构件并不能完全符合用户需求，需要根据用户需求进行适应性修改后才可使用。而在大多数应用的组装过程中，构件的适应性修改是必需的。

2. 实现软件复用的关键因素

软件复用有三个基本问题，一是必须有可以复用的对象，二是所复用的对象必须是有用的，三是复用者需要知道如何去使用被复用的对象。软件复用包括两个相关的过程，可复用软件的开发（Development for Reuse）和基于可复用软件的应用系统构造，包含软构件的集成和组装（Development with Reuse）。解决好这几个方面的问题才能实现真正成功的软件复用。

与以上几个方面的问题相联系，实现软件复用的关键因素（技术和非技术因素）主要包括软件构件技术（Software Component Technology）、软件构架（Software Architecture）、领域工程（Domain Engineering）、软件再工程（Software Reengineering）、开放系统（Open System）、软件过程（Software Process）、CASE技术等以及各种非技术因素。

实现软件复用的各种技术因素和非技术因素是互相联系的，如图9-14所示，它们结合在一起，共同影响软件复用的实现。

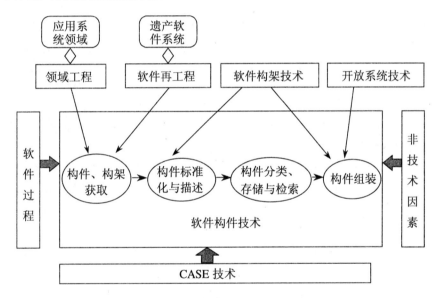

图 9-14 实现软件复用的关键因素

（1）软件构件技术

构件（Component）是指应用系统中可以明确辨识的构成成分。而可复用构件（Reusable Component）是指具有相对独立的功能和可复用价值的构件。可复用构件应具备以下属性。

① 有用性（Usefulness）：构件必须提供有用的功能。

② 可用性（Usability）：构件必须易于理解和使用。

③ 质量（Quality）：构件及其变形必须能正确工作。

④ 适应性（Adaptability）：构件应该易于通过参数化等方式在不同语境中进行配置。

⑤ 可移植性（Portability）：构件应能在不同的硬件运行平台和软件环境中工作。

随着对软件复用理解的深入，构件的概念已不再局限于源代码构件，而是延伸到需求、系统和软件的需求规约、系统和软件的构架、文档、测试计划、测试案例和数据以及其他对开发活动有用的信息。这些信息都可以称为可复用软件构件。

软件构件技术是支持软件复用的核心技术，是近几年来迅速发展并受到高度重视的一个学科分支，它主要包括以下几个研究内容。

① 构件获取：有目的地生产构件和从已有系统中挖掘、提取构件。

② 构件模型：研究构件的本质特征及构件间的关系。

③ 构件描述语言：以构件模型为基础，解决构件的精确描述、理解及组装问题。

④ 构件分类与检索：研究构件分类策略、组织模式及检索策略，建立构件库系统，支持构件的有效管理。

⑤ 构件复合组装：在构件模型的基础上研究构件组装机制，包括源代码级的组装和基于构件对象互操作性的运行级组装。

⑥ 标准化：构件模型的标准化和构件库系统的标准化。

（2）软件构架

软件构架是对系统整体结构设计的刻画，包括全局组织与控制结构，构件间通讯、同步和数据访问的协议，设计元素间的功能分配，物理分布，设计元素集成，伸缩性和性能，设计选择等。

研究软件构架对于进行高效的软件工程具有非常重要的意义。通过对软件构架的研究，有利于发现不同系统在较高级别上的共同特性；获得正确的构架对于进行正确的系统设计非常关键；对各种软件构架的深入了解，使得软件工程师可以根据一些原则在不同的软件构架之间作出选择；从构架的层次上表示系统，有利于系统较高级别性质的描述和分析。特别重要的是，在基于复用的软件开发中，为复用而开发的软件构架可以作为一种大粒度的、抽象级别较高的软件构件进行复用，而且软件构架还为构件的组装提供了基础和上下文，对于成功的复用具有非常重要的意义。

软件构架研究如何快速、可靠地从可复用构件构造系统，着重于软件系统自身的整体结构和构件间的互联。其中主要包括软件构架原理和风格，软件构架的描述和规约，特定领域软件构架，构件向软件构架的集成机制等。

（3）领域工程

领域工程是为一组相似或相近系统的应用工程建立基本能力和必备基础的过程，它覆盖了建立可复用软件构件的所有活动。领域是指一组具有相似或相近软件需求的应用系统所覆盖的功能区域。领域工程包括三个主要的阶段。

① 领域分析。这个阶段的主要目标是获得领域模型（Domain Model）。领域模型描述领域中系统之间的共同的需求。这个阶段的主要活动包括确定领域边界，识别信息源，分析领域中系统的需求，确定哪些需求是被领域中的系统广泛共享的，哪些是可变的，从而建立领域模型。

② 领域设计。这个阶段的目标是获得领域构架（Domain-Specific Software Architecture，DSSA）。DSSA描述在领域模型中表示的需求的解决方案，它不是单个系统的表示，而是能够适应领域中多个系统的需求的一个高层次的设计。建立了领域模型之后，就可以派生出满足这些被建模的领域需求的DSSA。由于领域模型中的领域需求具有一定的变化性，DSSA也要相应地具有变化性。

③ 领域实现。这个阶段的主要行为是定义将需求翻译到由可复用构件创建的系统的机制。根据所采用的复用策略和领域的成熟和稳定程度，这种机制可能是一组与领域模型和DSSA相联系的可复用构件，也可能是应用系统的生成器。

这些活动的产品（可复用的软件构件）包括领域模型、领域构架、领域特定的语言、代码生成器和代码构件等。

在领域工程的实施过程中，可能涉及的人员包括以下几类。

① 最终用户：使用某领域中具体系统的人员。

② 领域专家：提供关于领域中系统信息的人员，他应该熟悉该领域中系统的软件设计和实现、硬件限制、未来的用户需求及技术走向。

③ 领域分析员：收集领域信息、完成领域分析并提炼出领域产品（可复用软件构件）的人员，他应该具有完备的关于复用的知识，并对分析的领域有一定程度的了解。

④ 领域分析产品（构件、构架）的使用者：包括最终用户、应用系统的需求分析员和软件设计者。

领域工程的主要产品和人员如图9-15所示。

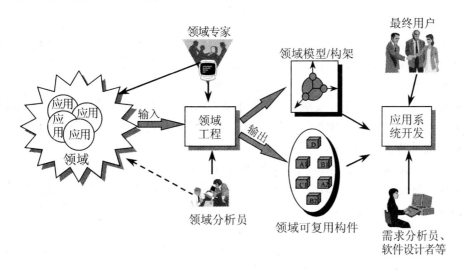

图 9-15　领域工程

（4）软件再工程

软件复用中的一些问题是与现有系统密切相关的，如现有软件系统如何适应当前技术的发展及需求的变化，采用更易于理解的、能适应变化的、可复用的系统软件构架，并提炼出可复用的软件构件。现存的大量遗产软件系统（Legacy Software）由于技术的发展，正逐渐退出使用，如何对这些系统进行挖掘、整理，得到有用的软件构件呢？已有的软件构件随着时间的流逝会逐渐变得不可使用，如何对它们进行维护，以延长其生命周期，充分利用这些可复用构件等。软件再工程（Software Reengineering）正是解决这些问题的主要技术手段。

软件再工程是一个工程过程，它将逆向工程、重构和正向工程组合起来，将现存系统重新构造为新的形式。再工程的基础是系统理解，包括对运行系统、源代码、设计、分析、文档等的全面理解。但在很多情况下，由于各类文档的丢失，只能对源代码进行理解，即程序理解。再工程的主要行为如图9-16所示。

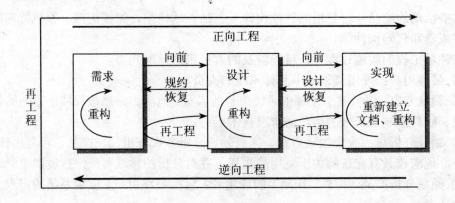

图 9-16　软件再工程

（5）开放系统技术

开放系统技术的基本原则是在系统的开发中使用接口标准，同时使用符合接口标准的实现。这些为系统开发中的设计决策，特别是对于系统的演化，提供了一个稳定的基础，同时，也为系统（子系统）间的互操作提供了保证。开发系统技术具有在保持（甚至是提高）系统效率的前提下降低开发成本、缩短开发周期的可能。对于稳定的接口标准的依赖，使得开发系统更容易适应技术的进步。当前，以解决异构环境中的互操作作为目标的分布对象技术是开放系统技术中新的主流技术。

开放系统技术为软件复用提供了良好的支持。特别是分布对象技术使得符合接口标准的构件可以方便地以"即插即用"的方式组装到系统中，实现黑盒复用。这样，在符合接口标准的前提下，构件就可以独立地进行开发，从而形成独立的构件制造业。

（6）软件过程

软件过程又称为软件生命周期过程，是软件生命周期内为达到一定目标而必须实施的一系列相关过程的集合。一个良好定义的软件过程对软件开发的质量和效率有着重要影响。当前，软件过程研究以及企业的软件过程改善已成为软件工程界的热点，并已出现了一些实用的过程模型标准，如CMM、ISO9001/TickIT等。

然而，基于构件复用的软件开发过程和传统的一切从头开始的软件开发过程有着实质性的不同，探讨适应于软件复用的软件过程自然就成为一个迫切的问题。

（7）CASE技术

随着软件工程思想日益深入人心，以计算机辅助开发软件为目标的CASE（Computer Aided Software Engineering）技术越来越为众多的软件开发人员所接受，CASE工具和CASE环境得到越来越广泛的应用。CASE技术对软件工程的很多方面（如分析、设计、代码生成、测试、版本控制和配置管理、再工程、软件开发过程、项目管理等）都可以提供有力的自动或半自动支持。CASE技术的应用，可以帮助软件开发人员控制软件开发中的复杂性，有利于提高软件开发的效率和质量。

软件复用同样需要CASE技术的支持。CASE技术中与软件复用相关的主要研究内容包括可复用构件的抽取、描述、分类和存储，可复用构件的检索、提取和组装，可复用构件的量度等。

（8）非技术因素

除了上述的技术因素以外，软件复用还涉及众多的非技术因素，如机构组织如何适应复用的需求，管理方法如何适应复用的需求，开发人员知识的更新，创造性和工程化的关系，开发人员的心理障碍，知识产权问题，保守商业秘密的问题，复用前期投入的经济考虑，标准化问题等。这些因素超出了本书的范围，这里不再详细讨论。

自软件复用被提出以来，人们进行了许多复用的实践活动。归纳起来，复用项目的成功主要发生在以下几种情形下：

① 在较小的特定领域。

② 在理解充分的领域。

③ 当领域知识变动缓慢时。

④ 当存在构件互联标准时。

⑤ 当市场规模形成时（大量的项目可以分担费用）。

⑥ 当技术规模形成时（有大量可用的、可获利的构件）。

而复用项目失败主要包括以下原因：

① 缺乏对复用的管理支持。

② 没有对开发可复用软件及复用已有软件的激励措施。

③ 没有强调复用问题的规程或过程。

④ 没有足够的可复用资源。

⑤ 没有良好的分类模式，使得构件查找比较困难。

⑥ 没有良好的构件库支持和控制复用。

⑦ 构件库中的构件没有良好的接口。

⑧ 已有的部件不是为了复用而开发的。

经过软件复用的研究和实践方面的努力，在构件开发方面已经取得一定的成果。当前已存在一些政府、军方或企业拥有自己的构件库，在某些领域，如科学计算，已有商用的构件存在。同时，存在大量独立于应用领域的计算机特定的软件构件，如程序设计语言的类库、函数库、VBX、OCX、用户界面构件等。但对大多数特定领域来说，可复用构件仍十分短缺，从而形成了一个巨大的应用软件构件市场。

软件复用技术将促进软件产业的变革，使软件产业真正走上工程化、工业化的发展轨道。软件复用将造成软件产业的合理分工，专业化的构件生产将成为独立的产业而存在，软件系统的开发将由软件系统集成商通过购买商用构件，集成组装而成。软件复用所带来的产业变革将会带来更多的商业契机，形成新的增长点。

在当前的情况下，我国的软件产业发展一定要结合国情、抓住机遇。软件构件技术的应用，正在促进软件产业改革和重组分工，这对我国软件产业的发展是一个良好的机遇。我国正在大力加强国家信息化工作，具有广大的信息市场。由于具体的国情，大多数信息系统的开发工作是由国内公司承担，因此，也就培养了一大批领域专家，为推行软件构件技术、发展软件构件生产业奠定了良好的基础。同时，在构件技术方面，多年的公关研究已使我们具有良好的技术积累。我们应在国家支持下，在行业部门的领导下，以政府或行业行为的方式推广软件构件技术，促进软件构件企业的发展。我国已失去了较多的信息产品市场，目前，正面临振兴的机遇，如何抓住机遇，也是严峻的挑战。

在软件产业的发展策略上，应由政府或行业主管部门组织构件标准规范的制定和发布；选择若干领域进行软件构件技术的推广和软件构件企业建设的试点工作，推行基于"构件-构架"模式的软件生产线的工程化、工业化软件生产技术；加快软件复用和软件构件技术的普及、培训工作，培养一批高素质的领域分析员队伍；制定合理措施及政策，激励软件构件技术的采用和推广；建立软件风险投资机制和软件生产基金，激励构件专门企业的形成和零散构件的开发；尽快完成试点工作，及早进军国际应用构件市场。

9.2.2 面向对象方法与软件复用技术的关系

1. OO 方法对软件复用的支持

支持软件复用是人们对面向对象方法寄托的主要希望之一，也是这种方法受到广泛重视的主要原因之一。面向对象方法之所以特别有利于软件复用，是由于它的主要概念及原则与软件复用的要求十分吻合。

面向对象方法从面向对象的编程发展到面向对象的分析与设计，使这种方法支持软件复用的固有特征能够从软件生命周期的前期阶段开始发挥作用，从而使OO方法对软件复用的支持达到了较高的级别。与其他软件工程方法相比，面向对象方法的一个重要优点是，它可以在整个软件生命周期达到概念、原则、术语及表示法的高度一致。这种一致性使得各个系统成分尽管在不同的开发与演化阶段有不同的形态，但可具有贯穿整个软件生命周期的良好映射。这一优点使OO方法不但能在各个级别支持软件复用，而且能对各个级别的复用形成统一的、高效的支持，达到良好的全局效果。做到这一点的必要条件是，从面向对象软件开发的前期阶段，OOA就把支持软件复用作为一个重点问题来考虑。运用OOA方法所定义的对象类具有适合作为可复用构件的许多特征，OOA结果对问题域的良好映射使同类系统的开发者容易从问题出发，在已有的OOA结果中发现不同粒度的可复用构件。

（1）OOA模型

OOA方法建立的系统模型分为基本模型（类图）和补充模型（主题图与交互图），强调在OOA基本模型中只表示最重要的系统建模信息，较为细节的信息则在详细说明中给出。这种表示策略使OOA基本模型体现了更高的抽象，更容易成为一个可复用的系统构架。当这个构架在不同的应用系统中复用时，在很多情况下可通过不同的详细说明体现系统之间的差异，因此对系统构件的改动较少。

（2）OOA与OOD的分工

OOA只注重与问题域及系统责任有关的信息，OOD考虑与实现条件有关的因素。这种分工使OOA模型独立于具体的实现条件，从而使分析结果可以在问题域及系统责任相同而实现条件互异的多个系统中复用，并为从同一领域的多个系统的分析模型提炼领域模型创造了有利条件。

（3）对象的表示

所有的对象都用类作为其抽象描述。对象的一切信息，包括对象的属性、行为及其对外关系等都是通过对象类来表示的。类作为一种可复用构件，在运用于不同系统时，不会出现因该类对象实例不同而使系统模型有所不同的情况。

（4）"一般–特殊"结构

引入对"一般–特殊"结构中多态性的表示法，从而增强了类的可复用性。通过对多态性的表示，使一个类可以在需求相似而未必完全相同的系统中被复用。

（5）"整体–部分"结构

把部分类作为可复用构件在整个类中使用，这种策略的原理与在特殊类中使用一般类是一致的，但在某些情况下，对问题域的映射比通过继承实现复用显得更为自然。另外还可通过"整体–部分"结构支持领域复用的策略——从整体对象中分离出一组可在领域范围内复用的属性与服务，定义为部分对象，使之成为领域复用构件。

（6）实例连接

建议用简单的二元关系表示各种复杂关系和多元关系。这一策略使构成系统的基本成分（对象类）以及它们之间的关系在表示形式和实现技术上都是规范和一致的，这种规范性和一致性对于可复用构件的组织、管理及使用都是很有益的。

（7）类描述模板

作为OOA详细说明主要成分的类描述模板，对于对象之间关系的描述注意到使用者与被使用者的区别，仅在使用者一端给出类之间关系的描述信息。这说明可复用构件之间的依赖关系不是对等的。因此，在继承、聚合、实例连接及消息连接等关系的使用者一端描述这些关系，有利于这些关系信息和由它们指出的被依赖成分的同时复用。在被用者一端不描述这些关系，则避免了因复用场合的不同所引起的修改。

（8）用例

由于用例（Use Case）是对用户需求的一种规范化描述，因此它比普通形式的需求文档具有更强的可复用性，每个用例是对一个活动者使用系统的一项功能时的交互活动所进行的描述，它具有完整性和一定的独立性，因此很适合作为可复用构件。

2. 复用技术对 OO 方法的支持

面向对象的软件开发和软件复用之间的关系是相辅相成的。一方面，OO方法的基本概念、原则与技术提供了实现软件复用的有利条件；另一方面，软件复用技术也为面向对象的软件开发提供了有力的支持。

（1）类库

在面向对象的软件开发中，类库是实现对象类复用的基本条件。人们已经开发了许多基于各种OOPL的编程类库，有力地支持了源程序级的软件复用，但要在更高的级别上实现软件复用，仅有编程类库是不够的。实现OOA结果和OOD结果的复用，必须有分析类库和设计类库的支持。为了更好地支持多个级别的软件复用，可以在OOA类库、OOD类库和OOP类库之间建立各个类在不同开发阶段的对应与演化关系。即建立一种线索，表明每个OOA的类对应着哪个（或哪些）OOD类，以及每个OOD类对应着各种OO编程语言类库中的哪个OOP类。

（2）构件库

类库可以看作是一种特殊的可复用构件库，它为在面向对象的软件开发中实现软件复用提供了一种基本的支持。但类库只能存储和管理以类为单位的可复用构件，不能保存其他形式的构件，但是它可以更多地保持类构件之间的结构与连接关系。构件库中的可复用构件，既可以是类，也可以是其他系统单位；其组织方式，可以不考虑对象类特有的各种关系，只按一般的构件描述、分类及检索方法进行组织。在面向对象的软件开发中，可以提炼比对象类粒度更大的可复用构件，如把某些结构或某些主题作为可复用构件；也可以提炼其他形式的构件，如use case或交互图。这些构件库中，构件的形式及内容比类库更丰富，可为面向对象的软件开发提供更强的支持。

（3）构架库

如果在某个应用领域中已经运用OOA技术建立过一个或几个系统的OOA模型，则每个OOA模型都应该保存起来，为该领域新系统的开发提供参考。当一个领域已有多个OOA模型时，可以通过进一步抽象而产生一个可复用的软件构架。形成这种可复用软件构架的更正规的途径是开展领域分析。通过正规的领域分析获得的软件构架将更准确地反映一个领域中各个应用系统的共性，具有更强的可复用价值。

（4）工具

有效地实行软件复用需要有一些支持复用的软件工具，包括类库或构件/构架库的管理、维护与浏览工具，构件提取及描述工具，以及构件检索工具等。以复用支持为背景的OOA工具和OOD工具在设计上也有相应的要求，工具对OOA/OOD过程的支持功能应包括从类库或构件/构架库中寻找可复用构件，对构件进行修改并加入当前的系统模型，把当前系统开发中新定义的类（或其他构件）提交到类库（或构件库）。

（5）OOA过程

在复用技术支持下的OOA过程，可以按两种策略进行组织。第一种策略是基本保持某种OOA方法所建议的OOA过程原貌，在此基础上对其中的各个活动引入复用技术的支持；另一种策略是重新组织OOA过程。

第一种策略是：在原有的OOA过程基础上增加复用技术的支持，应补充说明的一点是，复用技术支持下的OOA过程应增加一个提交新构件的活动。即在一个具体应用系统的开发中，如果定义了一些有希望被其他系统复用的构件，则应该把它提交到可复用构件库中。第二种策略的前提是：在对一个系统进行面向对象的分析之前，已经用面向对象方法对该系统所属的领域进行过领域分析，得到了一个用面向对象方法表示的领域构架和一批类构件，并且具有构件/构架库、类库及相应工具的支持。在这种条件下，重新考虑OOA过程中各个活动的内容及活动之间的关系，力求以组装的方式产生OOA模型，将使OOA过程更为合理并达到更高的开发放率。

9.3　软件接口技术

软件接口是一个很广泛的概念，它所牵涉的内容和研究的对象都是很广泛的，不可能给它下一个精确的定义。因此学习软件接口需要从各个方面去理解它、应用它。

9.3.1　软件接口的作用

从软件的作用来看，软件接口为相互不兼容的软件系统提供了一个统一的编程界面，为软件系统的相互利用，充分利用各个软件系统本身的优势提供了很好的基础。但是目前软件系统有很多种，不同种类的软件系统都自成体系，要想使所有的软件系统都有一个统一的编程接口，那是不可能的。因此需要分门别类地进行研究和学习。

1. 软件接口的分类

软件接口不仅种类繁多，而且应用和开发也比较复杂。因为这一切都是软件系统的种类和复杂性造成的。目前认为对软件系统的分类不同，就会使软件接口的分类不同。下面从软件系统的分类着手来研究软件接口的分类。

从系统的角度来看，软件系统大致可分为操作系统软件、应用软件（包括系统应用软件、应用软件）这两类。从图9-17可以看出软件系统之间是有层次的。操作系统与硬件系统打交道，解决用户与计算机硬件之间的接口和界面问题，使用户不直接面对计算机硬件系统，方便人们使用计算机。同时有些操作系统还提供了方便用户进行二次开发的接口。

应用系统软件是在操作系统的基础上开发的针对某一类应用的软件系统。如Office、SQL Server、Oracle等，这些应用系统软件具有完整的体系，而且是针对某一类应用的，不是针对某个具体的应用的。用户可以一方面应用它直接完成某些具体的工作，同时另一方面又可以在这些应用系统软件提供的接口的基础上进行二次开发，开发针对某个具体的应用的应用软件。

应用软件是在应用系统软件的基础上开发而成的软件。它的特点是针对具体的事例应用，不考虑同类的普通应用情况，是很具体的。如人们在Oracle系统的基础上开发具有特定应用的税务、银行前台结算系统等，就是特定的应用软件。

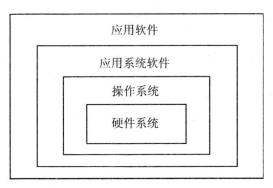

图 9-17 软件分类层次结构图

从软件系统的分类来看，软件接口可以分为如下三类：
（1）操作系统接口类。
（2）应用系统接口类。
（3）应用软件接口类。

这是很粗糙的接口分类，不便于学习和开发。下面首先从软件的应用角度来进行软件分类，然后再讨论软件接口的分类。

从软件应用来分类，软件系统可分为如下几类：
（1）操作系统类软件。

（2）数据库系统类软件。

（3）图形、图像处理系统类软件。

（4）办公系统类软件。

（5）网络、通信系统类软件。

（6）多媒体系统类软件。

（7）其他系统类软件。

按上面软件系统分类，软件的编程接口分类大致可以分为如下几类：

（1）数据库程序编程接口。

（2）多媒体编程接口。

（3）网络、通信程序编程接口。

（4）图形、图像程序编程接口。

（5）其他类编程接口。

本书中将着重讨论数据库编程接口、网络应用程序编程接口、多媒体编程接口等在应用程序开发中常用到的几种接口。

2. 软件接口功能

软件接口的主要功能是为应用程序的开发提供统一的编程界面，达到使不同的软件系统具有相互利用、共享信息的作用。具体来说，不同的软件接口具有不同的功能。

（1）Windows API应用程序接口。这种接口向用户提供了Windows应用程序编程接口，这些接口大都是Windows的动态链接库中的引出函数，这些函数为Windows应用程序的开发人员利用Windows系统资源提供了便利的条件。程序员在利用系统资源时不需要再进行底层系统资源的设计，从而加快应用程序的开发速度。如Windows的图形设备接口，Windows中的图形基本上是由GDI.exe中的函数来处理的，GDI.exe模块调用各种驱动程序文件中的句柄，如处理视频显示屏幕以及其他控制打印机或绘图仪的驱动函数。不同的视频显示适配器和打印机需要不同的驱动程序文件。

（2）数据库程序编程接口。目前数据库系统种类繁多，按系统规模和功能来分，数据库系统可以分为大、中、小数据库系统；从应用形式上来分数据库系统分为网络数据库系统和单机数据库系统；从应用体系上来分，数据库系统分为独立结构（单机结构）、客户机/服务器（Client/Server）结构和浏览器/服务器（Browser/Server）结构。如此众多的数据库系统为它们的应用带来了一定的麻烦。幸好系统专家们早就意识到这一点，一方面为各自的数据库系统产品配备了相应的驱动程序，同时另一方面又共向制定了统一的数据库系统接口标准，为不同数据库系统的应用程序的开发提供了便利条件。程序员在进行数据库应用系统的开发过程中不需要关心每个数据库系统的环境，通过这些接口屏蔽了数据库系统的物理结构，程序员在逻辑层次上考虑数据库的具体应用。

（3）多媒体编程接口。在计算机技术高速发展的今天，计算机已不再是一个少数掌握高技术的计算机专家手中的计算工具，而发展成为可以完成工程计算、财务管理、CAI教学，还可以充当CD或VCD机，播放CD、VCD。从编程角度讲，这些多媒体功能的实现是由WIN 32 API来实现的。WIN 32 API为程序员提供了一套多层次的功能强大的系统调用集，包括了从编写最简单的播放声音、视频的高级API到编写声音视频的中级API，直到专门用来编写高性能声音视频的低级API。丰富的多媒体API使得程序员可以更容易更高效地开发多媒体软件。

（4）网络、通信程序编程接口。无论Winsock还是NetBIOS等这些网络、通信程序编程接口都是向程序员提供了网络系统应用程序开发的API函数。通过这些API，程序员在开发应用程序时，不去注重网络通信协议的细节和网络通信的物理层结构，而注重应用程序在网络接口上的具体实现。同时通过接口提供的不同功能API，加快不同网络程序的实现。

9.3.2　软件接口的调用方法

软件接口的调用方法就是通过动态链接库提供的API函数或方法来实现的。但是由于对这些函数的包装方式不同，就会使应用的方式有所不同。比较显著的就是Microsoft MFC。程序员使用Visual Studio，如Visual C++进行Windows编程时通常有两种方式：

（1）API编程。直接使用Windows API编程。所谓API（Appilcation Programming Interface）是指Windows以函数形式对外提供的编程接口。除了作为Windows扩展的部分API（如DirectX，OLE DB）是以COM形式提供外，Windows基本部分的API都是以独立函数的形式提供的，可以直接使用API编程。

（2）MFC编程。Microsoft公司利用C++是对象化的优点，开发了很多C++类，利用这些类对Windows的大部分对象及与它们有关的操作进行了封装，这些C++类合起来就形成了Microsoft基本类库MFC。这是一个广泛的接口。MFC的封装对象非常广泛，包括了几乎全部Windows下的编程对象如进程、线程、窗口、通用控件、OLE对象、窗口消息、线程同步对象、Internet编程对象。使用MFC中的方法必须通过类的对象来引用。对于那些不便于对象化的API，在用MFC编程时不得不直接调用Windows API。

9.4　软件智能化技术

9.4.1　软件智能化现状

自20世纪80年代中期以来，软件智能化技术在工业、商业、军事和科技领域的应用得到稳步的发展。尽管关于智能的本质尚无深入和统一的认识，但符号推理是高级智能行为，知识是人类智能行为的结晶已得到公认，从而导致基于知识的软件智能化成为人工智能应用的主流方向。

1. 知识处理技术的深化

在80年代初，人们（包括许多人工智能研究者）对人工智能和知识处理技术的认识还比较肤浅。一些人认为只要让计算机获取和使用领域专家的经验知识，就能解决常规计算机程序不能解决的所有问题，其实不然。的确，基于领域专家的经验知识作推理可以解决许多用数值计算难以解决的问题，但仅凭经验知识作推理存在着严重的问题，这主要表现在以下几方面：

（1）脆弱性和不可靠性。因为领域专家的经验知识往往不完善，当要解决的问题落入经验性知识可处理的范围时，系统具有专家级处理能力；但一旦稍超出范围，处理能力就急剧下降。这种现象称为脆弱性，它使系统处理问题的范围狭小，许多问题不能解决，严重时甚至不能使用。这可以说是80年代初许多专家系统不能达到实用程度的主要原因。

（2）解释功能差。只能用推理过程中涉及的经验知识（启发式规则）解释问题求解的结果和过程，往往不能令人信服。只有按照领域的基本原理和常识作解释，才能使用户真正信服。显然，结果不能令人信服的专家系统是难以推广应用的。

（3）缺乏组织，不适合于解决复杂问题。80年代初，不成功的专家系统大多数只包含一个推理规则（IF-THEN形式）集和使用单一控制策略的推理机制，这使系统只适用于中、低复杂程度的解答枚举型问题，如诊断、预测、解释等，而不适用于复杂程度高的解答生成型问题，如规划和设计等。

（4）不能与常规软件紧密结合。工程技术问题依赖于常规的数值计算和数据库技术，因此人工智能技术应该用于加强而不是取代常规软件。

（5）知识获取的困难。知识获取的困难也是许多人未想到的，经验知识并不是以陈述语句的形式存在于专家头脑中的。所以，抽取和概括经验知识是一种创造性劳动，其难度很大。

为此，深化知识处理技术的研究和开发，成为当前人工智能应用事业的迫切任务和连续几届国际人工智能联合会议的讨论热点。许多研究者提议，要使人工智能技术的应用取得成功，关键在于开发领域专家对应用领域和问题求解任务的深入理解。可以说，近10年来实用上成功的专家系统都是在开发深入理解的基础上获得的。同时，提高知识获取的自动化程度以及与主流计算环境的紧密结合，也为知识处理技术确立其在软件智能化中的主导地位扫除了障碍。

2. 开发深入理解

开发深入理解的工作主要集中在两个方面，引入深层推理和实现问题求解的结构化组织。前者旨在为智能的问题求解建立扎实的基础，后者则使复杂的问题求解具有合理、高效和透明的组织。

所谓深层推理意指使用领域的专业基础知识作定性推理。基础知识也称为深层知识，它是相对于领域专家的经验性启发式关联知识而言的（后者称为浅层知识）。深层知识包括应用领域的基本原理、普通技术人员皆知的常识以及有关事物的结构、功能、因果和行为的知识；专家的经验知识（浅层知识）就是在运用这些知识的过程中高度概括并经反复验证和精化而产生的。由于省略了大量细节，突出了主要特征和关键步骤，使用浅层知识能大刀阔斧地解决问题，提高了效率。但由于世界的复杂性，抽象和提炼往往不可能完备，从而造成浅层知识的不完善，省略掉了不寻常和难以预言的关键知识。这种不完善性使系统（仅依靠浅层知识）能解决的问题必然限于预定的范围，并需要满足苛刻的条件。稍一超出范围，处理能力就急剧下降，甚至闹笑话（如诊断出汽车得麻疹病）。人具有深层知识，能在解决问题中表现出强健性，即使碰到新问题，无经验知识可用，也能基于深层知识解决问题或解决部分问题。可以把领域专家的知识描述为一个坡度平缓的小山，中间为经验知识，两旁为专业知识。只具有经验知识的专家系统，相当于把山坡切除，使山变得陡峭。本来经验知识是领域专家深入理解问题求解任务的结果，若缺乏深层知识，这些经验知识就会变得肤浅，因为系统只知其然而不知其所以然。作为一个附加利益，开发深层知识和基于深层知识的推理也为提供高性能解释机制奠定了基础，使背景知识不同的用户都能信服问题求解的结果和理解推理过程。关于深层推理的研究主要有定性物理（基于领域基本原理和常识对物理系统的行为作推理）和MBR（基于结构、功能、因果和行为等模型的推理）。我们把基于知识作问题求解的智能化软件系统称为KB（Knowledge Based）系统，把KB系统的各种活动（识别、理解、推理、解释、规划和学习等）均视为问题求解活动。如前所述，通过深层推理来求解问题，强健而可靠；但因推理步小，涉及的知识量大，往往效率太低。与之对照，浅层推理的推理步大，涉及的浅层知识量精练，效率高，所以高性能KB系统应综合深、浅层推理，这就要求对问题求解作良好的组织，并建立在对应用领域和问题求解任务深入理解的基础上。

结构化组织相当于先进的软件工程中的结构化设计和开发。简单的KB系统往往给人一种错觉——知识库是规则的罗列，不需要组织。实际上，问题求解的组织还是存在的，只是隐含于推理机，如专家系统工具OPSS的冲突解法（在问题求解的某一步存在多条规则可用时的规则选取方法）。规则库的设计也可通过设计包含于规则前提的目标模式和在综合数据库插进控制元素（能与目标模式匹配）来影响规则的执行次序。显然，对于复杂的困难问题，仅靠隐含于推理机的控制策略和设置目标模式及控制元素这种低级手段来组织问题求解是难以奏效的。通过清晰地表示推理控制（而不是隐含于推理机）来组织问题求解是一条有效的途径。结构化组织的目的就是以操作在特别知识体上的基本任务（子任务）来清晰地合成推理过程。因为知识集于子任务，服务于特别的推理步，使得多种解法（基本的通用问题求解方法）可综合使用并与领域知识紧密结合，形成高效的专用问题求解方法。结构化组织促进了知识获取的自动化和各种计算技术（包括人工智能和常规计算技术）的综合集成。

3. 知识获取的自动化

由于高级的智能行为在于有知识，所以实现软件智能化的另一个关键是知识获取。目前，知识获取仍处于以手工方法为主的状态：由知识工程师通过结构化会谈和会谈记要分析，从领域专家处抽取知识，再转变为适用于计算机处理的形式传送到知识库。手工知识获取费力费时，已成为KB系统开发的瓶颈。尽管通过机器学习自动获取知识是实现自动化的理想方式，但除少数特别应用例外，距离现实甚远。目前，知识获取自动化的研究主要是集中在减少知识工程师的手工劳动，提供有效的计算机辅助手段，让领域专家积极主动地参与知识获取过程（而不是像传统方式那样消极被动地按询问提供经验知识），并能自己直接把知识抽取出来传送进知识库。这方面的研究主要在于构造适合应用领域特征的关于问题求解的概念模型，并以概念模型为指导，通过可视化人机界面提供面向知识级分析的交互式建模语言。知识级分析不涉及计算机执行的细节，使领域专家能以他们认为自然的方式抽取、归纳和概括自己拥有的专门知识（包括深、浅层知识），以便促进开发对应用领域和问题求解任务的深入理解，并提高知识库的可理解性、可维护性和可扩展性。

4. 与主流计算环境的紧密结合

长期以来，人工智能的研究和开发逐步形成了适用于自身发展的计算（硬、软件）环境，从Lisp语言、Lisp机到人工智能工作站。这种自成体系的计算环境尽管促进了人工智能的学术研究，却把自身封闭起来，倾向于脱离主流的计算环境，阻碍了人工智能的实用化进程。基于这种反思，在普通计算机上用常规程序设计语言（C、C++、Pascal、FORTRAN等）直接设计KB系统以及KB系统开发工具，于80年代中、后期逐步流行起来，这为人工智能技术与主流计算环境的紧密结合奠定了基础。

考虑到科技工程领域已有大量的常规软件技术（数学和统计模型以及数值分析程序等），人工智能技术一定要和它们紧密结合，才能使软件的智能化具有坚实的应用基础。与主流计算机环境的结合有两种方式：

（1）将经验性知识、深层知识和隐含于常规软件中的知识，统一用人工智能问题求解技术加以组织，用经验知识指导求解过程和常规软件的调用。深层知识补充浅层的不足，而常规软件则提供问题求解所需的基本数据。

（2）以常规软件为主，仅在下层的某些部分采用人工智能技术去解决不易用数值方法解决的问题。

对于常规软件解决得不好的问题，采用前一种方法不仅更为有效，而且有可能发展成为一种革新的方法。

人工智能技术与常规计算技术的紧密结合有时会产生意想不到的惊人效果，典型的例子就是口语识别系统Sphinx。该系统并非在人工智能技术方面有什么创新，而是综合使用了多种先进的常规软件技术和硬件技术，使识别一句话的时间从原来的10分钟缩减到5秒。该系统使用技术的情况如下：

（1）以链表取代稀疏矩阵（加速1.5倍）。

（2）重新设计数据结构（加速3.0倍）。

（3）动态门槛值（加速2.0倍）。

（4）快速处理器（加速2.5倍）。

（5）多存储体系结构（加速1.6倍）。

（6）多处理器并行处理（加速2.0倍）。

在此技术状况下，系统累计加速72倍。

相比之下，综合开发这些硬/软件技术的研究时间仅用了6个月。可见，人工智能研究与其他的计算机科学领域，如加减法分析、数据结构、软件工程、体系结构等紧密结合很有必要。事实上，这正是软件智能化的必由之路。

随着低价高性能微机以及网络技术的普及，分布式并行处理、多媒体消息传送、客户机/服务器体系结构以及CSCW，正在构成新的主流计算环境。由统一的硬/软件并以紧耦合方式提供执行复杂任务所需的全部功能已不合时宜，通过综合集成分布于计算机网络的异质信息处理部件（可复用的数值分析、符号推理和其他信息处理的计算模块）和定制的专用部件来解决问题，成为计算机应用系统（尤其是大型信息系统和复杂软件）开发研究的方向。鉴于综合集成和CSCW具有的知识密集型特点，与主流计算环境的紧密结合正在将人工智能（尤其是基于知识的软件智能化）技术推到变革传统计算技术的浪尖上。

5. 对 KB 系统现状的反思

KB系统于20世纪70年代崛起在计算机科学领域，并逐步发展成为软件智能化的核心技术。由美国斯坦福大学研究的DENDRAL（用化学专业知识从质谱仪数据推断有机化合物的分子结构）和MYCIN（人血液疾病诊断咨询）系统使人们对人工智能的认识耳目一新。进而，KB系统潜在的巨大经济利益导致了80年代初的大规模商业化努力和冒险投资。但这股淘金热很快冷却了，这使人工智能研究者认识到知识工程的不成熟性，也促进了知识处理技术的深化研究。然而，10年来的努力并未使知识工程取得主要突破，如怎样表示常识仍未妥善解决，通过机器学习手段自动获取知识也未取得实质性进展。尽管KB系统的研究取得瞩目的成功，但提供知识处理技术的公司效益却每况愈下。现行的KB系统未产生像人那样健全的智能，不免令人失望；KB系统的繁荣也只是线性增长，而未出现人工智能界期望的指数型发展。

然而KB系统在工业中所起的作用是永久和可靠的，尤其是可以作为操作人员的助手；作为复杂系统的自动决策部件；作为设计、规划和调度的生成器和评价器以及各种操作流程的监控器。同时，在KB系统中组织知识和执行推理的处理方法和技术正在进化为适用于和其他信息技术集成的专用部件。通过以合作的方式与其他计算系统和操作人员交互，KB系统在工业和商业环境的价值越趋增加。与机器人和计算机视觉系统相比较，KB系统在世界经济中所起作用的增长和扩展极其快速。当然，知识处理技术和KB系统的成功受到明显的限制，原因在于知识处理技术对企业经营方式的革命性冲击遭遇到企业传统"文化"的反抗，还有就是KB系统开发所需的费用过高。这些因素损害了KB系统推广应用的速率，使许多人产生了知识处理技术似乎不成功的印象。从长远的观点看，工业和商业的各个环节，自工程设计、生产到分配、销售和财政，都将因计算机支持的基于知识的处理而受益匪浅。知识处理技术和常规计算机科学方法的适当组合有助于困难问题的解决和信息处理功能的提高，这已成为越来越多的人的共识。常规方法，如数值分析和运筹学等，尽管提供了良好的技术去计算满足一组方程的变量值或优化某个目标函数的值，但只允许以僵化呆板的框架和形式去描述应用领域的实体和关系，并指定解答的搜索策略和动作序列，难以适应复杂的计算环境。常规方法的另一个缺点是要求用户输入完全、一致和正确的数据，并按严格的次序进行计算，对不完全、不确定、有错误和不按次序输入的数据则难以处理。通过引入知识表示、启发式推理、非单调推理、信念修正、模糊逻辑等技术KB系统可以较好地克服这些缺点，大大增加了计算机系统的灵活性和应用范围。

9.4.2　软件智能化应用

尽管基于知识的软件智能化技术还不够成熟，已取得的应用成果离人们期望的目标也尚有较大的距离，但随着知识处理技术的深化，软件智能化技术已经产生出明显的经济效益和社会效益。首先，KB系统已在管理决策、规划调度、故障诊断、产品设计、教育咨询等方面得到推广应用。近十年来，数以千计的KB系统已成功地开发并应用于工业和商业环境下。自1989年起，每次AAAI（全美人工智能）会议召开的同时都举办IAAI（人工智能创新应用）会议，并展示一些评选出的应用人工智能技术解决实际问题较好的系统。截止到1993年，前四届IAAI会议已评选出87个优秀的人工智能技术应用系统，其中大多为KB系统。此外，基于知识的软件智能化技术在文字、语言、图形图象的识别与理解、机器翻译等领域也取得了重大进展，这方面的初级产品已经上市。

KB系统在商业环境取得显著成功的典型实例当首推American Express公司研制的专家系统AA（Authorizer's Assistant）和CA（Cerdit Assistant）。长期以来，该公司提供的信用卡服务面临严重的问题：恶性透支和欺骗行为，致使公司每年蒙受高达1亿美元的损失。为此，判断持卡人是否正当使用信用卡成为迫切需要解决的问题。每当持卡人在为购物付账而将信用卡放进磁卡阅读机时，信息系统就把该信用卡使用的所有历史记录取出审查，记录的长度往往要占据16个计算机屏幕，而是否允许使用该信用卡必须在90秒内决定。显然，在如此短促的时间内完成人工审查是不可能的。所以，公司于1988年研制了八人系统帮助信用卡审查工作，获得巨大成功，这项应用每年可为公司挽回损失近2700万美元。1991年，公司又研制了CA系统来审查AA系统决策的合理性，以求提高AA系统的可靠性。作为这两个专家系统联合工作的结果，公司几乎每年可挽回5000万美元的损失。CA系统的开发涉及处理美国司法的复杂性——50个州各自颁布差异很大的信用法律，知识处理技术正好大有用武之地。AA和CA系统均用专家系统工具ART的C版本开发，并经由计算机网从大型IBM主机的信息库中存取信用卡使用记录。CA系统的开发是在使用者（公司信用卡管理人员）、领域专家（信用分析专家）和ART工具提供者三方合作的情况下进行的，现已成为快速和有效开发专家系统的典范方式。

以知识处理为核心的软件智能化技术也深入到商业环境的各个领域，尤其是审计、信贷、保险、税收、投资等领域。从AA和CA这两个专家系统的开发可以得到以下启示：

（1）KB系统作为智能助手可以协助人做其力所不能及的工作，但不能取代人在事务决策过程中的主导地位；

（2）对数据库的存取问题非常重要，几乎每个实用KB系统都不可避免。人工智能技术开发者易于忽视该问题，并由此影响KB系统的实用化；

（3）KB系统可以帮助人们遵纪守法。由于各种法规（尤其是国家法规）往往很复杂，使人难以掌握，因此提供KB系统作为助手很有必要；

（4）在普通计算机上用常规语言开发KB系统可促进人工智能技术的实用化。选择工作站而非Lisp机，使用C语言而非Lisp语言，已成为KB系统开发的主流方向；

（5）人工智能技术和知识处理技术的实用化须经历一个从研究成果到实际应用的技术转变过程，并非想象中那么容易，需要精心规划；

（6）建立KB系统往往造价昂贵，但只要真正有效用（如AA和CA系统），就能很快收回投资，短则几个月，长则一年。

KB系统在工业环境的应用更为广泛，从企业的经营管理、产品的设计和装配、生产的调度规划、生产流程的监控和优化、设备故障诊断和产品质量保证，到工程项目管理、交通运输调度、油田钻井和地质勘探的数据解释以及气象预报。最有开发潜力的要数在零件配置业中的应用，几乎所有的工程任务均涉及到配置，复杂的技术产品也往往须由大量零件装配而成。配置是指产品的装配方式和所用的零件并非固定，而是根据客户的要求和使用环境动态地决定的，以最大程度地满足客户利益。美国DEC公司的XCON就是执行配置任务的典型KB系统，其能根据客户的定单自动配置满足客户要求的计算机系统，不仅大幅度节省了人工配置的费用（每年2500万美元），也加快了对客户需求的应答和减少失误。美国斯坦福大学的两个本科生在XCON系统成功的启发下，开发了配置PC机局域网的KB系统，帮助不懂局域网的推销员推销局域网产品，很有成效。以后，该系统被进一步扩充为称做Sales Builder的系统，它可以帮助推销员推销许多种产品，并获得很大成功，这两个学生建立的小公司也成为美国发展最快的软件公司。最近，美国的加热通风空调系统采用KB系统辅助配置设计，缩短了25％的设计时间。

20世纪90年代初期，由美国军方投资研制的调度和规划系统DART，在被欧美称为"沙漠风暴"的反击伊拉克入侵科威特的战争中，辅助后勤部门作运送军队和物资装备的调度规划，出色地完成了运输任务，大大提高了KB系统在政府和军事部门的声誉。"沙漠风暴"之战面临的一个严重问题是如何尽快地从美国和西欧运送50万军队和1500万磅重的装备到沙特阿拉伯。按常规方法，作一次周密的调度规划需要花费几周时间，问题非常严重。而在1990年，美国军方就已认识到用KB系统协助军需后勤规划的重要性，因而投资研究了有关调度规划的KB系统开发工具。DART用该工具开发，6个星期内就投入使用，并把沙漠之战中军需调度的规划时间缩短到几个小时。DART提供仿真功能去帮助指挥官观察规划的有效性，以便审查和修改。最令人称赞的是，DART发现原计划只开辟一个运输港口会造成运输瓶颈，提议必须开辟第二个。DART采用关系数据库作为"知识源、黑板"体制（一种KB系统体系结构）中的信息共享"黑板"，并采用约束传递技术互相约束维持方法来解决问题，成为智能调度和规划系统的范例。另一个有影响的规划系统是宇宙飞船的发射规划，可使整个发射活动的周期减少20％，该系统后来由美国硅谷的一家公司商品化成用于制造业的KB系统。

基于模糊逻辑、模糊算法和模糊控制理论，模糊系统最适用于对各种物理和化学特征的模糊控制，常设计为模糊专家系统，能对于不精确和不完全的信息作决策，模仿人作近似而不严格的推理。模糊系统的这种"软计算"能力使物理和化学特性对环境（插入参数）的响应更平滑更有效，进而节省能耗，降低维护代价，并延长设备使用期。然而，模糊系统缺乏学习、记忆和模式识别能力，这使在输入和输出参数多的情况下抽取模糊规则和设计隶属函数变得十分困难。人工神经网技术正好能弥补模糊系统的不足，两者相辅相成，产生了神经－模糊技术，使得企业产品的智能化开始成为现实。今天，日本生产的家用电器（如微波沪、洗衣机、空调等）已能自功优化任务的执行，照相机则能使普通人拍出专业水平的相片，人们希望将神经－模糊技术推广应用到工业和商业的各个领域。

软件智能化技术在口语识别、计算机视觉和机器人领域也取得了令人瞩目的进展。口语识别的最大潜在应用是个人计算机的人机接口，其优点在于自然、不用手、不用看，并不受位置限制。由于口语识别涉及的知识和需处理的数据量大，并要求实时响应，难度很大，目前机器识别口语的能力比人类差得多。代表80年代后期先进水平的口语识别系统是前述的Sphinx系统，它不像大多数其他系统那样要求讲话者对系统进行适应性训练，而可以不进行训练就直接识别连续的讲话。该系统具有1000个词汇量，接近于实时处理，识别的准确率达94％。计算机视觉主要应用于产品质量控制、导航机器人做装配和材料处理、自动目标识别和追踪、图像分析和解释、三维图像仿真和虚拟现实。代表当今先进水平的系统是Carnegie Mellon大学研制的称为Navlab的自动车，它能实现自动的户外导航、具有彩色立体视觉能力、能识别道路上的障碍物，并避开障碍物行驶。借助于计算机视觉和传感器，机器人已应用于焊接、装配、探测等工业领域，估计已有4.6万个工业机器人应用于美国，日本则是美国的6～8倍。机器人正在向智能化发展，综合感觉（传感器和转换器）、认知（计算、规划、学习）和操作（运动和控制）技术。户外移动机器人已能通过崎岖的地域，抓取形状复杂的物体，并工作在自然光条件下。前述的Navlab已能以每小时88～150km的速度自动行驶。这是一个层次系统，底层感觉运动和执行驾驶命令；中层执行路面驾驶、地域分析、障碍侦察和路径规划等任务；高层的任务则包括物体识别、路标识别、基于地图的预测和长距离路线选择等。工作于危险环境的机器人已用于极地、火山口和荒漠地区的探险以及核工业领域，近年来开发的微电子机械系统则把机器人技术的应用引向全新的视野。这种机器人只有毫米级或更小的尺寸，能实时控制并执行复杂的任务，如用于医学领域去作为组织结扎的一些特别的工具，并在完成任务后逐渐溶化消失。

进入90年代，随着基于因特网的分布计算发展为主流的计算环境，自治软体（Soft Agents）和多软体（Multi-Agent）系统正在崛起为面向分布计算的软件智能化技术。具有社会和领域知识的自治软体已开始在全球因特网和国家信息基础的智能化过程中发挥作用。基于自治软体技术去建立开放性、可重构和可伸缩的集成化应用系统已取得了初步成功，它们使软件智能化技术的大规模应用显示出新的曙光。

相比之下，我国人工智能技术的研究起步较晚，至20世纪70年代末才由中国科学院、浙江大学、吉林大学等单位率先开始，到80年代中期才得到国家的重视和发展——国家高技术研究特别设置了智能计算机主题研究。近年来，我国在人工智能技术的研究方面已取得丰硕成果，并在某些方面赶上或超过国际先进水平，但因计算机普及和应用基础薄弱，致使人工智能技术的实用化与西方发达国家有较大差距。目前，我国计算机及其组网技术的普及加快了步伐，它必将促进软件智能化技术应用的开发高潮早日来临。

9.4.3 基于知识的软件智能化技术

低价高性能计算机技术的普及应用，尤其是因特网、分布计算和综合集成技术的快速成长，为开发基于知识的软件智能化技术提供了广阔的应用机遇，进而使人工智能的工程化面临前所未有的应用前景。

尽管人工智能的最终目标是建立关于智能的理论，以期阐明自然的智能行为和建立人工的"智能人"，由此可以认为人工智能是一门科学，但是得不到实际应用的纯学术研究是没有生命力的，所以人工智能必须同时作为工程得到实际应用，并在实际应用中不断提高理论研究水平。

软件智能化的目的在于使计算机变得更聪明一些，以便能主动与用户配合工作，并代表用户自主地处理例行事务，甚至解决困难问题，从而最大程度地提高计算机的效用、性能和易用性。尽管关于智能的本质尚未完全搞清楚，现在关于智能的各种假设也很不统一，分歧也较大，但有一点已得到公认，即符号推理是一种高级的智能行为，符号推理需要领域的专门知识。所以，基于知识的软件智能化技术正在发展成为人工智能应用研究的主流方向。一方面，多年来KB系统的实践已经证明，使软件具有基于知识的问题求解能力或广义的知识处理能力，可以作为实现软件智能化的有效途径。另一方面，软件智能化扎根于主流计算环境的要求，促使知识处理技术摆脱其在早期研究中陷入的自我封闭困境，尽快与其他计算技术紧密结合，融汇于信息技术的发展主流中。

9.5　习　　题

1. 面向对象的软件开发方法的基本思想是什么？在具体实现时如何落实面向对象的思想？

2. 面向对象设计方法的原则是什么？

3. 请按面向对象的方法设计一套加油站收费系统。

4. 什么是UML？它的作用有哪些？

5. 什么是软件复用？它与面向对象方法的关系如何？

6. 什么是软件接口技术？它的作用体现在哪些方面？

7. 软件智能化的意义何在？目前有哪些技术支持软件智能化？

第 *10* 章

软件工程文件

本章说明了与软件开发过程相关的一系列工程文件的一般性内容和格式，这对在实际开发中撰写规范化的技术文档非常有益。软件工程强调文档的管理。软件开发过程的各个阶段都会涉及大量的软件工程文件，这些软件工程文件不仅会起到指导开发的作用，还对将来软件的维护起到非常重要的作用。软件工程文件有规范化的格式，这种规范化的文件有利于在开发过程中构建完备的便于阅读的开发信息。

10.1 软件工程文件的编制

10.1.1 软件工程文件编制的目的

一个计算机软件的筹划、设计及实现，构成一个软件项目开发过程。一个软件开发项目的进行，一般需要作重大的资源投资。为了保证项目开发的成功，并便于运行和维护，在开发工作的每一阶段，都需要编制特定的文件。这些文件连同计算机程序及数据一起，构成了计算机软件。计算机软件所包含的文件有两类：一类是开发过程中填写的各种图表，可称之为工作表格；另一类则是编制的技术资料或技术管理资料，可简称为文件。文件是计算机软件中不可缺少的组成部分，它的作用主要体现在以下5个方面：

（1）作为开发人员在一定阶段内的工作成果和结束标志。

（2）向管理人员提供软件开发过程中的进展情况，把软件开发过程中的一些不可见的事物转换成可见的文字资料。以便管理人员在各个阶段检查开发计划的进展情况，使之能够判断原定目标是否已达到，以及还将继续耗用资源的种类和数量。

（3）记录开发过程中的技术信息，便于协调以后的软件开发、使用和修改。

（4）提供对软件的有关运行、维护和培训的信息，便于管理人员、开发人员、操作人员和用户相互了解彼此的工作。

（5）向潜在用户报导软件的功能和性能，使其能判定该软件能否服满足自己的需要。

换言之，软件工程文件的编制必须适应软件整个生命周期的需要。

10.1.2　软件工程文件种类

在一个计算机软件的开发过程中，一般地，应该产生14种文件。这14种文件是：

（1）可行性研究报告。

（2）项目开发计划书。

（3）软件需求说明书。

（4）数据要求说明书。

（5）概要设计说明书。

（6）详细设计说明书。

（7）数据库设计说明书。

（8）用户手册。

（9）操作手册。

（10）模块开发卷宗。

（11）测试计划。

（12）测试分析报告。

（13）开发进度月报。

（14）项目开发总结报告。

由于软件系统本身的复杂性和多样性，一般来说，这14种文件是在软件开发过程中应该包括的，但也不是完全必需的，而且对于这些文件具体的编制方法和内容，目前在各个国家或各个行业并没有强制的规定或规范。如我们国家虽然有《计算机软件产品开发文件编制指南GB 8567-88》，但这个指南并不具有强制性，而只是对软件工程文件的编制起指导性作用。本章所述的软件工程文件的编制方法和内容主要依据该指南，并结合实际经验所得。

所有这些文件的编制都是为了方便使用者使用，但不同的文件适用于不同的使用者。对于使用文件的人员而言，他们所关心的文件的种类，因他们所承担的工作而异。对于软件开发过程中的管理人员，他们通常需要的文件是可行性研究报告、项目开发计划书、模块开发卷宗、开发进度月报及项目开发总结报告等。对于实际软件开发人员，需要的文件包括可行性研究报告、项目开发计划书、软件需求说明书、数据要求说明书、概要设计说明书、详细设计说明书、数据库设计说明书、测试计划及测试分析报告等。对于软件系统的后期维护人员，需要各种设计说明书、测试分析报告及模块开发卷宗等。而对于最终用户，则需要用户手册和操作手册。

从实际的软件开发项目来看，虽然一个软件系统会包括这14种文件，但并不意味着这些文件都必须交给用户。一个软件的用户应该得到的文件的种类由软件供应者与用户之间签订的合同所规定。

10.1.3　软件工程文件的编制过程

1. 软件生命周期与各种文件的编制

一个计算机软件系统，从出现构思之日起，经过这个软件开发成功投入使用，直到最后决定停止使用，并被另一个软件代替之时止，被认为是该软件的一个生命周期。一般来说，这个软件生命周期可以分成以下6个阶段：

（1）可行性与计划研究阶段。

（2）需求分析阶段。

（3）设计阶段。

（4）实现阶段。

（5）测试阶段。

（6）运行与维护阶段。

在可行性与计划研究阶段，要确定该软件的开发目标和总体要求，要进行可行性分析、投资收益分析、制订开发计划，并完成相应文件的编制。

在需求分析阶段，由系统分析人员对被设计的系统进行系统分析，确定对该软件的各项功能、性能需求和设计约束，确定对文件编制的要求，作为本阶段工作的结果。一般来说，软件需求说明书、数据要求说明书和初步的用户手册应该编写出来。

在设计阶段，系统设计人员和程序设计人员应该在反复理解软件需求的基础上，提出多个设计方案，分析每个设计能履行的功能并进行相互比较，最后确定一个设计方案，包括该软件的结构、模块的划分、功能的分配以及处理流程。在设计系统比较复杂的情况下，设计阶段应分解成概要设计阶段和详细设计阶段两个阶段。在一般情况下，该阶段应完成的文件包括概要设计说明书、详细设计说明书和测试计划初稿。

在实现阶段，要完成源程序的编码、编译（或汇编）和排错调试得到无语法错误的程序代码，并要开始模块开发卷宗、用户手册、操作手册等面向用户文件的编写工作，还要完成测试计划的编制。

在测试阶段，该程序将被全面地测试，已编制的文件将被检查审阅。一般要完成模块开发卷宗和测试分析报告作为测试工作的结束，所生产的程序、文件以及开发工作本身将逐项被评价，最后写出项目开发总结报告。

在整个开发过程中（即前5个阶段中），开发团队要按月编写开发进度月报。有的软件公司或者软件项目要求比较严格紧迫，通常还会需要周报表和定期的开发例会。

在运行与维护阶段，软件将在运行使用中不断地被维护，根据新提出的需求进行必要而且可能的扩充和删改。

对于一项软件而言，其生命周期各阶段与各种文件编写工作的关系相互可见，其中有些文件的编写工作可能要在若干个阶段中延续进行。软件生命周期各阶段所需的各个文件如表10-1所示。

表10-1 软件生命周期各阶段中的文件编制

阶 段 文 件	可行性与计划研究阶段	需求分析阶段	设计阶段	实现阶段	测试阶段	运行与维护阶段
数据需求说明书						
项目开发计划书						
软件需求说明说						
数据需求说明书						
测试计划						
概要设计说明书						
详细设计说明书						
数据库设计说明书						

2. 文件编制中的考虑因素

文件编制是一个不断努力的工作过程，是一个从最初轮廓形成，经反复检查和修改，直到程序和文件正式交付使用的完整过程。其中每一步都要求工作人员做出很大努力。要保证文件编制的质量，要体现每个开发项目的特点，也要注意不要花太多的人力。为此，在编制文件中一般要考虑如下各项因素，但通常文件的编制与各个公司或行业的习惯、要求及每个人的经验也有非常大的关系。

（1）文件的读者

每一种文件都具有特定的读者。这些读者包括个人或小组、软件开发单位的成员或社会上的公众、从事软件工作的技术人员、管理人员或领导干部。他们期待着使用这些文件的内容来进行工作，如设计、编写程序、测试、使用、维护或进行计划管理。因此，这些文件的作者必须了解自己的读者，这些文件的编写必须注意适应自己的特定读者的水平、特点和要求。

（2）重复性

虽然软件工程要求的文件有14种，但其实这14种文件的内容要求中，不可避免地存在某些重复。比较明显的重复有两类。引言是每一种文件都要包含的内容，以向读者提供该软件系统总体描述。第二类明显的重复是各种文件中的说明部分，如对功能性能的说明、对输入和输出的描述、系统中包含的硬件设备等。这是为了方便每种文件各自的读者，每种产品文件应该自成体系，尽量避免读一种文件时又不得不去参考另一种文件。当然，在每一种文件里,有关引言、说明等同其他文件重复的部分,在行文上、在所用的术语上、在详细的程度上,还是应该有一些差别,以适应各种文件的不同读者的需要。如一个学生管理系统中,同样是对学生的描述,作为系统设计者,可能称之为学生对象或学生实体;对于开发人员,可能称之为学生基表或数据库表;对于用户,则就称做学生信息或学生基本情况。

（3）灵活性

鉴于软件开发是具有创造性的脑力劳动,也鉴于不同软件在规模上和复杂程度上差别极大以及具体编制人员经验、能力和行业背景的不同,在文件编制工作中应该允许一定的灵活性。这种灵活性主要表现在应编制的文件种类。

尽管在一般情况下,一个软件的开发过程中,应产生的文件有14种,然而针对一个具体的软件开发项目,有时不必编制这么多的文件,可以把几种文件合并成一种。一般来说,当项目的规模、复杂性和成败风险增大时,文件编制的范围、管理手续和详细程度将随之增加。反之,则可适当减少。

例如,一个软件开发单位的领导机构应该根据本单位经营承包的应用软件的专业领域和本单位的管理能力,制定一个对文件编制要求的实施规定,主要是:在不同条件下,应该形成哪些文件,这些文件的详细程度,该开发单位的每一个项目负责人如何确定等。

而对于一个具体的应用软件项目,项目负责人应根据上述实施规定,确定一个文件编制计划,主要包括:

① 应该编制哪几种文件,详细程度如何？

② 各个文件的编制负责人和进度要求。

③ 审查、批准的负责人和时间进度安排。

④ 在开发时期内,各文件的维护、修改和管理的负责人以及批准手续。每项工作必须落实到人。

这个文件编制计划可以说是整个开发计划的重要组成部分,有关的设计人员则必须严格执行这个文件编制计划。

（4）文件的详细程度

从同一份提纲起草的文件的篇幅大小往往不同,可以少到几页,也可以长达几百页。对于这种差别本指南是允许的,此详细程度取决于任务的规模、复杂性和项目负责人对该软件的开发过程及运行环境所需要的详细程度的判断。

（5）文件的扩展

当被开发系统的规模非常大（如源码超过一百万行）时,一种文件可以分成几卷编写,可以按其功能划分子系统,每一个子系统分别编制,也可以按内容划分成多卷。

① 项目开发计划可能包括质量保证计划、配置管理计划、用户培训计划和安装实施计划。

② 系统设计说明书可分写成系统设计说明书和子系统设计说明书。

③ 程序设计说明书可分写成程序设计说明书、接口设计说明书和版本说明。

④ 操作手册可分写成操作手册和安装实施过程。

⑤ 测试计划可分写成测试计划、测试设计说明书、测试规程、测试用例。

⑥ 测试分析报告可分写成综合测试报告和验收测试报告。

⑦ 项目开发总结报告可分写成项目开发总结报告和资源环境统计。

（6）文件的表现形式

对于文件的表现形式目前没有特别规定或限制，可以使用自然语言，也可以使用形式化语言。

（7）文件的其他种类

如果已列出的文件种类尚不能满足某些应用部门的特殊需要，软件公司或软件项目负责人可以建立一些特殊的文件种类要求，如软件质量保证计划、软件配置管理计划等，这些要求可以包含在本单位的文件编制实施规定中以满足特殊需要。

10.1.4 软件工程文件编制的过程管理

文件编制工作必须有管理工作的配合，才能使所编制的文件真正发挥它的作用。文件的编制工作实际上贯穿于一个软件的整个开发过程，因此，对文件的管理也必须贯穿于整个开发过程。在开发过程中主要包括以下四个必须进行的管理工作。

1. 文件的形成

开发集体中的每个成员，尤其是项目负责人，应该认识到：文件是软件产品的必不可少的组成部分；在软件开发过程的各个阶段中，必须按照规定及时地完成各种产品文件的编写工作；必须把在一个开发步骤中作出的决定和取得的结果及时地写入文件；开发集体必须及时地对这些文件进行严格的评审；这些文件的形成是各个阶段开发工作正式完成的标志；这些文件上必须有编写者、评审者和批准者的签字，必须有编写、评审完成的日期和批准的日期。

2. 文件的分类与标识

在软件开发的过程中，产生的文件是很多的，为了便于保存、查找、使用和修改，应该对文件按层次地加以分类组织。一个软件开发单位应该建立一个对本单位文件的标识方法，使文件的每一页都具有明确的标识。例如，可以按如下四个层次对文件加以分类和标识。

（1）文件所属的项目的标识。

（2）文件种类的标识。

（3）同一种文件的不同版本号。

（4）页号。

此外，对每种文件还应根据项目的性质，划定它们各自的保密级别，确定他们各自的发行范围。保密问题目前对于各个软件开发公司都具有重要意义，由于软件的特殊性，文件做得越规范、越详细，一旦被泄露出去，研究成果或开发工作越容易被他人所获取。

3. 文件的控制

在一个软件的开发过程中，随着程序的逐步形成和逐步修改，各种文件亦在不断地产生、不断地修改或补充。因此，必须加以周密的控制，以保证文件与程序产品的一致性，保证各种文件之间的一致性和文件的安全性。这种控制表现为：

（1）就从事一个软件开发工作的开发集体而言，应设置一位专职的文件管理人员（接口管理工程师或文件管理员）；在开发集体中，应该集中保管本项目现有全部文件的主文本两套，由该文件管理人员负责保管。

（2）每一份提交给文件管理人员的文件都必须具有编写人、审核人和批准人的签字。

（3）这两套主文本的内容必须完全一致；其中有一套是可供出借的，另一套是绝对不能出借的，以免发生万一；可出借的主文本在出借时必须办理出借手续，归还时办理注销出借手续。

（4）开发集体中的工作人员可以根据工作的需要，在本项目的开发过程中持有一些文件，即所谓个人文件，包括为使他完成他承担的任务所需要的文件，以及他在完成任务过程中所编制的文件。但这种个人文件必须是主文本的复制品，必须同主文本完全一致，若要修改，必须首先修改主文本。

（5）不同开发人员所拥有的个人文件通常是主文本的各种子集。所谓子集是指把主文本的各个部分根据承担不同任务的人员或部门的工作需要加以复制、组装而成的若干个文件的集合。文件管理人员应该列出一份不同子集的分发对象的清单，按照清单及时把文件分发给有关人员或部门。

（6）一份文件如果已经被另一份新的文件所代替，则原文件应该被注销。文件管理人员要随时整理主文本，及时反映出文件的变化和增加情况，及时分发文件。

（7）当一个项目的开发工作临近结束时，文件管理人员应逐个收回开发集体内每个成员的个人文件，并检查这些个人文件的内容。经验表明，这些个人文件往往可能比主文本更详细，或同主文本的内容有所不同，必须认真监督有关人员进行修改，使主文本能真正反映实际的开发结果。

4. 文件的修改管理

在一个项目开发过程中的任何时刻，开发集体内的所有成员都可能对开发工作的已有成果，提出进行修改的要求。提出修改要求的理由可能是各种各样的，进行修改而引起的影响可能很小，也可能会牵涉到本项目的很多方面。因此，修改活动的进行必须谨慎，必须对修改活动的进行加以管理，必须执行修改活动的规程，使整个修改活动有控制地进行。

修改活动可分如下5个步骤进行：

（1）提议开发集体中的任何一个成员都可以向项目负责人提出修改建议，为此应该填写一份修改建议表，说明修改的内容、所修改的文件和部位以及修改理由。

（2）由项目负责人或项目负责人指定的人员对该修改建议进行评议，包括审查该项修改的必要性、确定这一修改的影响范围、研究进行修改的方法、步骤和实施计划。

（3）审核一般由项目负责人进行，包括核实修改的目的和要求、核实修改活动将带来的影响、审核修改活动计划是否可行。

（4）在一般情况下，批准权属于该开发单位的部门负责人。在批准时，主要是决定修改工作中各项活动的先后顺序及各自的完成日期，以保证整个开发工作按原定计划日期完成。

（5）由项目负责人批准修改活动计划，安排各项修改活动的负责人员进行修改，建立修改记录产生新的文件以取代原有文件，最后把文件交予文件管理人员归档，并分发给有关的持有者。

目前有许多专业的软件用于文件和源程序的控制，保证在不同时期产生的文件或源程序不会由于多人的同时修改而产生冲突，也可以保证每个成员在规定的时间内必须提交规定的文件。但对于所提交的文件的具体内容软件无法作出正确与否的判断，因此还是需要通过相应的管理制度和使用专业的文件管理人员。

10.2　软件工程文件的主要构成

本书中所描述的软件工程文件的内容，主要的依据是《计算机软件产品开发文件编制指南 GB 8567-88》。虽然软件工程文件的内容根据各个软件规模、复杂程度、行业背景不同而有所差别，但本节中描述的多种工程文件的内容具有一定的普遍性，可供读者在软件工程文件编制时参考。

限于篇幅，本节只对每一种文件的基本功能、格式和要求作简单描述，详细的说明读者可以参考相关文献。

10.2.1　可行性研究报告

可行性研究报告的编写目的是：说明该软件开发项目的实现在技术、经济和社会条件方面的可行性，评述为了合理地达到开发目标而可能选择的各种方案，说明并论证所选定的方案。可行性研究报告的编写内容包括引言、可行性研究前提、现有系统分析、建议系统、投资效益分析、社会条件可行性和结论。

1. 引言

引言中主要包括软件项目编写目的，指出预期的读者。背景，包括软件系统名称、社会背景、行业背景和用户背景等定义。列出本文件中用到的专门术语的定义和外文首字母组词的原词组以及参考资料。

2. 可行性研究前提

可行性研究前提包括软件项目的要求，实现目标，为实现该目标所需要的条件、假定和限制、进行可行性研究的方法以及评价尺度。

软件项目的要求说明对所建议开发的软件的基本要求，如功能、性能、输出报告、文件或数据，说明系统的输入，包括数据的来源、类型、数量、数据的组织以及提供的频度；用图表的方式表示出最基本的数据流程和处理流程，并辅以叙述；在安全与保密方面的要求；同本系统相连接的其他系统及完成期限。

实现目标说明所建议系统的主要开发目标，例如，人力与设备费用的减少、处理速度的提高、控制精度或生产能力的提高、管理信息服务的改进、自动决策系统的改进、人员利用率的改进等。

说明对这项开发中给出的条件、假定和所受到的限制，如所建议系统的运行寿命的最小值，进行系统方案选择比较的时间，经费、投资方面的来源和限制，法律和政策方面的限制，硬件、软件、运行环境和开发环境方面的条件和限制，可利用的信息和资源；系统投入使用的最晚时间。

可行性研究的方法说明及评价尺度表明这项可行性研究将是如何进行的，所建议的系统将是如何评价的。

3. 现有系统分析

对现有系统分析指当前实际使用的系统，这个系统可能是计算机系统，也可能是一个机械系统甚至是一个人工系统。分析现有系统的目的是为了进一步阐明建议中的开发新系统或修改现有系统的必要性。现有系统分析包括对用户当前的数据流程和处理流程的分析、当前用户的工作负荷和费用开支以及为此投入的人员和设备，并由此得到的现有系统存在哪些局限性的结论，如处理时间赶不上需要，响应不及时，数据存储能力不足，处理功能不够等。并且要说明，为什么对现有系统的改进维护已经不能解决问题。

4. 建议系统

根据现有系统的问题，可行性研究报告应提出建议系统。建议系统说明用户的目标和要求将如何被满足，包括对所建议系统的说明，针对建议系统的数据流程和处理流程以及与现有系统的改进之处和对当前用户造成的影响，主要包括可能影响的硬件设备（需要购买或改造），对当前软件的影响（如果已经存在软件系统）、对用户单位机构的影响（人员数量和技术水平）、对系统运行的影响。在论述以上影响之后，需要进一步描述为实现建议系统所需要的开发工作量，建议系统对地点和设施的要求，大致所需要的经费开支以及建议系统存在的局限性和技术条件方面的可行性。

为了给用户更多的选择，除了建议系统之外，在可行性报告中一般都会另外提供1～2个可供用户选择的系统方案，并与建议系统作出比较，比较的方面包括用户需求的满足程度、用户成本、技术成熟性、可靠性、系统维护、扩展的方便性、灵活性等。对于未被选中的方案，要说明未被选中的原因。

一般来说，除非用户指定，在提供建议系统或可选系统时，为了使用户不至于局限在某些软件供应商，可行性研究包括不建议从特定软件供应商的技术特长进行分析。对于某些特殊行业的应用软件系统，则软件供应商的资质也需要考虑。

5. 投资效益分析

投资效益分析主要包括对支出、收益两者的分析。支出包括基本建设投资（如场地购买、布线、装潢等）、其他一次性支出（如购买的设备、操作系统、数据库等）、非一次性支出（包括软件的开发、调试费用以及后期的软件维护升级费用）。

收益主要包括一次性收益、非一次性收益和不可定量的收益，逐项列出无法直接用人民币表示的收益。有些不可捉摸的收益只能大概估计或进行极值估计（按最好和最差情况估计）。

在明确了支出和收益后，则可以根据收益／投资比和投资回收周期来从经济上判断可行性。在我们国家通常在收益中还会考虑社会效益，即使用软件系统后给企业的竞争力、形象或带动行业发展方面的影响。

6. 社会条件可行性

社会条件可行性主要是从法律和道德方面论述系统的可行性，如合同责任、侵犯专利权、侵犯版权等方面的陷阱，这些软件人员通常是不熟悉的，有可能误入，务必要注意研究。

7. 结论

在进行可行性研究报告的编制时，必须有一个研究的结论。进行结论有以下三种情况。

（1）可以立即开始进行。

（2）需要推迟到某些条件（如资金、人力、设备等）落实之后才能开始进行。

（3）需要对开发目标进行某些修改之后才能开始进行。

（4）不能进行或不必进行（例如，因技术不成熟、经济上不合算等）。根据上述分析，最后得出结论，系统是否可行。

10.2.2　项目开发计划书

编制项目开发计划书的目的是用文件的形式，把对于在开发过程中各项工作的负责人员、开发进度、所需经费预算、所需软硬件条件等问题做出的安排记载下来，以便根据本计划开展和检查本项目的开发工作。项目开发计划书包括引言、项目概述、实施总计划、支持条件和专题计划要点。

1. 引言

项目开发计划书的引言部分与可行性报告的引言基本一致，在此不再重复，后面各文件也都不再描述。

2. 项目概述

简要地说明在本项目的开发中须进行的各项主要工作和为完成这些工作所需要的参加本项目开发工作的主要人员的情况，包括他们的技术水平。

说明项目完成后的具体的成果和产品，存在以下形式。

（1）程序：列出需移交给用户的程序的名称、所用的编程语言及存储程序的媒体形式，并通过引用有关文件，逐项说明其功能和能力。

（2）文件：列出需移交给用户的每种文件的名称及内容要点。

（3）服务：列出需向用户提供的各项服务，如培训、安装、维护和运行支持等，应逐项规定开始日期、所提供支持的级别和服务的期限。

（4）非移交的产品：说明开发集体应向本单位提交但不必向用户移交的产品（文件甚至某些程序）。

对于上述这些应提交出的产品和服务，逐项说明或引用资料说明验收标准及完成日期。

3. 实施计划

实施计划包括人员的分配、进度的安排、费用及关键问题。

（1）人员：对于项目开发中需完成的各项工作，从需求分析、设计、实现、测试直到维护，包括文件的编制、审批、打印、分发工作，用户培训工作，软件安装工作等，按层次进行分解，指明每项任务的负责人和参加人员。说明负责接口工作的人员及他们的职责，包括负责本项目同用户的接口人员；负责本项目同本单位各管理机构，如合同计划管理部门、财务部门、质量管理部门等的接口人员；负责本项目同各分合同负责单位的接口人员等。

（2）进度：对于需求分析、设计、编码实现、测试、移交、培训和安装等工作，给出每项工作任务的预定开始日期、完成日期及所需资源，规定各项工作任务完成的先后顺序以及表征每项工作任务完成的标志性事件（即所谓里程碑）。

（3）费用：逐项列出本开发项目所需要的劳务（包括人员的数量和时间）以及经费的预算（包括办公费、差旅费、机时费、资料费、通讯设备和专用设备的租金等）和来源。

（4）关键问题：逐项列出能够影响整个项目成败的关键问题、技术难点和风险，指出这些问题对项目的影响。

4. 支持条件

说明为支持本项目的开发所需要的各种条件和设施，逐项列出需要用户承担的工作和完成的期限，包括需由用户提供的条件及提供的时间。逐项列出需要外单位分合同承包者承担的工作和完成的时间，包括需要由外单位提供的条件和提供的时间。

5. 专题计划要点

说明本项目开发中需制订的各个专题计划（如合同计划、开发人员培训计划、测试计划、安全保密计划、质量保证计划、配置管理计划、用户培训计划、系统安装计划等）的要点。

10.2.3　软件需求说明书

软件需求说明书的编制是为了使用户和软件开发者双方对该软件的初始规定有一个共同的理解，使之成为整个开发工作的基础。软件需求说明书包括引言、任务概述、需求规定和运行环境。

1. 引言

（略）

2. 任务概述

任务概述首先说明该任务的目的。即叙述该项软件开发的意图、应用目标、作用范围以及其他应向读者说明的有关该软件开发的背景材料。解释被开发软件与其他有关软件之间的关系。如果本软件产品是一项独立的软件，而且全部内容自含，则说明这一点。如果所定义的产品是一个更大的系统的一个组成部分，则应说明本产品与该系统中其他各组成部分之间的关系，为此可使用一张方框图来说明该系统的组成和本产品同其他各部分的联系和接口。

其次需要列出本软件的最终用户的特点，充分说明操作人员、维护人员的教育水平和技术专长，以及本软件的预期使用频度，这些是软件设计工作的重要约束。约束还包括经费限制、开发期限等。

3. 需求规定

（1）对功能的规定：用列表的方式逐项定量和定性地叙述对软件所提出的功能要求，说明输入什么量、经怎样的处理、得到什么输出，说明软件应支持的终端数和应支持的并行操作的用户数。

（2）对性能的规定。

① 精度：说明对该软件的输入、输出数据精度的要求，可能包括传输过程中的精度。

② 时间特性要求：说明对于该软件的时间特性要求，如对响应时间、更新处理时间、数据的转换和传送时间、解题时间等的要求。

③ 灵活性：说明对该软件的灵活性的要求，即当需求发生某些变化时，该软件对这些变化的适应能力，如操作方式上的变化、运行环境的变化、同其他软件的接口的变化、精度和有效时限的变化、计划的变化或改进。对于为了提供这些灵活性而进行的专门设计的部分应该加以标明。

（3）输入/输出要求：解释各输入/输出数据类型，并逐项说明其媒体、格式、数值范围、精度等。对软件的数据输出及必须标明的控制输出量进行解释并举例，包括对硬拷贝报告（正常结果输出、状态输出及异常输出）以及图形或显示报告的描述。

（4）数据管理能力要求：说明需要管理的文卷和记录的个数、表和文卷的大小规模，要按可预见的增长对数据及其分量的存储要求做出估算。

（5）故障处理要求：列出可能的软件、硬件故障以及对各项性能而言所产生的后果和对故障处理的要求。

（6）其他专门要求：如用户单位对安全保密的要求，对使用方便的要求，对可维护性、可补充性、易读性、可靠性、运行环境可转换性的特殊要求等。

4. 系统运行环境规定

（1）设备：列出运行该软件所需要的硬件设备，说明其中的新型设备及其专门功能。

① 处理器型号及内存容量。

② 外存容量、联机或脱机、媒体及其存储格式，设备的型号及数量。

③ 输入及输出设备的型号和数量，联机或脱机。

④ 数据通信设备的型号和数量。

⑤ 功能键及其他专用硬件。

（2）支持软件：列出支持软件，包括要用到的操作系统、编译（或汇编）程序、测试支持软件等。

（3）接口：说明该软件同其他软件之间的接口、数据通信协议等。

（4）控制：说明控制该软件的运行的方法和控制信号，并说明这些控制信号的来源。

10.2.4　数据要求说明书

数据要求说明书的编制目的是为了向整个开发时期提供关于被处理数据的描述和数据采集要求的技术信息。数据要求包括引言、数据的逻辑描述和数据的采集。

1. 引言

（略）

2. 数据的逻辑描述

对数据进行逻辑描述时可把数据分为动态数据和静态数据。所谓静态数据，指在运行过程中主要作为参考的数据，它们在很长的一段时间内不会变化，一般不随运行而改变。所谓动态数据，包括所有在运行中要发生变化的数据以及在运行中要输入、输出的数据。进行描述时应把各数据元素逻辑地分成若干组，如函数、源数据或对于其应用更为恰当的逻辑分组。给出每一数据元的名称（包括缩写和代码）、定义（或物理意义）、量度单位、值域、格式和类型等有关信息。

（1）静态数据：列出所有作为控制或参考用的静态数据元素。

（2）动态输入数据：列出动态输入数据元素（包括在常规运行中或联机操作中要改变的数据）。

（3）动态输出数据：列出动态输出数据元素（包括在常规运行中或联机操作中要改变的数据）。

（4）内部生成数据：列出向用户或开发单位中的维护调试人员提供的内部生成数据。

（5）数据约定：说明对数据要求的制约。逐条列出对进一步扩充或使用方面的考虑而提出的对数据要求的限制（容量、文卷、记录和数据元的个数的最大值）。对于在设计和开发中确定是临界性的限制更要明确指出。

3. 数据采集

（1）要求和范围：按数据元的逻辑分组来说明数据采集的要求和范围，指明数据的采集方法，说明数据采集工作的承担者是用户还是开发者。

① 输入数据的来源。例如，单个操作员、数据输入站，专业的数据输入公司或它们的一个分组。

② 数据输入（指把数据输入处理系统内部）所用的媒体和硬设备。如果只有指定的输入点的输入才是合法的，则必须对此加以说明。

③ 接受者说明输出数据的接受者。

④ 输出数据的形式和设备。列出输出数据的形式和硬件设备。无论接受者将接收到的数据是打印输出，还是CRT上的一组字符、一帧图形或一声警铃或向开关线圈提供的一个电脉冲或常用介质如磁盘、磁带、穿孔卡片等，均应具体说明。

⑤ 数据值的范围给出每一个数据元的合法值的范围。

⑥ 量纲给出数字的量度单位、增量的步长、零点的定标等。在数据是非数字量的情况

下，要给出每一种合法值的形式和含意。

⑦ 更新和处理的频度给出预定的对输入数据的更新和处理的频度。如果数据的输入是随机的，应给出更新处理频度的平均值，或变化情况的某种其他量度。

（2）输入的承担者：说明预定的对数据输入工作的承担者。如果输入数据同某一接口软件有关，还应说明该接口软件的来源。

（3）预处理：对数据的采集和预处理过程提出专门的规定，包括适合应用的数据格式、预定的数据通信媒体和对输入时间的要求等。对于需要经模拟转换或数字转换处理的数据量，要给出转换方法和转换因子等有关信息，以便软件系统使用这些数据。

（4）影响：说明这些数据要求对于设备、软件、用户、开发单位所可能产生的影响，如要求用户单位增设某个机构等。

10.2.5　概要设计说明书

概要设计说明书又可称为系统设计说明书，这里所说的系统是指程序系统。它编制的目的是说明对程序系统的设计考虑，包括引言、系统设计、接口设计、运行设计、系统数据结构设计和系统出错处理设计等，为程序的详细设计提供基础。

1. 引言

（略）

2. 总体设计

（1）需求规定：说明对本系统的主要的输入/输出项目、处理的功能及性能要求。

（2）运行环境：简要地说明对本系统的运行环境（包括硬件环境和支持环境）的规定。

（3）基本设计概念和处理流程：说明本系统的基本设计概念和处理流程，尽量使用图表的形式。

（4）结构：用一览表及框图的形式说明本系统的系统元素（各层模块、子程序、公用程序等）的划分，扼要说明每个系统元素的标识符和功能，分层次地给出各元素之间的控制与被控制关系。

（5）功能需求与程序的关系：说明各项功能需求的实现同各块程序的分配关系。

（6）人工处理过程：说明在本软件系统的工作过程中不得不包含的人工处理过程（如果有）。

（7）尚未解决的问题：说明在概要设计过程中尚未解决而设计者认为在系统完成之前必须解决的各个问题。

3. 接口设计

接口设计包括用户接口外部接口和内部接口设计。其中，用户接口说明将向用户提供的命令和它们的语法结构，以及软件的回答信息；外部接口说明本系统同外界的所有接口的安排，包括软件与硬件之间的接口、本系统与各支持软件之间的接口关系；内部接口说明本系统之内的各个系统元素之间的接口的安排。

4. 运行设计

运行设计包括运行模块组合、运行控制和运行时间设计。其中，运行模块组合，说明对系统施加不同的外界运行控制时所引起的各种不同的运行模块组合，说明每种运行所历经的内部模块和支持软件；运行控制，说明每一种外界的运行控制的方式方法和操作步骤；运行时间，说明每种运行模块组合将占用各种资源的时间。

5. 系统数据结构设计

系统数据结构设计包括逻辑结构设计和物理结构设计。其中，逻辑结构设计要点是给出本系统内所使用的每个数据结构的名称、标识符以及它们之中每个数据项、记录、文卷和系的标识、定义、长度及它们之间的层次的或表格的相互关系；物理结构设计要点是给出本系统内所使用的每个数据结构中的每个数据项的存储要求、访问方法、存取单位、存取的物理关系（索引、设备、存储区域）、设计考虑和保密条件。数据结构与程序的关系，说明各个数据结构与访问这些数据结构的形式。

6. 系统出错处理设计

（1）出错信息：用一览表的方式说明每种可能的出错或故障情况出现时，系统输出信息的形式、含意及处理方法。

（2）补救措施：说明故障出现后可能采取的变通措施。包括以下几种技术。

① 后备技术。说明准备采用的后备技术，当原始系统数据万一丢失时启用的副本的建立和启动技术。例如，周期性地把磁盘信息记录到磁带上去就是对于磁盘媒体的一种后备技术。

② 降效技术。说明准备采用的后备技术，使用另一个效率稍低的系统或方法来求得所需结果的某些部分。例如，一个自动系统的降效技术可以是手工操作和数据的人工记录。

③ 恢复及再启动技术。说明将使用的恢复再启动技术，使软件从故障点恢复执行或使软件从头开始重新运行的方法。

（3）系统维护设计：说明为了系统维护的方便而在程序内部设计中作出的安排，包括在程序中专门安排用于系统的检查与维护的检测点和专用模块。

10.2.6　详细设计说明书

详细设计说明书又可称为程序设计说明书，其编制目的是说明一个软件系统各个层次中的每一个程序（每个模块或子程序）的设计考虑，包括引言、程序的组织结构、各个程序模块的设计说明。如果一个软件系统比较简单，层次很少，本文件可以不单独编写，有关内容合并入概要设计说明书。

1. 引言

（略）

2. 程序的组织结构

用一系列图表列出本程序系统内的每个程序（包括每个模块和子程序）的名称、标识符和它们之间的层次结构关系。通常这样的图表有IDEFO、UML、E-R图等。

3. 各个程序模块的设计说明

一般来说，有多少个模块就要写多少个程序模块设计说明。

程序模块设计说明逐个地给出各个层次中的每个程序的设计考虑。对于一个具体的模块，尤其是层次比较低的模块或子程序，其很多条目的内容往往与它所隶属的上一层模块的对应条目的内容相同，在这种情况下，只要简单地说明这一点即可。

（1）程序描述：给出对该程序的简要描述，主要说明安排设计本程序的目的、意义，并且还要说明本程序的特点。

（2）功能：说明该程序应具有的功能，可采用输入、处理、输出图的形式。

（3）性能：说明对该程序的全部性能要求，包括对精度、灵活性和时间特性的要求。

（4）输入项：给出对每一个输入项的特性，包括名称、标识、数据的类型和格式、数据值的有效范围、输入的方式、数量和频度、输入媒体、输入数据的来源和安全保密条件等。

（5）输出项：给出对每一个输出项的特性，包括名称、标识、数据的类型和格式、数据值的有效范围、输出的形式、数量和频度，输出媒体、对输出图形及符号的说明、安全保密条件等。

（6）算法：详细说明本程序所选用的算法，具体的计算公式和计算步骤。

（7）流程逻辑：用图表（如流程图、判定表等）辅以必要的说明来表示本程序的逻辑流程。

（8）接口：用图的形式说明本程序所隶属的上一层模块及隶属于本程序的下一层模块、子程序，说明参数赋值和调用方式，说明与本程序相直接关联的数据结构（数据库、数据文卷）。

（9）存储分配：根据需要，说明本程序的存储分配。

（10）注释设计：说明准备在本程序中安排的注释。

① 加在模块首部的注释。

② 加在各分枝点处的注释，对各变量的功能、范围、默认条件等所加的注释。

③ 对使用的逻辑所加的注释等。

（11）限制条件：说明本程序运行中所受到的限制条件。

（12）测试计划：说明对本程序进行单元测试的计划，包括对测试的技术要求、输入数据、预期结果、进度安排、人员职责、设备条件驱动程序及桩模块等的规定。

（13）尚未解决的问题：说明在本程序的设计中尚未解决而设计者认为在软件完成之前应解决的问题。

10.2.7　数据库设计说明书

数据库设计说明书的编制目的是对于设计中的数据库的所有标识、逻辑结构和物理结构作出具体的设计规定，它包括引言、外部设计、结构设计和应用设计四部分。

1. 引言

（略）

2. 外部设计

（1）标识符和状态：联系用途，详细说明用于唯一地标识该数据库的代码、名称或标识符，附加的描述性信息亦要给出。如果该数据库属于尚在实验中、尚在测试中或是暂时使用的，则要说明这一特点及其有效时间范围。

（2）使用它的程序：列出将要使用或访问此数据库的所有应用程序，对于这些应用程序的每一个，给出它的名称和版本号。

（3）约定：陈述一个程序员或一个系统分析员为了能使用此数据库而需要了解的建立标号、标识的约定。例如，用于标识数据库的不同版本的约定和用于标识库内各个文卷、记录、数据项的命名约定等。

（4）专门指导：向准备从事此数据库的生成、从事此数据库的测试、维护的人员提供专门的指导。例如，将被送入数据库的数据的格式和标准、送入数据库的操作规程和步骤，用于产生、修改、更新或使用这些数据文卷的操作指导。如果这些指导的内容篇幅很长，列出可参阅的文件资料的名称和章节。

（5）支持软件：简单介绍同此数据库直接有关的支持软件，如数据库管理系统、存储定位程序和用于装入、生成、修改、更新数据库的程序等。说明这些软件的名称、版本号和主要功能特性，如所用数据模型的类型、允许的数据容量等。列出这些支持软件的技术文件的标题、编号及来源。

3. 结构设计

（1）概念结构设计：说明本数据库将反映的现实世界中的实体、属性和它们之间的关系等的原始数据形式，包括各数据项、记录、系、文卷的标识符、定义、类型、量度单位和值域，建立本数据库的每一幅用户视图。

（2）逻辑结构设计：说明把上述原始数据进行分解、合并后重新组织起来的数据库全局逻辑结构，包括所确定的关键字和属性、重新确定的记录结构和文卷结构、所建立的各个文卷之间的相互关系，形成本数据库的数据库管理员视图。

（3）物理结构设计：建立系统程序员视图，包括以下几个方面。

① 数据在内存中的安排，包括对索引区、缓冲区的设计。

② 所使用的外存设备及外存空间的组织，包括索引区、数据块的组织与划分。

③ 访问数据的方式方法。

4. 应用设计

（1）数据字典设计：对数据库设计中涉及的各种项目，如数据项、记录、系、文卷、模式、子模式等一般要建立起数据字典，以说明它们的标识符、同义名及有关信息。

（2）安全保密设计：说明在数据库的设计中，将如何通过区分不同的访问者、不同的访问类型和不同的数据对象，进行分别对待而获得的数据库安全保密的设计考虑。

10.2.8　用户手册

用户手册的编制是要使用非专门术语的语言，充分地描述该软件系统所具有的功能及基本的使用方法。使用户（或潜在用户）通过本手册能够了解该软件的用途，并且能够确定在什么情况下，如何使用它。用户手册包括引言、用途、运行环境、使用环境、对每项输出作出说明、文卷查询、出错处理和恢复、终端操作等内容。

1. 引言

（略）

2. 用途

（1）功能：结合本软件的开发目的逐项地说明本软件所具有各项功能以及它们的极限范围。

（2）性能。

① 精度：逐项说明对各项输入数据的精度要求和本软件输出数据达到的精度，包括传输中的精度要求。

② 时间特性：定量地说明本软件的时间特性，如响应时间，更新处理时间，数据传输、转换时间，计算时间等。

③ 灵活性：说明本软件所具有的灵活性，即当用户需求（如对操作方式、运行环境、结果精度、时间特性等的要求）有某些变化时，本软件的适应能力。

（3）安全保密：说明本软件在安全、保密方面的设计考虑和实际达到的能力。

3. 运行环境

（1）硬设备：列出为运行本软件所要求的硬设备的最小配置。

① 处理机的型号、内存容量。

② 所要求的外存储器、媒体、记录格式、设备的型号和台数、联机/脱机。

③ I/O设备（是否联机/脱机）。

④ 数据传输设备和转换设备的型号、台数。

（2）支持软件：说明为运行本软件所需要的支持软件。

① 操作系统的名称、版本号。

② 程序语言的编译/汇编系统的名称和版本号。

③ 数据库管理系统的名称和版本号。

④ 其他支持软件。

（3）数据结构：列出为支持本软件的运行所需要的数据库或数据文卷。

4. 使用环境

首先用图表的形式说明软件的功能同系统的输入源机构、输出接收机构之间的关系。

（1）安装与初始化：一步一步地说明为使用本软件而需要进行的安装与初始化过程，包括程序的存储形式、安装与初始化过程中的全部操作命令、系统对这些命令的反应与答复、表征安装工作完成的测试实例等。如果有的话，还应说明安装过程中所需用到的专用软件。

（2）输入：规定输入数据和参量的准备要求。

① 输入数据的实现背景及说明。

- **情况**：例如，人员变动、库存。
- **情况出现的频度**：例如，周期性的、随机的、一项操作状态的函数。
- **情况来源**：例如，人事部门、仓库管理部门。
- **输入媒体**：例如，键盘、穿孔卡片、磁带。
- **限制**：出于安全、保密考虑而对访问这些输入数据所加的限制。
- **质量管理**：例如，对输入数据合理性的检验以及当输入数据有错误时应采取的措施，如建立出错情况的记录等。
- **支配**：例如，如何确定输入数据是保留还是废弃，是否要分配给其他的接受者等。

② 输入格式：说明对初始输入数据和参量的格式要求，包括语法规则和有关约定。

- **长度**：例如，字符数/行，字符数/项。
- **格式基准**：例如，以左面的边沿为基准。
- **标号**：例如，标记或标识符。
- **顺序**：例如，各个数据项的次序及位置。
- **标点**：例如，用来表示行、数据组等的开始或结束而使用的空格、斜线、星号、字符组等。
- **词汇表**：给出允许使用的字符组合的列表，禁止使用 * 的字符组合的列表等。
- **省略和重复**：给出用来表示输入元素可省略或重复的表示方式。
- **控制**：给出用来表示输入开始或结束的控制信息。

③ 输入举例：为每个完整的输入形式提供样本。

- **控制或首部**：例如，用来表示输入的种类和类型的信息，标识符输入日期，正文起点和对所用编码的规定。
- **主体**：输入数据的主体，包括数据文卷的输入表述部分。
- **尾部**：用来表示输入结束的控制信息，累计字符总数等。
- **省略**：指出哪些输入数据是可省略的。
- **重复**：指出哪些输入数据是重复的。

5. 对每项输出作出说明

（1）输出数据的实现背景及说明。

① 使用：这些输出数据是给谁的，用来干什么的。

② 使用频率：例如，每周的、定期的或备查阅的。

③ 媒体：打印、CRI显示、磁带、卡片、磁盘。

④ 质量管理：例如，关于合理性检验、出错纠正的规定。

⑤ 支配：例如，如何确定输出数据是保留还是废弃，是否要分配给其他接受者等。

（2）输出格式：给出对每一类输出信息的解释。

① 首部：如输出数据的标识符，输出日期和输出编号。

② 主体：输出信息的主体，包括分栏标题。

③ 尾部：包括累计总数，结束标记。

（3）输出举例：每种输出类型提供例子，对例子中的每一项进行说明。

① 定义：每项输出信息的意义和用途。

② 来源：从特定的输入中抽出、从数据库文卷中取出、或从软件的计算过程中得到。

③ 特性：输出的值域、计量单位、在什么情况下可缺省等。

6. 文卷查询

这一条的编写针对具有查询能力的软件，内容包括同数据库查询有关的初始化、准备及处理所需要的详细规定，说明查询的能力、方式，所使用的命令和所要求的控制规定。

7. 出错处理和恢复

列出由软件产生的出错编码或条件以及应由用户承担的修改纠正工作。指出为了确保再启动和恢复的能力，用户必须遵循的处理过程。

8. 终端操作

当软件是在多终端系统上工作时，应编写本条，以说明终端的配置安排、连接步骤、数据和参数输入步骤、控制规定。说明通过终端操作进行查询、检索、修改数据文卷的能力、语言、过程以及辅助性程序等。

10.2.9　操作手册

操作手册的编制是为了向操作人员提供该软件每一个运行的具体过程和相关知识，包括引言、软件综述、运行说明、非常规过程和远程操作等内容及操作方法的细节。

1. 引言

（略）

2. 软件综述

（1）软件的结构：结合软件系统所具有的功能包括输入、处理和输出提供该软件的总体结构图表。

① 程序表：列出本系统内每个程序的标识符、编号和助记名。

② 文卷表：列出将由本系统引用、建立或更新的每个永久性文卷，说明它们各自的标识符、编号、助记名、存储媒体和存储要求。

③ 安装与初始化：一步一步地说明为使用本软件而需要进行的安装与初始化过程，包括程序的存载形式，安装与初始化过程中的全部操作命令，系统对这些命令的反应与答复，表征安装工作完成的测试实例等。如果有的话，还应说明安装过程中所需用到的专用软件。

3. 运行说明

所谓一个运行是指提供一个启动控制信息后，直到计算机系统等待另一个启动控制信息时为止的计算机系统执行的全部过程。

（1）运行表：列出每种可能的运行，摘要说明每个运行的目的，指出每个运行各自所执行的程序。

（2）运行步骤：说明从一个运行转向另一个运行以完成整个系统运行的步骤。

（3）运行模块说明：把运行模块的有关信息，以对操作人员为最方便、最有用的形式加以说明。

① 运行控制：列出为本运行所需要的运行流向控制的说明。

② 操作信息：给出为操作中心的操作人员和管理人员所需要的信息。如：

- 运行目的。
- 操作要求。
- 启动方法，如应请启动（由所遇到的请求信息启动）、预定时间启动等。
- 预计的运行时间和解题时间。
- 与运行有联系的其他事项。

③ 输入/输出文卷：提供被本运行建立、更新或访问的数据文卷的有关信息。

- 文卷的标识符或标号。
- 记录媒体。
- 存留的目录表。
- 文卷的支配如确定保留或废弃的准则、是否要分配给其他接受者、占用硬设备的优先级以及保密控制等有关规定。

④ 输出文段：提供本软件输出的每个用于提示、说明或应答的文段（包括"菜单"）的有关信息。

- 文段的标识符。
- 输出媒体（屏幕显示、打印等）。
- 文字容量。
- 分发对象。
- 保密要求。

⑤ 输出文段的复制：向由计算机产生、需要用其他方法复制的那些文段提供有关信息。

- 文段的标识符。
- 复制的技术手段。
- 纸张或其他媒体的规格。
- 装订要求。
- 分发对象。
- 复制份数。

⑥ 恢复过程：说明本运行故障后的恢复过程。

4. 非常规过程

提供有关应急操作或非常规操作的必要信息，如出错处理操作、向后备系统的切换操作以及其他必须向程序维护人员交待的事项和步骤。

5. 远程操作

如果本软件能够通过远程终端控制运行，则在本项说明通过远程终端运行本软件的操作过程。

10.2.10 模块开发卷宗

模块开发卷宗是在模块开发过程中逐步编写出来的，每完成一个模块或一组密切相关的模块的复审时编写一份，应该把所有的模块开发卷宗汇集在一起。编写的目的是记录和汇总低层次开发的进度和结果，以便于对整个模块开发工作的管理和复审，并为将来的维护提供非常有用的技术信息。模块开发卷宗的内容如下。

1. 标题

标题需要说明软件系统名称和标识符，模块名称和标识符（如果本卷宗包含多于一个的模块，则用这组模块的功能标识代替模块名），在封面还必须包含程序编制员签名、卷宗的修改文本序号、修改完成日期、卷宗序号（说明本卷宗在整个卷宗中的序号和编排日期）等信息。

2. 模块开发情况表

模块开发情况如表10-2所示。

表10-2　模块开发情况表

模块标识符					
模块的描述性名称					
代码设计	计划开始日期				
	实际开始日期				
	计划完成日期				
	实际完成日期				
模块测试	计划开始日期				
	实际开始日期				
	计划完成日期				
	实际完成日期				
组装测试	计划开始日期				
	实际开始日期				
	计划完成日期				
	实际完成日期				
代码复查日期/签字					

（续表）

源代码行数	预计			
	实际			
目标模块大小	预计			
	实际			
模块标识符				
项目负责人批准日期/签字				

3. 功能说明

扼要说明本模块（或本组模块）的功能，主要是输入、要求的处理、输出。可以从概要设计说明书中摘录。同时列出在软件需求说明书中对这些功能的说明的章、条、款。

4. 设计说明

说明本模块（或本组模块）的设计考虑。

（1）在概要设计说明书中有关对本模块（或本组模块）设计考虑的叙述，包括本模块在软件系统中所处的层次、它同其他模块的接口。

（2）在程序设计说明书中有关对本模块（或本组模块）的设计考虑，包括本模块的算法、处理流程、牵涉到的数据文卷设计限制、驱动方式和出错信息等。

（3）在编制目前已通过全部测试的源代码时实际使用的设计考虑。

5. 原代码清单

要给出所产生的本模块（或本组模块）的第一份无语法错误的源代码清单以及已通过全部测试的当前有效的源代码清单。

6. 测试说明

说明直接要经过本模块（或本组模块）的每一项测试，包括这些测试各自的标识符和编号、进行这些测试的目的、所用的配置和输入、预期的输出及实际的输出。

7. 复审的结论

把实际测试的结果，同软件需求说明书、概要设计说明书、详细设计说明书中规定的要求进行比较和给出结论。

10.2.11　测试计划

这里所说的测试，主要是指整个程序系统的组装测试和确认测试。测试计划的编制是为了提供一个对该软件的测试计划，包括对每项测试活动的内容、进度安排、设计考虑、测试数据的整理方法及评价准则。测试计划的一般性内容如下。

1. 引言

（略）

2. 计划

（1）软件说明：逐项说明被测软件的功能、输入和输出等质量指标，作为叙述测试计划的提纲。

（2）测试内容：列出组装测试和确认测试中的每一项测试内容的名称标识符、这些测试的进度安排以及这些测试的内容和目的。例如，模块功能测试、接口正确性测试、数据文卷存取的测试、运行时间的测试、设计约束和极限的测试等。

（3）模块测试：给出这项测试内容的参与单位及被测试的部位。

（4）进度安排：给出对这项测试的进度安排，包括进行测试的日期和工作内容（如熟悉环境、培训、准备输入数据等）。

（5）条件：陈述本项测试工作对资源的要求。

① 设备所用到的类型、数量和预定使用时间。

② 软件列出将被用来支持本项测试过程而本身又并不是被测软件的组成部分的软件，如测试驱动程序、测试监控程序、仿真程序、模块等。

③ 人员列出。在测试工作期间预期可由用户和开发任务组提供的工作人员的人数、技术水平及有关的预备知识，包括一些特殊要求，如倒班操作和数据输入人员。

（6）测试资料：列出本项测试所需的资料。

① 有关本项任务的文件。

② 被测试程序及其所在的媒体。

③ 测试的输入和输出举例。

④ 有关控制此项测试的方法、过程的图表。

（7）测试培训：说明或引用资料说明为被测软件的使用提供培训的计划，规定培训的内容、受训的人员及从事培训的工作人员。

3. 模块测试设计说明

详细说明对上一项测试内容的测试设计的考虑。

（1）控制：说明本测试的控制方式，如输入是人工、半自动或自动引入，控制操作的顺序以及结果的记录方法。

（2）输入：说明本项测试中所使用的输入数据及选择这些输入数据的策略。

（3）输出：说明预期的输出数据，如测试结果及可能产生的中间结果或运行信息。

（4）过程：说明完成此项测试的一个个步骤和控制命令，包括测试的准备、初始化、中间过程和运行结束方式。

4. 评价准则

（1）范围：说明所选择的测试用例能够检查的范围及其局限性。

（2）数据整理：陈述为了把测试数据加工成便于评价的适当形式，使得测试结果可以同已知结果进行比较而要用到的转换处理技术，如手工方式或自动方式。如果是用自动方式整理数据，还要说明为进行处理而要用到的硬件、软件资源。

（3）尺度：说明用来判断测试工作是否能通过的评价尺度，如合理的输出结果的类型、测试输出结果与预期输出之间的容许偏离范围、允许中断或停机的最大次数。

10.2.12 测试分析报告

测试分析报告的编写是为了把组装测试和确认测试的结果、发现及分析写成文件加以记载，具体的内容要求如下。

1. 引言

（略）

2. 测试概要

用表格的形式列出每一项测试的标识符及其测试内容，并指明实际进行的测试工作内容与测试计划中预先设计的内容之间的差别，说明做出这种改变的原因。

3. 测试结果及发现

（1）测试模块1：把本项测试中实际得到的动态输出（包括内部生成数据输出）结果同对于动态输出的要求进行比较，陈述其中的各项发现。

（2）测试模块2：同测试模块1。

（3）……

4. 对软件功能的结论

（1）功能1

① 能力：简述该项功能，说明为满足此项功能而设计的软件能力以及经过一项或多项测试已证实的能力。

② 限制：说明测试数据值的范围（包括动态数据和静态数据），列出就这项功能而言，测试期间在该软件中查出的缺陷、局限性。

（2）功能2

用类似本报告所述方式给出第2项及其后各项功能的测试结论。

（3）……

5. 分析摘要

（1）能力：陈述经测试证实了的本软件的能力。如果所进行的测试是为了验证一项或几项特定性能要求的实现，应提供这方面的测试结果与要求之间的比较，并确定测试环境与实际运行环境之间可能存在的差异对能力的测试所带来的影响。

（2）缺陷和限制：陈述经测试证实的软件缺陷和限制，说明每项缺陷和限制对软件性能的影响，并说明全部测得的性能缺陷的累积影响和总影响。

（3）建议：对每项缺陷提出改进建议。

① 各项修改可采用的修改方法。

② 各项修改的紧迫程度。

③ 各项修改预计的工作量。

④ 各项修改的负责人。

（4）评价：说明该项软件的开发是否已达到预定目标，能否交付使用。

（5）测试资源消耗：总结测试工作的资源消耗数据，如工作人员的水平级别数量、机时消耗等。

10.2.13 开发进度月报

开发进度月报的编制目的是及时向有关管理部门汇报项目开发的进展和情况，以便及时发现和处理开发过程中出现的问题。一般地，开发进度月报是以项目组为单位每月编写的。如果被开发的软件系统规模比较大，整个工程项目被划分给若干个分项目组承担，开发进度月报将以分项目组为单位按月编写。

通常各个单位的开发进度月报的格式并不相同，但一般都包括以下内容开发中的软件系统的名称，本期月报的编号及所报告的年月任务进展、状态（包括任务是提前、按时还是延期），下月任务计划，以及开发中的主要问题和相关建议。

10.2.14 项目开发总结报告

项目开发总结报告的编制是为了总结本项目开发工作的经验，说明实际取得的开发结果以及对整个开发工作的各个方面的评价。

1. 引言

（略）

2. 实际开发结果

（1）产品：说明最终制成的产品。

① 程序系统中各个程序的名字，它们之间的层次关系，以千字节为单位的各个程序的程序量、存储媒体的形式和数量。

② 程序系统共有哪几个版本，各自的版本号及它们之间的区别。

③ 每个文件的名称。

④ 所建立的每个数据库。如果开发中制订过配置管理计划，要同这个计划相比较。

（2）主要功能和性能：逐项列出本软件产品所实际具有的主要功能和性能，对照可行性研究报告、项目开发计划书、软件需求说明书的有关内容，说明原定的开发目标是达到了、未完全达到、还是超过了。

（3）基本流程：用图给出本程序系统的实际的基本处理流程。

（4）进度：列出原定计划进度与实际进度的对比，明确说明实际进度是提前了、还是延迟了，分析主要原因。

（5）费用：列出原定计划费用与实际支出费用的对比。

① 工时，以人月为单位，并按不同级别统计。

② 计算机的使用时间，区别CPU时间及其他设备时间。

③ 物料消耗、出差费等其他支出。明确说明经费是超出还是节余，分析其主要原因。

3. 开发工作评价

（1）对生产效率的评价：给出实际生产效率。

① 程序的平均生产效率，即每人月生产的行数。

② 文件的平均生产效率，即每人月生产的千字数，并列出原订计划数作为对比。

（2）对产品质量的评价：说明在测试中检查出来的程序编制中的错误发生率，即每千条指令（或语句）中的错误指令数（或语句数）。如果开发中制订过质量保证计划或配置管理计划，要同这些计划相比较。

（3）对技术方法的评价：给出对在开发中所使用的技术、方法、工具、手段的评价。

（4）出错原因的分析：给出对于开发中出现的错误的原因分析。

（5）经验与教训：列出从这项开发工作中所得到的最主要的经验与教训及对今后的项目开发工作的建议。

10.3 习　题

1. 软件工程中需要编制的文件种类有哪些？
2. 对于软件开发人员，需要的文件种类有哪些？
3. 在软件开发的设计阶段，需要的文件种类有哪些？
4. 对于软件工程中的文件，有哪几个层次的分类和标识？
5. 说明可行性研究报告的主要组成部分。
6. 在数据库设计说明书中的结构设计包括哪些设计内容？

附录 A 系统需求规格说明书样式

×××系统需求规格说明书

1 简介

1.1 目的

1.2 范围

1.3 定义、首字母缩写或缩略语

1.4 参考文件

2 系统概述

2.1 系统概述

2.2 硬件配置说明

类别	设备名称	设备配置明细	功能

2.3 软件配置说明

类别	设备名称	设备配置明细	功能

3 系统目标

［说明系统要达到的目标。］

4 系统范围界定

4.1 系统外部接口

［描述系统外部接口规格，包括API及数据接口，需要详细描述。附图描述本系统与外部系统的接口。］

4.2 系统软件结构

［描述系统软件的架构图，作相应的描述。并附软件结构图，可以使用用例图表示，也可以使用软件功能结构图表示。］

5 X子系统功能需求

［具体表述系统要实现的功能，如采用OO方法，则用用例图以及相应的活动图表示；如采用结构化方法，则采用系统流程图、数据流程图等手段描述。］

5.1 X模块

［说明本模块的功能需求。复杂模块则需要附图说明各部分的调用关系。］

5.1.1 X模块用例

（1）概述

［描述用例的概要，主要的使用功能。］

（2）相关角色

［描述该用例相关的所有角色。］

（3）触发点

［描述该用例触发的位置与条件。］

（4）基本流

［描述该用例的基本操作流程。］

（5）备选流一

［描述该用例所有的备选流，如果有多个，则需要分别独立描述。］

（6）备选流二

［描述该用例所有的备选流，如果有多个，则需要分别独立描述。］

（7）特殊需求

［描述该用例使用场景的特殊需求，包括软件、硬件、操作习惯、界面风格等方面的特殊要求。］

（8）前置条件

［描述该用例允许进入的条件，包括权限验证、数据前置性要求等。］

（9）后置条件

［描述该用例完成后系统所处的状态。］

（10）扩展点

［描述该用例可扩展的位置。］

5.1.2 X 模块用例附加说明

6 Y 子系统功能需求

［内容同X子系统。如有多个子系统则要分别列出。］

7 补充需求

7.1 性能需求

［说明在一般时间和在高峰时间将各有多少个用户使用各个业务流程和应用程序，说明什么时段是高峰时间（根据情况确定每天、每周、每月等的高峰时刻表）。］

7.2 安全性需求

7.3 商业组件需求

［描述该系统可能使用到的其他商业/免费组件需求，包括与商业/免费组件接口需求、使用权限、费用（针对商业组件）。］

7.4 限制

7.5 其他需求

［法律法规方面的需求和应用标准、操作系统和操作环境、版本相容性等。］

8 支持信息

［需求规格的补充说明，如用户界面原型。可以用引用方式说明，必须明确指出是否将支持信息当作需求的一部分。］

注：以上内容参考了Rational United Process统一软件过程设计的软件需求规格书的模版，仅供参考。

附录 B 软件架构文档样式

×××软件架构

1 简介

［软件架构文档的简介应提供该份文档的概述，它应包括此软件架构文档的目的、范围、定义、首字母缩写词、缩略语、参考资料和概述。］

1.1 目的

［本节定义此软件架构文档在整个项目文档中的作用和目的，并对此文档的结构进行简要说明。应该确定此文档的特定读者，并指出他们应该如何使用此文档。］

1.2 范围

［本节简要说明此架构文档的适用的工作产出物，即此份文档所影响的对象。］

1.3 定义、首字母缩写词和缩略语

［本节应该提供正确理解此软件架构文档所需的全部术语、首字母缩写词、缩略语的定义。这些信息的定义要通过参考该项目的专业词汇确定，不可随意定义不符合软件使用领域习惯的用词。］

1.4 参考资料

［本节应该完整地列出此软件架构文档中其他部分所引用的任何文档。每个文档应写明标题、文档编号（如果纳入配置则一定要有编号）、日期、发布者或发布组织，列出参考资料的详细章节。］

1.5 概述

［本节应该说明此软件架构文档中其他部分所包含的内容，并解释此软件架构文档的组织方式。］

2 架构表示方式

［本节说明软件架构在当前系统中的作用及其表示方式。它列举必需的用例视图、逻辑视图、进程视图、部署视图或者实施视图，并分别说明这些视图所包含哪些类型的模型元素。］

3 架构目标和约束

[本节说明对架构具有重要影响的软件需求和目标等。例如，安全性、保密性、市场已有产品类型和使用、发布及可利用状况。它还要记录可能适用的特殊约束，包括设计和实施的策略、开发工具的选择和使用、团队组织结构、总体时间进度表、可复用的遗留代码和系统原型等。]

4 用例视图

4.1 用例模型

[本节列出用例模型中的一些用例或场景，这些用例或场景应该体现最终目标系统的重要的、核心功能，或者在架构方面的涉及范围很广（例如，使用目前已有的开源架构为基础的架构），或者能够强调、阐明软件架构的某一具体的实现。]

4.2 用例实现

[本节通过几个精选的用例（场景）实现来阐述软件的实际工作方式，并解释不同的设计模型元素如何促成其功能的实现。]

5 逻辑视图

[本节说明设计模型在架构方面具有重要意义的部分。例如，设计模型被分解为多个子系统和包，而每个重要的包又被分解为多个类或函数的过程。需要介绍那些在架构方面具有重要意义的类，并说明它们的职责，以及几项非常重要的关系、操作、属性。]

5.1 架构概览

[在高层次描述软件的架构，可以使用用例图，也可以使用软件结构图。]

5.2 架构中重要的模型元素

（1）业务组件

[对于每个重要的包，都要用一个小结来加以说明，其中应该包括该包的名称、简要说明以及显示该包中所有重要的类和包的设计图。]

（2）实现机制

[描述软件的重要实现机制，应该用静态视图来描述实现机制所用的元素和具体实现流程，并附加详细的说明。]

（3）公用元素及服务

[描述系统用到的公共底层服务。例如，权限验证机制、数字证书、邮件服务等。公共元素和服务应该抽象、统一实现，这样可降低开发成本，减少重复劳动。]

6 进程视图（可选）

[本节描述将系统分解为轻量级进程（单个的线程）和重量级进程（普通进程）的过程。本节按照通讯或交互的进程组加以组织，说明进程之间的主要通讯模式，如消息传递、中断以及中断处理等。此视图为可选，一般实时系统要求此进程视图，而大部分的MIS、企业应用系统则不需要提供。]

7 部署视图

[本节说明用来部署和运行该软件的一种或者多种物理线路（硬件）配置。它是部署模型的视图，对于每种配置，它至少应该指出用来执行该软件的物理节点和连接情况。一般使用系统部署的拓扑图进行描述。]

8 组件视图

[本节说明整个软件系统的组件模型，系统被分解为多个层和子系统的情况，以及所有在架构方面具有重要的意义的组件。]

8.1 概述

[本节指定并定义各个层及其内容、添加到给定层时要遵循的规则以及各层之间的边界，还要提供一个描述层间关系的整体组件视图。]

8.2 层

[对于每个层，都用一个小节加以说明，其中包括该层的名称和一般组件图，并列举位于该层的子系统。]

9 资料视图（可选）

[本节从永久性资料存储方面来对系统进行说明。如果几乎或者根本没有永久性资料保存，或者设计模型与数据库模型之间的转换并不重要，则本节不必提供。]

10 大小和性能

[本节说明软件中会对架构产生影响的主要尺度特征，以及目标系统的性能约束。如果可能，则要详细定义性能指标。]

11 品质

[本节说明软件架构如何实现系统所有性能（而非功能，如可扩展性、可靠性、可维护性等）的实现。如果这些特征具有特殊的地位和意义，如使用PKI、数字证书等，则需要详细描述和说明。]

附录 C　各阶段实施计划样式

×××系统计划管控表

编号	系统名称	模块名称	问题描述	负责人	检核人	计划开始时间	计划结束时间	实际开始时间	实际结束时间	是否完成
1	[系统名称]	模块一								
2										
3										
4		模块二								
5										
6										
7		模块三								
8										
9										
10										
11										

附录 D   缺陷跟踪表样式

缺陷跟踪表

文档编号	YYYYxxx-PROJ-缺陷跟踪表-00n												
项目名称	[项目名称]							项目经理					
编号	工作产品及编号	缺陷描述	缺陷类型	严重程度	解决措施	承诺完成时间	当前状态	跟踪人	修改人	修改完成时间	验证人	验证完成时间	确认人	实际完成时间（确认时间）
1						[YYYY-MM-DD]		× × ×	× × ×	[YYYY-MM-DD]		[YYYY-MM-DD]		[YYYY-MM-DD]
2								× × ×	× × ×					
3								× × ×	× × ×					
4														
5														
6														
7														
8														
9														
10														
11														